リビルドワールドIII
Rebuild World

上 埋もれた遺跡

Author ナフセ
Illustration 吟
Illustration of the world わいっしゅ
Mechanic design cell

The advanced civilization that once dominated the world has crumbled away, and a long time has passed. People rallied the fragments of wisdom and glory scattered all over the world and spent a long time rebuilding human society.

「ど、どうでしょうか？」
シェリルは作製し終えたばかりの仕立て服を着ている。
シェリル用に調整された一品は、そこらの品とは別格の存在感に溢れていた。
Rebuild World

『150万オーラム払った価値はあったわね』
「おー。うん。凄く似合ってる」

>Episode
003
上 埋もれた遺跡

Rebuild World

Character

>シェリル
SHERYL

スラム街の少女。アキラの協力により一徒党のボスにのし上がる。アキラに恩を返したいと思っているが……。

>アキラ
AKIRA

スラム街から成り上がるため、ハンターとなった少年。遺物強奪犯との死闘で装備一式を失うが、その報酬として1億オーラムの大金を得る。

私よ。良い話があるんだけど……

>Author : nahuse >Illustration : gin >Illustration of the world : yish >Mechanic design : cell

リビルドワールド III
Rebuild World
上 埋もれた遺跡

The advanced civilization that once dominated the world has crumbled away, and a long time has passed. People rallied the fragments of wisdom and glory scattered all over the world and spent a long time rebuilding human society.

Author ナフセ Illustration 吟
Illustration of the world わいっしゅ Mechanic design cell

Contents

第70話　埋もれた遺跡

アキラはスラム街から抜け出し成り上がる為《ため》にハンターとなり、クズスハラ街遺跡でアルファと出会った。そしてある依頼を引き受けたことで、以降は協力者として一緒に行動することになった。

その後の数奇なハンター稼業《かぎょう》がアキラを鍛え上げ、その実力を異常な速さで高めていく。

アルファから報酬の前払分として得たサポートの力は凄《すさ》まじく、スラム街のただの子供を短期間でクガマヤマ都市から名指しで依頼を斡旋《あっせん》されるほどのハンターへ変貌させた。

その成果を以《もっ》て、アキラはかつてスラム街で夢見ていたものを得た。薄汚れた服を着て、治験と変わらない安全性に欠けた物を食べて、寝ている間に殺されても何の不思議も無い路地裏で寝泊まりしていた頃に見ていた夢だ。

真面《まとも》な服を着て、ちゃんとした物を食べて、安全な部屋で寝たい。たったそれだけの、だがスラム街の路地裏では十分に途方も無い望みを叶《かな》えた。

戦闘服であっても真面な服を得た。我を忘れそうなほどに美味《おい》しい物を食べた。駆け出しハンターでは借りられないほどに大きな家を借りた。

スラム街の生活から脱却し、かつて願った夢を叶えたのだ。

だがその夢を叶えても、アキラの心はスラム街の路地裏に残ったままだった。誰からも蔑まれ、信じられず、殺し合う。その路地裏の精神のままに。

しかしその心もハンター稼業を続ける中でほんの少しだけ変わっていた。他者の為に自身の命を躊躇《ためら》わずに死に晒《さら》す者達を見て、アキラはそのような者もいるのだと知ったのだ。

そしてある出来事がアキラにとても強い衝撃を与える。それはユミナという少女が言った、たった一言を聞いてのことだった。

「盗んだ方が悪いに決まってるでしょ！」

その言葉をどこかの誰かが別の状況で言ったとし

ても、あれほどの衝撃をアキラに与えることはない。他の誰かが同じ言葉を聞いたとしても、同じ衝撃を受けることもない。

だがアキラには、非常に大きな一言だった。

その日、ずっと路地裏に蹲《うずくま》っていたアキラの精神は、その外へほんの少しだけ足を踏み出した。

その足で、アキラは前へと歩みを進めてハンター稼業を続けていく。アルファとの約束を守る為に。彼女から受けた依頼をいつか完遂する為に。

そして、自覚すら無い望みを叶える為に。無意識に望んでいたものを、いつかきっと手に入れる為に。

アキラとアルファ、二人のハンター稼業は、それぞれの望みを叶える為にまだまだ続いていく。

◆

アキラはクズスハラ街遺跡で遺物襲撃犯達を撃破した戦歴をクガマヤマ都市と取引して売り渡し、その代金として1億6000万オーラムを得た。

だが既に1億5000万オーラムを使っている。戦闘後に運び込まれた病院で受けた治療費に6000万、失った装備一式を買い揃《か そろ》える為に8000万、高性能な回復薬の代金に1000万だ。

アキラの体は長年のスラム街での過酷な生活と、更に過酷な度重なる戦闘の所為《せい》でボロボロだった。しかし今は高額で高度な治療のおかげで、防壁の内側で裕福に暮らす者達と変わらないほどに健康になっている。

ハンター稼業でこれからも更なる成果を積み重ねる為には、銃も強化服も更に強力な物がどうしても必要だ。だが強力な装備ほど、値段も相応に高額になる。

高い効能の回復薬は、製造に高度な技術を必要とするのでとても高価だ。しかし戦場では、負傷で動きを鈍らせるだけで死ぬ確率が飛躍的に上昇する。その怪我《けが》をその場で速やかに治療できる回復薬は、高額な値段以上の価値がある。

どれもアキラに必要なものばかりだ。無駄遣いなど1オーラムもしていない。

だがそれでも桁違いの支払の連続に、アキラの金銭感覚は順調に破壊されていた。かつてはたかが20万オーラムの金を得ただけで挙動不審になっていたアキラの姿は、今はもう見る影も無い。


新装備一式の調達は既にシズカに頼んでいる。シズカにはハンター稼業を始めてから装備の購入にはずっと世話になっており、8000万オーラムという予算を何の躊躇《ちゅうちょ》も無く全額前払するほどに信頼していた。


そのシズカから新装備一式が店に届いたという知らせを受けたアキラは、早速待望の品を受け取りにシズカの店に向かった。

その途中、アルファがアキラの浮かれた様子を見て軽く苦笑する。

『随分上機嫌ね。新装備がそんなに楽しみなの？』

『当たり前だ。見積書《みつもり》に書いてあった新装備一式はアルファも分かってるだろう？　楽しみだ』


当然のようにそう答えたアキラは、浮かれすぎて虚空《こくう》に話しかける不審者にならないように、いつも以上に注意しながらシズカの店に入った。

シズカは彼女を目当てにこの店を贔屓《ひいき》にする者がいるぐらいには優れた容姿の持ち主だ。その美貌に友人への親しげな笑顔を乗せてアキラを迎え入れる。

「いらっしゃい、アキラ。こっちよ」

そしてカウンターから立ち上がって手招きすると、そのままアキラを店の奥の倉庫に案内した。

そこでアキラがふと思う。

「シズカさん。カウンターを空にして大丈夫なんですか？」

「大丈夫よ。私の店は店主がカウンターからちょっと席を外しただけで、お客様がずらっと列を成すほど繁盛《はんじょう》はしていないの。残念だけどね」

シズカは軽い冗談のように笑ってそう言った。それに対し、アキラが微妙な顔と声を返す。

「は、はあ……」

それなら大丈夫ですね、と答えるのは、拙いコミュニケーション能力しかないアキラも流石《さすが》にどうかと思った。だが上手《うま》い返しも思い付かなかったので言葉を濁した後、代わりに当初の疑問を口に出す。

「いえ、その間に向こうに置いてある銃とかを盗まれたら大変だと思いまして」

しっかり見張っていなければ瞬《また》く間《ま》に盗まれてしまう。アキラがふと思ったことは、それを当然の結果とした思考から生まれたものだ。

シズカはそれに気付き、その思考を植え付けられてしまったアキラの日々を察して不憫《ふびん》に思った。だがアキラを不必要に憐《あわ》れまないように、何でもないことのように笑う。

「ああ、そっちの心配？　大丈夫よ。展示してある商品は盗難防止に台に固定してあるし、監視カメラも設置してあるわ。民間警備会社と連携している保険にも入っているしね。問題無いわ」

仮に強盗がこの隙を衝《つ》いて店の金を奪ったとしても、その損害は保険で賄われるので、店の損害は最小に抑えられる。

そして保険会社と契約している民間警備会社は、その強盗を社の威信を懸けて捕縛する。その後に費用の回収に動く。

強盗が最終的に無事で済むかどうかは、様々な名目で請求される被害額を支払えるかどうかで決まる。支払えないのであれば、私物を、体を、後《のち》の人生を、あらゆる手段で徹底的に金に変換され、相応の末路を辿《たど》る羽目になる。

それが財産の没収程度で済むのか、過酷な労働を強いられるのか、新薬や新技術の実験台にさせられるのかは、自らが生み出した被害額次第だ。

もっとも捕縛の為に動き出した時点で、基本的には対象の生死は不問で動く。警備側としては自分達の信用の為にも、逃がすぐらいなら殺した方が良《い》いからだ。

よって強盗が被害額を清算して無事に生き延びる可能性があるのは、死なずに捕まった場合に限っての話となる。

アキラはそれらの説明をシズカから聞かされても、

まだ少し気にする様子を見せていた。そこでシズカは話の方向を変えることにした。

「仮にしばらくカウンターを空にした所為で店にちょっとした被害が出たとしても、まあ、そこは経営判断よ」

「経営判断……、ですか？」

意味が分からず不思議そうな顔を浮かべたアキラに向けて、シズカが冗談交じりに答える。

「そう。アキラは大口の、常連予定のお客様なんですもの。アキラの為にカウンターをちょっと空にするぐらいはしっかり贔屓して、その分だけ店の売上に貢献してもらわないとね。という訳で、大口のお客様。こちらになります」

シズカの気遣いを受けて、アキラももうこれ以上気にするのはやめることにした。少し大袈裟《おおげさ》に笑って返す。

「分かりました。行きましょう」

そのままシズカに案内されながら、アキラがまたふと思う。

(常連予定、か。装備とかを揃《そろ》えたりでもう随分支払ったと思うし、弾薬の補給とかで何度もここに来たと思ってるんだけどな。それでもシズカさんには、まだまだ常連扱いはされてないのか……)

それをアキラが何となく残念に思い、どうすればいいのだろうかと思考を続けようとしたところで、シズカに声を掛けられる。

「ところで、店の売上に貢献してくれるのはとっても有り難《あがた》いんだけど、出来れば当店の商品の方で貢献してほしいのよね。強化服とかは注文代行に近い部分があるから、正直な話、利益がいまいちなのよ」

急に声を掛けられたアキラが、返事に困って視線をさまよわせる。

「あー、それは、その、今後に期待していただけると助かります」

「期待しているわ。でも無理は駄目よ？」

子供を窘《たしな》めるように、それでも相手を気遣った微笑《ほほえ》みを浮かべるシズカへ、アキラも素直に返事をする。

「分かってます」

「よろしい」

シズカから常連と認められるように、少し無理をしてでも店に来る機会とその時に使う額を増やした方が良いかもしれない。そうアキラが途中まで考えようとしていたことは、今の軽い遣《や》り取《と》りに思考を阻《はば》まれ遮られて、思い付く前に消えてしまった。

店の倉庫は商品の搬入口としても使用されており、売り物の重火器や弾薬等が棚に仕舞われていた。雑多に置かれたそれらの品を見ているアキラの側で、シズカは倉庫のシャッターの方を指差した。

「さて、御注文の品、アキラの新装備一式は、あそこよ」

アキラはそこにある物を見て、驚きと喜びを露《あら》わにした。

「……シズカさん。見積書は読みましたけど、俺の新装備一式、本当にこれ込みで良いんですか？」

事前に伝えられて知ってはいたが、アキラはそれでも実物を見たことで軽い戸惑いまで見せていた。

シズカが得意げに笑って返す。

「勿論《もちろん》よ。ちゃんと予算内に収めたわ」

そこには一台の荒野仕様車両が停《と》まっていた。全長5メートルほどの車体が、舗装された都市内でしか使用できない小型車とは異なる威圧感を放っていた。

荒野仕様の車種としては別段珍しい物ではない。アキラもレンタル業者から似たような車を借りた経験がある。それでも自分の車という認識がアキラに感慨深いものを与えていた。

荒野を巡るハンターに移動手段は欠かせない。遺物襲撃犯達との戦いでバイクを失ったアキラの、新たな移動手段がそこにあった。

「それじゃあ商品が揃っているか確認するから、アキラも一緒に確認してね」

シズカが見積書の紙を取り出し、そのコピーをアキラにも渡す。そしてそこに記載されている商品名と現物をそれぞれ指差して、確かにここにあると一緒に確認してもらいながら話していく。

「多津森《たつもり》重工製の荒野仕様四輪駆動車テロス97式が

1台。中古車だけど整備は万全にしてあるし、索敵機器を兼ねた制御装置も搭載しているわ」

いわゆる荒野仕様車両には、細かな瓦礫《がれき》等が散乱する道無き道を踏破する高い走行能力の他にも、荒野特有の事情、つまりモンスターとの遭遇に対する考慮が数多く設計されている。

テロス97式は屋根の無い開放型の設計を採用している。これは下手な車載装備より高威力の重火器を強化服で持ち運ぶハンターが、車上でもそれらを使いやすくする為だ。

車高は高く、大きめのタイヤはとても頑丈な素材で作られており、荒野に散らばっているちょっとした障害物を物ともせずに進むことが出来る。

そして車体には装甲タイルと呼ばれる物が取り付けられている。

装甲タイルとは衝撃等に反応して力場装甲《フォースフィールドアーマー》を発生させる物体を主にタイル状に成形した物だ。鉄板のように重く厚い物もあれば、シールのように軽く薄い物もある。

基本的には何かに貼り付けて使用する。衝撃を受けて力場装甲《フォースフィールドアーマー》を発生させた後は急激に脆《もろ》くなり、大抵はそのまま剥がれ落ちる仕組みになっている。

尚、車体そのものに力場装甲《フォースフィールドアーマー》発生装置を組込んでいる車もあるが、高額なエネルギー代を支払える高ランクハンター向けであり、荒野仕様車両でも上位の製品にしか搭載されていない。今のアキラに買える品ではなかった。

「CWH対物突撃銃が1挺《ちょう》。DVTSミニガンが1挺。両方とも車の設置台に配置して、強化服無しでも使用できるようにしているわ」

車両後部の開放型の荷台には銃座が二つ取り付けられており、それぞれに銃が設置されている。

銃座の位置が車両前部ではないのは、荒野でのモンスターとの戦闘では、標的に近付きながら撃つ機会よりも、目標と一定の距離を取りながら、或《あ》いは敵から逃げながら撃つ機会の方が多いからだ。

「勿論、取り外して携帯することも出来るわ。でもDVTSミニガンは弾薬消費が激しいから注意してね。一応装弾数増加用の拡張パーツを組み込み済みよ。対応する拡張弾倉を使うのが基本だけど、通常弾も使えるから安心して」

ＤＶＴＳミニガンはしっかりとした銃座で支えられており、それを人が携帯して使用するのは無理があると思わせる頑丈そうな外観をしている。

機関部から伸びる装弾ベルトはその後ろに積まれた弾倉に繋《つな》がれていた。携帯用ではない大型弾倉なので、車両から連射する分には拡張弾倉でなくとも問題は無い。モンスターの群れと遭遇しても十分に薙《な》ぎ払《はら》える。

「ＡＡＨ突撃銃とＡ２Ｄ突撃銃の拡張部品はそこの箱の中よ。どちらにも流用できるから、後で好きなように組み込んで」

装備一式注文した時に買ったその2挺は、強化服無しでも使えるように未改造の状態だ。当然ながらヤラタサソリ達のような硬いモンスターには効き目が薄い。

片方は念の為に未改造のままにしておくが、もう片方は強化服の使用を前提にして強装弾等を撃てるように改造する予定だった。

「多津森技研の荒野仕様情報端末フィアランスが2台。とにかく頑丈な機種で装甲シールも貼ってあるし、どっちもテロス97と連携済みだから遠隔操作で車の運転も出来るわ。まあ、荒野で使うんだから、頑丈な方が良いわよね」

車の助手席に情報端末が2台置かれている。それは良く表現すれば武骨な、悪く表現すれば頑丈さの為にデザイン性を捨てましたという外観をしていた。

未使用時に表示面を保護するカバーが付属しているが、下手をすると装甲タイルをそのまま貼り付けているのではないかと疑われる形状で、荒野での使用に耐える意味でもハンター向けの品だ。

「最後に、ＥＲＰＳ総合情報収集機器統合型強化服、商品名パワードサイレンスが1着。そこの収納ケースに付属品一式を含めて入っているわ。連携可能な照準器も付属品の一部として一緒に入っているから、使うなら後で装着してね」

車両の後部座席には車内にぎりぎり入る大きさの大型収納ケースが置かれていた。

強化服が無ければアルファのサポートを十全に受けることは出来ない。今のアキラにとって一番重要な装備だ。今回の装備一式を強化服とそれ以外に分けて二択でどちらかを選ぶとしても、迷わずに強化服を選ぶ。それぐらい重要だ。

それだけ重要な新装備をしっかり確認しようと、アキラが収納ケースの取っ手を摑《つか》んで外に出そうとする。しかし予想以上の重量があり、ケースはびくともしなかった。

そこで今度は両手で取っ手をしっかりと摑んで引っ張る。しかしそれでもケースは動かない。それならばと、片足を車の側面に付けて思いっきり引っ張った。それでもケースを少しずつ動かすのが限界だった。

その苦戦振りを見たシズカがアキラの側に立ち、片手で取っ手を摑んでケースを引っ張った。するとアキラがあれだけ必死になって動かそうとしたケースが、発泡スチロールの固まりかと思うほどにあっさりと動き出した。

それに驚いたアキラがケースから慌てて手を離す。シズカはそのまま一人でケースを車外に出して床に置いた。

「おー」

アキラがそう軽く感嘆の声を出すと、今まで愛想《あいそ》良く微笑んでいたシズカが、その微笑みをどこか迫力の感じられるものにした上で、念を押すようにアキラに笑いかけた。

「強化服の力よ?」

「え？　あ、はい。分かってます」

シズカは服の下に強化インナーと呼ばれる薄手の強化服を着ている。アキラはシズカの言葉でそれを思い出した上で、少し慌ててごまかすようにそう答えた。

なぜ自分は念を押されたのだろうか。アキラはそう思ったが、分からなかった。

気を取り直して収納ケースを開ける。中には折り畳まれた状態の黒い強化服と、その付属品である複数の小型機器などが入っていた。

アキラがケースから強化服を取り出して外観を見ようとすると、シズカが強化服をアキラによく見えるように広げて持ってくれた。

強化服は一見硬そうに見えるが、折り畳めるほどに柔らかな人工繊維で織られた布地を基本にして作られている。外骨格のような物は付いておらず、細長い硬質ゴム板のような外観の素材がハーネスのように体の表面に付けられていた。

手の甲や足の甲などの部位も硬質ゴムのような素材となっており、そこには電子機器との接続部のように見える部分が存在していた。他の硬質の部位にも似たような接続部が付けられている。

その部位を見て不思議そうにするアキラに、シズカが軽く説明する。

「それは付属品の小型情報収集機器を取り付ける部分よ。総合情報収集機器統合型強化服って言ったでしょう？　情報収集機器と強化服の統合をコンセプトに作られた商品なのよ」

続けてアキラは収納ケースに入っている付属品を取り出した。

情報収集機器の小型端末は正多面体を半分に切ったような外観をしており、これ一つでカメラ、集音、動体センサー、振動感知など、様々な機能を兼ね備えている。

それだけに個別の性能は低いが、多数装着してそれぞれが連携することで全体の機能を向上させる仕組みになっていた。

以前の強化服には存在しなかった付属品に、アキラは興味深そうな視線を向けていた。

「統合型、ですか。そういうのはやっぱり普通の強化服より高いんですか？」

「当然、高性能で多機能な強化服ほど値が張るわ」

「そうですよね。情報収集機器込みの値段でもある訳ですし……、車も一緒に買ったのに、予算、よく足りましたね」

装備一式総額８０００万オーラム。大金ではあるが、それでも買った物を考えると、アキラには予算から大分足が出ているような気がした。そう思っていると、シズカからその補足を入れられる。

「このパワードサイレンスはちょっと訳有りの品でね。相場よりかなり安いのよ」

「訳有り、ですか」

「ああ、大丈夫。ちゃんとした新品で、性能も同価格帯の製品よりワンランク上よ。ただね、ちょっとしたことがあって、人気が無い商品なの。まあ、在庫処分品価格ってやつね」

訳有りの品の訳にもいろいろあって、これは大丈夫な物なのだと、シズカが店主として大口顧客の顔に出た不安を解消する為にしっかりと話していく。

単純な性能にもコストパフォーマンスにも優れた良い製品が必ずしも売れるとは限らない。売上にはそれ以外の要素が大きく関わってくる。評判と性能は必ずしも比例せず、商品自体とは無関係な宣伝や風評が評価を揺るがす事態は多い。

それはハンター稼業関連の商品であっても同じだ。そしてパワードサイレンスはその悪影響を真面に受けた製品だった。

パワードサイレンスを着用したハンターが、発売して間も無い時期に大きな依頼で派手な失態を演じてしまった。そしてその失態の原因を強化服に押し付けるように酷評したのだ。

しかもそのハンターはそれなりに有名な実力者だった。加えて別の強化服に乗り換えて実施した依頼では大きな功績を残した。その所為でパワードサイレンスの悪評は一気に広がり、売上は散々なものとなってしまった。

そのハンターが指摘した強化服の制御装置の不具合が本当に存在していたのか、存在していたとしてそれが本当に失態の原因だったのかは、既に水掛け論となっている。

しかし指摘が誤りだったとしても、既に不具合の改修が済んでいるとしても、一度ついてしまった致命的な悪評まで消すのは無理だった。

シズカも普通は悪評付きの商品など勧めない。だがその悪評が誤解に近いものであり、既に問題は無いのであれば別だ。

この強化服に関しては、ほぼ同型で名前だけ変えた別の製品がしっかり売れていることから、業界内では少なくとも設計や性能に問題は無いと考えられている。もっともその時には既に型落ち品となっていた所為で、大手の商品棚に戻ることはなかった。

実験的な統合型強化服として仕様に尖《とが》った部分はあるものの性能は良いのだが、一度ついてしまった悪評を拭うことは出来なかった不遇の製品。それがパワードサイレンスだ。

シズカからそれらの説明を聞いたアキラは、この強化服が不運にも不当に低く評価されているという点から、運が悪いのはお互い様だと自覚は無いが何となく親近感を抱いた。

その淡い感覚を念話で部分的に読み取ったアルファが口を挟む。

『アキラ。大丈夫よ。強化服のシステムに不具合があったとしても、その辺は私が思いっきり書き換えるから何の問題も無いわ』

『そうか？　それなら安心だな』

『任せておきなさい』

そう言って得意げに満足げに笑うアルファを見て、アキラは強化服の変な悪評を気にするのを完全にやめた。

その後、シズカに手伝ってもらって強化服を着用し、起動させた。強靱《きょうじん》な人工繊維がアキラの身体に合わせて伸縮し密着する。不快感は無く、軽く体を動かしても違和感は覚えない。

収納ケースには強化服の付属品として、装甲シール等で補強して使用する形式の簡易プロテクターも入っていた。これは体型や体の動きに合わせて伸縮する強化服には貼り付け難い物を、代わりにこれに貼り付けて使用する補助器具でもある。

アキラは情報収集機器の小型端末を取り敢《と》《あ》えずの位置に装着し、プロテクターも取り付けた。更にゴーグルに似た頭部装着型の表示装置も着ける。最後にAAH突撃銃とA2D突撃銃を身に着け直した。

新装備を身に纏《まと》ったアキラの姿を見て、シズカが似合っていると告げるように笑って軽く頷《うなず》く。アキラは少し照れたような顔をしていた。

「これでアキラの新装備一式の確認は済んだわね。お客様の御期待には応えられたかしら？」

「はい。本当にありがとうございました」

「それは良かったわ。これからも当店をどうぞ宜《よろ》しく御贔屓に」

シズカはそう言うと、笑顔を客向けのものから少し変えてアキラに近付き、優しく抱き締めた。

「……またハンター稼業に戻るんでしょうけど、十分気を付けなさい。良いわね？」

「はい」

アキラは少し嬉《うれ》しそうに笑って頷いた。

荷物を車に積み込み、そのまま倉庫を出る準備を済ませたアキラが、運転席からシズカに会釈《えしゃく》をして帰っていく。

シズカは微笑みながら小さく手を振ってアキラを見送った。そしてアキラの姿が見えなくなると、軽く息を吐いて苦笑した。

「……まずい。大分入れ込んじゃってるわ。私はもっと割り切れる性格のはずだったんだけど、違ったのかしら？」

今回のアキラの新装備一式の調達は、８０００万オーラムの商談であり、店の売上を大いに引き上げた。だが利益という点では実に微妙な結果となった。

赤字ではない。一応黒字を保っている。しかしその利益は８０００万オーラムの商談が生み出すものとは思えないほどに少なく、日々良心的な経営を心掛けているシズカの感覚でも微々たる額だった。

もっともそれはシズカがアキラの装備を出来る限り良い物にしようと勝手にやったことだ。大口顧客を維持する為の先行投資と考えても、いろいろと鈍いところがあるアキラに違和感を覚えさせるほど、ぎりぎりの採算となっていた。

シズカが気を切り替えるように軽く笑う。

「アキラ。出来る限り良い装備をちゃんと揃えたのだから、これからも店の売上に長く貢献してちょうだいね。頼んだわよ?」

これからもアキラが自分の店に通い続けることを、荒野に呑《の》み込《こ》まれずに戻ってくることを願いながら、シズカは店のカウンターに戻っていった。

◆

シズカから新装備一式を受け取ってから3日後、アキラは自前の車で荒野を進んでいた。

ハンター稼業再開の準備はその3日間で全て済ませた。

強化服、情報端末、車両の制御装置はアルファによって掌握されている。強化服と統合された情報収集機器の使い勝手も、都市近郊の荒野を軽く回って確かめた。

A2D突撃銃へ改造パーツも組み込んである。照準器も他の銃と一緒に交換し、試し撃ちも済ませている。

ハンター稼業を再開するにあたっての不安は無い。そして自前の車という条件が満たされたことで、アキラは未発見の遺跡探しを早速再開しようとしていた。

目的地は以前リオンズテイル社の端末設置場所を探していた時に、設置場所を示す矢印が地下を示していた場所だ。

そこは大量の瓦礫が散乱するだけの場所だった。だが矢印の位置を信じる限り、地下にクズスハラ街遺跡の地下街のような遺跡が存在する可能性があるのだ。

未発見の遺跡に大量の遺物が残っていれば大儲《おおもう》けできる。そのような夢を見る多くの者達が荒野を駆け、東部の調査を進めてきた。

そして夢を叶えた者の一部は一晩で富豪となり、その後に続こうと荒野に繰り出すより多くの者達を作り出す。だが大抵は挫折し、夢破れ、荒野に呑《の》まれて消えていく。

未発見の遺跡などそう簡単には見付からない。運良く見付けても、その遺跡の中は当然ながら危険度も未知数だ。未知のモンスターの大群に襲われて死ぬこともある。

加えてそこに遺物が残っている保証など何も無い。可能性が高いだけで、無駄骨で終わる確率もあるのだ。

しかしそれでも賭けるに足る行為であるのは間違いない。それに自分にはアルファのサポートがある。十分に期待できるだろうと、アキラは荒野を意気揚々と進んでいた。

「それにしても、自分の車がこんなに早く手に入るとは思わなかった。アルファ。自前の車で移動すれば、未発見の遺跡を見付けても他のハンターにすぐにはバレないいんだよな」

レンタル車両は基本的に車両の回収等の目的で位置情報や移動経路を記録している。

当然ながら業者はその情報を見ることが出来る。それによりレンタル車両で探してしまうと、もし未発見の遺跡を見付けても、折角見付けた遺跡の位置を知られてしまう恐れがある。

そこでアキラ達は自前の車を手に入れるまで、未発見の遺跡探しを中断していた。

助手席のアルファが笑って頷く。

『ええ。少なくともレンタル車両を借りた所為で知られてしまう恐れは消えるわ』

「よし。早く行ってしっかり探そう」

そこでアキラはアルファの格好を改めて見て、どこか呆《あき》れたような様子を見せた。

「……それにしても、なあアルファ、その格好、何とかならないのか？」

荒野仕様車両の助手席に座っているアルファは、周囲の光景とはまるで合わない純白のドレスを着ていた。

アルファの神懸かり的なまでに見事な肢体の上に、上品な光沢を放つ白い布地が幾重にも重ねられている。その鮮烈な白は軽い神々《こうごう》しさすら感じさせる。

全体に緻密な刺繡《ししゅう》の入った白いヴェールが風に靡《なび》くように舞い、透けて見える髪と一緒に感嘆するほどの輝きの波を作り出していた。

　本来ならば布地が車のあらゆる場所に引っ掛かる所為で乗車すら至難になる服なのだが、アルファはその服を着て平然と車内に座っていた。アキラの視界にしか存在しないからこそ可能な格好だった。

　銃と強化服で身を包んだアキラとは正反対の姿で、アルファが自身の装《よそお》いに合わせた笑顔を浮かべる。

『あら、お気に召さない？　アキラの趣味とは合わないかしら？』

「そうじゃなくて、その格好の場違い感が酷《ひど》くて気が散るんだよ。運転中なんだ。危ないだろ？」

『ちゃんと裏で私がサポートしているから、アキラが運転を誤っても事故は起こらないわ。安心して運転しなさい』

「それはそうかもしれないけどさ」

　微妙に顔をしかめているアキラに、アルファが笑って告げる。

『前にも話したけれど、この格好は私を認識できる人間がいた場合に、確実に反応してもらう為なのよ』

「ああそれか。まあ確かにその格好なら反応するだろうけどさ」

　純白のドレスは使用用途が限定される服ということもあり、荒野で事情を知らずにそれを見た者に、そんな格好で一体どこに行くつもりなんだという驚きと混乱を間違いなく与える。アキラはそう思って少しだけ納得したが、その格好の効果を真横で受けていることもあって微妙な顔のままだった。

『アキラは集中力を維持する訓練だと思って、隣に変わった格好の女性がいる程度のことで集中を乱さないように頑張りなさい』

「せめて前に着ていたメイド服とかにならないか？　あれならまだましなんだけど」

『駄目よ。メイド服は女性ハンターが荒野で着ていても不思議の無い格好かもしれないわ』

「いや、それはないだろう」

『そうかしら。アキラも何度も見ているはずよ？』

　クズスハラ街遺跡の地下街ではメイド服を着たハンターが注目を集めていた。そしてクガマヤマ都市

の下位区画ではメイド服を着た女性が二人に増えていた。今後更に増えて、いずれは有り触れた格好になるのかもしれない。

少なくとも既に多くの者がメイド服の女性を見ているので、メイド服姿の自分を見ても、またか、という程度の反応しか得られない恐れは十分にある。アルファはそう指摘した。

『いずれは女性ハンターだけでなく、ハンターなら男女問わずメイド服を着ていても不思議ではなくなるかもしれないわ』

「さ、流石にそれはちょっと無理があるんじゃないか？」

自身の常識を揺るがすようなことを聞いたアキラはかなり怪訝《けげん》な、どこか嫌そうにも見える表情を浮かべていた。

アルファがからかうように笑って返す。

『それはどうかしらね。服装の感覚というものはアキラが思っている以上に好《い》い加減《かげん》なものなのよ？』

例えば、と前置きしてアルファがその状況に至る仮定の話をしていく。

旧世界製の衣服は当時の普段着であっても現代の並の防護服より頑丈な物もある。それはメイド服であっても同じだ。

そして遺跡から膨大な量のメイド服が見付かったとする。或いはメイド服をほぼ無尽蔵に生産する装置が発見されたとする。

どれだけ高性能な物であっても同一の物が過剰に供給されれば値は下がる。そこから更に価格が下がり一定の閾値《しきいち》を割った時点で、メイド服はデザイン性に難のある安価な高性能の防護服として扱われるようになる。

そうなった時点で金の無い駆け出しハンターがメイド服をこぞって着るようになる。普通の服でモンスターと戦った所為で死ぬよりはましだからだ。

そしてその人数が一定数を超えた時点で人は慣れる。誰もが気にせずに着るようになり、メイド服は多くのハンターの基本装備となるのだ。

その話を聞いたアキラは困惑を顔に出していた。

「そう……なるのか？」

『なるわ。勿論、そうなる前提があっての話だけれどね。実例を挙げるなら、ほら、旧世界製の戦闘服はアキラにとっては、何なんだそのデザインって思うものでしょう？』

「ああ、前にアルファが着ていたやつだな」

『最前線付近のハンターは、あのようないわゆる旧世界風の戦闘服を平気で着ているわ。初めはそれだけ高性能ならばデザイン性には目を瞑《つぶ》れるから、という理由だったのでしょうけれど、結局は慣れたのでしょうね』

「……なるほど。じゃあそのメイド服の話も、下手をすると有り得る訳か……」

アキラはその話に納得し、少し複雑な表情を浮かべた。そして無意識に、ハンターが全員メイド服姿の光景を想像してしまった。

スラム街のハンター崩れも、都市の巡回依頼のトラックに乗っていたハンター達も、地下街で襲ってきた遺物襲撃犯達までが全員メイド服を着ており、自分もそこに混じって同じようにメイド服を着用している。

しかもその光景に誰一人として疑問を抱いていない。それが常識になってしまっているからだ。

アキラは思わず頭を抱えて、それ以上の想像を止めた。

「……何ていうか、旧世界の話を聞くたびに俺の中の常識が崩れていく気がする」

『常識というものは日々変わっていくものよ』

どこかずれた会話を続けながら、アキラ達は荒野を進んでいった。


目的地である瓦礫地帯に到着したアキラは、まず車を瓦礫の山の陰に停めて迷彩シートを被《かぶ》せた。

光学迷彩のような高度な迷彩ではないが、周囲と色を似せるだけでも遠距離から目視で探すのは難しくなる。近くを通っても注意しなければ見落とす程度の効果はある。

だがアキラはシートを被せられた車を見て心配そ

うな顔を浮かべた。

「……大丈夫かな？」

シズカの店でも見せていた不安、少しでも放置するとすぐに見付かり盗まれてしまうのではないかという恐れが、アキラの顔をここでも歪《ゆが》ませていた。

『それを気にして車から離れられなくなったら本末転倒よ？　ちゃんと迷彩シートを被せて隠したのだから大丈夫だと思って、ある程度は割り切りなさい』

「……、そうだな」

アキラは気を切り替えて、未発見の遺跡を探し始めた。

地上は土砂と瓦礫で埋め尽くされており、周囲を見渡してもそれらしいものは発見できない。そこで情報収集機器で地中の状態を調べて、入口らしい空間が埋まっていないか探すことにする。

強化服に装着している小型情報収集機器の位置を足側に移動させて、下方向への情報収集精度を高める。

その上でアキラの視界の中で地中に表示されている矢印、リオンズテイル社の端末設置位置を中心にして、少しずつ円を広げていくように周囲を調べていく。

情報収集範囲内の調査、データ解析はアルファが行っているが、アキラも情報収集機器の訓練を兼ねて自分で調べていた。様々な設定を変更して、地面の下の状態を探り続ける。

しかし拡張視界に表示される調査結果は足下が瓦礫と土砂で埋まっていることを示すだけで、更に下は精度の限界を示すノイズの固まりを返すだけだった。

「アルファ。そういえば新しい情報収集機器の性能はどれぐらいなんだ？　前のと比べて凄《すご》く上がってるのか？」

『いいえ。さほど違いは無いわ』

「そうなのか？　でもシズカさんがワンランク上の性能があるって言ってたけど」

『それは強化服としての総合的な性能でしょうね。それにエレナから買った情報収集機器もかなり高性能だったから、強化服としての性能差は段違いでも情報収集機器としての性能差は少ないのよ』
あれはエレナから、埃《ほこり》を被っていた中古品として捨て値で売ってもらったから買えたのであって、本来ならあの時のアキラの稼ぎでは絶対買えなかった。アルファは更にそう補足した。
「そうだったのか……」
アキラは少し驚いた顔を浮かべて、エレナに改めて感謝した。そしてこの恩を必ず返すと誓った。

アキラ達が周辺の調査を始めてから3時間が経過した。目当てのものは見付かっていない。

地下に空間を発見し、瓦礫を撤去すれば何とか入れそうだったので、掘り進んでみたこともあった。だがそこはビルの内部で中も酷く崩落しており、目当ての地下街ではなかった。

そこが倉庫等であればそれはそれで大当たりなのだが、駐車場のような広いだけの場所だったりと、遺物を求める者にとっては残念な結果が続いていた。

更に調査を続けていく。調査範囲の中心としている地中を示す矢印は既に大分離れた位置にあり、かなり広範囲を調べ終えたことをアキラに教えていた。

「見付からないな……。いっそ矢印の場所を目指して地上から真下に掘り進んでみるか？」

『駄目よ。そうすると大規模な作業が必要になるわ。大型の重機も持ち込まないといけないし、落盤等が発生しないように注意しないといけないから時間も掛かるからね』

「それで未発見の遺跡を見付けても、凄く目立って遺跡の位置を大勢に知らせるだけか」

『そういうことよ』

ままならないと思いながら、アキラは地道な調査を続けていく。調査済みの円が更に広がるが、地下街への入口のようなものは見付からない。

「アルファ。この下にクズスハラ街遺跡の地下街のような遺跡が存在していて、出入口もたくさんあったとする。その出入口をアルファが探しても見付からない理由って、何か思い付くか？」

『そうね。私達が地面だと思っている部分は、当時は地上3階だった、とかかしらね』

周囲の瓦礫の量から考えて、ここには無数の高層ビルや巨大な建築物が存在していた。それらが倒壊し、大量の瓦礫が当時の地上を埋め尽くした。

そして長い年月によって土砂などがそれを更に埋めたので、地下街への出入口などが地下深くまで埋まってしまった。

アルファからそういうことも有り得ると教えられ、アキラが少し考える。

「……そうすると、むしろこの辺じゃなくて、この瓦礫地帯の外れ辺りを探した方が良いのか？　その辺りなら積もったものも薄くて、当時の地上まで近いはずだ。情報収集機器で見付けやすいかもしれない」

『分かったわ。そうしてみましょうか』

アキラ達は調査方針を変更した。そして更に1時間が経過した頃、遂《つい》に目当てのものが見付かった。

アルファが地面を指差して、アキラの視界にその下を拡張表示する。そこには比較的薄い瓦礫の層の下に、更に地下に続く階段のようなものが映っていた。ようやくの成果にアキラが顔を綻ばせる。

「やっと見付けた！　矢印の場所から大分離れてるけど凄くそれっぽい入口だし、あっちと繋がってなくても遺跡に続いていれば関係無いよな！」

『これだけ奥に続いているなら、ビルの地下への入口ってことはないはずよ。中を調べてみないと分からないけれどね。その為にも、早速邪魔な瓦礫を退《ど》かしましょうか』

「よし！　やるか！」

以前の物より格段に出力を増した新しい強化服でアキラが近くの瓦礫を掴む。人工筋肉である人工繊維が着用者の身体能力を飛躍的に引き上げ、瓦礫を小石のように軽々と持ち上げさせる。

アキラは意気揚々と瓦礫を投げ飛ばした。

側面だけを残して倒壊したような崩れかかったビル、5階建ての立て看板のような薄い廃墟《はいきょ》の近くに、ひしゃげた標識のような物体が転がっている。

そこには、ヨノズカ駅クズスハラ方面南口A27、と酷く掠《かす》れた文字で記されていた。先程アキラが放り投げた瓦礫の一部だ。

そのアキラの前には長年埋まっていた出入口である地下へ続く階段が、邪魔な瓦礫を退かされて久しぶりに日光を浴びていた。

アキラが階段の奥を覗《のぞ》き込《こ》む。だが底は見えなかった。途中で闇に呑まれて視界から途切れた階段、その境目が、その先に進めば命は無いとでも言いたげに見えた。

未発見の遺跡から大量の遺物を持ち帰れば物凄《ものすご》い大金が得られる。埋まった出入口を見付けて喜び、邪魔な瓦礫を意気揚々と退かして、掘り出した階段の奥を覗き込む直前まであったその高揚は、既に消え去っていた。

代わりに拳銃だけでクズスハラ街遺跡に入った時のような緊張感を覚える。未知の遺跡の危険度は当然ながら未知数だ。巨大なモンスターの口の中に自分から入っていくような錯覚を覚えて、アキラが二の足を踏む。

（……落ち着け。大丈夫だ。慎重に行けば良い。アルファのサポートもある。危ないようならすぐに引き返せば良いだけだ）

アキラは自身にそう言い聞かせると、一度深呼吸して意気を上げた。

「よし。アルファ。行こう」

『ちょっと待って』

「何だよ」

威勢を削《そ》がれたアキラは少し不満そうな顔を浮かべた。だが真面目な表情のアルファを見て軽く気圧《けお》される。

『アキラ。もしこの先、私の姿が急に見えなくなったら、とにかく全力で引き返して。良いわね？』

「あ、ああ」

『絶対よ？　私を認識できないということは、私との接続が切れているということなの。もしそうなったら、慌てず、騒がず、私との接続の回復を最優先にして行動して。良いわね？』

アキラがわずかに固まった。そしてどこか硬く歪んだ表情で聞き返す。

「……待ってくれ。この先に進むと、アルファとの接続が切れるかもしれないのか？」

『ええ。前にも他の遺跡や地下では私の索敵の精度が下がるって説明したでしょう？　それはそのような場所では私との通信状態が悪化するからでもあるの。そして他の遺跡でしかも地下となると、下手をすると通信が完全に切れてしまうのよ』

絶句しているアキラに、アルファが説明を補足していく。

『勿論、そうなる確率は低いわ。でも事前に注意した方が良いぐらいには高いの。だからその時は、十分に気を付けてね』

アキラはもう一度階段の奥を覗《のぞ》いた。自分でも足が竦《すく》んだのが分かった。

地下の完全な闇の中、強力なモンスターに襲われている最中に、アルファとの通信が突如切れて全てのサポートを失う。それがどれだけ致命的であるかぐらいはアキラもよく分かっていた。

視線の先はそうなる恐れがある場所だと理解しただけに、アキラの不安と動揺は大きかった。

その様子を見て、アルファが優しく声を掛ける。

『やめておく？　それでも良いわ。未発見の遺跡を探索しなくても、その場所の情報を売って稼ぐという手段もあるからね。無駄にはならないわ』

そう言われたアキラは顔をより険しくした。だがその険しさで表情から怯《おび》えを消し飛ばした。

「……アルファ。そう言って止めるのは、俺がそれだけ怖がってるからか？　それともそれだけ危険だからか？」

アルファが敢《あ》えて笑って返す。

『両方よ。強いて言えば前者ね。怯えて平常心を失った状態で遺跡を探索するのはとても危険だわ』

「そうか」

そしてアキラも笑って返す。

「じゃあ、やめない。意志と覚悟は俺の担当だ。そうだろう？」

竦んで動かない足に意志を込めて前に進ませるのも、恐怖を覚悟で塗り潰して虚勢であっても前を向くのも、それは自分の担当だ。

覚悟を決めれば出来ることは、覚悟を決めて実行しなければならない。全く足りていない実力をアルファのサポートで補ってもらっている以上、それ以外の部分は自分で補わなければならない。

意志とやる気と覚悟は俺が何とかする。かつてアルファにそう告げた言葉を嘘《うそ》にしてしまわないように、アキラは改めて覚悟を決めた。

アキラからその言葉を告げられた時の光景を念話で無意識に送られたアルファが、その時の出来事を懐かしむように笑う。

『そうだったわね。分かったわ。行きましょう』

アキラはアルファと一緒に地下へ続く階段を下りていった。

そして階段を上って地上まで戻ってくる。

『アキラ？』

「やっぱりあれも持っていこう」

アキラは近くに停めた車両まで戻ると、ＤＶＴＳミニガンを銃座から外した。そして通常弾の弾倉と繋がっている装弾ベルトを取り外すと、代わりに拡張弾倉を取り付けて、携帯可能となった重火器を身に着ける。屋内で使う武器ではないだろうと思って持たずにいたのだが、気が変わったのだ。

ＡＡＨ突撃銃にＡ２Ｄ突撃銃、更にＣＷＨ対物突撃銃にＤＶＴＳミニガンと、随分と武装した状態になったアキラが再び階段の前に立った。その隣ではアルファが何か言いたそうに微笑んでいる。

「……何だよ」

アキラは少しばつが悪そうな表情を浮かべていた。意気込んで地下に下りようとしたのに、すぐに地上に戻ったことは自分でも分かっているからだ。

そしてアルファは言いたいことをその表情で伝えていた。

『何でもないわ。慎重なのは良いことよ？』

改めて準備を整えたアキラは、今度こそ階段を下りて遺跡の中へ入っていった。

第71話　遺物売却のノウハウ

　地下に存在する未発見の遺跡、その出入口と思われるものを見付けたアキラは、真っ暗で地の底まで続いていそうな階段を、照明で照らしながら進んでいた。

　階段の幅は4メートルほどで、天井も高く、崩落等もしておらず、重武装したアキラが余裕で通れる広さだ。

　足下にも壁にも大きなひび割れなどは無く、植物などによる侵蝕《しんしょく》も無い。地下への階段は長期間埋まっていたとは思えない状態を保っていた。

　出入口を塞いでいた瓦礫を退かして入ったのだが、その全てを除去した訳ではないので中に差し込む光はわずかだ。それでも振り返って確認すると、闇の中に入り込む光が輝いて見えた。

　照明の光をその逆方向に向けると、光の先が地下の闇に呑まれて消えてしまう。底のようなものは見えず、奥は闇のままだ。

　その状況でアルファから指示が出る。

『アキラ。照明を消して』

　アキラは少し躊躇したが、言われた通りに照明を消した。光源を失った一帯が一瞬で闇に包まれる。真っ暗で自分の体も見えない状態だ。

　それでもアルファの姿はいつも通りくっきりと見えていた。そして闇の中で白銀に輝くアルファが右手を挙げる。

　するとアキラを中心にした周辺の光景が強い照明に照らされたかのように色付いた。それは近くの壁の細かなひび割れや変色までもはっきり認識できるほどだった。

　自分の周囲だけ真昼になったような光景にアキラが感嘆の声を出す。

「凄いな」

『情報収集機器で取得した情報に、私が補正を掛けてアキラの視界に拡張表示したわ。これではっきり見えるでしょう？』

得意げに微笑むアルファに、アキラも笑って返す。

「ああ。ばっちりだ。……奥の方が暗いのは、情報収集機器の精度の所為か？」

　アキラには周囲の光景が、自身が光源になっているかのように近いほど鮮明に明るく、遠いほど暗くぼやけて見えていた。その先は真っ暗のままだ。

『精度の他に解析の優先度も影響しているわ』

「そうすると、その暗い場所にモンスターがいたら、気付いても銃で狙うのは難しいのか」

『その場合はその部分だけ解析の精度を上げるから大丈夫よ。試しに銃の照準器で覗いてみなさい』

　アキラは言われた通りＡ２Ｄ突撃銃で奥を狙ってみた。照準器越しの光景は、自身の側のように明るく鮮明なものだった。照準器で見える狭い範囲を、暗視用に発せられた肉眼では認識できないごくわずかな光で照らした上で、その映像をアルファが解析したのだ。

　アキラがまた小さな感嘆の声を出す。

「おー。暗所への狙撃もばっちりか。至れり尽くせりだな」

『私のサポートなのよ？　当然よ』

　銃を下ろしたアキラは、得意げに笑うアルファを見て自分も軽く笑いながら、内心で気を引き締めた。

　アルファとの接続が切れればこのサポートが失われる。その万一の時に、慌てず、騒がず、落ち着いて地上まで戻る為の緊張感を維持しながら、アキラは更に先に進んでいった。


　階段の傾斜と進んだ距離から考えて、恐らく地下4階ぐらいまで下りてきた。アキラがそう思い始めた辺りでようやく底に到着し、長い通路に出た。

　そこでアキラは一度息を吐いた。そして自分の視界をしっかりと確認して、アルファの姿が変わらずにそこにあることにまずは安堵《あんど》する。

「アルファ。結構深くまで下りてきたけど、通信は大丈夫か？」

『大丈夫よ。全く問題無いわ』

　そう言ってしっかりと笑ったアルファを見て、アキラは安心して意識を遺跡探索へ戻した。

通路はかなり綺麗《きれい》な状態だ。床に瓦礫などは見当たらず、白骨死体も無く、機械系モンスターの残骸や、生物系モンスターの死骸等も見られない。少々塵《ちり》や埃が積もっているだけだ。

これで床に埃すら無い状態であれば逆に警戒が必要だった。その場合は旧世界時代の清掃装置などが今も稼働《かどう》している確率が高い。つまり現在では機械系モンスターと呼ばれる警備装置なども稼働している恐れが高まるのだ。

しかし床に積もった埃がそれを否定している。そして積もったままの埃は、生物系モンスターなどの危険な存在もこの周囲には長期間いなかったことを示している。この時点でこの遺跡の危険度は大分下がった。

そして足跡のようなものも見当たらないので、他のハンターが別の出入口からこの遺跡に入った確率も低い。本当に未発見の遺跡である可能性が大幅に上がった。

アキラはそれらの説明をアルファから聞いて満足そうに頷いた。

「モンスターもいないし誰も立ち入ってない遺跡か。これであとは遺物がたっぷり見付かれば言うこと無しだな」

『この辺りはただの通路のようね。たっぷりの遺物の方は、奥に商店や倉庫があることを期待しましょうか』

「よし。行こう」

通路を進んだアキラはショウウィンドーのようなものを見付けた。遺物を期待して軽く駆け寄り、ガラスのように見える壁の中を確認する。

次の瞬間、アキラは驚きでわずかに硬直すると、思わず壁に勢い良く手を付けた。そして目を輝かせて歓喜の声を出す。

「やった！　アルファ！　遺物だ！　それも何か凄く高そうなやつだ！」

布地が複雑に立体的に重なり合っており、一枚の布から作り出すのはどう考えても不可能なデザインだが、継ぎ目や裁断が一切見当たらない服。

何らかの文字のような記号を空中に表示する情報端末と思われる六角形の板。

半透明で幾何学的な模様が浮かび上がっているインテリアのような正多面体の物体。

その他にも数多くの遺物がアキラの目に映っていた。どれも材質も製法も不明で、その用途すら見当の付かない物も多いが、それでも旧世界の高度な技術で作成されたことは確かであり、アキラには非常に高い価値がある品に見えた。

アキラは早速店の中に入って取り出そうと思い、近くにあるであろう入口を探した。しかしそれらしいものは見当たらず、周囲には壁しかなかった。

「……入口は？　入口はどこだ!?　無いぞ？　何でだ!?」

自身と遺物を隔てているガラスのような壁にも、その背後にも、出入口や取り出し口のようなものは見当たらない。これらの遺物をどうやってこの中に入れたのか、アキラには全く分からなかった。


もっともアキラにとって重要なのは、入れた方法ではなく取り出す方法だ。そして極めて原始的な手段を思い付く。

仕方無い。ぶち破ろう。その考えに従って、アキラは拳を握った。

そこでアルファに口を挟まれる。

『アキラ。落ち着きなさい』

「……やっぱり壊して取り出そうとすると、警報とかが鳴るかもしれないから危ないか？」

廃墟同然の遺跡ならともかく、これだけの状態を維持しているのであれば、警備システムなども休眠状態で残っている確率はある。

そしてショウウィンドーのガラスをぶち破るなど、遺跡の警備システムを下手に刺激する真似《まね》をすれば、運良く停止している警備システムを再稼働させてしまう恐れは確かにある。

だがアキラも折角見付けた遺物を前に、その危険を考慮して指を咥《くわ》えて諦めるのは嫌だった。

それにその危険はこの奥でも同じだ。遺物収集を目的にしている以上、どこかで危険を覚悟して遺物に手を出さなければならない。

　ここならばまだ外に近い。遺物に手を出して警備システムを再稼働させてしまったとしても、すぐに外に逃げられる。少なくとも、もっと奥で同じ危険を冒すよりは良いはずだ。

　アキラは自身の欲に釣られながらも、一応考えてのことだとそれらをアルファに説明した。

　しかしアルファは首を横に振った。アキラが少し不満そうな顔をする。

「……そんなに危ないのか？　それとも一度奥を確認してからの方が良いってことか？」

『アキラ。そういう話ではないのよ。その遺物を持ち帰るのは物理的に無理なの』

「えっ？」

『アキラにも分かりやすいように表示を変えるから、落ち着いて見ていなさい』

　思わず怪訝な顔を浮かべたアキラの前で、アルファが苦笑しながらアキラの視界を調整する。

　するとアキラがショウウィンドーの中、ガラス越しの光景だと思っていた部分から、急に奥行きが失われた。

「……あれ？」

『地形情報を優先化させて、擬似的な立体視を無効化させたわ』

　アキラの目にはまだ遺物が映っている。しかしのっぺりとした平面に描かれているだけだ。そしてアキラは自分の知識の中から、それに該当する物体の名称を捻《ひね》り出《だ》した。

「ポスター？」

『当時の広告でしょうね』

　アキラがショウウィンドーだと思っていたものは、壁一面に貼られたポスターだった。現実と見誤るほど高度な視覚効果の所為で、実物がそこにあると勘違いしていたのだ。

　アキラが盛大に溜《た》め息《いき》を吐く。

「……ぬか喜びしただけか」

『未発見の遺跡に初めて入ったのだから、そういうこともあるわ。こういう経験もハンター稼業の醍醐《だいご》味《み》だと思っておきなさい』
「……そうだな」
アキラはアルファに励まされながら、更に通路の奥に進んでいった。

遺跡の中をしばらく進んだアキラは通路の横に無人の店舗を発見した。

店の壁はガラスのように透明で、通路から中がよく見える。軽く覗き込むと、広い店内に複数の陳列棚が並んでおり、遺物と思われる物が多数置かれていた。大収穫だ。

だが先程の経験で疑い深くなっていたアキラは、浮かれる前にアルファに確認の視線を送った。

アルファが苦笑を返す。

『大丈夫。今度は本物よ』

「よし！」

アキラは笑って頷いた。

店舗の出入口は自動ドアになっていたが、機能を停止しており前に立っても開かない。ドアの縁《ふち》に手を掛け、強化服の身体能力で強引に開いていく。

扉は硬く、瓦礫を投げ飛ばせる力でもゆっくりとしか動かない。それでいて普通のガラスであれば簡単に砕ける圧力を受けても、割れもたわみもせずに強化服の出力に耐えていた。

アキラは無理矢理ドアを開けても警報等が鳴らなかったことに安堵して店内に入った。

陳列棚には多種多様な商品が並べられている。しかしその保存状態には差があった。ある物は経年劣化により塵の塊と化している。だが透明な袋に入った別の物は、不自然なほどに真新しい状態を保っていた。

「駄目になっている物も多いけど、ちゃんとした物もたくさん残ってるな。……あのポスターのやつみたいな凄い遺物は無いみたいだけど」

『ここは何らかの量販店で高級品は扱っていないのでしょうね。それでも旧世界製の品。旧世界の遺物には違いないわ。警報も鳴らなかったし、遠慮無く持っていきましょう』

「そうだな。車も強化服もあるんだ。たくさん持って帰ろう」

まだ強化服を手に入れていない頃、アキラは一度大きなリュックサックに遺物を自分の身体能力で運べる限界まで詰め込んだことがあった。余りに重い所為でふらついてしまい、痛む両脚に耐えかねて弱音まで吐いてしまった。

今は強化服のおかげでそのような心配は不要だ。リュックサックの容量が許す限り持って帰ろうと意気込んだ。

持ってきたリュックサックを開けて、そこから折り畳まれた状態の別のリュックサックを複数取り出す。それらを全て開けたアキラは、遺物運搬用の頑丈なリュックサックを引《ひ》き摺《ず》りながら店舗内を回って遺物を集め始めた。

アキラには遺物の目利《めき》きなど出来ない。良好な保存状態であればとにかく詰め込んでいく。

棚には用途不明の小型電子機器や計算機のような物、筆記用具らしき物、不自然なほどに変色していないノートなどもあった。一応詰めていく。

包丁などの刃物や、調理器具なども残っていた。刃物はよく切れるだけで、以前手に入れたナイフのように使うことは出来ない。そうアルファに言われたので少々残念に思いながら換金用として確保する。

真空パックのように平らに梱包《こんぽう》された上着、スカート、下着、ハンカチなども見付かった。

もっとも圧縮された状態ではアキラには薄い板状の布にしか見えない。一部の袋は不透明で、何らかの衣料品であることが分かるぐらいだ。デザインなど全く分からない。

当時もどんな物なのか分からない状態で売っていたのだろうか。それで売れるのだろうか。アキラはそう疑問を覚えたが、アルファから、当時は拡張現実等で中身を確認できたが、今はその機能が失われているだけだ、と説明された。

中身の確認の為に開封すると売値が下がる恐れがあるので、これもいわゆる旧世界風の尖ったデザインなのかと、中身を想像しながらそのままリュックサックに放り込む。

何らかの液体が詰められたボトルや、錠剤と思われる物が入った箱もあった。アルファに何の薬なのか聞いてみたが、ボトルのラベルや箱の表面が傷んでいる所為で分からないと言われる。使う気にはなれないが取り敢えず持ち帰ることにする。

アクセサリー類や玩具なども見付かった。お守りは無いのかと思いながら、それらも詰めていく。

店内を一通り物色すると、手持ちのリュックサックは全て満杯になった。

これ以上遺物を手に入れても持ち帰る手段は無い。アキラは遺物収集を切り上げて帰還を決めた。

リュックサックを引き摺りながら通路を戻っていく。複数のリュックサックが床に積もった埃を掻《か》き分《わ》けて長い線を残していく。

「遺跡をちょっと調べただけで遺物がこんなに手に入った。これが未発見の遺跡か。ハンターがこぞって探す訳だな」

予想以上の収穫にアキラは満足していた。アルファも同意するように微笑む。

『苦労して見付けた甲斐《かい》があったわね。アキラとの通信も問題無かったし、大当たりの遺跡だったわ』

「ああ、そうだった。地下に下りるのをやめないで本当に良かった」

恐怖に屈せずに覚悟を決めた選択がもたらした結果に、アキラは自らの考えの正しさを改めて実感していた。

長い階段を上がって地上まで戻ってきたアキラには、もう一仕事残っていた。遺跡の出入口をもう一度埋めるのだ。

一応、出入口を掘り出した時も、退かした瓦礫の積み方を工夫するなどして、他の者達に露見し難《にく》いようにしていた。入る時もアキラがぎりぎり通れるぐらいしか開けず、戻ってきた時もリュックサックを通せる分しか広げなかった。

それでも掘り出された状態と埋まった状態では見

付かり難さに大きな差がある。遺跡の存在を他者に知られない為に、自分で退かした瓦礫を自分で元に戻していく。

最後の作業を終えた頃には既に日が沈んでいた。流石にアキラも疲れを感じて大きく息を吐く。そして自分で埋めた跡を見て呟《つぶや》く。

「……大丈夫かな？」

一度掘り出してしまった以上、最近掘り起こされた場所という跡はどうしても残る。この下に遺跡の出入口があると知っている分だけ、アキラには少々不自然な跡に見えた。

『一応隠したわ。これ以上は運よ。見付からないことを期待しましょう』

「……、そうだな」

運は悪い方だ。アキラはそう思いながらも、これ以上はどうしようも無いとも思い、気を切り替えて都市に戻っていった。

◆

自宅の風呂《ふろ》でアキラが一日の疲れを取っている。いつもならばすぐに入浴の快楽に屈して意識を浴槽に溶かしているのだが、今日は大成果があったこともあり、そちらの方への思考力を残していた。

いつも通り一緒に湯船に浸《つ》かっているアルファへ、上機嫌な様子で声を掛ける。

「あの遺物、幾らぐらいになるかな？　状態の良いやつも多いし、あれだけあるんだ。高値になっても良いと思うんだけど、どう思う？」

アルファはいつものように一糸纏わぬ魅力的な肢体を湯に沈めている。波打つ湯面でその下の裸身が艶《なま》めかしく揺らいでいた。

そしてアキラの意識を自身により強く向けさせるように浴槽に腰掛ける。水面から上がって露わになった裸体の上を湯が滴《したた》り落《お》ちていき、艶《つや》やかな肌と水滴の輝きが上品な色香を放っていた。

もっともアルファの体はそこに実在しておらず、その上を滴る水滴も同様だ。アルファの膨大な演算能力でアキラの視界にそう描画されているだけだ。

それでも普通はその美しさに何らかの反応を示しても良いものなのだが、アキラの反応は相変わらず酷く鈍い。今日も類い稀《まれ》な目の保養を浪費し続けていた。

『余り過度に期待するのは禁物よ。良い保存状態で量もあるからって楽観視は出来ないわ』

「そうなのか？　でもあれだけあるんだぞ？」

『クズスハラ街遺跡で遺物収集をしていた時は、遺跡の奥にある遺物を、私がそれなりに厳選した上で持ち帰っていたからね。同じ感覚で考えては駄目よ』

「……まあ、そうか」

『それに遺物の種類と需要でも買取額は大きく変わってくるわ。期待しすぎると、後でがっかりするかもしれないわよ？』

「うーん。そうか。まあ、明日になれば分かるか」

『それにカツラギに売る時は小出しにしましょう。一度に大量に持ち込んで、そんなにどこで見付けてきたんだと、あの遺跡について変に勘付かれても困るからね』

「……そうだな。そうするか」

アキラの中で知《し》らず識《し》らずの内に膨れ上がっていたもの、大量の遺物を一度に売った時の相手の反応や、それで得られるであろう大金への期待は、このアルファとの遣り取りで落ち着きを取り戻した。

するとアキラの意識を支えていた無自覚の高揚もその分だけ落ちていき、その意識が湯船に溶けていく。そのぼやけた頭でふと思う。

「……なあ、アルファ。今日見付けた遺跡って、何て呼べば良いんだ……？」

『そうね。ヨノズカ駅遺跡で良いと思うわ』

「ヨノズカ駅遺跡か……。分かった……」

見付けた遺跡の名前を反芻《はんすう》したのを最後に、アキラの意識はいつものように湯船に溶けていった。

カツラギは移動店舗を兼ねた大型トレーラーで主にハンター向けの商品、武器や弾薬などを売っている商売人だ。

最近はクズスハラ街遺跡の仮設基地構築に関わるハンター達を主な商売相手にしているので、そちらにいることが多かった。だが今日はクガマヤマ都市に店舗を構えている。アキラから遺物を売りに行くと連絡を受けたからだ。

カツラギはアキラとの取引で、アキラがカツラギに遺物を売る代わりに、スラム街で弱小徒党のボスをしているシェリルを支援することになっていた。

クズスハラ街遺跡での騒ぎの所為でアキラが遺物収集を一時的に中断していたのはカツラギも知っていた。だが再開後に約束通り遺物を売りに来るかどうかは確証を持てなかった。

その不安もあり、遺物を限界まで詰め込んだような大きなリュックサックを背負って現れたアキラを見たカツラギは、その表情を大いに緩めた。

そして遺物の査定を済ませると、内心の評価は伏せて、その程度か、という顔をアキラに向けた。

「220万オーラムだな」

大きなリュックサック一つ分の遺物に対して提示された買取額に、アキラが少し不満そうな顔を浮かべる。

カツラギはそのアキラの態度を注意深く観察してその内心を探りながら、いつも通りの商売人の笑顔を作って慎重に言葉を選ぶ。

「買取額に不満があるって顔だな。だがこの前のように、すぐにハンターオフィスの買取所に持っていく、と言い出さない程度には納得もしている。そうだろ？」

「……まあな」

アキラは昨日アルファと遺物の買取額について少し話したこともあり、カツラギの提示額に対し、不満はあるが、こんなものか、という考えだった。

カツラギはそのアキラの内心を見抜いた。

承諾できないほどの額ではない。しかし不満は残る。それを積み重ねると、アキラに遺物を余所《よそ》に流される確率が上がる。

そうさせない為にカツラギはアキラの不満の度合いを探りながら、表面上は軽い話をするように、自身の利益に繋がる話を注意深く続けていく。

「まあ、俺もお前から遺物を不当に安く買い叩くつもりはねえよ。その所為でお前が遺物を余所に持っていったら大損害だからな」

「だと良いんだけどな」

「本当だって。俺はお前とはこれからも仲良くやっていくつもりだ。その証拠に、お前との約束を守って、シェリルの面倒だってちゃんと見てやってるんだぞ？」

カツラギはそう大袈裟に言ってから、少々悩ましい顔をする。

「ただ、まあ、あれだよ。シェリルの支援にはそれなりに金が掛かるんだ。だから、本音を言えば、買取額をちょっと安めにして、その分だけ俺の儲《もう》けを増やしたい気持ちも、ある」

嘘は言わず、だがどれだけ儲けたいかという部分の程度はごまかし、カツラギが話を続けていく。

「しかしだ。さっきも言った通り、それでお前の納得を得られない買取額を提示しても、お互いに損するだけだ。そこでだ。お前には遺物売却に関するノウハウがかなり足りていないようだから、俺が教えてやろう」

そして、相手の状況を察しているような、意味深な顔をする。

「どうせあれだろ？　普段は討伐中心で、遺物収集は余りやってないんだろ？　売却慣れしてるなら、俺のところには持ち込まない遺物もたくさんあったからな」

「想像に任せる」

「まあ違ってたとしても聞いておけって。聞いて損は無い話だぞ？　旧世界の遺物は持ち込む場所で買取額が大きく変わるんだ。さっきお前が不満を覚えた買取額には、俺のところでは高く買えない遺物が多かったからって理由がある」

そう言って、相手の興味を誘うような口調で親しげに笑う。

「だから、俺の提示額を変に安いと思ったのなら、ここでその詳しい理由を聞いて納得しておけって。な？」

相手の納得を稼いだ上で、自分にとって都合の良い内容をどこまで混ぜるか。カツラギはその程度を思案しながら、遺物売却の知識を話し始めた。


遺跡から持ち帰った遺物を何も考えずにハンターオフィスの買取所に持ち込むハンターも多い。だが出来る限り高値で売りたいのであれば、そこに手間暇を掛ける手段もある。

遺物にも需要と供給の概念がある。適した物を適した者に売れば、それだけ高値で売れる。その選別と選択は、ハンター向けの遺物売却代行業が成り立つ程度には複雑だ。

だからこそ、面倒だからと業者に丸投げする者もいれば、買取額が安くともハンターランクの足しにはなると、ハンターオフィスの買取所に全部持ち込む者も出るのだ。

「言ってくれれば、俺がお前の遺物売却を一括で請け負っても良いぞ？　どうだ？」

「気が向いたらな」

「そうか。まあ、考えておいてくれ」

ハンターオフィスは統企連の傘下《さんか》組織であり、その母体である大企業が欲《ほっ》する遺物に高値をつける。つまり旧世界の高度な技術の解析元となる物だ。

それらはハンターオフィスの買取所を通して東部全域から集められ、企業直下の研究施設に輸送され、多くの有能な科学者や技術者達によって解析されて、東部の技術発展を支えている。

当然ながら技術的に貴重で重要な物ほど大企業に流される。その所為で大企業と中小企業の技術格差はなかなか縮まらない。

中小企業がその技術格差を覆《くつがえ》すには、別の入手ルートで遺物を手に入れるしかない。つまりカツラギ達のような個人業者などを経由して買うのだ。

カツラギがアキラから持ち込まれた遺物の中から、何らかの電子機器のように見える物を手に取る。

「そういう理由もあって、こういう種類の遺物を俺みたいなところに売りに来るのは大正解だ。そいつらに高値で売れるから、俺も高値で買い取る訳だ。分かるだろ？」

「まあな」

「今後も似たような物を是非持ち込んでくれ。期待してるぜ？」

技術解析という意味では価値の低い遺物でも需要があれば高く売れる。現行技術でも同等の物は製造可能だが費用的に割に合わない物や、旧世界製というブランドが付加価値となる物などだ。

これらの遺物は対応する取扱業者へ流れ、品質を確認され、見栄《みば》え良く装飾され、時には別の物へ加工されて商品として流通していく。

カツラギが査定済みの遺物から包丁と調理器具を手に取る。

「この手の遺物を俺に持ち込むのも、まあ正解だ。俺が販売ルートを持っている類いの物なら、それなりの値段で買う。別に特別な物じゃないし、旧世界製と言っておけば、ちょっとお高く売れる物だからな。業者に流しやすいって意味でも、ありだ」

そしてカツラギは次にとても薄く梱包されている衣服類を手に取ると、少し難しい顔を浮かべた。

「で、そういう意味だと、こっちはちょっとな。悪いが、俺はこの手の遺物を流すルートを持ってないんだ」

更にその衣服へ訝《いぶか》しむような視線を向けた。

「あとな、衣服類の遺物は扱いがちょっと難しい部分もあるんだ。当時のデザイン感覚で作られたものだから、今の感覚だと物凄くダサい物もあって、旧世界製っていうブランド効果が成り立たない場合があるんだよ。分かるだろ？」

「ま、まあ、それは分かる」

「そもそも服には流行廃りがあるし、別に俺もその手のファッションセンスに自信がある訳でもないしな。デカい企業なら取り敢えず買って、流行になるまで倉庫に寝かしておけば良いのかもしれんが、それは俺には無理だ」

カツラギがすまなそうな顔で言う。

「だから、悪いが、買い取れと言われたら、俺とお前の仲だから一応は買うが、捨て値に近い金しか出せない。そういう物だからな」

そしてその表情でアキラの反応を探った。

(……ちょっとあからさまだったか？　いや、大丈夫そうだな)

確認を終えたカツラギは、話題を逸《そ》らすように別の遺物を手に取って衣服系の遺物に関する話を切った。

「次にこっちの遺物だが、こういう物を俺のところに持ち込むのは不正解だ」

そう言ったカツラギの手には、アクセサリー類の小物と未開封のトランプが握られていた。

ハンターは遺跡から様々な遺物を持ち帰り金に換えようとするが、その中には買い取る側としては扱いに困る物もある。それは、取り敢えず遺跡にあったのだから何らかの価値があるだろう、という勝手な判断で店に持ち込まれた物だ。

以前にアキラがシズカから貰ったお守りも、似たような理由でシズカの店に持ち込まれていた。

しかしそのような物でも稀に高値で取引される。ある種の古美術品としてその手の収集家などが並外れた値をつけるのだ。

そしてその可能性があるからこそ、ハンターは一見ゴミのような物でも一応持ち帰り、買取業者などと買う買わないで揉《も》めることもあった。

カツラギにも似たような経験がある。それを思い出して軽く溜め息を吐く。

「この遺物が好事家《こうずか》に高値で売れる可能性が欠片《かけら》も無いとは言わない。だからって、俺にそれを期待して買えと言われても困る。こういうのは美術品とかの目利きと同じだ。俺には分からん。まあ、俺とお前の仲だ。只《ただ》で引き取るぐらいはしても良い」

「引き取ってどうするんだ？　売り物にはならないんだろ？」

「適当に倉庫にぶち込んでおいて、仲間内の目利き自慢や好事家の代理人のやつらに見せるんだよ。欲しがるやつがいれば、ちょっとした伝ぐらいにはなる。ある程度溜《た》まったら荒野に捨てて、それで仕舞いだ」

「……えっと、それは大丈夫なのか？」

「捨て場所に気を付けているってこともあるが、今のところ文句を言われたことはないな。スラム街の外れとかに捨てると1ヶ月保たずに消える。多分スラム街の住人とかが拾ってるんだろう」

スラム街の露店にはそのような物も並べられている。一度捨てられた物である以上、誰も文句は言わない。そしてその売れ残りは再び荒野に捨てられる。

「荒野に捨てても、やっぱりいつの間にか消えてるんだ。これには諸説あって、旧世界の清掃機械が今も稼働していて密《ひそ》かに掃除をしているとか、モンスターが食ってるとかいろいろ言われている。俺は後者の説を支持するね。荒野には戦車を食うモンスターまでいるんだ。別に不思議じゃない」

不要なものは都市から荒野へ。ゴミのような遺物も、スラム街の死体も、或いはまだ生きている者も。そして必要なものは荒野から都市へ。貴重な遺物も、その実力を示した者も。

そこには東部のちょっとした縮図があった。

カツラギは話を終えるとアキラの様子を改めて窺《うかが》った。

「俺の方にもそういう事情があって、商売人として出せる額には限度がある。お前に不満があっても２０万オーラムが限界だ。これ以上は出せない」

そして普通に興味深そうな態度で話を聞いていたアキラの反応に手応えを感じた。

「だが俺もお前が頑張って持ち帰った遺物を安く買ってしまった所為でお前との仲が拗《こじ》れるのは嫌だ。そこでだ。今回は俺のところに持ち込むのが正解の物だけ買うってのはどうだ？」

相手は自分の話を受け入れている。ならばこの提案にも疑問は抱かないはずだ。カツラギはそう判断していた。

「俺が買わなかった物はお前の好きにすれば良い。余所に売っても良いし、しばらく売らずに取っておいてもいい。どうだ？　お互いに納得できる良い提案だと思うんだがな」

現時点ではアキラに有益なことしか言っていない。だから変な懸念《けねん》を覚えることもない。問題無いはずだ。そう考えて、カツラギは自信たっぷりに笑っていた。

アキラが少し考えてから答える。

「分かった。そうしてくれ」

「よし。取引成立だな」

カツラギはアキラから該当の遺物を買い取り、代金の振込を済ませた。そして帰ろうとするアキラに軽い調子で声を掛ける。

「ああ、そうだ。アキラ。残りの遺物は好きにして良いって言ったが、しばらく売らずに残しておくのを勧めるぜ」

「何でだ？」

「俺も販売ルートの構築には力を入れているんだ。今回は買えなかった物も、その内に高く買えるようになるかもしれない。別に当座の金にも困ってる訳じゃないんだろう？　高値で売れる機会を待って、ちょっと寝かしておけよ。そういうのも遺物売却のテクニックだぞ？　覚えときな」

「ふーん。分かった。じゃあな」

アキラはそう軽く答えて帰っていった。

カツラギはアキラを見送り、その姿が見えなくなると、客には見せられない商売人の笑顔を浮かべた。そして更なる利益の為に知り合いの業者に早速連絡を取った。

◆

カツラギの所から自宅に戻った後、アキラは売らずに残した遺物を床に並べて軽く唸《うな》っていた。

床には衣服類、アクセサリー類、玩具類、その他よく分からない遺物が並んでいる。これらの扱いを考えなければならない。

アルファからはアキラの好きにすれば良いと言われていた。遺物を金に換えるまでがハンター稼業ではあるが、今すぐに金に換える必要も無いからだ。いずれは更に高性能な装備を買うとしても、新装備一式を揃えたばかりだ。そこまでは急がない。

どうしようかと考え続けていたアキラがふと思う。

「アルファ。カツラギの話なんだけど、あれ、アルファはどう思った？」

『そうね。嘘は吐いていなかったわ』

「へー。じゃあ、しばらく売らずに寝かしておいた方が良いかな？」

そう尋ねたアキラに、アルファは少し意味深な微笑みを向けた。

『正直者とは言っていないわよ？』

アキラも軽く笑って返す。

「分かってるよ。でもシェリルの面倒を見てもらってるのは確かなんだ。その面倒事の分ぐらいはカツラギの経営努力も大目に見るよ。度が過ぎたら考えるけどな」

カツラギも商売人だ。ハンター相手に多少の駆け引きぐらいはするだろう。アキラはそう思い、それに対応するのもハンターの実力の内だと考えて、敢えてカツラギの出方を見ていた。

アルファが少し意外そうな顔を浮かべる。

『アキラもそういうことを言うようになったのね。余裕でも出てきたの？』

「そうかな？　そうかもな」

そう軽く答えたアキラは自覚も無く少し笑っていた。

そこについ先程話に出たばかりのシェリルから、アキラの情報端末に通話要求が届いた。それに出るとシェリルの明るい声が、しかしどこか緊張した様子で聞こえる。

「シェリルです。今、大丈夫ですか？」

「ああ、どうした？」

「いえ、大したことではないのですが、お暇でしたらまた拠点の方に足を運んでいただけないかと思いまして」

カツラギからアキラが遺物を売りに来た時に新しい装備を身に着けていたという話を聞いたので、一度その新装備を見せに来てほしい。それがシェリルの頼みだった。

シェリルの徒党は基本的にアキラという強力なハンターを後ろ盾にすることで安全を得ている。

シェリル達が単なる子供の集まりとみなされていた頃は、それなりに強く多少頭のおかしいハンターの庇護《ひご》下にあるという程度で、問題無く安全を確保できていた。

しかし最近のシェリル達は構成員の人数も増え、ホットサンドの販売などで金も稼ぐようになっており、他の徒党が余計なことを考えても不思議の無い状態になり始めていた。

そこでアキラが強力な新装備で拠点に現れれば他の徒党への牽制《けんせい》になる。周囲の者に装備を軽く見せるだけでも意味があるので、出来れば顔を出してほしい。シェリルはアキラにそう頼んだ。

「分かった。今からそっちに行く」

「良いんですか？　ありがとうございます。お待ちしています」

安堵の滲《にじ》んだ声でシェリルからの通話が切れる。

アキラは出かける準備をしようとしたところで、床に並べたままの遺物を見て、以前にふと思ったことを思い出すと、リュックサックに衣服類とアクセサリー類の遺物を詰めた。

『どうしたの？　ついでにそれも売りに行くの？』

「いや、土産にちょうど良いと思ってな」

アキラは外出の準備を済ませると、リュックサックを持って車庫に向かった。

第72話　遺跡探索のお土産

スラム街の外れをルシアとナーシャが死体を運びながら進んでいた。エリオも一緒にいるが、手は貸していない。

死体は身包《ぐる》み剝がされており簡素な服しか着ていない。その服もボロボロで、それぐらいは着せておくと引き摺って運びやすいという理由で着せられていた。

死体はシェリルの徒党の縄張りに放置されていたものだ。ルシア達はスラム街の徒党の暗黙の仕事である縄張りの清掃の一環として、その死体を荒野まで捨てに行く途中だった。

ルシアが親友と一緒に死体を片足ずつ持って引き摺りながら、その重さに辟易《へきえき》して溜め息を吐く。

「ねえナーシャ。今週これで何人目だっけ？」

「確か、６人目よ」

「多いなー。そんなに広い縄張りでもないんだから、もっと少なくても良いじゃない」

嫌そうに顔を歪めるルシアを気遣って、ナーシャが苦笑を浮かべながら明るい声を掛ける。

「面倒臭いし嫌な仕事なのは分かるわ。でも、そういう仕事を私達に回される間は安泰よ。そう思って我慢しなさい」

「それは分かってるけど……」

ルシアはまた溜め息を吐いた。親友が気遣ってくれたことで少しは気が楽になったが、もう割り切ったと明るく笑うナーシャのように開き直るのは無理だった。

徒党の縄張りの維持の為にも、縄張りの清掃は重要な仕事だ。だからといって死体を荒野まで捨てに行く仕事などやりたがる者はいない。よって大抵は徒党での地位の低い者が押し付けられて嫌々やることになる。

シェリルの徒党でもそれは同じで、基本的には新入りが交代で行っている。そしてルシアもその新入りであり、その手の仕事を押し付けられる立場だ。

だがルシア達は少々事情が異なっていた。普通は交代制で行われるその仕事を、ルシアは徒党に加入してからずっと押し付けられていた。

そしてナーシャは徒党では比較的古参側であり、徒党内での評判も良く、少し前までは幹部候補のような扱いを受けていた。しかし今はルシアと一緒に死体運びの毎日だ。

その原因はルシアにあった。ルシアはスリとして生計を立てていたのだが、運悪くアキラの財布を盗んでしまったのだ。

それがアキラに露見してしまい、そのまま殺されるところだったのだが、紆余曲折《うよきょくせつ》を経て一度は逃げ切った。しかしアキラが後ろ盾をしているところだと知らずにシェリルの徒党へ加入しようとした所為で、そこにいたアキラに捕まってしまった。

そして今ルシアは、なぜ自分が生かされているのかも分からずに、シェリルの徒党で新入りとして働いていた。

その経緯を思い出したルシアは、親友を巻き込んでしまった罪悪感で顔を悲しそうに歪めた。

「……ナーシャ、ごめんね。私の所為で……」

ナーシャは知らなかったとはいえ、アキラから盗んだ金を仲介料にしてルシアを徒党に入れようとしてしまった。それはそれで問題なのだが、知らなかったのだと言い切ってルシアを見捨てていれば軽い処置で済んでいた。

しかしナーシャはそのような言い訳をせずに、逆にルシアを庇《かば》ってシェリルにルシアの助命を頼み込んだ。その所為で、徒党で幹部手前の地位だったのにもかかわらず、今はルシアと同じように死体運びの毎日を送っていた。

だがナーシャは明るく笑って返す。

「ルシア。もうそれは何度も聞いて飽きたわ。しつこく言う気なら、ごめんねじゃなくてありがとうとか、たまにはパターンを変えてくれない？」

気にしていないと、冗談のように軽口を返してくれる親友の気遣いに、ルシアも少しだけ笑顔を浮かべた。

「……ありがとう」

「どういたしまして。いろいろあったけど、今更よ。私もルシアも生きてるんだもの。切り替えていきましょう」

死体を引き摺りながらの会話ということを除けば、過酷なスラム街での生活の中でも笑顔を忘れずに友人との絆《きずな》を確かめ合う温かな光景ではあった。

そこにエリオが何となく口を挟む。

「えっと、ルシアだっけ？　俺も詳しい話を聞いた訳じゃないんだけどさ。アキラさんの財布を盗んだんだよな？　何でよりによってアキラさんを狙ったんだ？」

わざわざ話題にしたいとは思わないことを聞かれて、ルシアが表情を少し歪める。だが徒党の幹部であり、自分達の見張り役でもある者からの質問だ。少し怯えた口調で答える。

「……ここの徒党の後ろ盾をやってるなんて知らなかったんです」

「いや、知らなかったからってさ……」

責められていると感じたルシアが更に怯えて顔と声を暗くしていく。それを見てナーシャが口を挟み、エリオの意識を自分に向けさせる。

「ごめんなさい。ルシアのしたことが気に入らないのは分かります。でもルシアを徒党に誘ったのは私で、ルシアも反省して毎日こうやって死体運びをやっています。言い足りないのなら後で私が聞きますので、今はそれぐらいで勘弁してもらえませんか」

そう言って頭を下げるナーシャを見て、エリオは軽く慌てながら首を横に振った。

「あ、違う。別に責めてる訳じゃないんだ。ただ、ちょっと気になってさ。ほら、財布を盗むにしても、普通は相手を選ぶだろう？　何でアキラさんを選んだんだ？」

エリオは単純な疑問として聞いていたのだが、少し精神的に弱っていたルシアには、お前は何でそんな馬鹿で無能なんだと言われているようにしか聞こえなかった。うちひしがれて弱々しい顔と声で返事をする。

「……あんなに、強い、ハンターだとは……思わなかったんです……。……ごめんなさい」

「あの、エリオさん。本当にもうそれぐらいで……」

「あー違う違う。本当に責めてるんじゃなくて……」

聞き方を間違えた。そう考えたエリオは、本当に責めている訳ではないと信じてもらう為に、少し自分の話をすることにした。

「実は俺も前にアキラさんにやらかしたことがあるんだ。それで、ちょっと気になったんだよ」

エリオが自身の失態を苦笑しながらルシア達に話していく。

アキラと初めて会った時、その実力が分からずに喧嘩《けんか》を売ってしまったこと。背後から殴りかかったが、あっさりと返り討ちに遭い、殺されるところだったこと。

そしてアキラの実力を間近で見て、自分がどれだけ無謀だったのかを理解し、過去の自分の馬鹿さ加減に頭を抱えたこと。

エリオはそれらの話を、軽い笑い話にしてルシア達に語った。

「まあ、そういうことがあったんだ。だからルシアも俺と同じようにアキラさんの実力を見誤ったのかなと思ってさ」

そして自分の話に驚きながらも、それで変な怯えは薄れて落ち着きを取り戻したように見えるルシアに、もう一度尋ねる。

「で、実際どうなんだ？　あ、こいつカモだ、とか思ったのか？　ああ、そっちも普通に話してくれ。気持ちは分かるけど、逆に気になる」

ルシアは少し迷ったが、エリオの態度から気遣いを感じたこともあって正直に話すことにした。

「……あ、うん。その、カモだと思った。ハンターには見えたけど、ただの駆け出しで、装備だけ揃えたやつで、これなら楽勝かなって……」

「そっかー。やっぱりアキラさんには、何か初見のやつに見くびられる雰囲気みたいなものでもあるのかなー。俺、ボスから新入りにその辺を注意するように指示されてるんだけど、正直に言うと、注意してもあんまり分かってないやつもいるんだよなー」

エリオがそう少し嘆いてから、軽い調子で尋ねる。

「なあ、そいつらにルシアの話もして良いか？　そいつらが何かやらかすと俺の所為になるから、説得材料を増やしておきたいんだ」

「あ、うん。良いけど……」

「悪いな。助かる」

それで一度会話が途切れた。そしてエリオがわずかに気恥ずかしそうな様子で話す。

「まあ、その、何だ、俺も一度アキラさんに殺されかけたんだけど、その俺だって今は徒党の幹部っぽい扱いになってるんだ。大丈夫だって」

「……うん。ありがと」

エリオの話である程度気が楽になったルシアは、その分だけ元気を取り戻して普段より少し明るく笑った。

「何かあったら、取り敢えず俺かアリシアに言ってくれ。話ぐらいは聞くよ」

アキラに対してやらかしたことがあるという共通点を持つ三人は、雰囲気を和らげてそのまま引き続き荒野を目指した。


ルシア達は荒野に死体を捨て終わった後、スラム街の外れで休憩を取っていた。

ナーシャがルシアに聞かれないように小声でエリオに話しかける。

「ルシアを励ましてくれてありがとう。……馬鹿な勘繰りだったらごめん。あれ、変な意図は無いのよね？」

エリオは少し不思議そうな顔をした後、少々邪推気味かと思いながら、念の為に答える。

「一応言っとくが、俺はアリシア一筋だ」

「そう。助かるわ」

そこでエリオとナーシャが互いの発言を整理する沈黙を挟んだ。

「……そういうことを俺に言うってことは、変な意図有りでいろいろ言ってきたやつがいるんだな？」

「何人かね」

「度が過ぎるようなら俺かアリシアに言え。馬鹿な真似はするなってぐらいなら、釘《くぎ》は刺しておく」

「助かるわ。見返りは私に要求して。相手ぐらいするから」

「だから、俺はアリシア一筋だ」

「そう」

再び話を整理する沈黙が流れた。そしてエリオが軽く溜め息を吐く。

「分かってるだろうけど、俺はボスからナーシャ達の監視も指示されてる。逃げたら殺せとも言われてる」

エリオがナーシャ達に同行しているのはその為だ。本来荒野に死体を捨てに行く者には安全の為に銃が渡されるが、ナーシャ達には渡されていない。

「俺も仲間は撃ちたくない。アリシアも悲しむしな。だから、馬鹿が馬鹿な真似をした所為で、追い詰められたお前達が逃げ出すと困るんだ。アリシアの為にも、それを防ぐ努力ぐらいはする。そういう理由があってのことだ。これで良いか？」

そうわざわざ言い訳を添えてくれたエリオに、ナーシャも疑心を解いた。

「……ごめん。疑いすぎたわ。エリオ。ありがとう。アリシアにもお礼を言っておいて」

そう本心で礼を言って微笑んだナーシャに、エリオも軽く笑って返した。

そしてナーシャが真面目な顔を浮かべる。

「正直に教えて。ルシアのことなんだけど、本当に大丈夫だと思ってる？」

「……多分な。アキラさんの考え次第だろうけど」

「それで大丈夫だって言えるの？　あのアキラさんなのよ？」

「こう言っちゃ何だけど、殺す気ならとっくに殺してると思う。それで生きてるんだから、もう殺す気は無いんだろう。アキラさんが何でそう思ったのかまでは分からないけどさ」

ナーシャが表情を緩める。

「……そうね。そこを疑ってもどうなるものでもないし、今はそう思っておくわ」

「まあ、馬鹿な真似だけはしないようにしてくれ」

「分かってるわ。私もしないし、ルシアにもさせない。約束する」

そこでルシアがナーシャ達の様子に気付いた。

「ナーシャ。何話してるの？」

「ん？　現状の改善方法の相談。ルシアも永遠に死体運びは嫌でしょう？」

「それはそうだけど……」

話をごまかしに入ったナーシャに、エリオも乗る。

「休憩は終わりだ。帰るぞ」

「あ、うん」

エリオ達はスラム街の拠点に向かって進み始めた。するとその背後から一台の荒野仕様車両が近付いてくる。荒野から戻ってきたハンターだろうと思って邪魔にならないように道の脇に移動すると、その車がエリオ達の側で停まった。

「やっぱりエリオか」

車両から声を掛けられたエリオ達がそれぞれ差のある反応を示す。エリオは少し驚き、ナーシャは表情を硬くし、ルシアは怯えを顔に出してナーシャの背後に隠れた。

声を掛けたのは、アキラだった。

◆

シェリルはアキラを迎える為に拠点の外に出ていた。

アキラを呼んだのはアキラに会いたいシェリル自身の欲でもある。だが今回は徒党内外への示威を優先していた。

その都合で少々大袈裟に出迎えようと、徒党の武力要員達にカツラギから買った装備を身に着けさせて、自分の背後に並んで立たせていた。

拳銃弾程度なら一応貫通はさせない安価な防護服と廉価版AAH突撃銃でも、ただの服と拳銃程度しか持っていない者よりは威圧感がある。

それでもまだ二桁に満たない人数しかいないが、スラム街の弱小徒党の基準では十分な戦力であり、多少の抑止力にはなっていた。

少し離れた場所には他の徒党の者達の姿も見える。シェリルが流した情報で、アキラの様子を確認しに来たのだ。

そこにアキラが車で現れる。周囲の者の視線が集まった。

頑丈そうな厳《いか》つい荒野仕様車両は、安全な都市の中を軽く移動する為に使う小型車とは一線を画しており、その見た目だけで荒野の過酷さとそこで生計を立てるハンターという存在の物騒な生業を想像させる。

その後部の銃座に設置されているCWH対物突撃銃とDVTSミニガンは、スラム街での小競《こぜ》り合《あ》いなどに使われる銃器から明らかに逸脱している。徒党間の抗争で用いられれば惨劇を生み出すのは間違いない。

運転席に座るアキラが着ている強化服もそこらの安物には見えない。悪評により致命的に売れなかっただけであり、元々は高ランクハンター向けに売り出された製品だ。その風評を知らない者が見れば、拳で壁を吹き飛ばし、人間の頭ぐらい容易《たやす》く粉砕する強力な装備でしかなかった。

その武装だけでも警戒に値する後ろ盾だ。しかもその者はまだその装備を手に入れていない頃に、敵対した徒党の構成員を殺して、その死体を持って敵の拠点に乗り込んでいる。

その頭のおかしい人格の持ち主という情報が、その者を敵に回した際の危険性を膨れ上がらせていた。シェリル達はまだまだ弱小徒党とはいえ、最近は羽振りの良い話も聞く。厄介な後ろ盾がいるとはいえ、拠点に常駐している訳でもない。

それならば少々危険ではあるが、シェリル達を締め上げれば割に合う金が手に入るのではないか。そう考えていた他の徒党の者達は、アキラを見てその考えを取り下げた。

そこまではシェリルも自身の計画通り上手くいったと喜べた。だがシェリルはアキラを迎えるにしてはやや硬い笑顔を浮かべていた。

（な、何でルシア達も一緒に乗ってるの？）

アキラは運転席に、エリオは助手席に、ルシア達は後部座席に座っている。何も知らない者が見ればその関係性を変な勘繰りや邪推も含めて推察できる光景だ。

シェリルはルシア達の扱いに今も悩んでおり難しい対応を強いられている。

アキラの財布を盗んだ者達なので能力があっても重用は出来ない。しかし無下には扱えず、意図的に死なせるような冷遇は厳禁だ。アキラからルシア達の適切な扱いを頼まれているからだ。

その上で、徒党内外の視線を集めたこの状況で、アキラがルシア達を後部座席に乗せている。ルシア達の扱いが更にややこしくなった瞬間だった。

そこでシェリルの前に車を停めたアキラから声を掛けられる。

「シェリル。ここって駐車場所とかあったっけ。それとも俺の装備を見せ付けるなら、このままここに停めておいた方が良いか？」

「は、はい。では、ここでお願いします」

アキラの応対が最優先。声を掛けられた時点でシェリルは即座にそう判断し、ルシア達への対処に思考を割り裂くのを中断した。

そして部下達にアキラの車の見張りを頼み、勝手に触らないように厳命した上で、アキラと一緒に拠点へ入っていった。

わずかに遅れて、緊張から解放されたルシア達が盛大に息を吐いた。

シェリルはアキラを自室に招くと、ルシア達と一緒に来た経緯を軽い態度で尋ねた。そして、途中で見掛けたから、という非常に浅い理由を聞いてまずは安堵した。

「そうでしたか。お手数をお掛けしました」

「ん？　まあ、ついでだったしな」

シェリルはそのアキラの様子から、アキラは既にルシア達への興味を無くしている可能性が高いと判断した。

もうしばらく様子を見て、本当にどうでも良いと思っていると確信できれば、ルシア達の扱いを有象無象と同じにしても問題無くなる。アキラからルシア達の問題の無い対処を任された自分の気苦労もこれで減る。そう楽観視した。

そしてアキラの機嫌を良くしようと当《あ》たり障《さわ》りの無い褒め言葉を口に出す。

「ところで、それが新しい装備ですか。何というか、凄いですね。格好良いですし、強そうです」

「ああ。俺もよくは分からないんだけど、良いやつらしいんだ。いろいろあって人気は無い製品なんだけど、その分かなり安かった。まあ、一式揃えたからおまけしてくれたってのもあるんだろうけどな」

シズカが手配してくれた装備を褒められて、アキラはシェリルの予想以上に機嫌を良くした。

そこでシェリルは更にアキラの機嫌を良くしようと楽しげに話を弾ませようとする。

「安く手に入ったんですか。それは良かったですね。幾らぐらいだったんですか？」

そう言ってテーブルのカップを手に取り、より良い歓談の為に喉を潤わせようと口を付けた。

「8000万オーラムぐらいだ」

そして予想外の額に口内の液体を吹き出してしまうのを根性で耐えた。だが微笑みまで維持するのは無理だった。

「どうした？」

「……いえ、何でもありません。その、8000万オーラムで、安かったんですか？」

「ん？　まあな」

車は中古。強化服は処分価格。どちらもシズカが何とか良い品を安く手配しようと頑張ってくれたおかげだ。だから同程度の装備を普通に買うよりは大分安いのだろう。アキラはそう考えて答えていた。

だがシェリルは、アキラにとって8000万オーラムとは小銭、少なくとも金銭感覚的に安い、と捉えた。その内心の驚きを隠しながら、どこかおずおずと尋ねる。

「……アキラはこの前、回復薬を1000万オーラム出して買ってましたよね？　他にも何か買ったり支払ったりしました？」

「したけど」

「……何に幾らぐらい使ったのか聞いても良いですか？　あ、ちょっとした興味なので無理には聞きませんけど」

聞いて確かめておきたい。でも心情的には聞きたくないかもしれない。その葛藤がシェリルの言葉に表れていた。

アキラは普通に答えようとして、ふと思い、返事を少し曖昧にする。

「あー、6000万オーラムぐらいを、ちょっとな」

治療費の支払に、報酬と相殺《そうさい》という形式で6000万オーラム支払った。初めはそう言おうとした。

だがなぜそれほどの治療が必要になったのかという点が、都市との守秘義務に引っ掛かるかもしれないとまず思う。

加えて以前にシェリルから、自分が死ぬような話はしてほしくないと言われたことも思い出した。その結果、アキラは具体的な使用用途をぼかし、支払額のみを口にしていた。

それを聞いたシェリルの顔がわずかに固まる。

「そ、そうですか」

合計1億5000万オーラム。アキラはそれだけの額を短期で支払えるハンターになっていた。そのような者に100万、200万程度の小銭をちまちま渡して何になる。その認識がシェリルの心に衝撃を与えていた。

会話をただの会話ではなく二人の仲を深める為の歓談にする為に、積極的に話題を振り、話の内容を操作する側であるシェリルが、その衝撃で黙ってしまったことで会話に少し間が空いた。

アキラがそれを不思議に思いながら、ふと土産のことを思い出す。

「ああ。そうだ。遺物収集の土産があるんだった」

アキラがリュックサックからヨノズカ駅遺跡の遺物、板状に圧縮された旧世界製の衣服類と、同じく旧世界製のアクセサリー類を取り出した。

「遺跡にあった物だから一応旧世界製だ。好きなのを選んでくれ」

我に返ったシェリルがテーブルに置かれたそれらの品を見て驚く。

「えっと……、凄く嬉しいんですけど、その、良いんですか？　旧世界製の品って、高いんですよね？　買取に出した方が……」

「ああ、大丈夫だ。一度カツラギに売りにいって、高値では買わないとか、こんなものは買わないとかいろいろ言われて持ち帰ったやつだからな」

「そうでしたか。そういうことでしたら遠慮無くいただきます」

プレゼントを贈られれば嬉しいが、高すぎる物を渡されれば気後れもする。東部では旧世界製とは高級品の代名詞でもある。

アキラに返せるものが圧倒的に足りていない今のシェリルには、旧世界製の品を贈られても気後れの方が大きかった。

だがカツラギから買取を拒否される程度の安物だと知って安心すると、とても嬉しそうな顔で選び始めた。

「まあ、安物でも旧世界製の品なんだ。ハンターと仲が良い証拠の品ぐらいにはなるだろう。活用してくれ」

「……そうですね。使わせていただきます」

親しい間柄の女性を喜ばせる為の贈り物ではなく、徒党の円滑な運営の為の物証としての品だということを残念に思いながらも、シェリルはそれを顔には出さなかった。

◆

アキラを見送ってから自室に戻ったシェリルは、ベッドに倒れ込むように横になって溜め息を吐いた。

アキラはシェリルに土産を渡した後、他にも用事があると言って帰っていった。無理に引き止める訳にもいかず、シェリルは非常に残念に思いながら、それを顔に出してアキラと別れた。

理由をつけて長時間抱き付いたり、また一緒に風呂に入ったり、何なら泊まっていってほしかった。急に呼んでも来てくれるぐらい暇だと思っていたので一層残念に思っていた。

(……まあ、そんなに忙しい中、短くても時間を割いて会いに来てくれたって思っておきましょう)

そう都合の良い解釈をして落ち着こうとしたが、アキラに一度も抱き付けなかった不満は収まらなかった。不貞寝《ふてね》するようにしばらく横になる。

そして何となく横を見ると、テーブルの上に置いたままにしていたアキラからの土産が目に入った。身を起こし、その土産の中からペンダントを手に取って、右手の指先から垂らして眺める。

銀に似た素材で作られたチェーンとペンダントトップが、室内の光を複雑に反射して細かな造形を際立《きわだ》たせている。ペンダントトップには高い屈折率を持つ透明な結晶が埋め込まれており、その内部には芸術的な模様が浮かび上がっていた。

何の知識も無ければ取り敢えず高そうには見える。だが似たような物は現代の技術でも作成可能であり、技術的な価値は低い。

加えてハンター達が高そうに見えるという理由でよく持ち帰るので、旧世界製の品として売るにしてもだぶついており、その価値を更に下げていた。

稀に現在の技術では生成不可能な素材と技術で作られた物が発見されて、非常に高額な値段がつけられる場合もある。だが基本的に安値で流通している品だ。

しばらくそれを見ていたシェリルが別のペンダントを左手から垂らして見比べる。そちらは以前アキラから貰った品だ。スラム街の露店に並べられていた安物なので、流石に右手の物と比べれば造形も甘く見劣りする。

しかしシェリルには左手のペンダントの方が価値があるように見えた。

勿論それはシェリル個人の価値においての話だ。普通は誰でも右の物を選ぶ。シェリルにしか意味が無い付加価値が、左の安っぽいペンダントの価値を高めていた。

（……選んだ人の違い、かしらね）

右の物はシェリルが選んだ。左の物はアキラが悩んだ末に選んだ。その程度の、あの頃はどうでも良かったことが、今のシェリルにはとても大切なことになっていた。

気分の切り替えが上手くいかないシェリルが他の土産に視線を向ける。衣服類の遺物も幾つか自分で選んでおり、選ぶ前にアキラから念押しもされていた。

どんな服なのかは持ってきた俺でも分からない。だから物凄くダサいかもしれない。変な物だったとしても、シェリルが自分で選んだのだから諦めろ。まあ、無理に着ろとは言わない。

そのかなり言い訳がましいアキラの態度を思い出してシェリルが少し楽しげに笑う。そして試しに着てみることにした。

本当に物凄くダサい物だったとしても、それを見て笑えば気が晴れると思ったのだ。

衣服類は圧縮された状態で密封梱包されている。当然開封しなければ着られないが、その時点で梱包による保存機能は失われ、遺物としての価値は下がる。シェリルは少し躊躇したが開封した。

すると開封前はその外観や手触りから硬く薄い板のように思えたものが、急に体積を増やして柔らかさを取り戻す。そのまま梱包の袋からはみ出して、そこにどうやって詰め込まれていたのか不思議なほど大きな服になった。別の袋には上下の下着も入っていた。

シェリルは服を全て脱ぎ、まずは旧世界製の下着だけを着けて鏡の前に立つ。

着用者の多少の体型の違いなど下着の方で勝手に補正するとでもいうように、無理なくしっかりと着けることが出来た。

肌触りも申し分無く、着け心地も文句のつけようが無く、締め付けなども全く感じられない。シェリルが今まで使用していた物とは雲泥《うんでい》の差《さ》が存在していた。

「うーん。流石は旧世界製ってところね。これ、本当に安物なのかしら……？」

1億5000万オーラムぐらい軽く支払えるハンターの基準で、或いはそのような者が買取に持ち込む遺物にしては、安い。そういうことだったのかもしれないとシェリルは少し不安になった。

それをごまかすように下着の鑑賞を切り上げる。そして同じく旧世界製の衣類を身に着けて再び鏡の前に立つ。

「うーん。こっちは、悪くはないんだけど……って感じね」

上着とスカートの方には下着のように体格の大幅な違いを補う機能は無かった。大人用サイズの服を比較的小柄なシェリルが無理矢理着ている所為で随分とちぐはぐに見える。

加えてそのデザインも現代の感覚からは微妙にずれているように思えた。物凄くダサいと酷評するほどではない。しかし今のファッションの基準からどこか外れているデザインだった。

旧世界の頃には流行っていたのかもしれないが、確かにこれはちょっと。シェリルは鏡に映る自身の姿を見てそう思った。

同時に、それでも旧世界製の品には違いは無く、目聡《めざと》い者の前でこの服を着ていれば、自分ならばスラム街の弱小徒党のボスを超える身分を装えるはずだと考える。

アキラはハンターとして著しい速さで成り上がろうとしている。そのアキラに十分な恩を返す為にも、見捨てられ、切り捨てられない為にも、更に高みに登ろうとするアキラに、自分も出来る限り追い付かなければならない。

シェリルは自然にそう考えて、徒党を発展させる次の策を練っていた。

そこにエリオが現れる。今回はちゃんとノックをして確認を取ってから入っていた。自分達がアキラと一緒に戻ってきた経緯をしっかり説明しておこうと思い、ルシア達の代わりに話に来たのだ。

そこでシェリルがふと思う。

「エリオ。この服をどう思う?」

エリオがざっと見て答える。

「どうって、うーん、ちょっと微妙……」

「ちなみにこれ、アキラが私に贈ってくれた物なんだけど」

「凄く良いと思う！」

慌てて発言を翻したエリオの反応を見て、シェリルは少し楽しげに笑った。アキラの贈り物という付加価値にはやはり大きな価値があるのだと思って、機嫌良く微笑んでいた。

◆

弾薬等の補充を兼ねてシズカの店に来ていたエレナ達は、シズカが暇そうにしていたこともあって長話に興じていた。

店主のシズカもお得意様への接客と言い訳してそれに付き合っている。

「そう。じゃあ、エレナ達もクズスハラ街遺跡での仕事は終わったのね。結構長かった？　そんなでもない？　アキラはすぐに終わったみたいだったけど」

ヤラタサソリの巣の除去作業依頼から途中で離脱したアキラとは異なり、エレナ達はその依頼を地下街での作業が一区切りつくまで続けていた。

都市側が巣を粗方殲滅《せんめつ》し、そこで発見された遺物の収集も一段落して、警備装置の設置まで終えて、少数の保守要員だけで地下街の維持ができるようになったのは、つい最近のことだった。

サラがその日々を思い出して、軽く疲れた顔を見せる。

「私達、これでも重用されてたの。だからその分だけ引き止められてたのよ。それをエレナが受け続けるから、その分長くなったのよ。ねえ？　エレナ」

エレナは気にした様子も無く笑っていた。

「その分、割の良い内容だったもの。チームの交渉担当としては受けて当然だったわ。情報収集担当としても、遺跡内をしっかり調査すればするほど報酬が増える良い仕事だったしね」

サラが不満げに文句を言う。

「火力担当の要望も聞いてほしいんだけど？」

「後の方はモンスターもほぼ駆除済みで、火力担当も楽が出来て良かったでしょう？　サラが不満を言うから切り上げたけど、私としてはもう少し続けても良かったのよ？」

「嫌よ」

結構真面目に不満そうな顔を見せるサラの態度を、シズカが不思議に思う。

「サラ。私にはモンスターもいない状態で楽が出来たようにしか思えないけど、何がそんなに不満だったの？　あ、手持ちの装備でたっぷり弾を使って思いっきりぶっ放す機会が全然無かったって言うのなら、店の売上の為にも賛成してあげるわ」

シズカが冗談交じりにそう言うと、エレナが笑って首を横に振った。

「違うわ。サラは見付けた遺物を都市に持っていかれるのが嫌なのよ」

契約により依頼中に発見した遺物は全て都市に所有権があることになっていた。

よってどれだけ良さそうな遺物を見付けても、指を咥えて黙って見ているしかない。よりにもよってこんな時にと、サラは何度も遺物の発見場所から後ろ髪を引かれる思いで離れていた。

エレナはそれを笑って説明し、それを聞いたシズカもその光景を容易に想像して軽く笑った。

サラが少しムッとする。

「そういう愚痴はエレナも零《こぼ》してたじゃない」

「勿論我慢していたのは私も同じよ。違うなんて言ってないでしょう？」

エレナにどこか楽しげにそう言われて、サラは少し不貞腐《ふてくさ》れた。

アキラが来店したのは、ちょうどその時だった。


シズカの店に入ったアキラは、そこにエレナ達の姿を見付けると、ちょうど良い時に来たと思って早速土産を渡すことにした。

そしてリュックサックからアクセサリー類と板状に圧縮された布地類の遺物を取り出して、遺跡探索の土産だと伝えた。

カウンターに並べられたそれらの品を、シズカ達が興味深そうに見る。シズカも含めて遺物を扱う機会が多いこともあり、その目利きは全員アキラより高い。そしてその目利きでは、土産として軽く渡すような品には見えなかった。

シズカが一応確認を取る。

「アキラ。これ、結構高そうに見えるけど、本当に貰っても良いの？　このアクセサリー類はともかく、こっちの、これ、多分衣類よね？　衣類系の遺物なら私の店でも買い取れるわ。だから売るって手もあるわよ？」

「シズカさんのお店って、遺物の買取もしてるんですか？」

「専門じゃないから何でも買い取るって訳にはいかないけどね。衣類系の遺物なら仕入れとかの付き合いでルートがあるのよ。まあ、私が直接取り扱う訳じゃないから換金まで時間が掛かるけどね。で、どうする？」

「いえ、お土産にと思って持ってきた物ですから差し上げます。それにシズカさん達にはいろいろお世話になってますから。たまにはお返しってことで、ちょっとしたお礼の品とでも思ってください」

アキラはそう本心の礼を言った後、シズカ達に余計な気遣いをさせないように、軽く付け加える。

「まあ、余所で買取品から省かれた程度の安物ですけど。そこは気持ちってことで」

「そう？　そういうことなら貰っておくわね。ありがとう。アキラ」

お礼の品を突き返すのも失礼だと思い、そしてアキラの気遣いも嬉しく思って、シズカ達も笑って返した。

その笑顔を見て、アキラもお土産を持ってきた甲斐があったと喜んだ。そこであることを思い出す。

「あ、そっちは中身が分からないんで、ここで開けて良いのがあったら渡すってことにしますか。お礼の品なのに変なデザインの物を贈ったら俺もちょっと気不味《きまず》いですしね」

アキラはそう言って袋を開けた。変な物だったら後でシェリルに押し付けよう。服にも困るスラム街なら多少酷いデザインでも問題無いだろう。無いよりはましだ。そう考えて適当に選んで開けて中身を取り出した。

中から出てきた物は、女性用の下着だった。

微妙に気恥ずかしい空気が流れる。それをごまかすようにアキラは開封済みの袋と中身を脇に除けると、別の袋を開封した。

また女性用の下着が出てきた。

何なんだ、と思いながらアキラは焦《あせ》りながら更に別の袋を開封した。3着目が出てきた。流石にアキラの手が止まる。4着目を出す度胸は無かった。

『全員分揃ったわね』

『黙ってろ』

アキラはアルファの指摘に思わず辛辣な言葉を返したことで、止めていた思考を戻した。ゆっくりと顔を上げ、視線を手元から前に移すと、シズカが少し恥ずかしそうにして微笑みを硬くしていた。

「えーっと、アキラ。その、ね?」

アキラが慌てて言い訳する。

「いや、違います! 服とか、ハンカチとか、そういう物だと思ってたんです! 本当です!」

「あー、うん。分かってるわ。で、その、どうしようか」

故意か過失かを別にしても、現物は目の前にある。良かったらどうぞと渡すのも、それならばと受け取るのも難しい品だ。アキラもシズカも扱いに困っていた。

エレナはその二人の様子を楽しげに眺めていた。ハンターとして遺物収集で女性用の下着を持ち帰った経験はそれなりにある。単なる遺物としての認識を強く持てば、アキラ達の慌て振りを、余裕を持って笑って眺めることが出来た。

そしてサラはもう少し積極的な行動を取った。

「シズカ。貰うかどうか迷ってるのなら、それ、私が貰っても良い?」

「えっ? まあ、私は良いけど……、アキラはそれで良い?」

「えっ? あ、はい。シズカさんが良いのであれば構いません」

「ありがと。貰っとくわね」

サラがカウンターから下着を全て持っていく。エレナの分も聞くまでも無く当然のように少々貪欲に自分の物として仕舞い込んだ。

そのサラの様子を見て、アキラは少し意外そうな顔を浮かべていた。エレナがそれに気付いて苦笑する。

「アキラ。ごめんなさいね。サラは最近ちょっと下着に餓《う》えてるのよ。見逃してあげて」

「は、はぁ……」

サラは少しだけ不満そうな顔を浮かべた。

「餓えてるって……、エレナ、もうちょっと言い方があるんじゃない？」

だがすぐにアキラに興味深そうな笑顔を向ける。

「それでアキラ、このお土産、どこで見付けてきたの？　ミハゾノ街遺跡の市街区画辺り？　まだ残ってそうな感じだった？」

「えっとですね……」

言《い》い淀《よど》んでいるようなアキラの様子を見て、エレナが少し真面目に窘める。

「サラ。遺物の場所をそんな軽い感じで聞くのはやめなさい。そういう話をするにしても、アキラも私達もハンターなんだから、情報料ぐらい出す前提で話を進めて」

「分かってるって」

サラは軽く笑ってエレナの小言を流すと、アキラに期待した顔を近付けた。

「それで、どう？　良かったら教えてくれない？　勿論、情報料は払うわ。お金でも良いし、私達が知ってる遺物絡《がら》みの情報でも良いわ」

土産の遺物はヨノズカ駅遺跡で手に入れた物だ。アキラが言い淀んでいたのは、それを話して良いかどうか迷っていたからだ。

だが命の恩人に期待された顔を向けられたことで、アキラはあっさりと、まあ良いか、と結論を出した。

「良いですよ。情報料も要りません。サラさん達にはお世話になっていますから」

「そう？　じゃあお言葉に甘えて……って言うとエ

レナが怒りそうだから、今度そこへ一緒に遺物収集に行って、その時に私達がその分だけ頑張るってことでどう？」

サラはそう言ってエレナに視線を送った。

情報の値段は曖昧だ。下手に金にするよりはそういう返し方も有りだろう。そう考えてエレナが軽く頷くと、アキラも軽く頷いて返した。

「分かりました。じゃあそういうことでお願いします。それで遺物を見付けた場所ですけど、ヨノズカ駅遺跡の何かの店舗跡です」

エレナ達は聞き覚えの無い遺跡の名前が出たことで少し首を傾《かし》げた。そしてエレナが推察する。

「アキラ。別の遺跡の名前と間違えてない？　近場の遺跡の名前を全部覚えろとは言わないけど、探索した遺跡の名前ぐらいはちゃんと覚えた方が良いわよ。売り先に遺物の出所を説明すると買取額が上がることもあるからね」

「あ、すみません。最近見付けた遺跡を俺がそう呼んでるだけで……」

「アキラ。ストップ」

エレナはアキラの話を止めると、真面目な顔で店内をしっかりと見渡した。サラも同じように他のハンターがいないことを確認する。そして確認を終えると、揃って小さく安堵の息を吐いた。

そのエレナ達の態度にアキラが戸惑っていると、エレナが普通の様子を装ってシズカに視線で意図を伝えた。

「シズカ。今日はもう帰るわ」

「ええ。アキラにいろいろ教えてあげて」

察したシズカも軽く頷いて返す。

「アキラ。話の続きは私達の家でしましょう。予定は大丈夫？」

「え、あ、はい。大丈夫です」

「じゃあ行きましょう。シズカ、またね」

エレナ達に少々強引に店から連れ出されて戸惑うアキラだったが、シズカに軽く笑って見送られたこともあって、そのままエレナ達の家まで大人しく連れていかれた。

第73話　再探索の成果

　エレナ達に彼女達の自宅まで連れてこられたアキラは、そのリビングルームでエレナ達を待っていた。

　以前ここに来た時はまだ自宅を手に入れておらず、宿暮らしの自分と比較してその生活環境の違いに驚いていた。

　今は自分も家を手に入れたのだ。前のような驚きは無いだろう。そう思っていたアキラだったが、改めて見比べてみても生活水準の差は明らかであり、自分などまだまだだと実感する結果になった。

　そこに着替え終えたエレナ達が戻ってきた。サラがアキラの向かいに座り、エレナは飲み物を配ってから座ろうとして、サラの格好に無駄とは思いつつも苦言を呈する。

「サラ。ちゃんと服を着なさいって言ったはずよ?」

　サラは下着の上にシャツを羽織っただけの格好だった。そのシャツも前をろくに閉めておらず、肌も胸の谷間も見せびらかすように露出させていた。

「良いじゃない。家の中ぐらい楽な格好をしたいのよ。大丈夫。少しぐらい見られても私は気にしないわ」

　恥じらいが無いという意味では、だらしなく色気に欠けた姿とも言える。しかしその魅力的な体を露わにしていることに違いは無く、それは恥じらいの欠如を十分に補っていた。

「サラじゃなくてアキラが気にするのよ」

「そう?　アキラ。そんなに見苦しい?」

「……気を緩めるのも大切だと言われましたし、ここはサラさん達の家ですから、好きな格好をしてください。俺は気にしません」

　アルファも似たような格好はよくしているのだ。気にしないようにすれば大丈夫だろう。下手に反応すると余計にからかわれる。アキラはそう考えて、自己暗示を掛けて気にしないようにした。

　表向きのものではあるが、アキラの視線に揺らぎは無い。その本当に気にしていないようなアキラの態度を見て、サラは少し拍子抜けしたような意外そうな様子を見せた。

エレナは軽く笑ってサラの隣に座った。そして気を取り直すと真面目な顔で本題に入る。

「じゃあ、シズカの店でした話の続きね。アキラが言ったヨノズカ駅遺跡は、今まで未発見だった遺跡。そうよね」

「はい」

エレナは敢えて大きな溜め息を吐いた。そしてアキラをじっと見て窘める。

「アキラ。そんな話を迂闊《うかつ》にしては駄目よ」

「……シズカさんのお店の中で、エレナさん達しかいなかったから大丈夫だと思ったんですけど、そんなに駄目だったですか？」

「そういう情報を誰彼構わずに話す時点で危ないのよ。手付かずの遺跡の情報にどれだけの価値があるか分かっていないの？」

認識の甘さを指摘するエレナに、アキラが真面目に言い返す。

「俺も誰彼構わずに話すつもりはありません。相手は選びました」

「そ、そう」

エレナ達は少したじろぎながら顔を見合わせた。アキラはその情報の価値を軽く考えて口を滑らせた。そう思っていたのだが、その価値を理解した上で自分達になら話しても良いと思ってくれていたことに、戸惑いながらも喜んでいた。

そしてチームの交渉役としての経験がエレナを先に落ち着かせる。

「アキラ。そう言ってくれるのは嬉しいわ。それはそれとして、話す状況は考えるべきだったわね。シズカの店だから大丈夫だと思ったのでしょうけど、あそこも一応は公共の場所なの。そんな話を迂闊にするべきじゃないわ」

「シズカさんのお店でもですか？」

「そうよ。勿論シズカは信用できるわ。でも店の裏に納入業者がいるかもしれないし、棚の陰に客がいたかもしれない。少なくともその話をする前に、そういう話をしても大丈夫かどうか、シズカに聞くぐらいはしておくべきだったわね」

「あー、確かにそうですね。迂闊でした。止めてくれてありがとうございます」

危ないところだったと、アキラは改めて頭を下げた。

「気にしないで。ハンターの先輩として、それぐらいの助言はしておかないとね。ねえ？　サラ」

「ええ。そうね」

エレナ達は内心を落ち着かせる為に軽く声を掛け合い、飲み物を多めに飲んで息を吐いた。


お土産の遺物があった遺跡へ、今度一緒に遺物収集に行く。アキラとそう約束した時は、エレナ達はそのヨノズカ駅遺跡が今まで未発見だった遺跡とは知らなかった。

既に一度アキラが潜っているとはいえ、ほぼ未調査の手付かずの遺跡ということもあり、しっかり準備をしておかないと危険だ。そう判断したエレナ達はアキラから遺跡探索の様子などを聞いていた。

そして予想以上の内容にサラが期待を膨らませる。

「モンスターもいない上に、ちょっと潜っただけでそんなに遺物が残ってたの？　大当たりの遺跡ね。それで奥に女性用の下着がもっと残っていれば最高なんだけど……」

アキラが下着に固執するサラの様子を不思議に思いながらも、一応提案する。

「衣類の遺物なら売らずに取っておいた物がまだ家にありますけど、そんなに必要なら持ってきましょうか？　残りの物にも入ってるかもしれません」

「良いの？」

「はい。本当に入ってるかどうかは分かりませんけど」

「それじゃあ……」

そこでエレナが口を挟む。

「サラ。その手付かずの遺跡に連れていってくれるって話なんだから、まずはそこで自分で探しなさい。私やシズカの分まで貰ったんだから当面は大丈夫でしょう？」

それに対し、サラも笑って少し押し気味に言い返す。

「良いじゃない。別に只で欲しいとは言ってないわ。ちゃんと相場価格で買うわよ。それならアキラとしてもどこかの買取所に売るより高く売れるし、手付かずの遺跡の情報が広がるのも抑えられるわ。お互いに利益がある話よ？」

「そこにはハンターランクの話が抜けてるわ。私達が買ってもハンターランクは上がらないでしょう」

「それはその分、買取額に色をつければ良いだけよ。何なら後でアキラのハンターランク稼ぎに付き合っても良いしね。アキラ。そういうことで、どう？」

サラ達はそう言ってアキラを見た。しかし話についていけていないという様子に、まずはその前提知識から話すことにした。


サラはナノマシンによる身体強化拡張者であり、体型がナノマシンの残量や使用状況などで変化する。特に予備のナノマシンの格納場所となっている胸は変化幅が非常に大きい。

その所為で並の伸縮性しかない下着では、上は胸を強く圧迫するほど深く食い込むこともあれば、下はずり落ちるほど緩くなることもある。

更に身体強化拡張者の身体能力に加えて、ナノマシン、或いは防護服との相性などにより、普通の下着では脆すぎてすぐに駄目になってしまうことが多い。

つまりサラには、著しい体型の変化に対応できるほど伸縮性に富み、身体強化拡張者の運動や、防護服に使われる強靭な素材との摩擦に耐えるほど頑丈な下着が必要なのだ。

そして旧世界製の下着には、そのようなまるで下着の製造業者への嫌がらせとすら思える過度な要求をあっさりと全て満たす物が多い。サラが旧世界製の下着を求めるのはその為だ。

しかしそれだけ高性能なだけあって高い。単に下着としても高品質な上に旧世界製というブランドの効果まで加わることで、防壁の内側の富裕層まで購入する。その所為で普通の者が手に入れるのを難しくしていた。

一応、現代製でもそのような要求を満たした下着は存在する。しかし素材も技術も旧世界製並みのものを要求されるので当然割高になる。

そこに着心地やデザイン性などを求めれば値段は更に高くなり種類も量も限られてくる。売る側としても微妙な採算となる所為で、代替品としては余り普及していない。

そのような事情から、サラは遺跡で女性用の下着を見付けた時は、買取所には出来るだけ持ち込まずに自分で使用することにしていた。

似たようなことをしている女性ハンターはサラに限らずに多い。市場で買うより圧倒的に安く済むからだ。サラも予備が無くなってしまわないように一応少しずつ溜めてそれなりの枚数を確保していた。

だが最近は都市絡みの依頼を受けて遺跡に行く機会が全く無く、更に徒歩での移動やモンスターとの戦闘回数も多く、下着の消耗頻度はかなり上昇していた。その所為で残りの枚数は既に危険域に達していた。

脆い普通の下着ではすぐに駄目になってしまうので代用にはならない。よってこのままでは下着無しの生活を送る羽目になる。サラが旧世界製の下着に餓えていたのにはそのような事情があった。

サラの下着事情を興味深く聞いていたアキラが、視線を何となくその興味の対象に向けた。サラが身に着けている下着だ。

その視線に気付いたサラが楽しげに笑う。

「早速使わせてもらってるわ。ありがとね」

アキラはそれでサラが土産の下着を着けていることに気付いた。それでサラの格好を気にしないようにしていた認識を乱してしまう。

「……えっ？　あ、はい」

わずかに慌てたアキラを見て、サラが楽しげに笑う。

「良いのよ？　じっくり見ても。良い物を貰ったし、サービスするわ」

　アキラは黙って視線をサラから逸らした。そしてその先にいるエレナに話を催促する。

「エレナさん。それで、サラさんに売れば手付かずの遺跡の情報が広がるのを抑えられるってのは、どういうことなんですか？」

　エレナは苦笑しながらその説明を始めた。


　ハンター達は遺跡から様々な遺物を持ち帰り、買取所に持ち込んで金に換える。それらの情報を集計すると、どの遺跡にはどのような遺物があるのか大まかに分かるようになる。

　そしてどの遺跡にも無い遺物が買取所に新たに大量に持ち込まれると、その情報を基に調査を始める者も出る。遺跡の未調査部分、或いは未発見の遺跡から持ち出された遺物である可能性が高くなるからだ。

　もっとも珍しい遺物を一度に大量に持ち込みでもしない限り、そう簡単に露見するものでもない。買取所に持ち込まずにサラに売れば、その低い確率を更に下げられる。それだけの話だった。

　それでも遺跡の存在を誰かに知られる前に全ての遺物を金に換えようと、遺跡に大型輸送車で乗り付けて限界まで積み込み、そのまま買取所に持ち込む者もいる。

　そのような真似をすれば遺跡の存在が当然露見する。だが危険な遺跡で死ぬ危険に怯えながら、遺跡のことを誰にも話せない所為で協力者も得られずに、一人で遺跡から遺物を少しずつ何度も運び出すのに耐え切れず、我慢できずについやってしまう者は多かった。

　他にも様々なミスなどにより、隠そうとしていた遺跡の存在を知られてしまう事例は多い。普通の者が未発見の遺跡を見付けても、それを隠し通せる確率は低かった。


　未発見の遺跡を密かに見付けても、大抵はある程度の期間で他の者に露見する。その話を聞いたアキラは顔を少し険しくした。

アキラもいつまでも隠し通せるとは思っていない。だが既に遺物をカツラギに売り、シェリルにも土産として渡している。少々早まったかと思っていた。

そのことをエレナ達に伝えると、バレる時にはバレてしまうものだから気にしない方が良いと言われた。それでアキラは気にしないことにした。


ヨノズカ駅遺跡での遺物収集の計画についてアキラと話していたエレナ達は、アキラの微妙な視線の動きに気付いていた。無意識にエレナとサラを見比べているのだ。

下着とシャツだけの大胆な、或いはだらしない格好のサラとは対照的に、エレナは落ち着いてかっちりとした格好をしている。

襟をしっかり閉じて胸元を隠し、袖は手首まで、スカートは足首まで覆っている。それらの服は体の線を隠すデザインで、どことなく上品な雰囲気を漂わせていた。

エレナもサラもアキラの視線を不快には思っていない。どちらもアキラに見られて不愉快になる格好はしておらず、値踏みするようにじろじろと見られている訳でもないからだ。

しかし対照的な格好の親友が隣にいて、その格好を自分のものと比べられていると思うと、その感想が気になるのも確かだった。

そう思いながら、エレナが比較対象であるサラの姿を改めて見た後で、自身の格好について考える。

（……ちょっと硬すぎる格好だったかしら）

首から下の肌を執拗《しつよう》に隠し、体の線すら出ないように服を選んでいるとも思えるエレナの姿には、はしたないという感想を抱かせるものは全く無い。しかし異性の視線を過剰に意識していると思わせる格好でもある。

エレナの強化服は強化インナーとも呼ばれる非常に薄手の物で、肌こそ隠しているものの、裸体を想像させるほどに体の線が強く出てしまう。

そのような強化服をエレナは、そのデザインを許容できるほどに高性能だから、という理由に加えて、防護コートをしっかり着て隠しているから大丈夫、という言い訳を添えて着用している。

しかしアキラには自分が下にそういう強化インナーを着ていると既に知られてしまっている。そこで今は、普段はちゃんとした服を着ているという証拠を示すように、無意識に硬めのデザインの服を選んでいた。

しかしサラの格好と見比べると、まるで異性に対して強い警戒を示しているような、意識過剰な格好にも思えてきた。自分はサラとは違いアキラを警戒していると、その姿で伝えているようにも思えた。

だからといって今更胸元を緩める訳にも、もっと緩い服に着替える訳にもいかない。後でサラに間違いなくからかわれるからだ。

サラもエレナと同じように、親友の格好から自分の姿について考え直していた。

(……流石にちょっとだらしない格好だったかしら)

しっかりと肌を隠した清楚《せいそ》とすら思える姿の親友の隣では、肌の過剰な露出に対しても、色香よりだらしなさの方が強く印象付けられる。

ひょっとするとアキラも呆れているのではないか。これだけだらしないと魅力も陰ると思っているのではないか。そう考えてしまう。

しかし今更胸元を閉じる訳にも、服をしっかり着る訳にもいかない。後でエレナに確実に説教されるからだ。

取り敢えず、次の格好はもう少し考えよう。エレナ達はお互いの格好を見て、そう同じ結論を出した。

ヨノズカ駅遺跡の探索準備の話をエレナ達と続けていたアキラは、二人が途中で微妙に雰囲気を変えたことに気付いていた。だが流石にその理由までは分からなかった。

アキラ達の作戦会議は、己の格好に疑問を抱いた者達に着替える契機を与えないまま、その日の夜まで続けられた。

◆

ヨノズカ駅遺跡を見付けてから1週間後、2度目の遺跡探索の準備を終えたアキラは、都市から大分離れた荒野に車両を停めてエレナ達を待っていた。

周囲に人影は全く無い。見晴らしも良く、誰かにつけられていても簡単に分かる地形だ。

念の為に都市から時間を分けて別々に出た上で、後で荒野で合流するように決めたのはエレナだ。そこで誰かにあからさまに跡をつけられるようであれば、ヨノズカ駅遺跡の探索は中止にする手筈《てはず》になっていた。

今のところ、アキラの周囲にそのような気配は無い。

『大丈夫そうだな。考えすぎだったか』

ヨノズカ駅遺跡から持ち帰った遺物の一部は、カツラギには買取品として、シェリルには土産として渡している。そこから勘の良い者達が遺跡の存在に気付く恐れがあったのだが、この1週間の間も今もそれらしい様子は無く、アキラは安堵していた。

相変わらず荒野には似つかわしくない格好をしているアルファが、助手席でからかうように笑う。

『アキラの運の悪さが発揮されなくて良かったわね？』

『全くだ』

アキラは気にせずに笑って返した。その余裕の様子を見て、アルファが笑顔の種類を少し変えて、わずかに挑発気味に笑う。

『それはそうと、そろそろエレナ達と合流する時間よ。こっちもそろそろ始めるけれど、その前にもう一度確認しておくわ。大丈夫よね？』

アキラは今回のヨノズカ駅遺跡の探索をアルファのサポート無し、接続が切れていると仮定した状態で行うことになっていた。

提案したのはアルファで、表向きはアルファのサポートを急に失った場合に備えた訓練だ。サポート無しでも普通に戦えると実感しておけば、万一の場合に酷く混乱してしまう恐れを防ぐことが出来る。その為の訓練だと伝えている。

しかし別の意図もあった。自分の実力に懐疑的な部分を残しているアキラに自身の実力を把握させることで、不要な卑下を抑える為だ。

先日ルシアの件でカツヤ達と揉めた時、自身の実力を極端に見下したアキラは、そこから生まれた憎《ぞう》悪《お》を以て、相手との戦力差を無視して殺し合うところだった。

それを弱者故の余裕の無さによる自暴自棄と判断したアルファは、アキラに少し自信をつけさせることにした。

自分はアルファのサポート無しでも、エレナ達から認められるほどに強くなっている。アキラがそう認識すれば、次に似たような事態が発生しても多少はましになる。アルファはそう考えたのだ。

アキラはそのような意図など知らないが、自分の実力を確認しておくのは歓迎できた。

加えて、今回の探索で前回より奥に行った所為で自分との接続が突然切れたとしても、エレナ達に助けてもらえるのでちょうど良い、というアルファの説明にも納得した。

そのような事情もあり、アキラはヨノズカ駅遺跡の2度目の探索に気合いを入れていた。

『ああ。良いぞ。始めてくれ』

『分かったわ。始めましょう。頑張ってね』

アルファはそう言って優しく微笑んだ。そして次にどこか悪戯《いたずら》っぽく意味深に笑う。

『とっても寂しくなったら、途中でやめて私を呼んでくれても良いのよ？』

『……何だよ』

『さっさと始めろ』

からかわれて不満げに顔を歪めたアキラの前で、アルファは楽しげに笑いながら姿を消した。

同時にアキラが強化服に違和感を覚える。わずかに動きが鈍くなり、重くなったようにも感じた。アルファのサポートが無くなったのだ。

当然索敵も自力で行わなければならない。アキラは額に掛けていたゴーグル型の表示装置をしっかり装着すると、情報収集機器で周囲の状況を調べ始めた。

　車両にも索敵機器は搭載されているが、車両用ということもあり、遠方から接近してくるモンスターなどへの警戒用に調整されている。要は広く浅く荒く調べる為のものだ。周囲をしっかりと調べるのであれば、身に着けている情報収集機器の方が適している。

　加えて車両の索敵機器と連動もしている。ゴーグルを掛けた状態で車両の機器が捉えた反応の方を注視すると、強化服と統合された情報収集機器が自動的にその方向への情報収集精度を引き上げて、更に周囲をゴーグル越しの視界に拡大表示した。

　これらの機能は確かに便利だが、アルファのサポートに比べれば格段に劣っているのも事実だ。アキラはアルファのサポートの有り難さを早速実感していた。

　機器が捉えた反応は近付いてくるエレナ達の車のものだった。アキラが軽く手を振ると、拡張表示された視界の中でエレナ達も手を振り替えしてくれた。

『時間ぴったりだ。俺は念の為に大分早めに来ておいたけど、モンスターとの遭遇もある荒野で、待ち合わせの場所に時間通りに到着できるってのも、ハンターの実力の内なんだろうな。アルファはどう思う？』

　返事は無かった。

「……そうだった」

　普段視界に拡張表示されている姿も、念話で聞いている声も、アルファとの接続無しには有り得ないものだ。よって当然ながら訓練中はそれも無い。

　アルファと出会ってからずっと当たり前のように返ってきていた声が返ってこなかったことに、それを予想以上に空虚に感じてしまったことに、アキラが苦笑いを浮かべる。

「あぁー、もぉー、あー」

　不意に覚えた寂しさを、アキラは適当な言葉と声でごまかした。

◆

アキラ達がヨノズカ駅遺跡への出入口付近、瓦礫が積もった荒野へ辿《たど》り着《つ》く。そこでまずしなければならないことは、アキラが一度掘り起こし、再度埋めた出入口を、再び掘り起こすことだった。

チームの火力担当であるアキラとサラがその身体能力を活《い》かし、瓦礫を次々に投げ飛ばして出入口の発掘を進めていく。

エレナは情報収集機器で周囲の警戒を続けている。モンスターや他のハンターの気配は全く無い。作業は順調に進んでいた。

その作業の様子、そして周囲の光景を見ながら、エレナは疑問を覚えていた。

(本当にアキラはどうやってヨノズカ駅遺跡を見付けたのかしらね。偶然見付けたと言っていたけれど、やっぱり無理があるわ)

偶然という理由にも限度がある。偶然見付けたと言っても、最低限、この辺を通りかかる必要があるからだ。

しかしこの辺りに他の遺跡は無く、近くの遺跡に向かう経路からも外れている。普通のハンターがこの辺りを通りかかる理由は無いのだ。

そして地中に埋もれていた出入口を偶然見付けるのも無理がある。地下の遺跡からモンスターが溢《あふ》れて出入口を塞ぐ瓦礫を退かしたとしても、その状況に偶然居合わせたとしても、その痕跡は絶対に残る。

しかしその痕跡は無い。加えてアキラは遺跡内にモンスターの気配は無かったと言っていた。そちらの偶然は無い。

現場に行けばアキラがヨノズカ駅遺跡を偶然発見できた理由が分かるかもしれない。エレナはそう思っていたのだが、実際に現場に到着して付近を調べても、偶然見付けるのは無理だ、という理由が積み上がっただけだった。

(よく分からないけどピピッときた勘で見付けました! とか言ってくれた方がよっぽど信じられるの

よね）

エレナはそう思って苦笑を浮かべた。そして自身で思ったことから気付きを得る。

（勘か……）

アキラはクズスハラ街遺跡の地下街で、ヤラタサソリ達が瓦礫に擬態して通路を塞いでいたのを見破った。そしてその理由を勘だと答えていた。

エレナはそれを勘だとは思っていない。明確な根拠があるが、言えない。それをごまかす為に勘と答えただけだと考えている。

では本当の理由は何なのか。エレナはその理由にも心当たりがあった。

（多分アキラは、旧領域接続者……、なのよね）

旧領域接続者は、旧領域と呼ばれるネットワーク、旧世界時代に構築された情報網に何らかの方法で接続できる者達だ。そして遺跡も旧世界時代のものだ。関連性はある。

（仮に、旧領域接続者は未発見の遺跡を見付け出せるとしたら？）

実際にアキラはヨノズカ駅遺跡を見付けている。辻褄《つじつま》は合う。少なくとも勘や偶然という理由よりは納得できる。

エレナは無意識に視線をアキラに向けた。その仮定が正しければ、アキラの価値は途方も無く大きい。加えて、恐らく本人にその自覚は薄い。本当に勘だと思っている可能性すらある。

付け込める。エレナは思わずそう考えてしまった。頭のどこかが今すぐにその思考を打ち切れと叫んでいる。しかし冷徹な部分が構わずに思考を続けて深めていく。

（旧領域接続者は疑い深いだろうし、難しい？　でも私達なら……）

幸いにもアキラは自分達を信用してくれている。更にハンター稼業に関する知識にも拙いところがある。上手く言いくるめれば簡単に情報を引き出せるのではないか。そう考えてしまう。

（成功すれば、どれだけのお金になる？）

手付かずの遺跡から大量の遺物を確保できれば大

金になる。未発見の遺跡の情報を売るだけでも交渉次第で桁違いの金になる。

（お金さえあれば、サラの体を治せる……）

サラは以前に酷い難病で死を待つだけだったところを、ナノマシン投与による治療で身体強化拡張者となることで乗り切った。

しかし厳密には完治した訳ではない。瀕死《ひんし》手前の体をナノマシンで補強して、健常者と変わらない状態を無理矢理維持しているだけだ。サラはその処置により死なずに済んだが、以降ナノマシンを補給し続ける生活を強いられることになった。

一応、高額の治療費を支払えば根本的な治療は可能だ。完治も技術的には何の問題も無い。しかし桁違いの大金が必要で、今のエレナ達の稼ぎでは現状維持が限界だった。

ハンターとして成り上がれば、いつかその治療費ぐらい軽く稼げるようになるだろう。エレナ達はそう思ってハンター稼業を続けてきた。

だがハンター稼業は命賭けだ。大変な目に遭うことも多く、何度も死にかけた。サラを死なせない為に荒野に出て、それで死なせてしまえば本末転倒だと、自分達が死ぬ前にそれだけの大金を稼げるように本当になれるのかと、不安に思ったこともある。

そして今、その桁違いの大金を得られるかもしれない手段が、エレナの前にあった。チームの交渉役として様々な利害を冷静に判断する視線がアキラに向けられる。

（試す価値は……ある？）

期待値はどれだけか。賭けるに足るものなのか。アキラは自分達の恩人だ。良き友人として仲良くやっていきたいとも思っている。得られる利益は、その信頼を自分から踏みにじるほどなのか。エレナはそう無意識に思考を続け、迷っていた。

しかしアキラとサラの二者択一であれば、自分はサラを選ぶと、エレナは知っていた。

エレナの顔がわずかに真剣なものになる。そして胸中の迷いに歪みと偏りが生まれ始めた時、サラの声が聞こえた。

「エレナ！　入口が見付かったわよ！」

それでエレナは我に返った。

「さっきから難しい顔をしてたけど、どうしたの？」

自分を気遣うように声を掛けてくれた親友と、どことなく心配そうな表情を浮かべている恩人の少年を見て、エレナは軽く笑った。

「何でもないわ。一度アキラが入ったとはいえ未調査同然の遺跡だからね。いろいろ考えてたのよ」

「そう？　まあ、遺跡の中は真っ暗だし、そういう場所はエレナの索敵が頼りなんだから、しっかり考えてちょうだい」

「分かってるわ。任せなさい。そういう訳だから、アキラも中では私の指示に従ってね？」

「はい。分かりました」

笑って頷くアキラを見て、エレナも嬉しそうに笑って返した。

（全く、私としたことが何を考えていたんだか。自分から二者択一に追い込む必要なんて無いじゃない。勝手にそこまで追い詰められてることにしてどうするのよ）

あの日から自分達は上り調子。そういう心配は不要なのだと、この迷いを生み出した不安を洗い流す。

（私はアキラに嫌われたくもないし、何より恩人を裏切ってサラにぶっ飛ばされたくもないわ。私達の人生を、ちょっと金が無いぐらいで台無しにして堪《たま》るもんですか）

一緒に楽しい人生を送る。それが自分達の一番の目的なのだ。恩人を裏切った人生など楽しい訳が無い。エレナはそうはっきりと思い、先程の考えを下らない気の迷いだったとして切り捨てた。

◆

アキラがエレナ達と一緒にヨノズカ駅遺跡の出入口の前に集まってその奥を覗き込む。地下へ続く階段の奥は以前と同じように底無しのような闇に呑まれていた。

エレナ達が同行してくれるとはいえ、今回はアルファのサポート無しでほぼ未調査の遺跡の中を探索する。そのことに少し緊張を覚えたアキラが、自身を落ち着かせる為に意識して深い呼吸を繰り返す。

その横でエレナが階段の奥へ向けて銃を構え引き金を引く。銃の擲弾筒《てきだんとう》から小さな物が発射されて闇の中に消えた。

「エレナさん。何をしたんですか？」

「情報収集機器の子機でもある補助端末を撃ち出して飛ばしたの」

この補助端末は粘着性の覆いによって着弾地点に貼り付き、周辺の情報を親機に送る仕組みになっている。情報収集範囲も狭く精度も低いが、これにより遠距離の情報を安全に入手できる。

撃った直後に子機からの通信が途絶えても、その何らかの理由、色無しの霧が非常に濃い状態で溜まっているなど、有益な情報が得られる。エレナはそう軽く説明した。

「便利だけど、使い捨て前提の品にしては結構な値段がするのよ。だから普段は使わないんだけど、今回は未調査の遺跡だから念を入れるってことと、手付かずの遺物に期待するってことでね」

エレナはそう言って近くの壁にも撃ち込んだ。遺跡の中で出入口付近の情報を得る為だ。

これでアキラ達が遺跡に入った後に他のハンターやモンスターが入ってきてもすぐに察知できる。出入口の位置を示す無線標識にもなる。

既にアキラ達の情報収集機器は連携するように設定済みなので、階段の奥と足下の子機から送られてくる情報もアキラのゴーグルに表示されていた。モンスターらしい気配は無いと示している。

アキラもこれは便利だと思ったが、それだけに費用もかさむのだろうと思い、この辺りも普段はアルファに頼り切っているのだと改めて思った。

「それじゃあ、黒字になるように頑張りましょう」

アキラはそう言って赤字に終わる不安を吹き飛ばすように笑った。エレナ達も笑って返す。そして全員でヨノズカ駅遺跡の中へ入っていった。

アキラ達は遺跡の中を照明で照らしながら進んでいき、階段から通路に出て、壁一面にポスターが貼られた場所まで来た。

かなり強めに照らしているとはいえ携帯照明の光では少々薄暗く、その光で見る遺物の立体画像は、アキラが改めて見てもまるで本物のようだった。

サラがそれを見て目を輝かせる。

「エレナ！　凄い遺物が残ってるわ！」

エレナも顔を綻ばせた。だがすぐにそれを消す。

「確かに随分高そう……、あ、サラ。残念だけどこれを持ち帰るのは諦めて」

サラが不満げに顔を歪める。

「何でよ。折角見付けたのに。持って帰りましょうよ。大丈夫。これぐらいならぶち破れるわ。無理矢理取り出すと警報が鳴るかもしれないけど、いつかは誰かが持っていくんだから、私達が持って帰りましょうよ」

「そうじゃないの。これ、立体的に見えるだけの画像なのよ。本物じゃないいわ」

「えぇっ!?」

驚いたサラは壁に手を付けて、ガラス越しの遺物を覗き込むように顔を近付けた。その隣でエレナが照明を壁に少し角度を調整して当てる。すると照明の光と遺物の陰影が一致しない不自然さで、立体画像だということが分かりやすくなった。

「嘘ぉー」

苦笑を浮かべるエレナの横で、サラが軽く項垂《うなだ》れる。その様子を見て、アキラは軽く吹き出してしまった。サラがムッとした顔をアキラに向ける。

「アキラ。笑ったわね？」

「す、すみません。俺もこれを見て全く同じ反応をしてしまったので、つい」

アキラはすまなそうにしながらも、笑いを堪《こら》えながら謝った。それで、同じ反応をしてしまった者同士ということで、サラも機嫌を戻した。

「エレナ。そういうことよ。私の反応はよくあることだったのよ」

「分かったわ」

エレナは軽く笑って話を流した。

同時にある疑問を抱く。アキラは全く同じ反応をしたと言った。その為には、遺物は画像だと自分がサラに教えたように、誰かがアキラに教えなければならないからだ。

そしてその誰かを推察して、軽く尋ねる。

「アキラ。この遺跡って生きていると思う？」

「えっ？　うーん。こんな真っ暗だし、多分死んでると思います」

もう少し先の商店跡から遺物を持って帰ったが、自動ドアは停止しており、無理矢理中に入っても警報などは鳴らなかったと付け加えた。

「そう。それなら警備装置の警戒は不要そうね。下着を見付けたサラがいきなりケースをぶち破っても大丈夫そうで何よりだわ」

「エレナ……。私だって確認ぐらいするわ」

「そう？　それなら良いんだけど」

エレナはそう軽く笑って話を終えると、アキラ達を連れて再び通路を奥に進んだ。そして考えすぎだったかと、先程の疑問についてもこれ以上は下手に気にしないようにした。

エレナはアキラに遺物が立体画像だと教えたものを、遺跡の拡張現実機能ではないかと疑っていた。旧領域接続者にしか認識できない案内係が教えたのかもしれないと考えたのだ。

その場合この遺跡は機能を停止しているように見えるだけで実は稼働している確率が高まる。それは警備システムが警備の機械系モンスターを呼び出す恐れがあるということだ。

それで一応確認を兼ねて尋ねたのだが、アキラの反応から杞憂《きゆう》だったと判断した。変に深読みしただけであり、遺跡は停止している。それで良しとした。藪蛇《やぶへび》にならないように、エレナはそれ以上の推察を打ち切った。

◆

エレナの指揮の下、ヨノズカ駅遺跡の探索は順調に進んでいた。

遺跡内には崩落箇所も無く、瓦礫も散らばってい ない。モンスターの気配も全く無かった。過去の様相を色濃く残す地下の施設は、光源が無いだけで安全と呼んでも差し支え無い場所だった。

そのおかげでヨノズカ駅遺跡の地図も随分広範囲まで作成できた。エレナは未発見の遺跡の探索ということで、手持ちの小型端末、情報収集機器の子機をかなり多めに用意していたのだが、それを使い切るほどに遺跡は広かった。

そして小型端末を使い切った時点で、エレナはこれ以上奥に進むと出入口から離れすぎて危険だと判断し、これで一区切りとしてそれ以上の探索を打ち切ることにした。それをアキラとサラに伝えて、一度初めの店舗跡まで戻ると告げる。

アキラ達が元来た道を探索開始時点より幾分気を緩めた雰囲気で戻っていく。その途中、エレナが遺跡の感想を少し難しい顔で口に出す。

「それにしてもアキラ、こんなことを言うのも何だけど、厄介な遺跡を見付けてしまったわね」

予想外の評価にアキラはかなり不思議そうな顔を浮かべた。

「えっ？　そうですか？　遺物は残ってるし、モンスターもいないし、当たりの遺跡だと思うんですけど」

「当たりの遺跡なのは間違いないわ。ただね？　現時点で調べた限りだと、大当たりすぎるのよ。この遺跡の存在がバレたら大きな騒ぎの一つや二つ起きても不思議は無いわ」

理解が追い付いていないアキラの様子を見て、エレナが補足を加えていく。

現在ヨノズカ駅遺跡には暗いこと以外に遺物収集を妨げるものが特に無い状態だ。加えて大量の遺物が手付かずで残っている可能性が高く、しかもモンスターがいない。まさに大当たりの遺跡だ。

しかし一人で運び出せる遺物の量には限度がある。そして時間を掛けるほど遺跡を誰かに知られてしまう確率は高くなる。

ならばその前に遺物を可能な限り急いで運び出そうと、大量の人員を投入する者が必ず出てくる。そして多くの者を動かせば、遺跡の存在は露見しやすくなり、遺跡に更に人を集める。

その状態で、普通の遺跡であれば、棲息《せいそく》するモンスターの種類や量なども不明な状態で襲われるのは嫌だと、それらの情報がある程度出揃うまで様子見する者が出る。

幾ら未発見の遺跡だからといっても、即座に極端な数のハンターが集結するのを防ぐ歯止めになるのだ。

しかしヨノズカ駅遺跡にはそのモンスターがいない。技量に劣る駆け出しも含めて大量のハンターが殺到することになる。

その後に始まるのは遺物を巡って引き起こされるハンター同士の殺し合いだ。荒野という環境下で、銃を持った善良とは呼べない者達が、他者を殺して遺物を奪うという選択に手を染めるまで時間は掛からない。

その騒ぎは遺跡から遺物が無くなるか、遺跡が死体で埋まるまでずっと続くだろう。エレナはそう結論づけた。

話を聞いたアキラが少し顔を引きつらせる。

「……本当に、そんな騒ぎになるんですか？」

「仮定の話ではあるわ。でも、無いとは言い切れないでしょう？」

「まあ、そうですね」

「その注意が必要な程度には高い確率で発生する。私はそう思うわ」

その騒ぎの引き金を引いたのは自分なのかもしれない。アキラはそう思って少し難しい顔を浮かべた。するとサラに明るい調子で声を掛けられる。

「もしそうなってもアキラが気にすることは無いわ。いつか誰かが見付けて、起こるべくして起こることよ。そのいつかが最近で、誰かがアキラだった。それだけのことよ」

「……そうかもしれませんね」

サラの気遣いと、そういう考えもあるという納得で、アキラは表情を緩めた。

「どうせ起こるならアキラがやってしまいなさい。一番得をするのは初めに人を集めた誰かになるわ。この遺跡を見付けたのはアキラなんだから、それぐらいの役得があっても良いと思うわよ？」

「あー、考えておきます。まあ、取り敢えず、今日は俺達だけで運び出しましょうか」

サラが楽しげに笑う。

「そうしましょう。車に遺物を満載して帰るなんて、考えるだけでも浮かれちゃうわ」

ハンターなどというものをやっている以上、聖人君子にはなれない。アキラ達はそう割り切って、本日の成果への期待に胸を膨らませた。

◆

遺跡から遺物を運び出したアキラ達は、ヨノズカ駅遺跡の出入口を再び埋め終えた。

2度掘り出し、2度埋めたこともあって、その跡は大分目立っている。しかし何も知らない者が興味本位で掘り出すほどではないだろうと、アキラはまだ安心していた。

「エレナさん！　終わりました！」

「よーし。それじゃあ、成果を持って帰りましょうか」

アキラ達は今回の成果を牽引《けんいん》式の荷台に満載してヨノズカ駅遺跡を出発した。既に薄暗い荒野を、車の通信機器で雑談を続けながら大回りで都市を目指す。

「それにしても、棚を持って帰ることになるとは思いませんでした。確かにあの棚も旧世界製ですから、一応は旧世界の遺物ってことになるんでしょうけど……」

エレナ達が遺物の運搬用に用意していた折り畳み式の荷台は、限界まで広げると小型の輸送トラックの荷台並みに大きくなる。現在その荷台は車両に牽引されて、アキラが以前に遺物収集を行った店舗跡にあった陳列棚が山のように積まれていた。

「こういうのって、結構高く売れたりする物なんですか？」

「ええ。旧世界の商品棚には高度な品質保持機能がついている場合があるの。そういう物は現代でも使えるから、良い値がつくのよ。ほら、食べ物っぽい物が置かれていた棚があったでしょう？」

「ありましたけど、腐るどころか塵の固まりになってましたよね？　棚にその品質保持機能がついていたとしても壊れてるんじゃ……」

「エネルギー切れで機能が停止しているだけかもしれないわ。多少壊れていても修理は可能かもしれないし、完全に壊れた物でも技術解析用として値がつくのよ」

勿論、何の変哲も無いただの棚である確率もある。だがそれを現地で正確に鑑定する技術は無いので、そこは運と勘と経験だ。エレナはそう付け加えた。

納得して感心したような声を出したアキラに、エレナが笑って更に補足を入れる。

「あと、他にも遺物はたくさんあったのに、何で棚ばっかり持って帰るんだって不思議に思ってるんでしょうけど、そっちにも一応理由はあるのよ」

バレていたかと思ってアキラは表情を少し堅くした。

ハンターが遺跡で棚に満載された遺物を見付けた場合、大抵はアキラと同じように棚の上に置かれた遺物だけを持ち帰る。棚まで持ち帰る者は少ない。よって探索が進んだ遺跡でも棚などは結構残っている場合が多い。それにより未発見の遺跡から棚を大量に持ち帰っても、そこらの遺跡で真面な遺物を見付けられなかったハンターが自棄《やけ》になって持ち帰っただけだと判断される可能性が高いのだ。

つまり今回エレナがヨノズカ駅遺跡から意図的に棚だけ持ち帰ったのは、手付かずの遺跡を見付けた者が空の棚だけ持ち帰る訳が無いだろうという、誤認を狙ってのことでもあった。

「まあ、気休めかもしれないけどね。ヨノズカ駅遺跡を他の人に知られるまでの時間が少しは伸びたはずよ」

「そういうことだったんですか。ありがとうございます」

アキラはエレナの話を興味深く聞きながら、それを自力で思い至れない自身の知識不足を実感していた。

◆

クガマヤマ都市からはまだ大分遠い荒野で、アキラは自分の車から荷台を外してエレナ達の車両に付け替えた。

この後エレナ達はここから大きく迂回《うかい》して都市に向かったり、途中で他の遺跡に寄ったりして、遺物の出所をもう少し陰蔽する予定だ。そしてその後は荷台に積み込んだ棚の売却までする事になっていた。

普通のハンターの感覚では、下手をすると遺物を持ち逃げされたり売値をごまかされたりするような迂闊な行為ではある。エレナ達も一応それを教えた上でアキラに確認を取った。

だがアキラは大丈夫だと軽く答えていた。棚を売る適した伝も持っておらず、カツラギに持ち込んでも変に疑われるか、買取交渉で面倒な事になるだけだと思ったので、エレナ達に甘えることにした。

エレナ達はそれだけ信頼されていることに喜びながら、売却まで責任を持って行うと約束した。そしてまた一緒にヨノズカ駅遺跡へ遺物収集に向かうことも約束したのだが、エレナ達には別の予定が入っていたので、そこは後日調整となった。

次の遺跡探索は自分達の予定が空いてからでも構わないし、その間にアキラが独自に動いても良い。遺跡に間を置かずに通い続ければそれだけ目立つが、誰かに見付かる前に遺物を持ち出すのも重要だ。その辺りの判断はヨノズカ駅遺跡の発見者であるアキラに任せる。アキラはエレナ達からそう告げられていた。

離れていくエレナ達の車を見送って、本日のハンター稼業は一区切りとなった。アキラが運転席で一《ひと》息吐《いきっ》く。通信越しとはいえ、つい先程までエレナ達と話していたこともあって、急に随分と静かになったように感じられた。

そして空の助手席に視線を向ける。

「アルファ」

『何？』

返事と同時にアルファが姿を現した。どこか意味深に楽しげに笑っている。

「……呼んで出てくるってことは、訓練は終わりで良いんだな？」

『もうエレナ達とは別れたし、家に帰るまでがハンター稼業だ、と厳密にしなくてもいいでしょう。アキラもそう思ったから私を呼んだのでしょう？』

「まあな。じゃあ、戻るか」

アキラが車を走らせる。そして何かをごまかすように黙った。隣でアルファがとても楽しそうに笑っているが、敢えて反応せずに運転を続ける。

『寂しかった？』

「……そうだよ！」

アルファとの取引もあり、信用を積み重ねるという思いもあって、嘘を吐きたくなかったアキラは、勢いでごまかすように声を荒らげた。そして不機嫌を装った顔で車を加速させた。

その隣でアルファが機嫌良く笑っていた。

第74話　シェリルの買い物

ヨノズカ駅遺跡の2度目の遺物収集を終えたアキラは、その後はしばらく汎用討伐依頼を受けて荒野を回る日々を過ごすことにした。

その際、ちょっとした偽装も行った。

ヨノズカ駅遺跡の1度目の遺物収集で得た遺物の一部をリュックサックに詰め込み、車両の目立たない場所に隠して出発する。

そして荒野に出てから今度は遺物を車両の目に付く位置に出して、汎用討伐依頼で時間を潰し、その遺物を、今日、別のどこかの遺跡から持ち帰ったように装ってから都市に戻って買取に出した。

更にモンスターと遭遇した時には、まるでその遺物収集で激戦を繰り広げたかのように大量の弾丸を消費して撃破した。

アルファのサポート無しの場合、敵を倒すのにどの程度銃弾が必要なのか。その感覚を掴む訓練を兼ねて敢えて比較的近距離で戦い、DVTSミニガンを乱射してモンスターの小規模な群れを挽《ひ》き肉《にく》に変えるような真似もした。

この偽装にどれだけの意味があるかはアキラにも分からない。しかしやらないよりはましであり、家に籠もって体感時間操作の訓練だけをするよりは良いだろうと思い、ちょくちょく荒野に出る日々を続けていた。

そのある日、アキラはシェリルから買い物に付き合ってほしいと頼まれた。少し考えたが、エレナ達の予定が空く日まで暇とも言えるので引き受けることにした。

◆

クガマヤマ都市は基本的に都市の中心に近いほど治安が良く経済的にも発展している。つまり都市の下位区画では防壁の側が最も良い立地となる。

そのような場所をスラム街の子供などがうろつく

と、当然ながら警備の者に摘まみ出されることになる。やんわりと追い出されるならまだましで、下手に抵抗しようものなら死体に変えられて放り出される末路を迎える。

しかしクガマビルの周辺はその例外となっていた。ここならば多少薄汚れた格好の者が立ち入っても、あからさまに怪しい挙動でもしない限り見逃される。

クガマビルには都市最大のハンターオフィス支部も入っている。荒野から戻ってきたハンターや、スラム街から抜け出したばかりの駆け出しなどもここには用がある。多少薄汚れている程度で追い出す訳にはいかないのだ。

そのクガマビルの側でシェリル達がアキラを待っていた。

シェリルはアキラに貰った旧世界製の服を着ている。サイズの不一致でそのまま着れば不格好になる部分を、袖を捲《めく》ったり、腰を紐《ひも》やベルトで縛ったりと、いろいろ工夫して何とか着こなしでごまかしていた。

エリオはカツラギから借りた安物の防護服を着用している。駆け出しハンターが少ない予算から捻り出して買った装備品という外観で、見る者にそのような人物だろうという印象を与えていた。

アリシアはスラム街の基準ならば十分上物という程度の服を着ていた。よく見れば染みや綻びなど傷んだ部分もあるが、しっかり洗って補修もしているので目立たない。その程度には清潔で真面な服だ。

エリオとアリシアは、巨大な防壁と一体化しているクガマビルの外観と、その周囲にいるハンターや警備員達の姿に圧倒され、軽い緊張を覚えて落ち着かない様子を見せていた。

しかしシェリルは落ち着いた様子で普通に立っている。エリオ達はその姿を見て、徒党のボスをやっているだけはあると感心していた。

実際にはシェリルも緊張している。だがエリオ達とは異なり、それを表に出さないだけの技量は身に付けていた。

待ち合わせの時間の前にアキラが現れる。今日も強化服なのは単純に外出着など持っていないからだ。

そして大分早めに着いたと思っていたのに既にシェリル達がいたので少し驚いた様子を見せていた。

「あれ？　13時の待ち合わせだったと思ったけど、違ったか？」

シェリルはとても嬉しそうな笑顔でアキラを迎えた。

「あってます。私達も早く来ただけで、アキラより少し早かっただけです」

「そうか」

実際には、アキラが自分達を待たせるのは構わないがその逆は駄目だと、シェリル達は1時間も前からアキラを待っていた。

アキラが来たことで服装に格差はあるものの、ハンター風の少年とその連れの少女という組み合わせが2組できた。シェリルが早速アキラの腕に手を絡《から》める。

「では行きましょうか。適当に歩いて、入る店を決めようと思います。構いませんか？」

「ああ」

シェリルがアキラを連れて歩き出す。同時に、エリオ達についてこいと視線で指示を出した。エリオ達は戸惑いながらも同じようについていった。

シェリル達が都市の下位区画の商店街を進んでいく。防壁に近い立地なので建ち並んでいる店も高級店が多い。周辺には警備の目も光っている。

アキラと談笑しながら周囲の様子にも注意を払っているシェリルは、警備員が自分達を見てお引き取り願うかどうか迷っている姿を何度も見た。

そしてシェリルは警備の者がエリオ達に声を掛けようとする動きに気付くと、そのたびにエリオ達に気安く話しかけて同行者だと示した。

すると警備員がエリオ達に声を掛けずに引き返していく。シェリルはその反応を見て、この辺りの店は自分達にはまだ早いと判断した。

今日は高そうな強化服を着たアキラと一緒なので追い返されない。しかし毎回アキラに付き合ってもらう訳にもいかない。シェリルには自分達の来店を拒まず、それでいて出来るだけ高級な店が必要だった。

アキラと談笑しながら条件を満たしていそうな店を探す。そして少々洒落《しゃれ》た衣料品店を選び出した。

「アキラ。ここにします」

アキラは高級そうな店の外観を見て、以前の自分なら間違いなく気後れしていただろうと思った。

「分かった。入るか」

だがクガマビルの上階で防壁内の富裕層を顧客とする一流レストランであるシュテリアーナの雰囲気を味わったアキラは、もはやこの程度の外観に気圧されることは無かった。全くたじろがずに店のドアを開ける。

シェリルはそのアキラの態度を見て、やはりアキラはこの程度の店に臆するような稼ぎではないのだと思い、その隣に相応しい者になるように内心の緊張を隠して平静を装い気合いを入れた。

ラファントーラ。店の看板にはそう書かれていた。

◆

衣料品店ラファントーラは、クガマヤマ都市の下位区画のそれなりに高級店が建ち並ぶ立地に店舗を構えている。

その店内で、店長であるカシェアという女性が芳《かんば》しくない売上に溜め息を吐いていた。

別に赤字という訳ではない。店を存続させる黒字は保っている。しかし自分が丹精込めて作り上げたこの店ならば、もっと上客を摑み、更に繁盛しても良いはずだと不満を持っていた。

カシェアも日々努力をしている。店の従業員であり服の仕立てを担当する妹が作製したセンスのある服を着て、それに見合う仕事ぶりを見せている。

だがその溜め息を止められるほどの成果は上がっていなかった。

そこに来客を知らせるベルが鳴る。店の入口に目を向けると4人の少年少女が入ってきた。自慢の店の客層に合わない者であればお引き取り願おうと、カシェアが視線を鋭くする。

見た感じ高そうな強化服を着用したハンター風の

少年。問題無し。

少々微妙に思えるデザインで、恐らくサイズのあっていない服を着こなしでごまかしているが、生地に着目すれば安物とは呼べない服を着た少女。靴は安物だが、全体としては、まあ問題無し。

安そうな荒野向けの服を着た少年と、安物の服を着た少女。どちらも問題有り。

客は四人組。二人だけ追い出すのは無理。そう判断したカシェアはわずかに迷ったが結論を出した。アキラ達の前まで行くと主にアキラに向けて愛想良く微笑む。

「御来店ありがとう御座います。本日はどのような御用向きでしょうか？」

「えっと、彼女の靴とかを見に来ました……で、良いんだっけ？」

アキラがシェリルにそう話を振ると、シェリルはカシェアに向けて気後れせずに笑って見せた。

「はい。他にもいろいろ見ようと思っていますが、まずは靴を」

カシェアが今一度シェリルの靴を見る。靴と服の質が全く釣り合っていないことなどカシェアには一目瞭然だった。

「畏《かしこ》まりました。すぐに御用意致します。他のお客様は如何《いかが》致しましょう」

「俺達は適当に見て回りますので、まずは彼女の靴をお願いします」

「畏まりました」

カシェアはシェリルを備え付けのテーブルに案内すると、アキラ達には店内の商品を見て回るように勧めた。

問題有りの二人は恐らく金も無く客にはならないだろうが、残りの二人は大丈夫なはずだ。客にならない者を一緒に入れたのだから、客になる方はせめて片方でも上客であってほしい。カシェアはそう期待しながらシェリルに勧める靴を用意しに行った。

◆

テーブルに並べられた靴を見て、シェリルが非常に真剣な顔で悩みに悩んでいる。

（……高い。入店を拒否されない高級店を意識しすぎたかしら。もっと無難な店にするべきだった？）

高すぎると表情で難色を示すシェリルの様子を見て、カシェアはテーブルに並べる靴を少しずつ安い品に取り替えている。それでも靴の価格はシェリルの感覚では訳が分からないほどに高額だった。

（強化服みたいに身体能力が上がる訳でもないっていうのに、何でこんなに高いの？　それともこの服に合う靴になると、どうしてもこれだけ高価になるの？）

シェリルは徒党の発展の為にこれから先も多くの者と交渉するつもりだ。そして見た目の印象、特に服装は、交渉の正否に強い影響を与えると知っていた。

次の交渉にはアキラから貰った服を着て望もうと考えている。安値で多少サイズが間違っていても旧世界製の服なのだ。ハッタリには十分すぎると思っている。しかしその効果を最大限に高める為には靴も同等の物を揃える必要があった。

服のサイズは懇意のハンターから贈られた物なので少々無理をしているとごまかせる。しかし靴は無理だ。そこだけスラム街の品質ではハッタリを忽《たちま》ち見抜かれてしまう。

旧世界製の服を贈られるほどにそのハンターと懇意にしているのであれば、想《おも》い人がみすぼらしい安物の靴を履いていれば、それなりの靴も一緒に贈られるはずだ。そう疑われるからだ。

だがアキラに旧世界製の靴をねだる訳にもいかない。そこで靴だけは自力で多少予算を掛けてでも、服に出来るだけ見合う物を買うことに決めた。今日の買い物はその為のものだった。

取引相手に足下を見られない為にシェリルは真剣に悩み続ける。一応予算は用意した。アキラに渡す予定だった200万オーラムの一部だ。しかし徒党の運営もある以上、無駄に使える金は1オーラムも無い。

シェリルはアキラからスラム街の子供に真面な食

事を与えたり読み書きを教えたりするように頼まれていた。以前からずっとアキラの恩に返せるものが何も無かったのだが、その頼みでようやく返せるようになったのだ。そちらも全力でやっていた。

しかしそちらはとにかく金が掛かる。加えて現状では金が返ってくる予定も無いので投資とも呼べない。加えてその環境を知った者達が徒党に加入しようとして費用を増やしていく。

だがやめることは出来ない。今のシェリルにとってアキラに返せる唯一のものだからだ。

そのとにかく金が必要な状況で、目の前の靴は貴重な予算を注ぎ込《こ》むに足る価値があるのかどうか。シェリルは真剣に悩んでいた。

悩み続けるシェリルの前で、勧められる靴が更に安物へと交換された。

◆

アルファと一緒に店内を見て回っていたアキラが、着こなしの例として店の商品で身を飾るマネキンに視線を向けて、どこか釈然としない表情を浮かべている。

『アキラ。どうしたの？』

『いやさ、ここはそれなりに高級店なんだから、そこに飾ってある服も結構良いやつなんだよな？』

『そうでしょうね』

『だから、何ていうか、いや確かに俺も流石にスラム街の服とは違うとは思うんだけど……、それだけっていうか……』

『高級店の商品にしては、そこらの服と大して違いを感じられないってこと？』

『そう。そんな感じだ。何でなんだろうな。俺にファッションセンスが無いからか？　それともマネキンだからか？』

『それなら試しに私が着てみましょうか』

アルファが自身の服をマネキンと同じ物に変える。その神懸かり的な美貌と均整の取れた体が、同じデザインの服の評価をモデルの質の分だけ引き上げた。

だがそれでも、その服がアキラの心を動かすことは無かった。

『やっぱり特に何も感じないな。シュテリアーナで食事をした時とは違う』

『シュテリアーナはクガマビルの上階に店舗を構えるだけあって、防壁内の基準でも一流店だからね。あそこと比べるのは酷だと思うわ』

『そうかもしれないけどさ』

アキラが商品の値段を見る。高い、という感想を端的に覚えた。それだけだった。

シュテリアーナの料理も同様に高いが、そこにはその高額な食事代に相応《ふさわ》しい感動が確かにあった。しかしこの場の服にはそれが無い。

勿論アキラも料理と服は単純に比較できるものではないと分かっている。しかしそこらの服とは桁が違う値札が付けられている以上、その違いを感じ取れる何かがあっても良いのではないかと思っていた。

そこでアルファが服を再び別の物に変える。

『アキラ。それならこの服はどう思う？』

その服はアキラには一見して高そうに見えた。ドレスと軍服を混ぜたようなデザインで、生地の青が映えている。スリットを入れて三層に重ねられたスカートが品の良い色気を出していた。

『良いんじゃないか？　遺跡で遺物として見付けたら結構高い値で売れる気がする』

服装の評価に遺物としての判断基準が混じっている時点で、アキラは自身が随分とハンター的な考えをしていることに気付いていなかった。

『これを見てもその程度の感想しか無いのなら、アキラはもう慣れてしまったのでしょうね』

『慣れ？　何に？』

『旧世界製の高い服の感覚によ』

アルファはアキラの前で様々な服を着ているが、それらは全て旧世界の基準でも最高級品の物ばかりだ。しかも実在していない映像だけの物なので、素材の費用など無視した豪勢なデザインに変更できる。

それによりその質は外観だけなら実在の服を軽く超えていた。

アキラはそれらの服で着飾ったアルファを見続けたことで、その高級さに慣れてしまっていた。その所為で、少々高いぐらいの服では見ても何も感じなくなっていた。

加えてアルファの服、つまり旧世界製の服を見慣れたことで、服の感覚もそちらの方に引き摺られてしまい、現代のファッションに対して鈍くなってしまった。

アルファからその説明を聞いたアキラが、納得しながらもわずかに難しい顔を浮かべる。

『……結局、俺のファッションセンスはちょっとずれてるってことだな』

その内に旧世界の感性に更に引き摺られてしまうのだろうか。胸や股の部分に穴を開けて下着を見せるようなデザインに慣れ切ってしまい、そうなっていない服を、ダサい、とか思い始めるようになるのだろうか。アキラはそう思って少し不安になった。

そこに先程までシェリルの接客をしていたカシェアが現れる。

「お客様。少々宜しいでしょうか？」

「はい。何ですか？」

「僭越《せんえつ》ですが、今回の御予算をお伺いしても宜しいでしょうか。その、お連れ様が価格を非常に気にしている御様子でして」

シェリルから実際にもっと安い物が良いと言われた訳ではないのだが、カシェアも店長としてそれぐらいは察することが出来た。

「私共と致しましても、ある程度の予算の指標を頂けると、より適した商品をお勧めできるかと」

品を選んでいるのはシェリルだが、実際に支払うのはアキラだ。カシェアはそう考えていた。稼ぎの良いハンターが贔屓の女性を連れて来店したと思っているのだ。

アキラもそれをすぐに理解した。そしてアルファのサポートによる視界の拡張表示でシェリルの様子を軽く窺う。悩みすぎて非常に険しい表情でテーブルの上の靴を凝視しているシェリルの顔には、深い葛藤が刻まれていた。

誤解を解いても良かったのだが、そこでアキラはふと思い、少し考えてから答える。

「100万オーラムを超えそうなら一声掛けてください」

その金額と、それが下限ではないような口振りに、カシェアが一瞬固まる。

「……100万オーラム、で、御座いますか」

「はい。支払はハンター証で。現金でないと駄目なら下ろしてきますけど」

「いえ、ハンター証でのお支払にも対応しております。確認の為、ハンター証をお預かりしても宜しいでしょうか？」

ハンター証を紛失したり、荒野での戦闘で破損させたりするハンターは多い。その為に事前の提示を願う店もある。

しかしカシェアはアキラの支払能力を確認する為にそう尋ねており、その口実も少々取り繕う努力に欠けていた。

悪く捉えれば、お前に本当にそんな額が支払えるのかと疑っている、と判断されても不思議は無く、短気な者なら怒り出す恐れすらあった。

普段のカシェアならこのような失態はしない。それだけ動揺していた。それでもすぐに顔に愛想の良い笑みを貼り付けて何とか平静を装っていた。

そして普通にハンター証を渡してきたアキラの様子に内心で安堵すると、受け取って店の端末に読み取らせる。その結果を確認したカシェアはアキラにハンター証を返すと、出来る限りの笑顔を浮かべた。

「お手数をお掛けしました。お連れ様には御提示いただいた御予算を考慮して、出来る限り良い商品をお勧め致します。何か御座いましたらお気軽にお申しつけください」

カシェアはそう告げて丁寧に頭を下げると、アキラから離れていった。

アルファが不思議そうな顔をアキラに向ける。

『アキラ。何であんなことを言ったの？』

『ん？　ちょっとな』

自分のファッションセンスと、高い服の感覚。そして旧世界製の衣服の相場と、遺物としての価値の感覚。それらを一度確かめて自覚しておくのは、これからのハンター稼業にとっても無駄にはならないだろう。そう考えたアキラは、このちょっとした思い付きにちょっとした金を出そうとしていた。

ただ、良くも悪くも桁が増えてしまったアキラの金銭感覚では、そのちょっとした金額の桁も、少々増えていた。

◆

アキラから離れたカシェアは、そのまま店の奥にある従業員用の部屋に入った。そして客向け微笑みから店長の笑顔に変えて、気合いを入れた声を出す。

「セレン！　起きてる？」

仮眠スペースからカシェアの妹であるセレンがのそのそと身を起こし、不満そうな顔を姉に向けた。

「お姉ちゃん、大きな声を出さないでよ。私が徹夜明けだって知ってるでしょう？」

だがカシェアは全く気にせずにセレンを急《せ》かす。

「良いから早く着替えて身嗜《みだしな》みを整えてあんたも店に出なさい」

「この時間の接客はお姉ちゃんの担当でしょう？　寝かせてよ。眠いんだから」

「良いから早くしなさい！　それと店では店長って呼べって言ってるでしょう！」

「……もー」

セレンは面倒そうにしながらも接客用の服に着替え始めた。カシェアはそれを確認するとすぐに売り場に戻った。

◆

険しい顔で悩み続けていたシェリルは、遂に決断を下そうとしていた。

テーブルの上に並べられていた靴は、別の品を勧められるたびに少しずつ安物へ置き換えられていたのだが、その交換作業は先程から止まっている。

つまり恐らく今目の前にある靴が最も廉価な価格帯の品であり、ここが下限。この店に、これ以下の安物は無い。シェリルはそう判断した。

（……仕方無い！　決めましょう！）

テーブルに残った靴は3足。シェリルの感覚ではどれも高い品ばかりだ。

（……この中の一足を買う！　予算的にもそれが限界！　どれを買えば正解？　……これか！）

シェリルが選択した靴に視線を向けた瞬間、その靴はカシェアの手によってテーブルから取り上げられ、選択肢から除外された。

思わず困惑した顔を浮かべると、他の靴もテーブルから次々に姿を消していき、変わりに新たな靴が並べられていく。

シェリルがもっと安い品があったのかと思いながら新たに勧められた靴を見る。そして驚きを露わにした。明らかに今までの品とは価格帯が異なる高級品だったのだ。

「あ、あの、すみません。このような品を勧めていただけるのは有り難いのですが……」

シェリルは何とか取り繕って先程の靴をテーブルに戻そうと口を開いた。だがそれを遮ってカシェアが申し訳なさそうに微笑む。

「お客様。先程からお客様にはそぐわない品ばかりお勧めしてしまい、誠に申し訳御座いませんでした」

困惑するシェリルに向けて、カシェアが言い訳するように話を続けていく。

「差し出がましい真似とは思いましたが、より適した商品をお勧めしようと、勝手ながらお連れの方に予算の目安をお伺い致しました」

シェリルもそれを聞いた相手がアキラだということはすぐに察した。だがカシェアの言動との関連が分からず、ますます困惑していく。

「当店では御希望の予算を大幅に下回る価格の品しかお勧めできないことが誠に心苦しいのですが、それでも当店が自信を持ってお勧めできる良い品で御座います。他の品もすぐにお持ち致します。では」

カシェアはそう言ってシェリルに満面の笑みを向

けると、テーブルから除《の》けたこの店の価格帯では安物の靴を高級品と取り替える為に離れていった。

　場に取り残されたシェリルは訳が分からずに半ば唖然《あぜん》としていたが、我に返るとすぐにアキラから事情を聞こうと店内を探し始めた。


　男性用の肌着を見付けたアキラがそれを手に取る。流石に高級店に置いてある品だけあって、包装からして普段使用している安物とは違うと少し感心した。

『俺も下着ぐらいは買っておいた方が良いかな？』

　アルファが一応口を出す。

『止めないけれど強化服の下に着るのはお勧めしないわ。ハンター向けの頑丈な品ではないからすぐにボロボロになると思うわよ』

『……やめとくか』

　ここで部屋着用に高級品を買うよりは、普段荒野で着ている安物の下着の質をその金でもう少し上げた方が良いだろう。そう考えてアキラは商品を棚に戻した。


　そこに少し慌てた様子のシェリルがやってくる。

「シェリル。どうかしたのか？」

「いえ、ちょっと向こうでありまして……。すみませんが、一緒に向こうにいてもらえませんか？」

　支払で何かあったのだろうかと、アキラは少し不思議そうな顔をしながらも、豪華な靴が並べられたままのテーブルへシェリルと一緒に向かった。


　アキラから事情を聞き終えたシェリルは少々難しい顔を浮かべていた。

　カシェアは支払をシェリルではなくアキラがすると勘違いしていた。そこでアキラはそれに話を合わせた上で、低い予算では安物しか勧められない恐れがあるとして少々高めの予算を提示した。そこまでの話はシェリルも普通に受け入れられた。

　だがアキラは更に、本当に自分が立て替えても良いと続けた。加えて、何なら本当に自分が支払っても良いし、立て替えたとしても別に取り立ても催促もしないとまで言ったのだ。

「……その、物凄く助かりますけれど、本当に良いんですか？」

そう慎重に聞き返すシェリルの態度とは対照的に、アキラが軽く答える。

「ああ、よくは分からないけど、今日の買い物も徒党の運営の為なんだろう？　それならそれぐらいは協力する。それにシェリルには面倒な事も頼んだしな。その分だとでも思ってくれ」

シェリルはわずかに迷い、決断した。覚悟を決めて、出来る限りの笑顔をアキラに向ける。

「……、分かりました。ここはお言葉に甘えさせていただきます」

恋人への贈り物という感覚が欠片も無いのは残念に思ったが、ここはアキラが徒党の運営に積極的になり投資をしてくれたのだと、敢えて前向きに考えた。

既にアキラへの借りは積もりに積もっている。それをいつかしっかりと利子をつけて返済する為にも、その初期投資は大きい方が良いに決まっている。

加えて投資額が大きいほどアキラも見返りを期待するはずだ。それは自分達との繋がりを強固にする。アキラも自分達をそう簡単には切り捨てられなくなるはずだ。

そう思い、どんな関係であれアキラとの繋がりが切れてしまわないように、シェリルは更なる借りを受け入れた。

◆

セレンは接客用に着飾ると、姉であり店長でもあるカシェアと一緒に、店でも高価格帯の商品を持ってシェリル達の前に来ていた。

その商品を熱心に勧める姉の様子と、それを真剣な目で見定めているシェリル、そして高そうな強化服を着ているアキラを見て、まだ少々寝ぼけている頭で考える。

（うーん。お姉ちゃん、金を持ってそうなハンターだからって、ちょっと態度が露骨すぎじゃない？）

ハンター稼業では遺物収集で一山当てて一攫千金《いっかくせんきん》

も夢ではない。一晩で富豪に成り上がるまでとは言わないまでも、身の程を超えた大金を急に手に入れた所為で金銭感覚を狂わせる者も多い。

加えて装備に桁違いの大金を注ぎ込んだ所為で、金の桁の意味をあやふやにしてしまう者もいる。死地を駆けたストレスを、派手に金を使って癒やそうとする者もいる。自らの価値を高める為に桁違いの金を浪費し、その快感に酔う者もいる。

当然そのような者は商売人にとって極上の上客だ。だが同時にそのような者達を店の固定客や常連客として抱えるのは難しい部分があった。彼らはハンターだ。明日には死んでいるかもしれないのだ。

非常に金払いの良いハンターに常連客になってもらおうと店として労力を注ぎ込む際に、多少の損害は後の利益で十分に回収できると無理をしたとする。その努力が実って固定客に出来たとしても、翌日にはそのハンターが死んで全てが無駄になる恐れがあるのだ。

常日頃からハンター相手に商売をしている武器商人達などならば、その辺りの投資の度合いの感覚も掴んでいる。だが普通の店がその辺りの感覚を掴むのは難しい。

そのような事情もあり、ハンター稼業とは無関係な店でのハンターに対する営業は、その場限りで可能な限り、となりやすい傾向があった。

セレンもその辺りのことは分かっているので、カシェアの接客態度をそこまで不自然には思わなかった。

自分をわざわざ店に出して顔を見せておこうとするぐらいなのだ。それだけの理由はあるのだろう。それで普段より気合いを入れた接客をしているのだろう。そう思い、店の経営方針は店長である姉に任せていることもあって、余り気にも留めなかった。

そしてそろそろちゃんと起きてきた頭でシェリルの服を見て、気付く。

(……ん？　あの服、旧世界製か。サイズ合ってないけど)

体格と一致していない服を着こなしでごまかして

着ている。悪く捉えれば、無理矢理着ている所為で元のデザインを歪めている。そう思い、顔をわずかに険しくしてしまう。

セレンは服のデザインをしていることもあって、そういうことが気になってしまう人間だった。そしてどうしても気になってしまい、表情を接客用のものにしてからシェリルに提案する。

「お客様。宜しければ商品をお選びの間に服のサイズの調整を仕立て直しも含めて請け負いますが、如何でしょうか？」

それにまず答えたのはアキラだった。

「大丈夫なのか？」

支払元から出た疑問の声に、カシェアが真っ先に反応して自信満々の笑顔を向ける。

「セレンの仕立て直しの腕は確かです。私も店長として自信を持ってお勧めできます。仕上がりにはきっと御満足頂けるかと」

セレンが軽く溜め息を吐いてから別の解釈で答える。

「お連れ様のお召し物は旧世界製の品、つまり旧世界の遺物ですよね？　確かにサイズ調整であっても手を加えたことで現代製の品とみなされ、遺物としての価値が下がる恐れは御座います。仕立て直しとして、デザインを含めて変えてしまえば尚更《なおさら》です。その服を資産としてお考えでしたら、お勧め致しません」

カシェアは笑顔をわずかに固くして視線をセレンに向けた。

（ちょっと、自分で提案しておいて、何で気を削ぐようなことを言うのよ？）

その視線での問いに、セレンも視線で返す。

（説明せずに仕立て直して後で損害を請求されたらどうするのよ？　むしろお姉ちゃんが店長としてちゃんと注意することなんじゃないの？）

（そ、それならそもそも、その提案の判断は私に任せておきなさい！）

（それなら何の為に私をわざわざ起こしてまで店に出させたのよ！）

カシェアとセレンは微笑みながら目配せをして、

長年の付き合いによる以心伝心を続けていた。

シェリルも別の懸念を抱く。アキラもハンターだ。既に贈った物とはいえ、その相手が遺物としての価値を落とすような真似をすれば機嫌を損ねるかもしれない。そう考えて確認を取る。

「アキラはどう思います？」

「遺物としての価値がどうこうってのはシェリルの服なんだからシェリルの好きにすれば良いけど、仕立て直しをするのなら、その間シェリルの服はどうするんだ？　服の仕立て直しって、結構時間が掛かるんじゃないか？」

アキラが言った、大丈夫なのか、という言葉には他にも、仕立て直しの代金はどれぐらいなのか、などの様々な意味があったのだが、基本的にはその程度の理由だった。

シェリルも遅れて他の懸念を含めて気付く。仕立て直しに数日掛かるのであれば、服を取りに再度来店しなければならない。

しかしシェリルにはその時に着ていく服が無い。スラム街基準の服では店に辿り着く前に追い返される恐れがある。アキラに付き添いを頼むという手段もあるが、何度もアキラの手を煩わせることになる。それは避けたかった。

セレンはアキラ達の様子から、服に手を加えたことによる価値の低下は問題ではなさそうだと判断して再び提案する。

「着替えでしたら、仕立て直しは今から採寸を始めれば夕方ぐらいには終わると思います。その間は当店の服の試着などをされては如何でしょうか？」

シェリルは少し悩んでからアキラにそれまで付き合ってもらえるか頼んでみた。そしてアキラが了承したので仕立て直しをお願いすることにした。

旧世界製の服に手を入れるということもあり、まずは服をしっかりと調べて見積もりを取るとして、この時点では仕立て直しの代金は未定だった。

◆

セレンはシェリルを連れて店の奥にある仕立ての作業部屋に案内すると、採寸を済ませた後はカシェアに接客の続きを頼んで戻ってもらった。

そして仕立て直す服を改めてじっくりと隅々まで確認する。その服と引き替えにシェリルは代わりの着替え一式、出来れば買ってもらいたい最高級の商品に着替えていたが、価値が釣り合っているかどうかは微妙なところだ。

デザインこそ現代の感覚とは少しずれた部分がある。だが布地の細かな造形などは素材も含めて高度な技術が必要なものばかりであり、当時の極めて高度な仕立て技術の固まりだ。

それはこの服が確かに旧世界製の品であると、セレンに理解させるだけの質を持っていた。

これからこの服に自分が手を入れるということに少々興奮を覚えながら、セレンが仕立て直しの方向性を悩み始める。

サイズ変更で手を加えることで、どちらにしろ遺物としての価値が下がるのであれば、デザインを含めてしっかり仕立て直してほしい。そう頼まれていたのだ。

一度裁断に入ってしまえば後戻りは出来ない。仕立て直しの方向性を、その料金等を含めてしっかりと考える。

そして一定の結論を出したところで悩み始める。しっかり悩み、続けて悩み、更に悩み、悩みに悩んだ後、セレンは店の端末に手を伸ばしてカシェアに連絡を取った。

◆

売り場に戻ったシェリルはカシェアから更に様々な服を勧められていた。だが今のところ店の売上には貢献していない。その理由は値段という金銭的なものではなく、アキラからの反応が鈍い所為だった。

勧められた服を勧められるままに試着して皆の反応を確認すると、どれを着てもエリオ達は良い反応を返してくる。

高級店だけあってどれも良い品であり、加えてカシェアが高級品を優先的に勧めていることもあって、スラム街の子供が抱く感想は、とにかく凄い、ぐらいしかないからだ。

だがアキラからは酷く鈍い反応しか返ってこない。それでシェリルは購入せずに別の服をカシェアに催促し続けていた。

シェリルもアキラから良い反応を得たいという欲はある。だが今はそれ以上に、交渉の場で相手に感嘆を抱かせて自身を優位に立たせる服を求めていた。

だが単に高い服を買えば良い訳ではない。必要ならば支払をアキラに立て替えてもらえることで予算の上限はほぼ無くなったが、その程度で解決する問題ではない。

様々な交渉相手に対応する為にも、素人《しろうと》の目にも分かりやすい高級感があり、上質な服を見慣れている玄人《くろうと》の目にも光るものを感じさせる服が必要だった。

シェリルも自身のファッションセンスがその要求を満たすほど優れているとは思っていない。ただでさえ桁違いに高い服を買うのだ。他者からの反応という評価を必要とした。

だがエリオ達の反応は大して参考にならない。スラム街の子供の感覚で絶賛されても話にならないからだ。

カシェアの反応も鵜呑《うの》みには出来ない。そこには客向けの愛想と店の利益が含まれている。その世辞をそのまま受け取ってしまっては、単に高いだけの服を買わされる恐れがあるからだ。

そこでシェリルはアキラの反応を重視した。

アキラも元々は自分達と同じスラム街の住人だ。だが既に1億5000万オーラムもの大金を平気で使うほどに成り上がっている。今までどの服を見ても反応が薄かったのは、既にそれだけ目が肥えているから、という可能性は十分にある。

だからそのアキラからせめて何らかの反応が欲しい。そうでなければ大金を出して交渉用の服を買う意義が薄れてしまう。シェリルはそう考えて試着を続けていた。

そしてカシェアがシェリルの考えに気付き、一計を案じてアキラに声を掛ける。

「お客様。宜しければ一度私の代わりにお連れの方の服を選んでみては頂けませんか？」

「俺が……ですか？」

少し意外そうな様子を見せたアキラへ、カシェアが愛想良く笑って促す。

「はい。私も出来る限り良い品をお勧めしているのですが、どうも御満足頂けない御様子です。残念ですが、このまま続けてもお連れ様がお疲れになるばかりでしょう。お連れ様の気分を切り替える為にも、如何でしょうか？」

アキラの反応を基に服を選んでいるのであれば、その者から勧められた服を無下には出来ないはずだ。安物であっても一度買わせてしまえば後の流れを作りやすくなる。カシェアはそう考えてアキラに提案していた。

「そう言われても……」

しかしアキラは難色を示した。自分のファッションセンスに自信など全く無いからだ。そしてシェリルが自分で選んだ方がまだましだろうと思って、それを告げようとする。

だがシェリルから期待に満ちた目を向けられて思わず口を閉ざした。

シェリルもアキラが選んだ物であれば、結果として交渉には不向きな服を買ってしまったとしても、ある程度は諦めもつくのだ。加えて明らかに変なものであれば買わなければ良いだけの話でもあった。

そしてアキラに選んでもらうことを嬉しく思う気持ちも大きい。それらがシェリルの態度に強く表れていた。

シェリルに加えてエリオとアリシアからも興味深そうな視線を向けられて、アキラは何となく逃げ場を失ったような感覚を覚えた。そこにアルファから助け船が来る。

『アキラ。私が選びましょうか？』

『そうか？　それなら頼む……、待て、どんな服を選ぶつもりだ？』

いわゆる旧世界風の服をよく着ているアルファが選ぶと、旧世界の感性に偏ったとんでもない内容になるのではないか。そのアキラの不安を払拭《ふっしょく》するようにアルファが笑って返す。

『大丈夫よ。この店の商品から選ぶのよ？　アキラを不安にさせるデザインの服は、ここの棚には初めから並んでいないわ』

『……それもそうか。分かった。じゃあ頼む』

『任せなさい』

自信たっぷりに微笑むアルファの様子を見てアキラも安心した。

「じゃあシェリル。俺が選ぶから少し待っていてくれ」

「ありがとうございます。お願いします」

実際に選ぶのはアルファなのだが、それを知らないシェリルは非常に喜んでいた。

その後、アキラは売り場を一周してシェリルの服を一式上から下まで選んできた。

それは傍目《はため》からは陳列された商品をチラッと見て無造作に選んでいるようにしか見えず、何かあれば服選びのアドバイスぐらいはしておこうと思って付き添っていたカシェアを少々困惑させていた。

ファッションセンスに欠けた素人でも、数多くの服から迷うぐらいの様子は見せる。だがアキラの短い行動から迷いは一切感じられなかった。

シェリルは嬉しそうに服を受け取ると早速更衣室で着替えようとした。だがそこでアキラから少し迷ったような表情で少々予想外のことを言われる。

「……何なら着替えを手伝うけど、どうする？」

「お願いします！」

突然の申し出に驚きはしたものの、シェリルにとっては非常に嬉しい内容だ。アキラの気が変わる前にすぐに笑って答えた。

アキラは表情をほんの少しだけ堅くした後、小さく溜め息を吐いた。そしてどことなく、断られなかったので仕方が無い、という様子でシェリルと一緒に更衣室に入った。

着替えを手伝うのは本来カシェアの仕事なのだが、

アキラが代わったのでエリオ達と一緒に外で待っていた。

そして先にアキラが出てくる。次に着替え終えたシェリルが出てきた。

「ど、どうでしょうか？」

シェリルは年相応の可愛《かわい》さ愛くるしさとは方向性の異なる綺麗な服を身に纏い、清楚な雰囲気の中に少々背伸びした色気を見せていた。

品の良い鋭さすら感じられる服がシェリルの端麗な容姿をより綺麗に輝かせている。そして少し恥じらいながら頬を朱に染める表情が、相反するはずの可愛さと可憐《かれん》さを見る者に与えていた。

カシェアがお世辞抜きの本心で答える。

「とても良くお似合いで御座います」

同時に内心の驚きを抑えていた。

（私の店の商品とはいえ、あんな雑な選び方でここまでのポテンシャルを引き出すなんて、どうなってるの？）

そして自分がこのコーディネートを勧められなかったことに衣装品店ラファントーラの店長としての沽券《こけん》を少々傷付けられながらも、やるではないか、と心の中でアキラに軽く称賛の言葉を贈った。

エリオとアリシアも今までの服の評価とは一段上の称賛を態度で表している。

そしてアキラも表向きは自身が選んだことになっている服で着飾ったシェリルに対して、軽く感嘆するように確かな反応を示していた。

「うん。良いんじゃないか？　俺はそう思う。シェリルは？」

「はい。私もとても気に入りました。凄く嬉しいです」

「そうか。それなら良かった」

「こちらこそ、良い服を選んでいただいて、ありがとうございました」

シェリルがカシェアに顔を向ける。

「では、まずはこれを買わせていただきます」

「えっ？　あ、はい！　お買い上げ、誠に有り難う御座います」

我に返ったカシェアはすぐに気を取り直して愛想

の良い笑顔を浮かべた。そしてこれからだと気合いを入れて更なる売上を求めて接客に戻ろうとした時に、セレンから呼び出しの連絡が入った。

「では、私は仕立ての方の様子を見て参ります。すぐに戻りますので、少々お待ちください」

良いところだったのに。カシェアはそう強く不満に思いながらも、その内心を欠片も顔に出さずに席を外した。

アキラに服を選んでもらい、その服を着た自分を褒めてもらったことで、シェリルは少し浮かれた様子まで見せていた。

そこまで喜ばれるとアキラも悪い気はしなかった。少し機嫌を良くしていると、そのアキラの態度を見てアルファが得意げに笑う。

『どう？　私のファッションセンスは。大したものでしょう？』

『大したもんだ。……服選びどころか、服の着方まで指定されるとは思わなかったけどな。おかげで俺が着せる羽目になったんだぞ？』

『着こなしもファッションセンスの一部よ。嫌がられなかったのだから良いじゃない』

『俺が気にするんだよ』

『一緒にお風呂《ふろ》にも入ったのに、今更よ』

反論できず、アキラはそれで黙った。そして改めてシェリルを見る。本心で悪くないと思った。

自分のファッションセンスは酷く鈍くはあるが、まだまだ捩《ね》じ曲がってはいないようだと、アキラは少し安堵した。

◆

カシェアがセレンの仕事場に戻ると、セレンは仕立ての準備自体は終えているものの、それ以上の作業を止めて待っていた。

とっくに作業を進めていると思っていたカシェアが軽く不満を言う。

「ちょっと、急に呼び出したから作業中に何か問題でも出たのかと思ってたのに、まだ手も付けてないじゃない。売り場、良いところだったのよ？」

「ごめん。ちょっとあって、店長の決断が欲しかったの。仕立て側の範疇《はんちゅう》じゃなくて、経営側の問題だと思ったから」

「経営側の問題って、何？」

「仕立て直しを本当に進めて良いかどうかの判断」

「えっ？　そんなの早く進めてよ」

「まずは話を聞いて。それでもやれって言うのなら、やるから」

仕立て側として真面目な表情を浮かべるセレンを見て、カシェアも店長として真面目な顔を浮かべた。

「分かったわ。聞かせて」

「まずね、サイズ調整だけでも30万オーラム掛かる」

「30万って、しっかり仕立て直してもそんな掛からないでしょう？」

「旧世界製の品だからね。普通の服より大分割り増しになる。布そのものの質が良いから、丈だの何だのを合わせるだけでも、それ相応の素材と技術が要るの」

「そう。サイズ調整だけでそれだけ掛かるなら問題ね。でも仕立て直しを請け負ったんでしょ？　そっちで何とかならないの？」

「仕立て直しなら、１５０万オーラム掛かる」

「……はっ？　１５０万!?　ちょっとセレン、冗談でしょ!?」

「仕立てのことで冗談なんて言わない」

不機嫌な顔を向けてきた妹を見て、カシェアも落ち着きを取り戻した。

「分かったわ。ごめん。悪かったから、もうちょっと詳しく話して。仕立て直しだと料金がかさみすぎるから、やっぱりサイズ調整だけにしましょうって相談なの？」

「個人的にはサイズ調整は一番お勧めしない」

セレンが店長の経営側の判断を必要とする理由を説明していく。

サイズ調整だけの場合は、確かにシェリルの体型に合わせた服に出来る。しかしデザイン的に非常に微妙な服となってしまう。

元々大人用の服で、しかも旧世界の感覚のデザインだ。サイズだけ子供用にするとそのデザインが大きく破綻する。

サイズ不一致の状態を着こなしで無理矢理ごまかしていた時には、デザインの破綻をシェリルの着こなしの努力で何とか補えていた。だがサイズ調整後はそれも無理になる。

つまり、手を加えたことで旧世界製とみなされず遺物としての価値が落ちる上に、デザインも微妙になり単なる服としての価値まで下がる物を、金と手間暇を掛けてわざわざ作ることになるのだ。

セレンもその上で作れと言われれば作る。だが仕立て職人としてはお勧めできなかった。

仕立て直しの場合には、デザインは別にしても元の服の布地の質が良すぎることが問題になる。

現代風にデザインを変更すると追加の布が必要になるが、元の布地の質に比類する上質な素材を使わなければならない。加えてその高価な布に合わせた技術も必要になる。その腕を安売りするつもりは無いのでその分も高くつく。

セレンとしては仕立て直しを勧めるが、相手がその料金を支払ってくれるかどうかは不明なので、作業は止めていた。

「それで店長、どうする？　安くないお金を貰ってサイズ調整だけして不評を買うのは嫌だし、仕立て直しに１５０万オーラムは難しそうだし、ごめんなさいって謝って、服を返すのが一番だと思うけど」

「確かに１００万オーラム超えたら一声掛けてとは言われたけど、難しいか……」

「そんなこと言われてたの？　あんなに熱心だったのはそういうこと。道理で」

驚くセレンと、悩むカシェアの間で、少し沈黙が流れた。

「……セレン。あんたどうしたい？」

「えっ？　私が決めて良いなら、店長に１５０万オーラムお願いって頼むけど？」

「……、分かったわ。聞くだけ聞いてみる」

「えっ？　本気？」

仕立て直しを請け負ったのに駄目でしたと、客に二人揃って頭を下げるしかないと思っていたセレンは、カシェアの判断に意外そうな顔を浮かべた。

カシェアが険しくも真剣な顔になる。

「私はね、私の店を繁盛させる為なら何でもするつもりだけど、あんたの仕立ての腕を腐らせるつもりも無いのよ」

セレンは姉の本気の言葉に驚いた後、嬉しそうに笑った。

「お姉ちゃん。ありがと」

カシェアが照れ隠しのように厳しい顔を浮かべる。

「聞くだけ聞いてみるだけよ！　断られたら諦めなさい！　あと、店では店長！」

「了解！　店長！　頼んだからね！」

楽しげに明るい声を出す妹に見送られて、カシェアはアキラの下に向かった。

◆

カシェアから事情を聞いたアキラが軽く答える。

「分かりました。あの予算の100万オーラムとは別に、150万オーラム追加で払います」

妹にはあのように言ったが、流石に150万オーラムもの仕立て代を受け入れる可能性は低いだろう。それでも出来る限り説得してみよう。カシェアはそう覚悟を決めてアキラとの交渉に臨んだのだが、あっさり承諾されたことに驚きと困惑を隠し切れず、それが顔に出た。

だがそれでもすぐに愛想を取り繕うと、内心の動揺を抑えて承諾の確認を取る。

「ありがとうございます。貴重な旧世界製の品に手を入れる以上、裁断後は、当店と致しましてもキャンセルはお断りさせて頂きます。加えて全額前金となりますが、問題御座いませんか？」

「はい。どうぞ」

アキラはあっさりとハンター証を取り出した。カシェアはそれを受け取ると、緊張を表に出さすに支払処理を済ませた。

「当店の仕立屋をそこまで御評価頂き、本当に感謝致します。……差し支えなければ、即金でそこまでお支払い頂ける理由をお尋ねしても宜しいですか？正直に申しますと、価格交渉ぐらいはあると思っておりました」

アキラが軽く説明を考える。

「仕立ての専門家がそれだけ掛かるって言うなら、高くてもそういうものだろうと思ったんです。装備の整備や修理みたいなものだと思うし、下手に値切った所為で整備不良のままだと困りますから。そういうのは提示された料金で受けるか受けないかの二択だと思ってます」

「左様で御座いますか……」

カシェアがアキラの強化服を改めて見る。カシェアも衣料品を扱ってはいるが、同じ服でも強化服の目利きまでは出来ない。しかし素人目《しろうとめ》には高そうに見えた。

随分と若い容姿だが、その若さでそれだけの物を手に入れられる実力と経験を持っているのだろう。だから服の仕立てにもそのようなハンター的な思考をするのだろう。カシェアはそう考えた。そしてふと思う。

「装備のようなものとおっしゃいましたが、お客様のその服のお値段を伺っても宜しいでしょうか？　いえ、用途は違えど服を扱う者として少々気になりまして」

「これですか？　えっと、装備一式揃えて買ったんで、強化服だけだと……幾らだったっけ？」

思い出そうと悩み始めたアキラを見て、カシェアが笑って軽く付け加える。

「ああ、ちょっとした興味ですので、大凡《おおよそ》や一式の価格で構いませんよ」

「それなら装備一式で8000万オーラムです」

そしてアキラに桁違いの額を軽く告げられて、吹き出しそうになるのをぎりぎりで堪えた。更にカシェアは接客担当としての意地で驚愕《きょうがく》を呑み込むと、愛想良く笑った。

「……やはりハンターの装備は結構なお値段になる

のですね。参考になりました。では、私は仕立て直しを始めるように伝えて参りますので、これで失礼致します」

客の前では醜態を晒さない。カシェアは自身にそう言い聞かせて、売り場を出るまでは挙動不審にもならずに表情を保った。


セレンの作業部屋に戻ったカシェアは、抑えていたものを吐き出した。

「セレン！　150万オーラム！　承諾取ってきたわよ！」

姉の意気込みは嬉しいが、まあ無理だろう。そう思っていたセレンも思わず大きな声を出す。

「えっ!?　嘘っ!?」

「店の経営に関わることに嘘なんか吐かないわ！」

「そうだった！」

その後カシェア達は興奮が落ち着くまでしばらく姉妹で笑い合った。

笑い続けるのも疲れる。先に正気を取り戻したセレンが息を吐く。

「それで、どうやって言いくるめたの？」

自分の姉はそんなに口が上手かっただろうかと、セレンはカシェアが変な条件でも受け入れていないか少し心配になった。

カシェアも落ち着きを取り戻す。

「事情を話したら普通に承諾したわ。あのハンターの装備代をそれとなく尋ねてみたんだけど、8000万オーラムだって。確かにその代金に比べれば、150万オーラムなんて誤差よね」

「8000万オーラム。流石稼ぐハンターは装備代も桁違い。店長、ちょっと口説いてきて」

「馬鹿言ってないでさっさと始めなさい。仕立て直しの為に150万オーラム出せる専門家って見込まれたんだから、しっかり仕事をしなさい。頼んだわよ？」

「言われるまでもなく全力を出すわ。任せといて」

久々の大仕事に意気を高めるセレンを見て、カシェアも本心で笑顔を浮かべた。

第75話　カツヤとシェリル

　シェリル達の衣料品店ラファントーラでの買い物は、シェリルがアキラから貰った旧世界製の服の仕立て直しを頼んだ後も続いていた。今はエリオがアリシアの服を必死に選んでいる。

　エリオとアリシアはシェリルの徒党の幹部として扱われており、今後は身嗜みにも気を使う必要が出てくる。しかし今のところ、その服装はスラム街の子供のままだ。

　エリオの方は徒党の武力要員としてカツラギから装備を借りるなりしてごまかせるが、アリシアの方はそうはいかない。そこで良い機会なので、徒党の予算で今日買うことになった。

　この店の基準では安物でも、スラム街の基準では十分高い服となる。恋人を着飾ろうとエリオは必死になっており、アリシアもそのエリオの様子を見て喜んでいた。


　アキラはその光景をシェリルと一緒にテーブルで雑談を続けながら見ていた。だがそこでアルファから急に提案される。

『アキラ。仕立て直しが終わるまで時間があるし、今の内に弾薬の補給を済ませておいた方が良いと思わない？』

『今か？』

『そう。今』

『……予備の弾薬にはまだ余裕があるし、この後荒野に行く訳でもないんだ。後で良いだろう』

『そういうのは後回しにせずに、気が付いた時にやるのが大切なのよ』

『でもこの前シズカさんの店に寄ったばかりだろ？　それでまたすぐに補充に行くと、そんなに頻繁に補給が必要なんて何かあったのかって、シズカさんに変に疑われるだろうし、やっぱり後で良いだろう。それとも何か補充を急ぐ理由でもあるのか？』

　アキラもアルファの勧めなので、ちょっとした理由でも何かあるのならば行くつもりだった。

しかしアルファの返事はそれを否定する。

『無いわ』

『……？　それなら後で良いよな？』

『分かったわ』

アキラは少し不思議に思ったが、それ以上は気にしなかった。だがすぐに別のことを勧められる。

『アキラ。シズカの店に遺物を売りにいかない？　衣類系の遺物なら買い取ってくれるって言っていたでしょう？　家にまだ残っているのを持っていきましょう』

『それも後で良いだろう。何だよ急に』

『高い服を買ったのだから、同じ衣類系の遺物を売って帳尻を合わせるのも良いと思ったのよ。アキラが何を考えて250万オーラムも使ったのかは知らないけれど、遺物を金に換えないと所持金は減る一方よ？』

無駄遣いを窘められていると思ったアキラが、言い訳するように答える。

『……あー、えっとな、一応あれには意味があるんだ。俺のファッションセンスは単に鈍いだけなのか、それとも致命的に歪んでいるのか、それを確認しておこうと思ってさ。その辺を自覚しておけば、今後旧世界製の服を売る時に役立つと思ったんだ。まあ、自己満足だって言われればそれまでだけど、別にそれぐらい……』

『アキラ。それならその確認の為にも、シズカの店で売ってみるのも良いと思うわ』

『そうだな。次の弾薬補給の時に持っていこう』

『思い立ったが吉日、という言葉もあるのよ？』

『……いや、思い立ったのはアルファで俺じゃないだろう。それにアルファはそういう運とか気にする方だっけ？』

『違うわね』

『だろ？　だから後にしよう』

『分かったわ』

アキラがアルファの様子を少し怪訝に思い始める。しかし理由が分からず、怪訝に思う以上のことはしなかった。

だがそこで更に別のことを勧められる。

『アキラ』

『アルファ。さっきから何だよ』

『遺物の買取先を増やす為に、ここで衣類系の遺物を買い取ってくれるか聞いてみるのはどう？』

『……そうだな。聞いてみるか』

アキラもアルファの勧めを何度も断るのは気が引ける。また、遺物の買取先を増やしておくのは悪くないとも思い、勧めに従うことにした。

シェリルに少し席を外すと言ってから、エリオ達の服選びに協力しているカシェアの下に行く。そして衣類系の遺物の買取について尋ねた。

カシェアからの返事は、遺物としては買い取れないが、旧世界製の衣料品という扱いで良いのであれば、品によっては買い取れるという内容だった。

要は旧世界製の服をヴィンテージ物として買い取るだけであり、遺物の売却としては一切扱われない。当然ハンターオフィスの履歴にも載らず、ハンターランクも上がらない。それでも良ければ、という回答だった。

アキラが礼を言って戻ろうとすると、再びアルファから提案が入る。

『アキラ。試しに売ってみない？』

『それ、一度家に取りに戻れってことか？』

『いいじゃない。アキラも仕立て直しを待つだけだと暇でしょう？　時間を有効に使いましょうよ』

『……まあ、良いけどさ』

アキラは先程からのアルファの様子を少々訝しんだものの、問い詰める気にもなれず、勧めに従うことにした。

カシェアに現時点での支払を済ませて、旧世界製の衣料品を取ってくると告げる。そしてシェリルの下に戻り、事情を伝えて店を出た。

アキラが店の前で自宅への道はどの方向だったかと思いながら周囲を見渡すと、アルファが笑って案内を始める。

『アキラ。こっちよ』

『えっ？　そっちだったか？』

見当違いの方向のように思えたアキラが怪訝な顔を浮かべたが、アルファは気にせずに笑った。

『人の流れとかがあって、こっちの方が良いのよ。行きましょう』

『……ああ』

アキラはアルファの後に続いて、少し首を傾げながら自宅に戻っていった。

◆

シェリルはアキラが席を外したことを残念に思っていた。そこまで時間は掛からないと言われたが、アキラとの折角の談笑が途切れてしまったことに小さく溜め息を吐く。

それでも基本的には上機嫌だった。気分転換をしようと近くの鏡の前に立ち、軽くポーズをつけて微笑む。

それは普段のシェリルならば、交渉事を優位に進める為に磨きを掛けた自身の容姿の確認作業にすぎない。鏡に映る自分を見ることで、自身の状態を客観的に把握する為でもある。

だがその意図的に浮かべた笑顔は、アキラに選んでもらった服で着飾る自身の姿を見ると、自然に演技ではないものに変わっていった。

（……うん。これなら今後の交渉は上手くいきそう。立ち方にもう少し工夫が要るかしら？）

これだけの服を身に纏うことが出来る権力者であると惑わせるように、日頃から裕福な生活を送っていると勘違いさせるように、スラム街の子供とは決して思わせないように、立ち振る舞いと表情をいろいろ試していく。

しかしそれもしばらくすると恋人から贈られた服を楽しむような行為になっていた。嬉《うれし》さで頬が緩み、その表情が少しずつだらしないものに変わっていく。

そして限度を超えた自分の顔を鏡越しに見て、我に返る。

「おっと」

シェリルは自身の表情を、積み重ねた研鑽《けんさん》で作成した上品な微笑みに戻した。

その時、来客を知らせるベルが鳴った。アキラが戻ってきたことを期待して、シェリルが笑顔で無意識に視線をそちらに向ける。

だが、店に入ってきたのは、一人の少年と二人の少女だった。

それはカツヤ達だった。

◆

カツヤはユミナ達と一緒に都市の下位区画の店を見て回っていた。正確には連れ回されていた。

身に纏っている清潔感のある軽装備はハンター向けの装備ではあるものの、荒くれ事に事欠かない荒野の雰囲気は出ていない。やや荒野風のファッションという程度だ。

ユミナとアイリは私服だ。年頃の少女が頑張って着飾ったような明るい雰囲気を出している。

カシェアはそのカツヤ達を見て何の問題も無いお客様だと判断すると、いつものように愛想良く微笑んだ。

「御来店ありがとう御座います。本日はどのような御用向きでしょうか？」

そう話しかけられて、店の雰囲気に飲まれて緊張気味だったアイリが若干挙動不審な様子を見せた。

高そうな店だと思いながらも、持ち前の度胸でそこまでは緊張していないユミナが代わりに答える。

「えっと、服をいろいろ見たいんですけど、良いですか？」

「勿論です。控えておりますので、お客様のお眼鏡にかなった商品が御座いましたら、お気軽にお声をお掛けください」

早速店内を見て回ろうとするユミナ達の側で、疲れ気味のカツヤがぼやく。

「なあ、ユミナ。そろそろ休憩にしないか？」

「店に入った途端に何を言ってるのよ。だらしないわね」

「だらしないって、5店目だぞ？　しかも見て回るだけで何も買ってないじゃないか」

「良い服が見付からなかったのよ。仕方無いでしょう。ぼやいてないでちゃんと付き合いなさい。あの件の借りで、今日一日付き合う約束よ？」

「はいはい。分かりました」

以前の件を持ち出しながらも楽しげに笑うユミナを見て、カツヤも仕方が無いと笑って返した。

今日カツヤがユミナ達に付き合っているのは、以前にルシアとの件でアキラを無駄に怒らせてしまい、危うく殺し合うところだった詫《わ》びを兼ねていた。

カツヤもユミナに何とか事を治めてもらわなければ危なかったと自覚しているので、今日はユミナの機嫌をしっかり取るつもりでいた。だが張り切るユミナに少々押され気味だった。

勿論、仲の良い異性とのデートでもあるので楽しくは思っている。試着を繰り返すユミナとアイリをそのたびに褒めたり、一緒に服や小物を選んだりして楽しんだ。

だがそれも5店目となると疲労も溜まってくる。少々休憩が欲しいところだった。

「……もうちょっと装備を考えるんだった。拳銃ぐらいで良かったか？」

カツヤも異性の友人達との買い物に、普段ハンター稼業で着ているもののような、いかにも荒野用というガッチリとした強化服を着ていくのは無いだろうと思った。

しかし何かあった時にユミナ達を守れる最低限の装備は必要だろうとも考えた。そこで他者に威圧感を与えないデザインを優先した薄手の強化服を借りて、上着を羽織ってごまかしていた。銃も重量のある荒野用の物を着けている。

だがハンター稼業の最中でもないのでエネルギーパックは自腹を切るしかない。そこで強化服を装着はしているが、無駄に消費しないように機能は切っていた。

その所為で強化服は少々重く、ユミナ達と楽しく下位区画を回っていたカツヤの体力を少しずつ削っていた。それでも買物ぐらいなら大丈夫だろうと、ユミナ達にはそのことを黙っていた。だがこのラファントーラに入った辺りで、そろそろ疲労が溜まってきたのだ。

そのカツヤの随分と疲れた様子を見て、ユミナが心配そうに声を掛ける。

「カツヤ。どうしたの？　……ごめん。もしかして、体調が悪かったのに付き合わせてた？」

「あー、えっと、な？」

カツヤが観念して事情を話すと、ユミナとアイリは少しだけ呆れたような様子を見せた。

「カツヤ、あのねぇ……」

「防壁近くの商店街では、強化服は流石に不要。それに、……デート中に着る服でもない」

カツヤが笑ってごまかそうとする。そして、ユミナ達も笑ってごまかされた。カツヤがわざわざ重い装備を身に着けていた理由に気付いたのだ。

「仕方無いわね。少し休んでて」

「悪い。向こうのテーブルで少し座ってる。何かあったら呼んでくれ」

そう言って席を外そうとしたカツヤをユミナが呼び止める。

「カツヤ」

カツヤが振り返ると、ユミナとアイリが嬉しそうに笑っていた。

「私達を守ろうとしてくれたのは嬉しかったわ。ありがとね」

ユミナが少し照れくさそうにそう言い、アイリも同意するように力強く頷いた。

カツヤは照れをごまかすように笑うと、テーブルの方へ気恥ずかしそうに歩いていった。

◆

ラファントーラには4人掛けのテーブルが二つ置かれている。休憩しようとその近くまで来たカツヤはその片方に目をやった。そちらには仲の良さそうな少年少女、エリオとアリシアが座っていた。

その仲睦《むつ》まじい様子から、カツヤはまだ席が空いているからとそちらのテーブルに着く気にはなれなかった。それでもう片方のテーブルに向かい、そちらの先客に軽く声を掛ける。

「あの、ここ良いですか？」

「構いませんよ」

先に座っていたシェリルは、そう言ってまるでどこかの令嬢のように品の良い微笑みをカツヤに向けた。

その途端、カツヤは椅子を引こうとした状態で固まった。思わず見惚《みほ》れていた。

シェリルの生まれ付きの美貌。絶え間ない研鑽から生み出された魅力的な表情。試供品とはいえ、わずかな回復効果入りの高価なボディーソープなどで丁寧に磨かれた肌と髪。アルファによる絶妙なコーディネートの服。その相乗効果に心を貫かれていた。

防壁の内側に住むお嬢様が、興味本位で壁の外の店を訪れている。そう説明されても微塵《みじん》も疑えないほどだった。

カツヤがそのまま固まっていると、シェリルから不思議そうな顔で声を掛けられる。

「……お掛けにならないのですか？」

「えっ？　あ、いや、座ります」

我に返ったカツヤはどこかぎこちない動きで椅子に座った。するとシェリルが正面に座ったカツヤへ軽く会釈して微笑む。カツヤも少し緊張した様子で軽く笑って返した。

シェリルはカツヤが同じテーブルに着いた後、カツヤの視線を何度か感じていた。不愉快な視線ではない。なかなかに容姿の優れた異性から、アキラが選んでくれた服を着た自分へ好意的な評価が送られていると思えば、悪くはないと思える。

それでもチラチラとした視線が続くと気にはなってくる。何か話でも振ってくるのかと思ってしばらく待っていたが、カツヤは黙ったままだった。

仕方が無いと、シェリルは自分から会話の契機を作ることにした。カツヤに親しげに笑いかける。

「今日は御友人とお買い物ですか？」

「……えっ？」

「いえ、他の方と一緒に来店されていたように見えましたので」

「あ、ああ、うん。友達と一緒に」

「そうですか。この辺りにはよくお越しになるのですか？」

「お、お越しに？　あ、ま、ままあ、かな？」

見詰めて微笑むだけで面白いほどに良い反応を示すカツヤを見て、シェリルはそれを少し楽しく思いながらも別のことも考えた。

（アキラもこれぐらい分かりやすい反応を示してくれると嬉しいんだけど……。本当に何が駄目なのかしらね……）

そしてふと思う。

（……いや、今なら行ける？　私に足りなかったのは服だった？　この服の服の私を見たアキラの反応は悪くなかったはず……）

シェリルはその思い付きを目の前の少年で試してみることにした。

「宜しければ、少しお話を聞かせて頂いても構いませんか？　実は私、この辺りに来るのは初めてなんです」

今の自分の技量の確認と、アキラが帰ってくるまでの暇潰しに、目の前の少年をどこまで落とせるか少し試してみよう。シェリルはそう考えて、カツヤへ向けてアキラを魅了するつもりで全力で微笑んだ。

「私はシェリルと言います。あなたのお名前も教えて頂いても構いませんか？」

「お、俺は、カツヤです」

「カツヤさんですか。良い名前ですね」

顔を赤くして軽い動揺すら見せながら照れくさそうに笑うカツヤを見て、シェリルは上品に楽しげに微笑んでいた。

◆

ユミナはアイリと一緒に店内の服を見て回っていた。棚から服を取り、広げてデザインを確認して、なかなか良い服だと思い、値札を確認して、その感想を端的に口に出す。

「……高っ」

そして商品を棚に戻した。

「良い服だと思うんだけど、やっぱり高いな」

アイリも頷いて同意を示す。

「高級店だから仕方無い。でも、だから、カツヤが喜ぶ服もきっとあるはず」

「そうなのよねー。ここより上の高級店だと、多分もう高すぎて買うのはちょっと無理だろうし、もう少し探すかー」

ユミナ達は現在いるラファントーラに入る前にも他の衣料品店を回っていたが、まだ何も買っていない。それはカツヤに試着した姿を見せても反応が良くなかったからだった。

似合っていると褒めてはくれた。しかしどの服を着て見せても同じように褒められると、どうしてもお世辞のように聞こえてしまう。お世辞ではなかったとしても称賛の価値は薄れる。

自分達が服を買って着飾って見せたい相手はカツヤなのだ。だから多少高くとも、自分もカツヤも本心で称賛できる服が欲しい。

そう考えて店の格を少しずつ上げていき、遂に明確に高級品を扱うこのラファントーラまで来たのだが、流石にユミナ達の予算では厳しくなっていた。

もっとも日頃ハンター稼業を頑張っている自分への御褒美《ほうび》と考えれば買えない額ではない。しかし買うには度胸のいる値段だった。

カツヤに見せて、似合わない、などと言われれば、きっと自分はその値段の分だけ一層凹《へこ》むだろう。ユミナもアイリもそう思っていた。

やはり買う前に一度カツヤに見せる必要がある。そう思い、そろそろ休憩から戻ってきても良い頃だろうとカツヤを待っているのだが、まだ返ってこないことにユミナが愚痴を零す。

「……遅いわね。休憩にしては長すぎるわ」

アイリも頷く。

「見てくる」

「お願いね」

アイリはカツヤの様子を見にその場から離れると、

すぐに一人で戻ってきた。

カツヤと一緒に戻ってくると思っていたユミナが首を傾げる。

「カツヤは？」

アイリは表情が豊かな方ではないが、今回は明確に不満を表していた。

「ナンパしてた」

「……は？」

アイリの不満がユミナに伝染した。

◆

カツヤはシェリルとの談笑の中で、会話というものはここまで楽しいものだったのかと驚いていた。

「そこで俺はその救援対象がいる場所に駆け付けたんだ。当然そこにもモンスターはいたんだけど、その時の俺は不思議と絶好調で意外に簡単に倒せたんだ。全員無事に助け出せて、本当に良かったよ」

「カツヤさん一人でそこまで出来るなんて凄いですね。救援対象の方々も大変だったようですが、不幸中の幸いと言ったところですか。それだけの窮地にヒーローが都合良く駆け付けてくれるなんて、普通はありませんから。きっと凄く格好良く思われてますよ？」

「……、そうかな？」

「はい。少なくとも私ならとても嬉しく思いますから。何よりもカツヤさんも含めて全員無事で良かったです。助かったけれど、助けに来てくれた人が身代わりになってしまった。それでは喜ぶに喜べませんからね。全員無事が一番です。カツヤさんもそう思いますよね？」

「ああ、そうだな」

自分の無事も、助けた者達の無事も、同じように喜んでくれたシェリルの態度に、カツヤは本心で嬉しそうに笑った。

二人の談笑で主に話しているのはカツヤの方であり、シェリルは聞き手として笑顔で相槌《あいづち》を打ったり感想を言ったりしていた。だが話の方向性を決めているのはシェリルだった。

初めはこの辺りの話として、商店街や下位区画のことを話題にしていた。だがシェリルにそれとなく促され、カツヤはいつの間にか自分のことを話し始めていた。

自身がハンターであること。ドランカムに所属していること。荒野でモンスターと戦ったこと。遺跡で遺物を見付けたこと。

楽しいこと。嬉しいこと。辛《つら》いこと。悲しいこと。ハンターとして得た様々な経験を、その時の喜怒哀楽を交えて、喜ぶように、自慢するように、懐かしむように、悔やむように、いつもなら口には出さない心情まで少しずつ吐き出しながら続けていた。

そしてシェリルはその全てに共感を示してくれた。

荒野でモンスターに襲われた話では、カツヤの身を案じるはらはらとした態度で聞いてくれる。そしてそのモンスターを撃退した話をすると、生還を喜びながらその活躍を褒《ほ》め称《たた》えてくれる。

遺跡で遺物を仲間と一緒に楽しく探した話では、自分がそこにいなかったことを残念に思うような態度を取りつつ、見付けた遺物の話を楽しげに聞いてくれる。

怒りを覚えたことには同じように怒ってくれる。不満や愚痴に対しては優美な顔立ちを曇らせて理解を示した上で、その困難を乗り越えようとする意志を称賛してくれる。

見惚れるほどに美しい異性が、まるで自分と価値観を共有したように、喜んで笑い、怒って頬を膨らませ、哀《かな》しみを慰めて、楽しげに親しげに話を聞いてくれる。

そのシェリルとの会話は、本当に楽しかった。

カツヤはそのどこまでも心地《ここち》好《よ》い会話にのめり込み、自身の情報を吐き出し続けていた。

◆

シェリルはカツヤとの会話に違和感を覚えていた。

自分がしていることは要はただの接待であり、相手に気持ち良く話をさせる会話術にすぎない。シェリルもそれは自覚している。

そしてその根幹は、相手の望みの把握だと考えている。相手が理解してほしいように納得を示す。分かってほしいように同意を告げる。褒めてほしいことを称賛する。その欲に、欲しい、に付け込むのだ。

それを意図的に行う為には、相手の望みを把握する必要がある。称賛も望まぬ内容であれば苦痛になる。罵詈雑言《ばりぞうごん》もそれを望む者には救いになることもある。需要と供給は一致していなければ満たされない。

だが相手の望みを正確に把握するのは難しい。人は自分のことすらよく分かっていない。他人のことならば尚更だ。

シェリルはスラム街の徒党の集団生活で、相手のわずかな反応や無自覚での返答内容などから、相手の本心、望みを探る術を磨いてきた。その技術の応用で助かったことも多い。

カツヤとの談笑もその技術の一端だ。機嫌良く話し続ける相手の態度を見て、初めは上手くいったと思っていた。

しかし途中から、余りに上手くいきすぎていることに違和感を覚えていた。

(変ね。ここまで相手の望みが分かるなんて初めてだわ。まるで口にも態度にも出さずに、全部裏で教えてくれているみたい……)

それを怪訝に思いながら、別の違和感についても訝しむ。

カツヤは十分に美形だ。その上で話を聞く限りでは、ハンター稼業の中で仲間を助ける為に危険を顧みずに奮闘している。ドランカムの幹部からその実力を見込まれてもいる。

そこからシェリルはカツヤのことを、腕も顔も性格も良い少年ハンターであると、印象的、感覚的、直感的に高く評価した。

同時にシェリルは、相手から情報を搾り取り、その情報を基に籠絡《ろうらく》して、交渉を優位に進めようと画策する冷徹な部分からもカツヤを評価しようとしていた。

しかしその評価は、直感的な評価に比べて著しく低いものとなっていた。

正確にはシェリルがカツヤに対して出した評価の内、直感的に出した方の評価が高すぎるのだ。理性的、論理的な評価に比べて、自分でもよく分からないあからさまな優遇が存在していた。その評価の落差がシェリルに違和感を覚えさせていた。

そのことに内心で困惑しながらも、それを表に出さずに笑ってカツヤとの談笑を続ける。その間も自身の直感は、カツヤへの評価を更に高めるように自らへ指示し続けていた。

そして知らず識らずの内に考える。

カツヤのような有能で有望なハンターと縁を繋いでおくことは徒党にとっても有益かもしれない。過程が抜け落ちたように思考が飛躍する。

より深い仲になる為に今からカツヤを食事に誘い、恋人のように腕を組んでレストランへ向かう。

思い描いているのか、思い描かされているのか、区別が曖昧な光景を想像する。或いはその想像を眺めていく。

見覚えの無い道を、シェリルがカツヤと仲睦まじい様子で歩いている。実に幸せそうだと、他人事《ひとごと》のように思う。

その道の先からアキラが歩いてきた。そしてシェリルとアキラの目が合った。

シェリルの想像の中のアキラは、別段表情を変えることもなく、何も言わずにそのまま踵《きびす》を返《かえ》して、シェリルとの縁を切り捨てた。

我に返ったシェリルが思わずほんの小さな悲鳴を上げる。体は一瞬だが恐怖で硬直し、顔は強張《こわば》っていた。

だがすぐに想像であり現実ではないと理解して安堵の息を吐く。それでも動悸《どうき》まではなかなか収まらず、自身を落ち着かせる為に深い呼吸を繰り返した。

「シェリル。大丈夫か？」

心配そうに声を掛けてきたカツヤを見て、シェリルはつい先程まで覚えていた違和感が消えていることに気付いた。今は直感的な評価も論理的な評価も、目の前にいる少年をただの有望な若手のハンターとして扱っていた。

「……大丈夫です。すみません。お騒がせしました」

そう言って笑ったシェリルを見て、カツヤも安心して笑った。

「そうか。良かった。何かあったのか？」

「いえ、お気になさらず。ちょっと怖いことがあって、それを思い出しただけです」

お前の所為で想像の中でアキラに切り捨てられた、とは言えず、シェリルは笑ってごまかした。

そのごまかし方が、想像の中とはいえ痛烈な恐怖体験の所為でシェリルにしては雑だったことで、カツヤは本当に大丈夫なのかとシェリルを強く心配した。そして少し迷ってから続ける。

「何があったのか知らないけど、俺で良ければ話ぐらい聞いても……」

誰かに話すだけでも楽になることもある。カツヤはそう思って口を開いたのだが、そこに少し怒気の籠もった声が加わった。

「カツヤ、私達を放って別の子をナンパしてるなんて、良い度胸ね」

カツヤが背後からの声に振り向くと、ユミナが力強く笑っていた。

◆

ラファントーラに程近いレストランで、カツヤがユミナ達に必死になって言い訳している。

「ごめん。悪かった。でもあれは本当にナンパじゃないんだって」

自分達を放っておいてシェリルをナンパしていたと思ったユミナは、カツヤに一声掛けた後、そのまま店を出ていってしまった。アイリも流石に擁護は出来ず一緒に出ていった。

カツヤは慌ててシェリルに、またな、と一声掛けてユミナ達を追うと、何とか近くのレストランで合流した。そして平謝りを続けていた。

臍《へそ》を曲げたユミナが自棄食いに近い食べ方をしながらカツヤに不満げな視線を送る。

「誘ってきたのは向こうだから俺は悪くないとでも

言いたいの？」

　アイリも珍しく非難気味の目をカツヤに向けていた。

「そんなことは言ってないって。本当に悪かったよ。ちょっと話が弾んじゃってさ、席を外すタイミングが無かっただけなんだ。本当にそれだけなんだって」

　二対一。しかも非は自分にある。カツヤもそれは分かっているのでとにかく謝っていた。


　ユミナは自分がいらだっている理由を把握していた。カツヤとは長い付き合いだ。ごまかしや言い逃れではなく、ちゃんと自分が悪いと思って謝っていることは分かっている。抜けたところもあるので、本当に悪気は無かったのだろうとも思っている。

　その程度のことならユミナも普段は、仕方が無いな、で済ませていた。それも含めて長い付き合いだからだ。

　だが今はそれが出来なかった。その理由にも自覚があった。


（……凄く綺麗な子だったなぁ。服もセンスが良くて、とても高そうだったし。……もしかして、防壁の内側の子？　あの店って、ああいう人が来る店で、もしかして私達、結構場違いだったりしてた？）

　カツヤの言い訳を聞きながら、ユミナが軽く溜め息を吐く。

（カツヤ、楽しそうだったな……。カツヤにその気が無くても、相手が勝手に勘違いするのはよくあることだけど、あれは……）

　自分がいらだっている理由は嫉妬だ。ユミナはそう理解していた。

（あー、この思考、良くないわ。……やめ！　おしまい！　折角のデートなのに、自分から雰囲気を悪くしてどうするのよ！　はい！　終わり！）

　カツヤの側にいたいとは思っているが、嫉妬深く付《つ》き纏《まと》うようにはなりたくない。だから気を切り替える。ユミナはそう思い、一度真面目な顔を作ってカツヤに向ける。

「カツヤ。私達を放《ほ》っといたこと、ちゃんと反省してる？」

「してる！　ちゃんと反省してる！」

ここが謝りどころだと、どこか必死なカツヤを見て、ユミナは仕方が無いというように笑って顔を和らげた。

「分かったわ。私もちょっと意固地になってた。カツヤ。ごめん」

「いや、俺が悪かったんだ。ごめんな、ユミナ」

「うん。その調子でアイリの機嫌も頑張って直しなさい」

一件落着と安堵の顔を浮かべたカツヤが、その表情をわずかに固くする。そして視線をアイリに向けた。アイリの不機嫌な視線が返ってきた。

「放っておかれたのはアイリも一緒なんだから、私は助けないわよ？」

「……あ、ああ」

今度はアイリに向けて謝り倒すカツヤを見て、ユミナは少し楽しげに笑った。


カツヤは何とかアイリの機嫌を戻すことに成功した。普段の三人の雰囲気に戻ると、ユミナもラファントーラでのことを普通に話せるようになる。

「それにしても、カツヤはあれぐらいの服じゃないと満足できないの？」

ユミナ達が今まで服を買わなかったのはカツヤの反応が悪かったからだ。そう教えられたカツヤがシェリルの服を思い出す。

「いや、でもあれは確かに凄く良かったし……」

「まあ、それは私も分かるけどね。あんな服、どれだけ高級店に行けば売ってるんだか……」

自分達には手が出ないとユミナが嘆いていると、カツヤが思い出す。

「あの服、さっきの店で買ったって言ってたぞ？」

「そうなの？　探し方が甘かったか……」

「それならもう一度行く」

「そうね。そうしましょうか」

アイリの提案で、カツヤ達はこの後またラファントーラに行くことになった。

第76話　衝突回避

　アキラは自宅から衣料品類の遺物を持ってラファントーラに戻ってきた。店内に入ると何事も無かったことを少々訝しむ。

『アルファ。何であんなに遠回りしたんだ？』

　自宅とラファントーラの往復を、アキラはアルファの指示でわざわざ随分と遠回りしていた。

　アルファが得意げに笑う。

『アキラの安全の為よ。おかげで無事に辿り着けたでしょう？』

『都市の下位区画はいつからそんな危険地帯になったんだよ……』

『本当に不思議ね』

　アキラはアルファの妙な態度が少し気になったが、それでも実害は無かったので、軽く溜め息を吐くと、それ以上気にするのをやめた。そのままシェリルに笑顔で迎えられてテーブルに着く。

　その時、アルファが急に面倒そうな顔をした。

『アルファ。どうした？』

『アキラ。何があっても落ち着いて、絶対に騒ぎを起こさないで』

　アキラもアルファの様子から敵襲等の面倒事ではないと察した。だがアルファが珍しくとても面倒そうな顔を浮かべていることを、かなり怪訝に思う。

『何だよ急に。何があったんだ？』

『良いから、アキラはとにかく冷静さを保って。あと、シェリルに適当に話を合わせるように頼んで』

『だから何があったんだ？』

『良いから、やって』

　アキラは更に怪訝に思いながらも、一応指示に従った。

「シェリル。えっと、これから何かあっても、適当に口裏を合わせてくれ」

「えっ？　はい。分かりました。任せてください」

　シェリルも急に妙なことを言い出したアキラを不思議に思った。だがアキラの頼みを断る理由など無いので笑って承諾した。

そこに再びカツヤ達が来店した。アキラとカツヤの目が合い、険悪な雰囲気が漂い始める。

「何でお前がここに……」

そのカツヤの呟きに、アキラも同じことを思った。そして先程までのアルファの指示の理由にようやく気付く。

『アルファ。俺にいろいろ言ってたのは、こいつと会わせない為だったんだな？』

アルファが溜め息を吐く。

『そうよ』

『それならそうと言ってくれれば良かったのに』

軽くそう答えたアキラに、アルファが不機嫌そうな怒気を向ける。

『私の指示に逆らってまで殺し合おうとした相手が近くにいるから離れましょう。言えると思う？言って素直に聞いてくれると思うの？』

『……あ、はい』

アキラもあの時の無謀に関しては自分に非があると思っている。その分ばつが悪そうに答えた。

『弾薬を補充しろとか遺物を売りに行けとか、急に面倒臭いことを言ってきたと思っていたのでしょうけれど、相手の存在をアキラに知らせずに余計な騒ぎを抑える為に、私なりに頑張ったのよ？』

『そ、そうだな』

『あの時にアキラが私の指示に素直に従ってくれていたら、私もこんな面倒な事はしないで済んだのよ？　分かっているの？』

『はい！　分かった！　大丈夫だ！　ここで騒ぎは起こさない！　分かったって……』

長くなりそうな説教に、アキラはしっかりそう答えてアルファを落ち着かせようとした。それでアルファも引き下がる。

『分かれば良いのよ。それでは、騒ぎを抑える為に小芝居でもしておきましょうか』

アキラは軽く溜め息を吐いて視線をシェリルに戻すと、側まで来たカツヤ達を無視して、遺物を詰めたリュックサックを惜しむようにテーブルの上に置く。

「例のブツだ。確認してくれ」

そして、例のブツって何だよ、と自分で思いながらリュックサックを開いた。

シェリルはほぼ説明無しで始まったことに、アキラとカツヤ達の様子から推察を深めると、アキラの意図を読み取った。

リュックサックの中を見て、それを閉じると、明らかに力関係が上の者の態度をアキラに向けながら楽しげに笑う。

「確かに。今後とも良い関係を築けると良いですね」

「……、そう願いたいな」

アキラはどことなく吐き捨てるようにそう言うと、席を立ち、エリオ達が座っている方のテーブルへ席を移した。

当然エリオ達からあからさまに困惑した顔を向けられたが、余計なことは言わずに黙っていろと、小声で告げた。

カツヤはかなり困惑していた。始めはシェリルと一緒にいるアキラの姿を見て、ルシアの時のような騒動を起こすのではないかと判断し、すぐにシェリルを助けようと思った。

しかしその後の様子を見る限り、アキラとシェリルの力関係はシェリルの方が上に見えた。

これにより、カツヤがシェリルを守ろうとアキラとの間に割って入った所為で揉《も》め事《ごと》が起きる、という事態は消滅した。

カツヤが困惑していると、シェリルから笑顔で声を掛けられる。

「お掛けにならないのですか？」

「えっ？　あ、いや……」

カツヤはわずかな緊張を覚えて戸惑った。

前の時は座りますと答えて、少し緊張した様子で座った。その緊張はまるでどこかの令嬢のようなシェリルの、防壁の内側で暮らしていても不思議とは思えない服と美貌へのものだった。

だが今のシェリルは服と美貌はそのままに、アキラのような者を顎で使う権力者の雰囲気を纏っていた。

　ユミナとアイリが顔を見合わせ、軽く頷く。そしてアイリはシェリルのテーブルに着き、ユミナはそこから離れてアキラ達のテーブルに着いた。

　カツヤがそのことにも困惑していると、シェリルに笑顔で着席を促される。

「どうぞ。空いてますよ？」

「あ、はい」

　妙な逆らい難さを感じたカツヤは、大人しくテーブルに着いた。

◆

　エリオとアリシアが４人掛けのテーブルに向かい合って座っているところにアキラが加わったので、空席はアキラの正面しかない。そこに更にユミナが加わった。当然アキラの正面となる。

　よってアキラは自分に大きな衝撃を与えた少女と真面に向かい合うことになった。内心でたじろぎながら、わざわざこちらに座った理由を推察する。

「……何か用か？　一応言っておくと、ここで騒ぎを起こすつもりは無いぞ」

「こっちも騒ぎを起こすつもりは無いって言っておこうと思ったの」

「そうか。分かった」

　用は済んだ。もう戻るだろう。アキラはそう思っていたのだが、予想に反してユミナはそのまま座っていた。だが和気あいあいと談笑する間柄でもない。テーブルには沈黙が流れた。

　状況の摑めない事態に巻き込まれたエリオとアリシアは、変なことを言ってアキラの怒りを買わないようにとにかく黙っていた。

　そこでアキラが少し迷ったような態度を見せてから口を開く。

「この前、とか、では、まあ、悪かった」

　この前とはルシアの件であり、とか、は地下街でユミナを人質にしたことだ。だがアキラは地下街の件は都市との守秘義務で口に出せない。そこでアキラなりに、ぎりぎり言える言葉に言い換えていた。

ユミナは少し不思議そうな顔をした後、アキラの意図を察した。軽く笑って答える。

「気にしないで。下ではお互いにいろいろあったようだしね。ハンターなんてやっていれば予想外の事態なんてよくあることよ。気にしないでくれるのならこっちも助かるわ」

「……そうか。ありがとう」

アキラはユミナの返事に少し意外そうな様子を見せた後、どこか嬉しそうに笑って返した。

テーブルの空気が弛緩《しかん》する。エリオ達は揉め事の起こりそうな気配がほぼ消えたことに安堵した。

緩んだ空気に乗じて、ユミナはもう少し突っ込んだことを聞くことにした。

「ところで、あの時、そいつを見逃した訳じゃないとか言ってたけど、もしかして今も探したりしてるの？　こんなことを言うと気を悪くするかもしれないけど、たかがスリにそこまで固執しなくても良いんじゃない？」

ユミナはそう言った後、少々踏み込みすぎたかと心配になった。

だがルシアのその後を少し心配しているようなことを口にしていたカツヤが、気になるからとスラム街に探しに行くよりは良いだろうと思い、軽い感じでアキラに促してみた。

良い反応が返ってきたら、それを後でカツヤに伝えて安心させれば良い。悪い反応が返ってきたら黙っていれば良い。ユミナはそう考えていた。

そしてアキラの反応は良いものだったが、ユミナの予想とは大分外れた内容だった。

「あいつか。あいつはもうどうでも良い」

「そうなの？　まあ、いちいち気にするだけ無駄よね」

「ああ。もう金は取り返したんだし、またスリをやって殺されてようと、どっかで幸せに暮らしてようと、俺の知ったことじゃないな」

そう軽く答えたアキラの態度に、ユミナは少し難しい顔を浮かべた。その態度から嘘を感じられない以上、ルシアは本当にアキラから財布を盗んでおり、カツヤはそれを助けたことになるからだ。

取り敢えずカツヤには黙っておこう。下手に話すと、本当かどうか確かめると言い出して面倒な事になりかねない。ユミナはそう判断して気を切り替えようとした。

だがカツヤを騙《だま》してあれほどの事態を引き起こした少女に怒りを覚えたこともあって、完全に平静を装うのは無理だった。

その様子にアキラが気付く。

「どうかしたのか？　あ、ドランカムのハンターとして助けたことになって、事情を聞くから連れてこいとか言われてるのか？　それで俺があいつを殺してると不味《まず》いとか、そういうことか？」

「違うわ。あの後どうなったのかなーって思っただけ。スリをしないと生きていけないのを大変だとは思うけど、だからって人の物を盗んで良い理由にはならないし、そうしなくても生きていけるように面倒を見るってのも違うからね」

同意を示すように首を縦に振るアキラを見ながら、ユミナがカツヤの心配をする。

「知り合いならともかく、赤の他人まで全員助けようとしたら絶対に潰れるわ。立派だし、優しいとは思うけど、その立派で優しい心掛けに押し潰されて死ぬようなのは、駄目よ」

カツヤがそうなる前に自分が止める。たとえその所為で自分が死んだとしても。ユミナはそう思いを新たにした。

そこまでの機微などアキラには感じ取れない。それでも表面上の言葉に頷いて同意を示す。

「そうだよなー。そういうことが出来るやつは凄いけど、限界ってのはあるよなー」

そのような人格者がいたとしたら、自分の捻《ひね》くれた心でも称賛できるほどの素晴らしい者だとは思う。だが自分がそうなりたいとは決して思わない。

そこがアキラの限界でもあった。

◆

テーブルに着いたカツヤにシェリルが笑って話しかける。

「恋人と仲直りは出来ましたか？」

「えっ？」

その意味が分からずにカツヤが不思議そうな顔を浮かべると、シェリルは視線を一度ユミナに向けてからカツヤに戻した。

「まだのようですね。いけませんよ。恋人とのデート中に、他の異性に声を掛けるなんて」

そう言って悪戯っぽく微笑むシェリルに、カツヤはまた見惚れてしまった。だが恋人という言葉に気付いて慌てて否定しようとしたところに、更にある意味でより酷いことを言われる。

「世の中には複数の異性との付き合いを許容される方もおられるのでしょうけれど、それでも限度というものはありますからね。それとも、少し多すぎるからと、減らしている最中ですか？」

「ち、違うって！」

カツヤはムスッとして顔をしかめた。ただそれでシェリルに対する恐れ、アキラを軽くあしらう得体の知れない人物という認識は薄れた。

「ユミナは恋人じゃないし、少し休憩しようとしたらちょっと長くなって戻るのが遅れたことは、ちゃんと謝って仲直りもした。変なこと言わないでくれ」

「そうですか。では、口説かれている最中だと思っていたのに、急に席を立ってしまわれた人へ、何て方なの、と怒るのはやめておきましょう」

カツヤはシェリルから少し楽しげにそう言われて、自身の行動を振り返ってみた。そしてそう解釈されても仕方が無いことをしていたのかと思い、わずかに顔を赤くする。

「い、いや、その、口説いてるつもりは無かったんだけど……」

「無自覚でしたらもっと悪いです。恐らく誤解されている方は多いと思いますよ。違いますか？」

シェリルはそう言って、視線をアイリに向けた。

すると、アイリが力強く頷く。

「違わない」

「えっ？」

「やはりそうですか。相手の方々もハンターですか？　色恋沙汰で撃たれたら大変ですね」

「カツヤがいつ撃たれても対処できるように回復薬は常備している。結構高いやつだから、被弾箇所が頭でなければ間に合う」

「えぇっ!?」

カツヤは驚きたじろいだ。冗談だと思いたかったが、アイリの表情からそれを読み取るのは難しかった。不安をごまかすように別の話題を振る。

「シェリル。そういえばさっきあいつと何か話してたけど、何の話だったんだ？」

「仕事の話です。お気になさらず」

「仕事って……ここで？　それにこの辺に来るのは初めてだって言ってなかったか？」

「はい。初めてですよ？　取引の場所を毎回変えた方が都合が良い。世の中にはそういう仕事もあります」

「その服、ここで買ったんじゃなかったのか？」

「買いました。良い品揃《ぞろ》えですよね。カツヤさん達もその品を目当てにこの店に来たのでは？」

「そ、そうだけど……」

はぐらかされている。カツヤもそれは分かっていたが、シェリルに親しげに微笑まれて、追及する意志を削がれてしまった。

そしてシェリルが誘うように笑う。

「気になりますか？」

「そ、それはまあ……、そういうふうに言われれば」

「では、秘密ということで、そのまま気にしていてください」

「えっ？　何だよそれ」

「秘密って良いですよね。些細《ささい》なことであってもそれを秘密にしてしまえば、それが気になって、知ろうとして、私のことを気にしてくれます。折角ですからカツヤさんにも作っておきます。ですから、気にしておいてくださいね」

シェリルはそう言って悪戯っぽく笑った。カツヤがわずかに顔を赤くして反論を考える。

「そういう、人を勘違いさせる言動は良くないいんじゃなかったのか？」

「私は大丈夫です」

「何でだよ」

「無意識で自覚無しで無差別のカツヤさんとは違って、私は意識して相手を選んでいますから」

カツヤが顔を赤くしてたじろぐ。からかわれていると分かっているが、言い返す言葉は見付からなかった。

「不満に思うのなら、無自覚に勘違いをばらまいている自身の言動を見直すことをお勧めしますよ」

カツヤは顔を赤くしたまま、何も言い返せなかった。

これぐらいで良いかと、シェリルはカツヤを煙《けむ》に巻《ま》く作業を切り上げることにした。アキラが何をごまかしたかったのかは分からないが、その何かを追及する意志や余裕はカツヤから無くなったと判断した。

そして無意識に視線をアキラに向ける。シェリルはその顔に、しっかり仕事をこなしたのだから褒めてほしいという無自覚の期待を込めた笑みを浮かべていた。

だがその笑みがわずかに堅くなる。視線の先ではアキラがどことなく楽しげな様子でユミナと話していた。

シェリルもアキラが自分以外の異性と楽しげに話している程度で、心を強く動かされるようなことはない。少なくとも衝撃など覚えない。

しかしそのアキラが相手に随分と心を許しているように見えたとなれば、話は別だった。

（……えっ？　何で？　どうして？　どういうこと？）

「……カツヤさん。仲直りしたのであれば、お連れの方はなぜ向こうに座っているのですか？」

「えっと……」

よく分からないが何か理由があるのだろう。詳しいことは後で聞けば良い。その程度の認識だったカツヤが言い淀んでいると、代わりにアイリが答える。

「カツヤとまた揉めないように話をしてる」

「揉めたって……、何かあったのですか？」

「ちょっとあった」

　シェリルはそのちょっとの内容を知りたかったのだが、アイリはそれで話を終えてしまった。そこで話を催促するように視線をカツヤに向ける。

「あー、ちょっと、な。シェリルの知り合いだとは知らなかったけど」

　具体的な内容は不明だが、アキラとの間に揉め事があったのは確定した。シェリルが再びアキラに視線を向ける。やはりユミナに随分と心を許しているように見えた。

（……揉め事があった相手とどうしてそんなに親しげなの？　本当にちょっとしたことだったの？　それならどうしてわざわざアキラと話をしようとするの？）

「大したことではないのでしたら、相手を刺激しないように距離を取った方が良いと思いますが……」

　カツヤが少し言い難そうに答える。

「あー、その、基準は人それぞれだと思うけど、結構揉めたんだ。それでユミナはここなら向こうも騒ぎを起こさないと考えて、一度ちゃんと話した方が良いと判断したんだと思う」

　それを聞いてシェリルはますます困惑した。

（アキラはそんな相手にどうして気を許してるの？　分からない。本当に、どういうことなの？）

　そう思っている内に、アキラとの話を終えたユミナが席を立ってカツヤの下に戻ろうとする。シェリルには心做《こころな》しかアキラが残念そうな顔を浮かべたように思えた。

　シェリルは自身の感情的な部分が混乱していることを自覚しながら、冷静な部分がこのままでは不味いと告げるのを感じた。

　自分は今動揺している。この状態でユミナを交えて話すと恐らくボロが出る。そう判断したシェリルは離脱を決めた。

「カツヤさん。彼女が戻ってくるようですので、私はこれで失礼します。もう少し仕事も残っていますので」

「そうなのか？　ユミナと一緒にシェリルの服のことをちょっと聞きたかったんだけどな」

「彼女に似合う服を一緒に探すのも良い経験だと思いますよ？　答えありきでは楽しみも薄れます」

「だ、だから、ユミナは彼女っていうか、恋人じゃないんだって……」

言葉を濁すカツヤに向けて、シェリルは悪戯っぽく笑うと、リュックサックを持って店の奥に向かっていった。

アキラの代わりにリュックサックの中身を売るついでに、カシェア達に口止めをする必要がある。自分の服を選んでくれたのがアキラであるとカツヤ達に知られると、先程の演技の内容と矛盾する。口裏を合わせておく必要があった。

そしてそれ以上に、まずは落ち着く必要があった。

(彼女はアキラと何を話していたの？　何を話せば、アキラにそんなに心を許してもらえるの？)

動揺している自分では、それをそれとなく聞き出すことなど不可能だと分かっているからだ。

◆

ユミナと合流したカツヤ達はラファントーラで再び服を選ぶと、今度はしっかり買ってから店を出た。

アルファのコーディネートに刺激されたカシェアが全力を出したこともあり、カツヤからの反応も良い服を買えたユミナ達は大満足だった。

「高かったけど、良い服があって良かったわね。アイリ」

「良かった。高かったけど」

ユミナはそう言って服の話をしているとカツヤへ装ってから、小声で尋ねる。

「それでアイリ、そのシェリルって子はどんな感じの人だったの？」

ユミナは結局シェリルと話す機会が無かった。服を買い終えて帰る時になっても、シェリルは店の奥から戻ってこなかったのだ。

「美人で、高そうな服を着て、話が上手そうだった。あと……」

「あと？」

「彼女は、多分、カツヤに好感は持ってない」

ユミナが意外そうな顔を浮かべる。時に不可解なほどに異性の気を引くカツヤとあれだけ話を弾ませていたのであれば、彼女の方もカツヤのことが多少気になるぐらいになっていても不思議は無いと考えていたからだ。

「本当なの？　珍しいわね」

「勘。確証は無い」

アイリはそう答えながらも、恐らく正しいと考えていた。カツヤをからかって遊んでいるような楽しげな様子からも、実際には欠片も楽しんでおらず、別の意図があるような気がしていた。

「そう。まあ何にしろ、何事も無く終わって良かったわ」

「良いこと」

競合相手がこれ以上増えるのはユミナもアイリも歓迎できない。その点も含めて良かったと、ユミナ達は通じ合っていた。

そこにカツヤが口を挟む。

「ユミナ、アイリ。何が良かったんだ？」

「秘密」

「アイリ、秘密って何だ？」

「秘密を作ると気にしてくれると言っていた。だから秘密にしておく」

それはアイリの、自分のことも気にしてほしいという気持ちの表れだったのだが、カツヤにはその機微は感じ取れなかった。訳が分からないような顔で、少し呆れた様子を見せる。

「チームなんだから、秘密も何も無いだろう」

「……じゃあ、話す。無自覚に女性を口説くのは良くないって、カツヤがシェリルに注意されたことを話してた」

カツヤが吹き出した。初耳だったユミナも自然に話を合わせる。

「カツヤ。見知らぬ人がそう親切に注意してくれたのよ？　良かったと、思ってるわよね？」

「そ、そうだな」

カツヤは笑ってごまかした。ごまかしながら、秘密という言葉からシェリルのことを思い出す。そしてふと気付いた。

（そういえば俺、シェリルとはいろいろ話したはずなんだけど、シェリルのことを何にも知らないな。分かってるのは名前ぐらいだ。あんな高い服を普通に買えるんだから裕福なんだろうけど……）

どの辺りに住んでいるのかも、あの雰囲気なら防壁の側の一等地や壁の内側に住んでいても不思議は無いというだけで、具体的な場所などは全く分からない。シェリルとの話を思い返しても、それらしい情報は欠片も出てこなかった。

カツヤは何か無いかとシェリルのことを考え続け、そこで秘密にされたことでより気になってしまっている自分に気付いて苦笑する。

（うーん。シェリルのこと、気になってるな。してやられてるってことかな？）

自分をからかうように笑うシェリルの姿を思い浮かべても、綺麗で、楽しそうで、カツヤは悪い気はしなかった。

◆

カツヤ達が帰った後、エリオ達とは別のテーブルに戻ったアキラは、ヨノズカ駅遺跡をどうするかという思案を続けていた。シェリルは店の奥で服の仕立て直しについての相談をセレンとしておりここにはいない。

シェリルがアキラから渡された遺物を持って席を外し、それを店の奥に持っていった後、その鑑定をしたセレンは持ち込まれた服に強い興味を持ち、それらを含めての仕立て直しを提案した。複数の旧世界製の服を素材とした服を仕立てたいと言ったのだ。

当然ながらその分だけ料金がかさむ。流石にそれはと難色を示したシェリルに、セレンは余った服と布を買い取るという形で相殺すると説得した。

そしてアキラはそれを受けた。元々服の買取に関してはアルファの勧め、結局はただの口実だった提案に従っただけであり、アキラ自身は高値で売ろうと意気込んでいた訳でもない。持ち込んだ服を素材にするならそれでも良く、それで物凄い服が出来るのであれば面白いとも思っていた。

その後、シェリルはセレンと一緒にデザインの方向性などを決める為に残り、アキラは先に売り場に戻った。そして仕立て服の素材となる旧世界製の服を手に入れた遺跡について考えていたところだった。

アキラが向かいの席に座っているアルファに視線を向ける。

『アルファ。やっぱりエレナさん達の予定が空くのを待たずに、ヨノズカ駅遺跡で遺物収集をしておいた方が良いかな』

良いか、駄目か、の返答を期待したアキラに、アルファが少し方向性の異なる答えを返す。

『アキラがそう思うのなら、それで良いと思うわ』

『でも遺跡の遺物を一人で持ち出そうとすると、何度も往復しないといけないんだよな。出入口を掘ったり埋めたりもしないといけないし、それだけバレやすくなるんだよな』

『そうね。そのリスクは考えないといけないわ』

『集団で遺物を一度の探索で出来る限り運び出せば、多少は効率も良くなるんだろうけど、一緒に遺物収集をしてくれる信用できる人なんて、エレナさん達ぐらいだしな』

『そうね。カツラギに頼めば人ぐらい手配してくれるでしょうけれど、ヨノズカ駅遺跡のことはその時点で確実に露見するわね』

『そうなんだよなー』

アキラがチラッとアルファを見る。するとアルファはその意図を読んで笑った。

『アキラ。自分で決めなさい。私に、そうしましょう、と言わせるのはやめなさい』

アキラが苦笑いを浮かべる。

『いや、どうすれば一番良いのか分かんなくてさ』

『エレナ達も言っていたように、手付かずの遺跡の扱い方については、悪手はあっても正解は無いの。リスクとリターンの解説を私に求めるのは構わないけれど、選択まで丸投げするのは駄目よ』

アルファとしては、自分の指示にアキラが迷わず従ってくれるのは好都合だ。しかし全ての選択を初めから放棄し、ひたすらに指示を待つ者になってもらっても困るのだ。

『いや、そうだけどさ』

『アキラなりに考えて、悩んで、自分で決めなさい。大丈夫よ。何を選んでも私がしっかりサポートするわ』

アキラが全ての判断を自分に任せるようになってしまっては、自分との接続が切れた時にその弊害でアキラ自身では何一つ判断できず、その場から動くことすら出来ずに朽ち果てる恐れがある。それはアルファも望まない。

加えてアキラに自分の依頼を達成させるには、自分との接続が切れた状態で動いてもらう必要もある。自分の指示には従い、その上で柔軟に行動する。そうなってもらう為に、アルファは笑ってアキラに選択を促した。

『……分かった。もう少し考える』

多少の選択は任せてくれるほど自分も少しは成長したのかもしれないと思い、アキラは軽く笑った。

（まあ、選ぶって言っても、一人で何度も行くか、エレナさん達の予定が空くのを待つかの二択なんだけどな）

アキラに人を集めて遺跡から遺物を一気に運び出すという選択は難しい。ヨノズカ駅遺跡のことを口外しない者を集める手段を思い付けないからだ。

単に人を集めるだけならカツラギに話を持ち掛けるという方法もある。だがアキラはそこまでカツラギを信じられない。

裏切らない、或いは裏切れない理由でもあれば別だが、手付かずの遺跡という大きな利益の前には、カツラギも子供のハンターとの縁などあっさり捨てるだろう。アキラはそう思っていた。

（第一、俺を裏切ったら困るようなやつなんて……）

いない、と軽い自虐を込めて思考を続けようとしたアキラの前で、ちょうどシェリルが戻ってきて向かいに座った。

無意識に視線をシェリルへ向けて、アキラが思考を迷わせる。

『アキラ。どうかしたの？』

『いや、ちょっとな』

「アキラ。仕立て直しですけど、出来れば時間が欲しいそうです。夕方の仕上がりではなく、閉店後まで待ってもらえれば、その分だけ良い物になると言っていますけど、どうします？」

「好きにしてくれ。俺が着る訳じゃないし、待てば良い物に仕上がるならそれで良い。……ああ、俺も一緒に残らないといけないって話か。今日は予定も無いし、残っても大丈夫だ」

「ありがとうございます。……あの、えっと、何でしょう？」

シェリルはアキラにじっと見られていることに気付いて少し不思議そうに尋ねた。

見詰められているのであれば、或いは自分に見惚れているのであれば、シェリルも大歓迎する。遠慮無く見てくれと、嬉々《きき》としてポーズぐらいは取る。

「いや、ちょっとな」

だがアキラの目は、それが何かの確認であることを示していた。それに気付いたシェリルはわずかな緊張を覚えたが、心当たりは無かった。

そして困惑が不安に変わり、カツヤと話していた時の想像を思い出させた。それは自分との縁をあっさり切り捨てたアキラの姿だ。

思わず震えてしまい、シェリルがその想像の否定を求めて口を開く。

「あ、あの……、本当に……、何ですか？」

「あー、断ってくれても良いんだけど、実はシェリルにちょっと頼み事が……」

「分かりました！　やります！」

頼み事の内容も聞かずに意気込んだ承諾を返してきたシェリルに、アキラが少し驚きながら軽く引き気味になる。

「そ、そうか。いや、でも、話ぐらい聞いてから返事をした方が……」

「やります」

「えっとだな、秘密厳守で、結構命賭けの内容なんだけど……」

「構いません。やります」

「そ、そうか。助かる」

自分はシェリル達の後ろ盾となっている。そのシェリルが自分を裏切ればその後ろ盾を失うことになる。それは今はまだ困るだろう。だからそこらの者よりは、裏切れない理由は強いのではないか。

アキラはそう判断して、ヨノズカ駅遺跡の遺物収集にシェリルを徒党ごと誘ってみようかと考えた。

遺跡の中を2度調べたがモンスターはいなかった。普通の遺跡よりは安全だろう。それならばただの子供でも遺物を運び出すぐらいは出来るだろう。

強化服無しでは多少重いかもしれないが、自分も強化服を着ていない頃に、クズスハラ街遺跡の奥から都市まで遺物を運んだのだ。何とかなるだろう。そう考えていた。

しかしそれでも荒野で遺物収集をする以上、死ぬ危険はある。後ろ盾の機嫌を損ねても死ぬよりはまし。そう考えて嫌がり断られるかもしれないと思い、駄目で元々の考えで頼んでいた。

勿論、手付かずの遺跡を見付けたなどと教える気は無く、ハンターでもないので遺跡のことなど大して詳しくもないだろうと考えて、適当な既知の遺跡だと勘違いさせるつもりだった。

だが頼み事の内容も聞かずに承諾し、死ぬ危険があると伝えても返事を変えないシェリルの態度から、アキラもそこまで言ってくれるのならと、もう少し話して良いかと考えた。

しかし、念の為に選択を挟むことにする。

「分かった。じゃあ頼むけど、何も知らずに手伝うのと、詳しく知って手伝うの、どっちが良い？」

「アキラはどちらの方が良いんですか？」

「俺はどっちでも良い。シェリルにとって都合の良い方にしてくれ。何も知らずに手伝えば、何かあった時に知らなかったと言い張れるし、詳しく知って手伝えば、事前にいろいろ知っている分、シェリルの方でもいろいろ出来ると思う。勿論、それで上手くいけばその分だけ報酬は弾む」

シェリルはアキラの態度から、本当にどちらでも良いと考えていると察した。それならばアキラに出来る限り協力して自分の価値を認めてもらえるように尽力できる方だと、迷わず決断する。

「詳しく教えてください」

「分かった。ここで話せる内容じゃないから店を出てから話す。……ああ、仕立て直しを待つと夜になるから、話は明日にするか？」

「私が決めて良いのでしたら、早めに聞いておきたいので店を出てからの方が良いですけど、そこはアキラの予定に合わせます」

「じゃあ、帰ってからにしよう」

「ありがとうございます」

シェリルは自分の都合を優先してくれたアキラに軽く頭を下げた後、服の仕立て直しの時間について承諾が取れたことをセレンに伝えに行った。

◆

アキラ達は服の仕立て直しの待ち時間の間に一通りの買い物を済ませた。今は時間を潰す為に雑談を続けている。

「へー。ドランカム所属のハンターは、遺物の売却を全部ドランカムに一任することになってるのか。勝手に売っちゃ駄目なんだ」

「はい。所属ハンターにハンターランクに応じた基本給を払って、あとは実績などによって報酬が加算されるそうです」

アキラはシェリルがカツヤから聞き出したドランカムの話を、同じハンターとして興味深く聞いていた。

ドランカム所属のハンターは各自の稼ぎを一度ドランカムに渡すことになっている。これには依頼での報酬の他に、遺物収集で手に入れた遺物なども含まれる。

　そして徒党全体の売上、依頼の報酬や遺物の売却金の総額から、徒党の経費を引いて各自の成果に応じて分配したものが、給与に近い形式で渡される。

　徒党の経費には所属ハンターに渡す基本給も含まれる。稼ぎが不安定なハンター稼業に安定をもたらす為の工夫だ。

　この仕組みにより、負傷による休養などの諸事情でハンター稼業を控えている者や、訓練などで稼ぎが大して無い者などにも金を渡すことで、徒党全体の安定と躍進を支えているのだ。

　もっとも基本的にそうなっているだけであり、所属ハンターが徒党に渡す成果の比率などは、各自で変更できる。シカラベ達のような古参は部分的にしか渡していない。

　ただし徒党に渡す成果の比率を下げると基本給も下げられる。怪我などで活動を控えている時に少額しか受け取れなくなるので、そこは一長一短だ。

　そして若手ハンターは比率の変更が禁止されている。表向きの理由は、まだ未熟で稼げない時に基本給を下げると生活苦で死ぬ恐れがあるからだ。その防止という名目で若手を納得させていた。

　だがそこには、自分で稼いだ成果をドランカム側に管理させるのに慣れさせるという意図も含まれていた。

　これにより、荒野に出ている訳でもないのに報酬換算の決定に関わる者達の権力が増える。そしてその恩恵を一番受けるのは、徒党の事務派閥だ。

　シェリルはそれらの話を、自身の推察を交えてアキラに話していた。

「ハンター稼業なのに基本給がある。ちょっと不思議な感覚だな」

「弊害もあるとは思いますが、資金繰りが安定しないハンター稼業に安定性を与えるという意味では、恩恵も多いのでしょうね。まあ、その恩恵の偏りが古参と若手の軋轢《あつれき》を生んでいるのでしょうけど」

「組織の運営って、大変なんだな」

シェリルは徒党を統《す》べるボスとして、少し大袈裟に頷く。

「はい。大変です」

そしてアキラの反応を窺った。しかし期待に反して微塵も伝わっておらず、シェリルに小さな溜め息を吐かせるだけの結果に終わった。

アルファがその様子を見て笑っていたが、アキラの視界の外だったので気付かれることはなかった。

◆

既に営業時間を終えた深夜過ぎのラファントーラ店内で、アキラはシェリルの戻りを待っていた。

そしてシェリルが店の奥から少々頬を染めながら現れる。隣にはやり遂げた満足感を充実した表情で示しているセレンが立っていた。

アキラの前に立ったシェリルは、軽い緊張と照れの混じった笑顔を浮かべていた。

「ど、どうでしょうか？」

シェリルはセレンが作製し終えたばかりの仕立て服を着ている。旧世界製の服を数着も素材として用いた豪勢な服であり、加えてデザインの時点でシェリル用に調整した一品は、そこらの品とは別格の存在感に溢れていた。

それはアキラに感嘆の声を自然に出させるほどだった。

「おー。うん。凄く似合ってる」

アキラに褒められた嬉しさと照れでシェリルが顔を綻ばせる。その笑顔の輝きが服の価値を更に高めていた。

アルファも笑って頷く。

『150万オーラム払った価値はあったわね』

『全くだ。……俺のファッションセンスの鈍さだと、それだけ金を出さないと普通の服と大して見分けが付かないってのは、それはそれで問題なんだろうけどな』

アキラが内心でそう自嘲しながら決意する。

『……よし！　俺は遺跡で旧世界製の服を見付けて

も、自分で価値を判断するのはやめる！　専門家に任せる！　決めた！』

『その結論を出す為に２５０万オーラムも掛かった訳ね』

『良いじゃないか。遺物の価値を知っておくのは大切だろう？　俺にはその価値が見抜けないってことも含めて、だけどさ』

そう結論を出したアキラに、カシェアが声を掛ける。

「当店の仕立て服に御満足頂けたでしょうか？」

「はい。正直ここまでとは思っていませんでした。満足です」

「そのお言葉が何よりの報酬で御座います。また仕立ての機会が御座いましたら、次も是非とも当店の職人を御指名ください。当店を御利用頂き、誠にありがとう御座いました」

カシェアは妹が高額の仕事を問題無く完遂したことに内心で安堵の息を吐きながら、丁寧に頭を下げた。

◆

カシェアはアキラ達を店の外で見送った後、営業用の仮面を外し、少し疲れた顔で大きく息を吐いた。

「終わった！　今日だけで２５０万オーラム、いえ、旧世界製の服との相殺分を合わせれば、それ以上か。稼ぐハンターの凄さってのを久々に実感したわ」

疲れはしたがカシェアは満足していた。そして今回の売上に大きく貢献した妹に、ふと思って声を掛ける。

「セレン。正直に言うと、私もあそこまでの服が出来上がるとは思っていなかったわ。いつの間にあんなに腕を上げたの？」

セレンが自慢気に答える。

「私にも不思議なぐらいよ。彼女の素質。持ち込まれた服の種類と品質。私の腕の冴《さ》え渡《わた》り。それに加えて、ここ一番のインスピレーション。その全てが嚙《か》み合《あ》った正直奇跡の出来よ。もう一度同じことは、多分出来ないわ」

カシェアはその説明を聞いて納得した後、急に慌て出した。

「同じことは出来ないって……、次も当店の職人をよろしくって言っちゃったんだけど!?　次も同じ出来を期待されるわよ!?」

「そんなこと私に言われても困るわ。私はもう寝るから、起こさないでね」

セレンは満足げな顔でそれだけ言って店内に戻っていった。元々寝不足気味だったところを起こされた上に、全身全霊で服の仕立てを終わらせたこともあり、疲労も相当だ。死んだように眠るつもりだった。

カシェアが少々焦った顔で店内に戻る。また同じ水準で服の仕立てを頼まれたらどうしようと一抹の不安を覚えながら、その不安を抑える為に、今日のことは店の良い宣伝になったのだから問題無いのだと、強く自らに言い聞かせていた。

◆

ラファントーラを出たシェリルはアキラに拠点まで送ってもらった。そして頼み事の詳しい話を中で聞こうと思った。

だがアキラはそこで一度自宅に帰り、荒野仕様車両に乗って戻ってくると、シェリルを乗せて荒野へ向かった。

シェリルも流石に驚く。秘密厳守、他言無用の話だと事前に聞かされていたとはいえ、そこまでしなければならないものだとは思っていなかったのだ。

そして話を聞いて更に驚いた。未発見の遺跡を見付けたので、そこから遺物を運び出すのを手伝ってほしい。言葉にすればそれだけのことが、どれほど重要で危険な情報を含んでいるのか、シェリルは理解していた。

第77話　シェリル達の遺物収集

シェリルがまた何かをやろうとしている。徒党の中でその話が出たのは3日前だった。

ホットサンドの販売の時と同じように箝口令《かんこうれい》が敷かれており、余計なことを聞くのも話すのも禁止されていた。

だが徒党の子供達は、ボスがまた徒党の為に良い稼ぎを計画しているのだろうと楽観視していた。エリオを筆頭に徒党の武力要員が個別に呼び出されていたが、事態を重く見る者は少数だった。

その少数も、アキラが人手を必要としているので荒野に出るとしか教えられておらず、加えてシェリルも同行すると聞かされたことで、そこまで危険は無いと考えていた。

ホットサンドを売りにクズスハラ街遺跡に行った時も一応荒野に出ていることに違いは無く、その慣れの所為でもあった。

そして計画の当日、日付が変わってさほど時間も経《た》っていない深夜、シェリル一行はスラム街の外れ、荒野に近い場所でアキラを待っていた。

シェリルはラファントーラでアキラに、厳密にはアルファに選んでもらった服を着て、その上に荒野向けのコートを羽織っている。防護コートではなく、荒野の砂埃《すなぼこり》などを防ぐという意味での荒野向けだ。

裕福な者が別の都市に向かう為に、護衛を連れて荒野を抜けようとしている。シェリルはそのような格好を敢えてしていた。

エリオを含む少年達、徒党の武力要員達は銃と防護服で身を固めている。安物ではあるが一応荒野仕様、対モンスター用の武装だ。

そしてその場にはルシアとナーシャもいた。

不安そうなルシアの様子を見て、ナーシャが軽く抱き締めて明るい声で元気付ける。

「大丈夫よ。安心しなさい。エリオから、アキラさんはもうルシアのことなんか気にしてないって聞いたでしょう？　あとは今日を乗り切るだけ。頑張りましょう」

「う、うん」

ルシアはナーシャの服を摑みながら何とか頷いた。

ナーシャがシェリルに視線を向ける。ルシア達は他の者達とは異なり、シェリルから、アキラへの借りを返せ、とだけ告げられて連れてこられていた。それ以上の説明は何もされなかった。

ルシアには大丈夫だと言ったが、それは安心させる為であり、根拠は薄く、願望に近いと分かっていた。だがそうであってほしかった。誰よりも、ルシアの為に。

シェリルがナーシャの視線に気付いてそちらを向く。だがナーシャと目を合わせても、気にした様子も無くまた前を向いた。

ある意味でナーシャの願望は叶っていた。既にシェリルはルシア達の生死への興味をほぼ失っていた。

今回生き残ったのであれば、禊《みそぎ》は済んだとして普通に扱う。死んだとしても、このヨノズカ駅遺跡での遺物収集作業で死んだのであればアキラも納得するだろうと考えている。

シェリルとしてはどちらでも良かった。厄介事がようやく片付いたと安堵すらしていた。

しばらく待つと予定の時刻の少し前にアキラが車で現れた。車両に積み込んだ弾薬も含めて、荒野に出る準備は万端になっていた。

停まった車にシェリルが駆け寄って嬉しそうに笑う。

「アキラ。今日はよろしくおねがいします」

「それを言うのは俺の方だと思うんだけどな」

アキラはそう言って苦笑気味に笑うと、周囲を見渡して不思議そうにする。

「シェリル達の車は？　見当たらないけど」

「時間になったら来る予定になっています。もう少しですね」

予定の時刻になるとトレーラーが現れる。頑丈そうに見えるが荒野仕様と呼ぶには心許《こころもと》ない車種で、車体に装甲タイルも貼られていなければ機銃等の武装も付いていない。都市内部での輸送や、近場の都市に護衛付きで向かう為の車だ。

運転していたダリスがシェリルの近くでトレーラーを停めて降りてくる。ダリスはカツラギの相棒で、店の店員兼護衛役をしており、今日はカツラギに頼まれてシェリルの車をここまで運んできたのだ。

「シェリル。約束通り、俺はここまでだ。構わねえな？」

「はい。ありがとうございました」

ダリスがアキラに気付いて軽く笑う。

「一応武装しているとはいっても、徒党のガキだけでナラハガカまで行くなんて何考えてるんだと思ったけど、そりゃアキラもいるよな」

ナラハガカ都市はクガマヤマ都市の西にある小規模の都市だ。

荒野のモンスターは基本的に西側ほど弱く東側ほど強いので、西方向は比較的安全な方向ではある。クガマヤマ都市からナラハガカ都市への道も、しっかり選べば車持ちのハンターならさほど危険は無い。それでもシェリル達だけで向かうのであれば十分に危険だ。

シェリルが笑って念を押す。

「アキラのこと、黙っていてくださいね？」

「分かってるって。まあ、そっちも気を付けな。アキラ。この荷台、結構薄いから防御は期待できねえぞ。覚えとけ。じゃあな」

ダリスはそう言い残して、都市の下位区画の方へ徒歩で帰っていった。

シェリルは頭を下げてダリスを見送った後、気を引き締めた表情で部下達に指示を出す。

「出発するわ！　乗り込みなさい！」

少年達とナーシャ達が荷台の後部扉を開けて中に入っていく。そしてシェリルはアキラと一緒にアキラの車に、エリオはトレーラーの運転席に乗り込み、一行はヨノズカ駅遺跡へ向けて出発した。

◆

ルシア達を箱型の荷台に乗せたトレーラーが深夜の荒野を進んでいく。

本来真っ暗なはずの荷台の中は、持ち込んだ照明でしっかりと照らされており十分に明るい。しかし乗り心地は悪く、乗員達は長時間の移動に耐えようと段ボール箱の上に座るなどして工夫していた。

時折外で銃声が響き、アキラがモンスターと戦っているのが分かる。そこから生まれる、今、自分達は荒野に出ているのだ、という実感が、荷台の子供達に緊張を与えていた。シェリルから到着まで眠っていて構わないと言われていたが、寝付ける者は少なかった。

ナーシャは体力の確保の為にルシアを寝かし付けていた。寝息を立てているルシアの様子を見ていると、先程まで情報端末を弄《いじ》っていた少年にわざわざ側まで近寄られて声を掛けられる。

「なあ、何でお前らも一緒なんだ？」

不信、不満の視線を向けてくる少年の態度を見て、ナーシャはなるべく相手を刺激しないように試みる。

「……私達はボスに言われただけよ」

「何て言われたんだ？」

「アキラさんへの借りを返せって」

「ふん。そうか。じゃあ精々しっかり返せよ」

「分かってるわ」

少年は不愉快そうな顔のまま離れていくと、また情報端末を弄り始めた。

よく見ると、自分達に不満や不信の視線を向けている者は他にもいた。ナーシャは取り敢えず、申し訳なさそうな態度で彼らから視線を逸らした。

ナーシャも彼らの気持ちは分かるのだ。今回シェリルが何をしようとしているのかは不明だ。しかし仮に自分達が何らかの捨て駒として扱われるのであるとしたら、真っ先にその役を割り当てられるのは自分とルシアだ。

その自分達と一緒にいることで、彼らも自身が同じように扱われるのではないかと不安に思い、恐れているのだ。

アキラと敵対する。アキラの後ろ盾を前提としている徒党で、その意味は重い。

（……ルシアも、本当に大変な人を狙っちゃったわね。それだけやらかしてまだ生きてるんだから、運は尽きてないと思いたいけど）

ナーシャが自分の中に生まれた弱気に気付いて首を軽く横に振る。

（違うわ。運はある。だから何とかなる。まずは私がそう思わないと。そうよね？　ルシア。一緒に生き残りましょう）

ナーシャは決意を新たにして、自分も体力を維持する為に目を閉じた。

◆

暗くて視界の悪い闇夜の中、揺れる車体からの狙撃を決めたアキラをシェリルが褒め称える。

「凄いです！　こんなに暗くて揺れてるのに一発で決めるなんて！　やっぱりアキラはとっても強いんですね！」

もっともシェリルには本当に命中したかどうかは正確には分からない。標的と思われるモンスターを自前の双眼鏡で探すなど無理だ。

それでも車載の索敵装置の反応からそれらしいものが消えたことと、アキラが銃を下ろしたことから、一発で倒したのだろうと判断していた。そして実際にモンスターは倒されていた。

「……、そうだな」

しかしアキラの反応は鈍かった。お世辞を言われたのに謙遜も出来ない苦々しさを何とかごまかしたような、不機嫌とすら思える反応だった。

「あ、はい」

シェリルが笑顔を固くして称賛を止める。そして内心で頭を抱えた。

（あー、今のは褒めちゃ駄目なパターンだったのか。……分からない！　前のと何が違うの!?　初めの狙撃を褒めた時は悪くない反応だったのに……）

褒められたいことを褒めなければ好感は得られない。シェリルもそれは分かっているのだが、アキラに対してはその見分けが上手くいかなかった。

シェリルに狙撃を褒められても微妙な顔をしているアキラに、アルファが笑って声を掛ける。

『不満そうね。そこまで悪くなかったわよ？』

『そりゃどうも。で、アルファのサポートが無ければどれだけ外れてたんだ？』

『左方向に10メートルぐらいね』

『そんなにか』

アキラが内心で溜め息を吐く。集中し、銃を強化服でしっかりと構え、体感時間の操作まで行い、出来る限り精密に狙ったのだが、自力ではまだそこまで外れるのだと落胆した。

それをアルファが優しく笑って励ます。

『当たっていたのに、自力なら外れていたと自分で気付けたのでしょう？　それも成長の証《あかし》よ。大したものだわ』

『……そうかな？』

『そうよ。まあ、自力で正確無比、百発百中には程遠いのは確かよ？　先は長いわ。でもしっかり成長しているのだから、じっくりやっていきましょう』

実際にアキラの射撃の腕は飛躍的に向上している。アルファのサポートによる精密射撃の精度が異常なだけであり、それに慣れてしまったアキラが基準を無意識に高くしているだけだった。

『……、そうだな』

アキラはアルファに励まされて、落胆していた意気を取り戻した。運転席に戻り、軽く息を吐く。そして何となく背後のトレーラーを見た。

「シェリル。あのトレーラーだけど……」

「一応出来る限りの偽装はしておきましたので、あのトレーラーから遺跡の場所が露見する恐れは低いはずです」

「そ、そうか」

どこから借りてきたのか、ぐらいのことを聞こうとしたアキラは、予想以上に細かい説明が返ってきたので少し驚いていた。

シェリルが説明を続けていく。

アキラからヨノズカ駅遺跡での遺物収集の話を聞かされたシェリルは、短い期間で出来る限りのことをした。

シェリル達は今回、表向きはナラハガカ都市へ向かうことになっている。その為にホットサンドの材料の仕入れ業者と揉めておいた。仕入れの値段を下げる目的で、と装って値段に難癖をつけて、輸送費について指摘した。

業者もそうですかとは受け入れられない。輸送の大変さを伝えて値下げを拒否しようとする。そして売り言葉に買い言葉を挟んで、そんなに言うなら一度自分で運んでみろという話になった。勿論、そうなるようにシェリルが話を誘導した。

シェリルはその話を受けて、自力でナラハガカ都市への往復を成功させたら仕入れの値段を考慮するという約束を取り付けた。

その際、業者は荒野仕様ではない普通のトレーラーを用意して、ナラハガカ都市との往復にそれを使うことを条件に加えた。単に往復すれば良いのなら、荒野仕様の輸送車両を使用すれば容易いからだ。

勿論、それもシェリルによる誘導だ。トレーラーは借り物だが、ハンター向けのレンタル品ではないので移動経路を後で知られる恐れは無い。

アキラは表向き、その輸送の護衛という扱いになっている。シェリルがわざわざ依頼を出したので、ハンターオフィスの個人ページの履歴にもそう記載されている。

そのアキラのことをダリスに口止めしたのは、業者とした約束の中で、アキラの同行がシェリル達の自力の範疇になるか微妙だからだ。

正確にはその口実で、自分達が深夜にアキラと一緒に都市を出ることへの疑問を、ダリスとその相棒であるカツラギから消したのだ。

密かに規定の時間よりアキラと一緒に早く出発して、ナラハガカ都市との往復を成功させる可能性を上げる為に小細工をしている。そう誤解させる為だ。

ヨノズカ駅遺跡のことが露見しないように、シェリルはこれだけのことをしていた。

その説明を聞いたアキラが感心したように頷く。

「なるほど。それなら大丈夫そうだな」

「時間があればもう少しいろいろ出来ましたけど、その間に他の人に遺跡を見付けられては意味が無いですからね。妥協しました」

「ま、まあ、そこは仕方無いんじゃないか？」

アキラは内心で、それだけやって妥協なのかと、露見を防ぐ工作が足りていないのかと思い、それなら自分はどれだけ杜撰《ずさん》にヨノズカ駅遺跡へ行こうとしていたのかと考えて、少し凹んでいた。

「実際にナラハガカ都市へ向かう訳ではありませんので輸送は失敗となりますが、アキラは単に護衛として雇われたという形式になりますので、依頼主である私が問題無く護衛をしていたとしておけば、依頼上では失敗にはなりません。アキラの戦歴を汚すことはないので安心してください」

「あ、ああ、そうか。助かる」

「いえ、当然です」

アキラはシェリルの仕事振りに、自分の至らなさを感じて少し嘆いていた。

そのアキラにアルファが意味深に微笑む。

『アキラもいずれは自力でその辺の方も出来るようにならないといけないわね。先は随分と長そうだけれど』

『そうだな。じっくりやっていこう』

アキラはシェリルに見られないように苦笑いを浮かべた。

◆

アキラ達はヨノズカ駅遺跡に随分遠回りして到着した。これもシェリルの工作で、部下の子供達に移動時間などから遺跡の位置を推察させない為だ。

流石にトレーラーを運転しているエリオには遠回りしていることが分かってしまうが、そこはシェリルも妥協した。その妥協の所為で、エリオはシェリルから下手なことを言えば殺すと釘を刺されていた。

尚、トレーラーを実際に運転しているのはエリオではなくアルファだ。アキラの情報端末の予備をエリオに渡し、車両の制御装置に接続させて運転に介入できるようにしている。

素人の運転でも滑らかに動くトレーラーに、エリオは随分高性能な運転補助機能が付いていると思っていた。

遺跡に着いても遺物の運搬要員である子供達の出番はまだ来ない。まずはアキラが遺跡の出入口を再び掘り起こす必要がある。

強化服の力でアキラが瓦礫を次々に退けていく。シェリルとエリオはその様子を驚きながら見ていた。そして瓦礫を退かす際に出る音が、まだ荷台の中にいる子供達を怖がらせていた。

無事に出入口を開けた後、アキラがその奥を覗き込む。するとアルファのサポートにより、闇に呑まれていた階段の奥の様子が底まで拡張表示された。

『あれ？　アルファ。この拡張表示って情報収集機器の情報から表示しているから、範囲外の部分は暗くなるんじゃなかったか？』

『そうよ。アキラの情報収集機器だけでは階段の奥、その底までは見えないわ。でも前にエレナが設置した小型端末がまだ生きているから、そちらからの情報を加えて表示しているのよ』

『ああ、エレナさんがいろんなところに撃ち込んでたやつだな。まだ動いてたのか。エネルギーとかどうなってるんだろう』

『待機エネルギーだけなら消費も少ないのでしょうね。さっき起動させたわ。前の遺物収集の時にエレナ達の機器と連携したから、私でも起動可能な状態だったわ』

『そうか。それなら情報収集範囲内にモンスターがいるかどうか分かるか？』

『分かるわ。範囲内にそれらしい反応は無いわね』

『よし』

問題無さそうだと、アキラは本格的に遺物収集を始めることにした。

「シェリル。照明を出してくれ」

「分かりました」

トレーラーの荷台が開けられ、中から多数の照明が運び出される。周囲を照らすだけの安物だが、数は用意していた。

アキラはそれをリュックサックに詰めると、遺跡の中に入り、目的の場所まで設置を始める。モンスターはいないと分かっているので、索敵などすっ飛ばして階段を勢い良く下りていった。

◆

夜明け前、荷台から降ろされた徒党の子供達がヨノズカ駅遺跡の出入口の前に集められた。そしてシェリルから指示を出される。

遺跡の中に入り、照明に従って奥に行き、遺物を持って戻ってくる。指示の内容はそれだけだ。しかし実行できるかどうかは別だった。

「それじゃあ、みんな、始めて」

シェリルは笑顔でそう言って手を叩《たた》いた。しかし誰も動かない。するとシェリルの口調が徒党のボスとしての命令に変わる。

「始めなさい」

子供達がシェリルの威圧にたじろぐ。だがそれでも顔を見合わせるだけだった。

シェリルが口調を和らげる。

「大丈夫よ。一度アキラが入って照明の設置までしてくれたわ。モンスターも駆除済みだって。遺物を運んで戻ってくるだけよ。安心しなさい。大したことじゃないわ」

子供達は緊張をわずかに緩めたが、それでも足を前に踏み出す者はいなかった。ハンターでもないのだ。事前に説明されていた少年達も、実際に荒野に出て、銃声を聞き、遺跡の前に立つと、モンスターが巣くっていると言われている場所に入ることに、二の足を踏んでいた。

シェリルが再び口調を指示と脅迫に戻す。

「そう。それなら全員ここに置いて帰るわ。アキラは私達に無駄飯を食わせてる訳じゃないの。次はちゃんと働いてくれる人を連れてこないといけないわね。それじゃあね」

車に戻ろうとするシェリルと、その後に続くアキラを見て、少年達の動揺が一気に大きくなる。だがそれでも険しい顔で遺跡の出入口に視線を向けるのが限界だった。

そこでシェリルを呼び止める声が出る。

「待って」

シェリルがそちらに振り向くと、ナーシャが手を上げていた。

「私達が取ってくるわ。だから待って」

「行きなさい」

ナーシャがルシアを引っ張って階段に向かう。ルシアは怯えていたが、強引に連れていく。

「ルシア。お願い。一緒に来て。何かあったら私が身代わりになるから、今だけ、頑張って」

そう言ってナーシャはルシアをじっと見詰めた。

ルシアはまだ少しだけ震えていたが、両手をしっかりと握り、顔から怯えを精一杯消して、頷いた。

「ありがとう。行きましょう」

ナーシャは出来る限り笑った。そしてルシアと一緒に遺跡の中に入っていった。

シェリルが少年達に冷たい視線を送る。

「他の人は置き去りで良いのね？　じゃあ装備を外して消えて。その装備は徒党の備品なの。置いていって。持って帰ろうとしたら盗んだとみなすわ。私から盗んだんじゃないわよ？　アキラからだからね？」

少年達の視線がアキラに向けられる。アキラはどうでも良さそうな顔をしていた。

だがそれは少年達には、自分達の命をどうでも良いと考えているように思えた。相手は敵対した徒党の者を殺してその拠点に乗り込むような人物であり、自然な感想だった。

少年達が一人、また一人と遺跡の中に入っていく。全員が諦めて遺跡に入るまでさほど時間は掛からなかった。

シェリルが軽く安堵の息を吐いてからアキラに謝る。

「すみません。人選は一応ちゃんとやったつもりだったのですけど……」

「いや、俺もちょっと甘く考えてた。そうだよな。遺跡だもんな。モンスターはいないって言われても自分で確かめた訳じゃないし、そりゃ入るのは嫌だよな」

遺跡とは本来それだけ恐ろしい場所なのだと、アキラは少年達の態度から改めて理解した。

そのまましばらく待っていると、その恐ろしい場所から生還者が現れる。遺跡に一番初めに入ったナーシャ達だ。事前に持たされていたリュックサックに遺物を詰め込んで、精神的にも肉体的にも大分疲弊しながらも、無事に帰ってきた。

そしてシェリルの前にリュックサックを置き、開いて中を見せる。シェリルはアキラと一緒に中身を確認すると、満足そうに笑った。

「それじゃあ、それは荷台に入れておいて。段ボール箱に詰め替えて、奥から積み上げてね」

ルシアが無言で頷いて荷台に向かう。疲れの所為でろくに返事も出来ない状態だった。

ナーシャはわずかに迷ってそこに残った。するとシェリルが端的に問う。

「何？」

ナーシャは更に迷ってから、シェリルではなく、アキラに頭を下げた。

「……アキラさん。これで、ルシアだけでも何とかなりませんか？」

「ん？　徒党の中のことは俺じゃなくてシェリルに言ってほしいんだけど……」

「アキラさんへの借りを返せ。ボスからそう指示されています」

アキラはルシアに財布を盗まれた件についてはもう終わったものだと勝手に考えており、その所為で意味を理解するのに少し時間が掛かった。

「ああ、そういうことか。分かった。借りは返してもらった。シェリル。今後はその判断でやってくれ」

「分かりました。ナーシャ。アキラに感謝するようにルシアにも言っておきなさい」

「ありがとうございます」

ナーシャはアキラ達に深々と頭を下げた。そして重いリュックサックを少しよろよろとしながら荷台に運んでいく。非常に疲れていたが、ルシアに早くこのことを伝えようと笑顔を浮かべていた。

一方シェリルはアキラの判断に違和感を覚えて少し怪訝な顔を浮かべていた。何となく、アキラらしくない判断をしたように思えたのだ。

「アキラ。ナーシャ達の徒党での扱いを、借りは返したという判断で扱い直すと、ナーシャは徒党の幹部になりますし、ルシアはその下につける形で普通に扱いますが、構いませんか？」

「その辺はシェリルが判断することで俺に聞くことじゃないと思うけど、シェリルがそう決めたならそれで良いんじゃないか？」

「……そうですか。分かりました」

アキラがそう言うのであればシェリルに異存は無い。しかし違和感は消えずに残っていた。

(……違和感と言えばアキラがあの時にルシアを殺していない時点で変と言えば変なのよね。あの時は慌てていて気付けなかったけど、あんな甘い対処じゃ、後で問題になるかもしれないってことぐらいアキラも分かってるはずだけど……)

厄介事が片付いたと思った途端に現れた違和感に、シェリルはしばらく頭を悩ませていた。

◆

アキラ達のヨノズカ駅遺跡での遺物収集は順調に進んでいた。

アキラは地上で周囲の索敵を続けている。日が昇り、頭上を越えても、モンスターの気配は欠片も無い。それは地下も同じで、エレナが遺跡内に設置した小型端末にもモンスターの反応は無い。地上も地下も安全な状態が続いていた。

そのおかげで子供達の遺物収集を妨げるものは、遺跡の奥にある重い遺物を、貧弱な照明で照らされた薄暗い廊下を通り、4階建てのビルに相当する長い階段を上ってようやく地上に運び込み、少し休んでから再び地下に潜るという労苦だけだった。

強化服を着用していても進んでやりたいとは思わない重労働を、シェリルの部下達は生身で必死に頑張っている。アキラはその様子を横目で見て、かつてクズスハラ街遺跡の奥から生身で遺物を運んでいた苦労を思い出していた。

子供達の努力の甲斐あって荷台は既に半分ほど遺物で埋まっている。厳選などしておらず手当たり次第に運んでいるので、量に見合った成果が得られるとは限らない。しかしアキラは満足していた。

『やっぱり人がいると遺物収集が捗《はかど》るな。一番良いのは、集めた遺物を俺が遺跡の奥にいる間に奪われる恐れが無いってことだ』

アルファがアキラの横で笑う。

『心配性ね。否定はしないけれど、余り気にしすぎると一人で遺物収集なんて出来なくなるわよ？』

『分かってるよ。でも用心するに越したことはないだろう？』

アキラの車両程度なら迷彩シートを被せるぐらいで隠せるが、流石にこのトレーラーはその大きさで目立ってしまう。

それではモンスターに襲われて廃車になるかもしれないし、遺物を偶然通りかかったハンターなどに盗まれる恐れがある。

少なくともアキラはその確率を稀なことだと一蹴できるほど楽観的ではなかった。

そしてそれを裏付けるように車の索敵機器に反応が現れる。

『アキラ。車が2台、こちらに向かってきているわ』

『了解だ』

アキラが荷台の方へ大きな声を出す。

「シェリル！　車が2台近付いてくる！　気を付けてくれ！」

「分かりました！」

荷台に遺物を詰め込む指示を出していたシェリルは作業を中断すると、早速遺跡の存在を隠す偽装を始めた。

◆

荒野仕様ではない大型トレーラーと、一応は荒野仕様のバスという、アキラ達の車の組み合わせにも少々近い2台の車両が荒野を進んでいた。

トレーラーを運転しているデイルという男が溜め息を吐いてぼやく。

「……全く、何でこんな仕事を引き受ける羽目になったんだか」

それを聞いた助手席の男は楽しげに笑った。

「何言ってんだ！　そんなもん！　デカい借金があるからに決まってるだろ？」

デイルは嫌そうに顔を歪めた。

「俺にはそんなものはねえんだよ」

「お？　何だ、俺の借金は微々たるもんだって言いたいのか？　そんなもの、これに参加してる時点で大して違いはねえっての！」

からかうような男の態度にデイルも声を荒らげる。

「俺に借金はねえんだよ！」

「冗談言うなって！　じゃあ何でこれに参加してるんだ？　自分だけ真っ当なハンターだとでも思ってるのか？　馬鹿馬鹿しい」

男は軽く酒が入っているように笑っている。デイルはもう相手にするだけ無駄だと思い、自身をこの状況へ導いた元凶へ内心で毒突いた。

（クソ仲介が！　ふざけた仕事を斡旋しやがって！　絶対抗議してやる！）

東部にはハンター稼業に関わる多くの生業がある。ハンター向けの仲介業もその一つだ。仕事の斡旋からチームの結成、一時要員の手配まで幅広く行っている。

デイルはその仲介業の一種である紹介業者に自身を登録していた。

荒野で命を預け合える仲間は貴重な存在だが、そのような者達を探すのは大変だ。報酬や活動期間の折り合いをつけるのも難しい。

紹介業者はそれらを補うものであり、多くのハンターが活用している。見知らぬ他人でも優良な紹介業者が仲介する者ならば比較的信用できるからだ。

素行の悪い者、極端な例では組んだ相手が次々と行方不明になったり死亡したりする者は、真面な業者なら登録や紹介を断る。紹介後に数多く問題を起こす者も同様だ。

優良な紹介業者にはそのような過程で粗悪な者が淘汰《とうた》され、比較的信用できる者が残る仕組みとなっている。

ハンターを強力に武装した強盗集団にしないようにする統企連《とうきれん》の経営努力もあって、今では優良な紹介業者に登録されることはハンターの箔《はく》の一つでもあった。

そしてデイルはある紹介業者から、欠員の出た集団遺物収集作業の穴埋め臨時募集を紹介された。

ハンターが少々高難度な遺跡で遺物収集をする際に、安全を重視して別のハンターチームと合同で行うことはよくある話だ。

紹介業者が進んで機会を作って参加者を集めることもある。だが参加人数が足りずに流れることもある。

デイルはその類いの集団遺物収集作業で、欠員の所為で最低人数を満たせなくなったのだろうと思って募集を受けた。だがその内容はデイルの予想から大分外れたものだった。

もう一台の方、荒野仕様のバスには、集団遺物収集作業の主力が乗っていた。

全体のリーダーでハンター達の監視役でもあるコルベが、実働部隊としてのリーダーであるギューバに少々きつい言葉を掛ける。

「ギューバ。分かってると思うが、そろそろ返済期限だぞ?」

ギューバはいらだった険しい顔をコルベに向けた。

「分かってる」

「分かってるなら良いが、トレーラーの遺物じゃ足りないことも分かってるんだろうな?」

念を押すコルベに、ギューバが思わず声を荒らげる。

「分かってる！　黙ってろ！」

コルベはさほど動じもせずに、少々呆れたように軽く頷いて話を終わりにした。

集団遺物収集作業をしているギューバ達は多額の負債を抱えたハンター達だ。徒歩では帰還できない遠方の遺跡に車両で乗り付けて、借金返済の為に遺物収集を強いられていた。

トレーラーにはギューバ達が集めた遺物が積まれている。だがそれを売っても借金返済にはまだまだ程遠い状態だ。

デイルがトレーラーの運転をしているのは借金が無いからだ。借金苦の気の迷いで遺物運搬トレーラーを盗むような真似をしないようにわざわざ別口で用意した人員であり、それを知っているのはコルベだけだった。

ギューバはハンターとしては悪くない腕の持ち主で、その腕を見込まれて実働部隊のリーダーを任されており、強化服の着用も許されている。

しかし借金はその腕では補えないほどにかさんでしまっていた。利息も膨らみ、このままではより酷い状況に落とされるのは時間の問題だった。

簡単なサイボーグ処置を受けさせられ、生身にもかかわらず四肢の自由を奪われて、危険な遺跡奥部に捨て駒同然で送り込まれるかもしれない。未承認の戦闘薬の被験者にさせられるかもしれない。

他の何かであるにしろ、借金返済の為に人権を切り売りされて相応の悲惨な状態に陥るのは間違いない。

それを誰よりも分かっているギューバは焦っていた。

（クソが！　ゴミどもが使えねえ所為で俺の借金まで減りやがらねえ！　ぶっ殺してやろうか！）

それをしない理由は、チームで死者が出るとその者の借金は生き残りが背負う規約になっているからだ。信頼など無いが、己の利益の為に助け合う。そういう仕組みになっている。

それでも死者は出る。ハンター稼業とはそもそもそういうものだ。

加えて参加者は己の腕では返せないほどの負債を背負うような問題のある者ばかりだ。場合によっては遺物収集に出ても、負債を更に増やす結果に終わることもあった。

(何とかしねえと……、未発見の遺跡でも偶然見付ければ一発なんだがな……)

そんな都合の良いことは起こらないと分かっていながら、藁《わら》にも縋《すが》る思いがギューバには浮かんでいた。

その時、トレーラーの方から連絡が入る。

「前方に反応だ。車が近付いてくる」

遺物を運搬しているトレーラーの方が、ギューバ達を運搬しているバスより、積み荷の価値に従って良い機器を積んでいる。それにより逸早《いちはや》く車両の接近を察知していた。

ギューバが前方を確認すると確かに荒野仕様車両が近付いてきていた。しかしお互いの車両の大きさなどから向こうの方が譲るだろうと気にしないでいると、その車はギューバ達の通行を邪魔するように道の途中で停まった。

「何だ？」

更にその車両から短距離汎用通信が届く。バスを運転している者がそれを車内のマイクに繋いだ。

「こっちの護衛対象が車両トラブルでこの先で停車している。悪いが道を譲ってくれ。聞こえてるか？聞こえてるなら返事ぐらいしてくれ。こっちの護衛対象が……」

その声はアキラのものだった。

◆

アキラは車両からギューバ達の車を見ていた。

『うーん。進路を変える気配が無いな。聞こえてないのか？』

『そうかもしれないし、無視しているだけかもしれないわ』

『面倒だな』

アキラも相手に道を譲る義務は無いと分かってい
る。荒野で道を譲るのは不必要に近付いた所為で面
倒事に発展するのをお互いに避ける為のものだ。相
手を小物だと思っていれば避ける必要など無い。
邪推すれば、強盗が相手の進路を誘導しようとし
ているとも考えられる。輸送車両の集団であれば、
突っ切った方が安全な場合もあるのだ。
アキラが車を停めたまま相手の出方を窺っている
と、ギューバ達の車両はある程度まで近付いたとこ
ろで停まった。そしてコルベ、ギューバ、デイルの
三人が車から降りてくる。
その様子を見ていたアキラは少し怪訝な顔を浮か
べた。
『何か言い争ってるな。何だ？』
コルベ達はそのままアキラの方へ近付いてきた。
デイルは不満を顔に出していた。
「何でわざわざ停まるんだ？　こっちが迂回すれば
良いだけだろう？」
ギューバが指示にいらついて不機嫌になる。
「決めるのは俺だ。指図するんじゃねえ」
デイルがコルベに視線を向けたが、コルベは軽く
首を横に振った。
「悪いな。部隊の指揮はこいつにやらせてるんだ。
今のところはな」
暗に、返済が滞ればその限りではない、と釘を刺
されたギューバはますます不機嫌になった。
ギューバはそのままアキラの前まで来ると、相手
を軽く見定める。
「さっきの通信はお前か？」
「そうだ。こっちの都合で悪いけど、迂回してくれ
ないか？」
「別にそんな狭い道でもねえんだ。通らせろよ」
「狭い道も何も、通る場所は幾らでもあるだろう。
少し離れて通ってくれれば良いんだ」
「それはそっちの都合だろ？」
単に傲慢なだけか、理由があって難癖をつけにき
たのか、少し迷ったアキラが顔をわずかに険しくし

て試しに言ってみる。

「要求は何だよ」

引いたと判断したギューバが笑う。

「そっちの都合に付き合う分だけ、出すもん出してほしいってだけさ」

それで難癖をつけて集《たか》りに来たと判断したアキラは意識を切り替えた。

「一応聞いとくけど、幾らだ？」

「そうだな。100万オーラムだ」

ギューバはそう言って背後のバス、自分達の戦力を指差した。わざわざ車両を停めたのは難癖をつけて小銭でも稼ごうと考えたからであり、バスに乗っている部隊の人数を理解させれば、あわよくばと思ったからだった。

勿論ギューバもこれで100万オーラム貰えるとは思っていない。10万オーラム程度でも借金返済、その利息分の足しにでもなればという思いからであり、それだけ金に困っていた。

そして互いの戦力差ならば、それぐらいは出すだろうとも思っていた。

しかしアキラは表情をわずかに暗く冷酷なものにして、当然のように言い返す。

「断る。それならお前らを皆殺しにした方が安く済む」

「何だと？」

ギューバは本気で言っているとは思わず、挑発を返されたと思ってアキラを睨《にら》み付《つ》けた。

そしてその険悪な雰囲気が荒野という環境により事態を悪化させる中、別方向から叱咤《しった》が飛ぶ。

「おい！　ふざけるな！　そんな理由で車を停めたのか？　やめろ！　お前みたいな馬鹿がいるからハンターの評判が下がるんだよ！」

そのデイルの口出しに、アキラが意外そうな顔を浮かべる。同時にアキラの認識にも、ギューバとその他という区別が生まれた。

コルベが苦笑する横で、余計な口を出されたギューバが機嫌を悪化させる。

「うるせえぞ！　てめえは口出しするんじゃねえ！」

「俺はハンターだ！　お前みたいなハンターもどきどころか強盗もどきの片棒を黙って担《かつ》がされて堪るか！」

自分を放って言い争いを始めたギューバとデイルの様子を見て、アキラは一度切り替えた意識を元に戻した。軽く呆れたように息を吐く。

「それで、迂回してくれるのか、してくれないのか、どっちなんだ？」

その決断をしたのはコルベだった。軽く笑って話を終わりにする。

「分かった。迂回する。悪かったな。ギューバ。帰るぞ」

「おい！　俺の指示には口出ししない約束だぞ！」

「それは遺物収集の指揮に限っての話だ。関係無いところで死人が出るような話には口を出すんだよ。帰るぞ」

コルベが苦笑で済ませていた顔をそう言って厳しいものに変えると、その威圧を受けたギューバは表情を険しくしながらも大人しく引き下がった。それを見たデイルは調子良く笑っていた。

コルベ達が車両に戻り進路を変える。それを見たアキラは自分も車を動かしてシェリル達の所に戻っていった。

◆

コルベ達がアキラ達を大きく迂回して進んでいく。ギューバは車の中で不機嫌な様子を見せながら外を眺めていた。

その視界にアキラ達の車が映る。ギューバは吐き捨てるように舌打ちすると、双眼鏡を取り出して何となくアキラ達を見た。

自分に不愉快な態度を取った子供のハンターと、その子供に楽しげに笑いかける少女、そして輸送車両から積み荷を運び出している子供の姿が見える。

そこでギューバの顔が単に不機嫌なものから怪訝なものに変わった。

（……ガキばっかだな。どういう集まりだ？　それに積み荷を外に出している？　護衛対象はあの輸送車両だとして、何でわざわざ積み荷を外に出す必要がある？　車両トラブルだろ？）

そのままアキラ達を見ていたギューバがふと気付く。

（ん？　さっき出した積み荷はどこにいった？　見えねえぞ？　瓦礫の陰に隠れただけか？）

ギューバはますます怪訝な顔をして考え続けていたが、それをコルベに声を掛けられて中断させられる。

「おい、ガキなんか見てないで次の遺物収集のことを考えろ。ろくな収穫も無しに帰れると思うなよ？」

「分かってる！」

ギューバはいらだってそう答えると、意識を切り替えて次の遺物収集場所をどこにするか考えようとした。

しかしアキラ達のことが妙に引っ掛かり、上手く考えが纏まらなかった。

◆

アキラから状況を聞いたシェリルは安心して微笑んだ。

「そうですか。騒ぎにならなくて良かったです」

「ああ。あっさり引いてくれて助かった。……ん？　シェリル。何で遺物を荷台から出して遺跡に戻してるんだ？」

「彼らがこっちまで来た場合に備えて小細工をしていました」

シェリルはそう言ってアキラと一緒に遺跡の出入口まで行くと、階段の奥を指差した。その階段の踊り場には、遺物の詰まった段ボール箱が積み上げられていた。

「取り敢えずこれで中を見られても、地下室ぐらいには偽装できていると思います」

積み上げられた段ボール箱が壁になり地下奥深くに続く階段を隠している。天井までは届いていないが、近くの照明を消しているのでぱっと見では分からない。

何か尋ねられたら、大切な積み荷なので近くで見付けたビルの地下室跡に一時的に移している、と答える予定だ。シェリルはそう説明した。

アキラは感心して軽く頷いた。

「なるほど。でもこれだと俺達も遺物収集が出来なくなるんじゃないか？　毎回退かすのか？」

「通る場所は空箱になってますから大丈夫です。それと当面は、奥から運んできた遺物は階段の手前の通路に置くことにします」

アキラは納得して頷いた。

『アルファ。俺も前の探索中に、迷彩シートを出入口に被せるぐらいはしておけば良かったかな？』

『その辺りはリスクとリターンの話になるわ』

遺物収集の最中に遺跡の出入口を迷彩シートで隠した場合、発見されるとそれを隠したい誰かがいることまで露見し、余計に興味を引かれてしまう恐れがある。

元々近くを車で通り過ぎるぐらいなら、そこまで目立つものでもないのだ。見過ごされる可能性を期待した方が良い場合もある。アルファはそう説明した。

『うーん。そういうものか』

『アキラだって、向こうの瓦礫地帯で見付けた空間への出入口は放置したでしょう？　似たような場所は多いと思うわ』

『あー、なるほど』

アキラは納得し、いろいろと考えが及ばない自分に少し凹んだ。

◆

ギューバは荒野仕様のバスに揺られながら次の遺物収集の思案を続けていたが、どうしてもアキラ達のことが気になってしまった。

そしてある思い付きからコルベに声を掛ける。

「おい、提案がある。さっきのガキの所に戻ろう」

「は？　何言ってるんだ？」

「車両トラブルとか言ってただろう？　都市まで牽引してやって金を取ろうぜ。何なら護衛をしても良い。緊急依頼ってことで、報酬も弾んでもらえるかもしれねえ。どうだ？」

その提案にコルベは一理あると思ったが、すぐに取り消した。

「無理だな。お前が難癖をつけて金を取ろうとした相手だぞ？　受ける訳がねえ。馬鹿な真似をした自分を恨むんだな」

だがギューバは笑って返した。

「そこはあれだ。確かに俺が向こうに提案すればそうなるさ。だが、その俺に激しく食って掛かったあの、デイル、だったか？　と、その俺に格上の立場を見せ付けたあんたが提案すれば、交渉次第で十分いけるだろう」

その説明を聞いて考える余地は取り戻したコルベに、ギューバが更に続ける。

「何なら俺を出汁《だし》にすれば良いじゃねえか。あの馬鹿が失礼なことをした詫びとしてちょっと安くするとか適当に言っときゃ良いんだ。そうだ。あいつの意見も聞こうぜ」

ギューバはそう言ってトレーラーと通信を繋ぐと、デイルに自分の提案を説明した。するとデイルから別方向の懸念が返ってくる。

「もういないかもしれない。それに牽引できる程度のトラブルなら、あの車で牽引しているだろう」

「もういないとしても、行って確かめるぐらいしても良いじゃねえか。それに輸送車両の方で何か重い物でも積んでいて、あの車ではパワー不足で牽引できないのかもしれない。それなら俺達の車も合わせれば何とかなるぞ？」

「うーん。でもなあ……」

デイルも提案の内容自体は良いことだと思っている。しかしそれが相手の護衛にまで発展するのであれば、自分が現在受けている依頼の範疇から逸脱するとも思っていた。

それは依頼内容を途中で変更したも同然であり、

デイルはハンターとしてその手の変更事は好まなかった。

しかしそこでギューバが軽く小馬鹿にしたように続ける。

「何だ、あの時は善人面してたくせに、口だけか？　そこまでしてやる義理は無いってか？」

「何だと？　……良いだろう。俺は賛成する」

挑発に乗った形であり、いらだった声ではあったが、デイルは賛成に回った。ギューバが上手くいったとほくそ笑み、視線をコルベに向ける。

「なあ、良いだろう？　俺だって借金を返したいんだ。次の遺物収集が上手くいくとは限らねえ。だから金になる機会は逃したくねえんだよ。頼むよ」

「……分かった。良いだろう」

コルベは微妙に懸念を覚えたが、借金返済目的と言われると立場的に断り難く提案を受け入れた。

「よし。おい！　聞いてたな！　戻るぞ！」

バスの中にギューバの嬉々とした声が響く。同乗していたハンター達はその随分と嬉しそうな様子を不思議に思ったが、そこからギューバの意図を見出《みいだ》せた者はいなかった。

第78話　誰かの企《たくら》み

　アキラ達の遺物収集は大詰めを迎えようとしていた。

　ヨノズカ駅遺跡の出入口に一番近い通路には、遺物の詰まった段ボール箱が山になっている。これらをトレーラーの荷台に全て詰め込むと、徒党の子供達を乗せられないほどに集まっていた。

　あとはそれらを地上に運び出し荷台に積んで出発するだけ。シェリルからそう報告されたアキラは上々の成果に顔を機嫌良く緩ませていた。

「よし。じゃあ遺物を詰め込んだらすぐに帰ろう」

「照明を設置したままですけど、どうします？」

「そのままで良いんじゃないか？　次に来るまでにこの出入口が見付かっていなければ使い回せるしな」

「分かりました。では切るだけにしておきます」

「ああ。頼んだ」

　シェリルが部下に指示を出そうとアキラから離れていく。

「シェリル」

　そう呼び止められたシェリルが振り返ると、アキラがわずかに照れくさそうに笑っていた。

「手伝ってもらって本当に助かった。ありがとな」

　シェリルは一瞬驚いた顔を浮かべた後、とても嬉しそうに笑って返した。

　アルファが表面上は普段の微笑みで軽く尋ねる。

『アキラ。随分嬉しそうね』

『そりゃ嬉しいさ。あの遺物の量だぞ？　シェリル達が適当に選んだ所為で半分ぐらいはゴミ同然だったとしても、残りの半分だけで相当な額になっても良いはずだ。５０００万オーラムぐらいになっても驚かないね』

『それだけ？』

『それだけって……、５０００万だぞ？　いや、確かに５０００万で売れると決まった訳じゃないし、浮かれるのは早いかもしれない。でも、期待は出来るんじゃないか？』

アキラは嬉しそうにそう答えた。その返事の内容はアルファの懸念とは方向性の異なるものだった。

それでアルファは懸念を一端取り下げる。そしてアキラの不安を煽《あお》るように意味深に微笑んだ。

『期待するのは勝手だけれど、換金を終えるまでは期待に留《とど》めておきなさい。アキラの運の悪さだと、この後に何が起こっても不思議は無いわ』

無駄に不安を煽られたアキラが、その不安を硬い表情で顔に出す。からかわれていると分かっていても、今までの経験もあって笑い飛ばすのは難しかった。

『……アルファ。そういうことを言うのはやめようじゃないか』

『アキラ。警戒して』

『だから、帰るまで気は緩めないから、そうやって無駄に不安を煽るのは……』

そこでアキラがアルファの真面目な表情に気付き、すぐに意識を切り替える。

『敵か？　モンスターか？』

『いいえ。車よ。少し前にアキラに難癖をつけてきた人達が戻ってきたの』

『本当だ。何しに戻ってきたんだ？』

『分からないわ。だから警戒が必要なのよ』

『そうだな』

アキラはシェリルに状況を伝えると、コルベ達を近付かせない為に再び車両に乗り込んだ。

◆

アキラがシェリル達から少し離れた場所に車を停めてコルベ達の出方を見ていると、コルベ達は前回と同じように車を停めて三人でアキラの下まで来た。

「何の用だ？」

アキラが警戒を前面に出してそう告げると、ギューバが戯《おど》けたように笑う。

「そう警戒するなよ。あの時は悪かったって。良い話を持ってきたんだ」

アキラが声の質を警戒から警告に変える。

「聞くとでも思ってるのか？　帰れ」

ギューバはたじろいだように一歩下がり、両手を軽く上げた。

「そう脅かすなよ。話はこっちのデイルとコルベがする。俺は謝りに来ただけだ。な？」

デイルは呆れたように軽く息を吐くと、アキラにすまなそうな態度を取った。そしてコルベが軽く苦笑しながら話に入る。

「俺がコルベだ。彼はデイル。こっちのギューバって馬鹿のことは相手にしなくて良い」

「酷《ひで》えな」

「黙ってろ。で、取り敢えず話を聞くだけ聞いてほしい。駄目ならすぐ帰る。揉めるつもりは無い」

次にデイルが態度で謝罪の意志を示しながら続ける。

「この馬鹿が馬鹿な真似をして悪かった。一応その詫びになる話を持ってきたつもりなんだ。迷惑を掛けるつもりは無い。その上で聞いてくれ」

デイルからギューバの提案内容を聞いたアキラは怪訝な様子を強くした。

『アルファ。本当だと思うか？』

『少なくとも嘘を吐いている様子は見受けられないわ。彼は本気で言っていると思って良いでしょうね』

『他のやつは？』

『聞いてみたら？』

アキラがギューバに厳しい視線を向ける。

「今の話、本当か？」

するとギューバはごまかすように苦笑いを浮かべた。

「俺が何を言ったって信じないだろ？　この二人から聞いてくれよ。本当だって言えば良いなら幾らでも言うけど、信じてくれるか？」

「無理だな」

「だろ？」

コルベが溜め息を吐いてギューバを下がらせる。

「お前は黙ってろ。で、まあ俺達も悪かったと思っているが、純粋な善意だけって訳じゃない。牽引でも護衛でも報酬は欲しい。勿論、この馬鹿がやらかした分だけ割り引いてもらって構わない。どうだ？」

『アルファ』

『彼も本心ね』

『そうか……』

アキラは少し困ってしまった。実際には車両トラブルなど起こっていないアキラ達にとって、コルベ達の提案は余計な親切でしかない。

しかし善意と詫びで持ち掛けられた話である上に、普通に考えれば断る理由も無いのだ。加えて荒野で立ち往生している状態で断るのは不自然に思えた。何とか上手い言い訳を、と考える。

「あー、気持ちだけ貰っておく。詳細はこっちの個人的な事情だから話せないんだけど、俺の雇い主がその話を受けるとは思えないからな」

これでどうだと、アキラは相手の様子を窺った。するとデイルの善意での提案が返ってくる。

「そちらの事情を深く聞くつもりは無いが、雇い主に話を通すぐらいはした方が良いと思うぞ？　そういう話が出来る以上、君はとても信頼されている護衛なのだろうが、領分ってものはある。違うか？」

「あー、そうだけど……」

アキラが言い淀んでいると、コルベが続ける。

「一度そっちの雇い主と話をさせてほしい。それで断られたら帰る。俺としても、契約の話は上に任せた方が良いと思うぞ？　どうだ？」

もっともだ、と思いながらアキラが言い訳を考える。そして何とか捻り出した。

「それなら武装は解除してもらおう。銃を全部と、強化服のエネルギーパックだ。護衛としてそこは譲れない。どうだ？　嫌なら諦めてくれ」

荒野で装備を手放すのは流石に嫌だろう。アキラはそう思い、自分でも良い言い訳だと自賛した。

だがあっさりと覆される。

「ほら」

ギューバが銃とエネルギーパックをアキラの前に差し出したのだ。

アキラもデイルもコルベも驚いていた。そこでギューバが意味深に笑って後ろを指差す。

「一応言っておくが、あのバスには俺達の仲間がたくさん乗っている。武装は解除したが、それは付け加えておくからな？」

デイルがギューバへの対抗心で続いて武装を解除した。だがコルベは険しい顔で首を横に振った。

「悪いが俺は無理だ。二人で行ってくれ」

条件を満たした二人がアキラの返事を待っている。アキラは頭を抱えたが、自分で出した言葉に従った。

「……分かった。乗ってくれ」

迂闊なことを言ってしまったと、アキラは改めて自分の考えの至らなさに少し凹んだ。

二人を連れていくのではなく、シェリルを連れてくるべきだったと気付いて更に凹むのは、もう少し後だった。

◆

シェリルはアキラがデイル達を連れて来るまでのわずかな時間に、情報端末に送られてきたメッセージで状況を素早く把握した。

そしてコートを脱いで高級そうな服を自然に見せ付けるようにしてデイル達を迎えると、デイルからの提案を初めて聞いたように装いながら丁寧に頭を下げる。

「申し訳御座いません。お心遣いは大変有り難いのですが、先方との契約上、あなた方の御助力をお借りすることは出来ません。お引き取り願います」

デイルは予想外の者に迎えられたことに少々驚いていた。しかし、自身の感覚では安っぽいと思えるトレーラーと、軽い気品すら感じられるシェリルの佇《たたず》まいの組み合わせに違和感を覚えながらも、このような少女が荒野で立ち往生している状況を優先する。

「俺もハンターだ。契約の大切さはよく分かる。だが良いのか？　立ち往生していても安全な場所なんて荒野には無いぞ？」

「御心配無く。護衛もおりますし、具体的な内容は契約上お答えできませんが、他の手配もしております」

「護衛って……、彼しかいないように見えるが……」

デイルがアキラをチラッと見る。装備は悪くないように見えるが大して強そうにも見えない。少なくともどこかの令嬢のようなシェリルの護衛を一人で任されるほどには見えなかった。

だがシェリルは満面の笑みを返した。

「大丈夫です。アキラは私が誰よりも信頼している心強い護衛ですから」

その笑顔はその言葉がシェリルの本心であることを反映して演技ではなく輝いていた。

デイルは軽く見惚れたように驚くと、優しく笑った。

「そうか。そういうことなら俺達は引き上げる。気を付けて帰るんだぞ」

「はい。ありがとうございます」

「おい、帰るぞ」

「……ん？　ああ。分かった」

デイルとシェリルが話している間、一言も話さずにいたギューバは、最後にそれだけ答えただけで、結局話に加わらなかった。

アキラ達と別れてバスに戻る途中、デイルが不可解そうな視線をギューバに向けた。それは自分から進んで武装解除に応じながら、本当についてきただけの存在となっていたギューバの様子を訝しんでのことだった。

「お前、何しについてきたんだ？」

「まあ、あれだ。あいつの雇い主の顔ぐらいは見ておこうと思ってな」

ギューバはそう言って適当にごまかした。勿論、そのような理由ではなかった。

アキラはデイル達を途中まで送ってから装備を返して引き返すと、その帰り道で溜め息を吐いた。

『契約上話せない。契約上駄目だ。そんな簡単な返事で良かったのか』

下手な言い訳で状況をややこしくした自覚があった分だけ、アキラの溜め息は深かった。

そこでアルファが少し真面目な顔をする。

『アキラ。一応忠告しておくわね。彼らを生かして帰すのは危ないかもしれないわ』

『えっ？　何でだ？　遺跡のことはバレてないはずだぞ？』

『今はね。でもその内に勘付かれるかもしれないわ』

ギューバは武装を解除してアキラにシェリルの所まで案内されてから、ずっと周囲の様子を確認していた。輸送車両の状態もしっかりと見ていた。

そこから車両トラブルが嘘であると見抜かれた場合、この場所に停車する何らかの理由があったと考える恐れがある。少なくともこの場所に興味は持たれてしまう。

その後は、この辺りに何かあるという判断で周囲を調べようとするかもしれない。探しているのがヨノズカ駅遺跡の出入口ではなかったとしても、見付かりやすいのは同じだ。

その説明をアルファから聞いたアキラが思わず振り返る。そこにはデイル達の無防備な背がある。

『……それ、そういう懸念があるってだけの話だよな？』

『そうよ。一定の確率で発生するという話でもあるわ』

そしてどの程度の確率で発生するか分からない事象に対して、どの程度の対応をするかという話でもある。アキラはそれを踏まえて、少し考えて結論を出した。

『やめとくよ。片方は善意で提案しただけだろうし、もう片方も、遺跡の存在を知られたから口封じってのは違う気がするしな』

今のところは懸念にすぎない。そして懸念通り見付かってしまったのであっても仕方が無い。アキラなりの基準では、相手を殺してヨノズカ駅遺跡の存在を陰蔽というのは、違う、となっていた。

『アルファ。俺は考えが甘いと思うか？』

アルファが軽く笑う。

『その辺りの感覚は人それぞれよ。私はアキラがそう決めたのであれば構わないわ』

『……、そうか』

アキラは少し気が楽になったように笑った。

◆

アキラはトレーラーに遺物が詰め込まれていく様

子をシェリルと一緒に眺めながら、ヨノズカ駅遺跡の存在が露見する懸念とその根拠を話した。

それを聞いたシェリルは申し訳なさそうに頭を下げた。

「すみません。私の方でも何か不手際《ふてぎわ》があったかもしれません」

アキラが笑って首を軽く横に振る。

「まあ、そういう懸念があるってだけの話だ。気にしないでくれ。あれだけ隠して駄目だったら、もうどうしようもない」

「そう言っていただけると助かります」

「ちなみに、シェリルが向こうの立場ならどう考える？」

「そうですね、ここに意味があって輸送車両で立ち寄ったことになりますから、何かを運び入れるか運び出しに来たと考えます。それをこんな場所まで来てわざわざするとなると、とても高価で危ない品の隠し場所や受け渡し場所があるとか、ですかね」

「そんなヤバい品って、例えば？」

「ハンターオフィスの遺物買取所の横流し品……、とか？」

「おお、それは確かにヤバそうだ」

雑談をしている間に積み込み作業が終わる。そして遺跡の出入口を一応再び埋めておこうと思ったアキラの視界に、近くにあるビルの廃墟が映った。

その何らかの構造により壁面近くの部分だけが残ったビルの廃墟を見て、アキラはある思い付きをアルファに尋ねた。

それを聞いたアルファが、肯定した上で確認を取る。

『出来るけれど、そうするとアキラが自力で掘り出すのも無理になるわよ？　良いの？』

『ああ。あれだけ広いんだ。別の出入口ぐらい探せばあるだろう。だからここはもう塞いでしまおう』

『分かったわ。それなら、派手にやりましょうか』

楽しげに笑うアルファに、アキラも笑って返した。

一度車両に戻ったアキラがＣＷＨ対物突撃銃を持ってビルに向かう。そして強化服の身体能力で銃をしっかりと構えた。

ビルはほとんど倒壊したようなものといっても、流石に旧世界の建造物であり、この状態でも倒れずに残っているだけあって頑丈だ。自然に倒壊するまでにはまだまだ時間を必要とする。

だが人為的に倒壊させるのであれば話は別だ。

アキラがよく狙って引き金を引く。撃ち出された強力な専用弾がビルの脆い部分に着弾し、めり込み、ひびを放射状に広げていく。

情報収集機器でビルの状態を調査したアルファは、その情報を基にしてビルを倒壊させるのに最も効果的な銃撃箇所を計算していた。銃弾が撃ち込まれるたびに着弾の衝撃が壁の内部に伝わっていき、ビル全体の耐久力を激減させていく。

そのまま撃ち続けて弾倉を2回交換すると、辛《かろ》うじて残っていたビルが軋《きし》み始めた。既に壁からは細かな破片が零れている。

『アキラ。下準備はこれぐらいで十分よ』

『分かった。それじゃあ、新しい強化服の力を見せてもらうか』

アキラがCWH対物突撃銃を仕舞い、ビルの側面に立って楽しげに笑う。そして構えを取り、大きく息を吸う。それに呼応するように強化服の出力が限界まで上がっていく。

「うぉらっ!」

次の瞬間、アキラは痛烈な蹴りをビルに叩《たた》き込《こ》んだ。軸足の下にある硬く舗装された地面が蹴りの反動で割れ砕ける。そしてビルの壁が蹴り足を中心にして、固体にもかかわらず砕けながら波打ち、陥没し、その衝撃をビル全体に広げていく。

そしてビルが傾いた。

『足りないか! もう一撃!』

続けての回し蹴りが壁に叩き込まれ、その轟音《ごうおん》が周囲に広がった。伝播《でんぱ》した衝撃で、既に大分脆くなっていた壁の一部が倒壊して落ちていく。ビルが更に傾いた。

『まだ足りないか! 頑丈だな!』

『次でとどめよ!』

『分かった！』

集中し、体感時間を操作して時の流れを緩やかにした世界の中で、自由落下する瓦礫を随分遅いと思いながら、アキラが蹴りの反動で後方に滑る体を両脚で押さえ付け、更に前方へ加速して高速で踏み込む。その速度すら威力に乗せて、次の一撃の威力を増大させる。

強化服がエネルギーの消費量を一時的に増加させて、着用者の四肢に常人を遥《はる》かに超えた力を与える。その力をアルファのサポートによる達人の技量を以て増幅させる。アキラはそれらを合わせて、現時点で放てる最大威力の蹴りを標的へ放った。

その直撃を喰《く》らった標的は、その衝撃で全体を崩れさせながら倒壊し、瓦礫の山と成り果てた。そしてヨノズカ駅遺跡の出入口は、その瓦礫の山で完全に埋められた。

倒壊後の砂埃が収まると、大きく伸びをしているアキラが現れる。満足そうな顔をしていた。

『新しい強化服、良い性能だな。……この強化服の酷評を流したやつ、この性能で不満があったのか』

アルファが得意げに微笑む。

『まあ、その誰かには私のサポートは無い訳だし、そういう意味では順当な評価だったのかもしれないわよ？』

『分かってる。感謝してるよ』

アキラ達は機嫌良く笑い合った。

◆

シェリルは少し離れた場所からビルの倒壊を見ていた。アキラの指示で離れたので何かあるのだろうとは思っていたが、これは予想外だった。

少し遅れてアキラが遺跡の出入口を塞ぐ為にやったことだと気付くと、その為にそこまでするのかと、そちらにも驚いた。

同じ光景を隣で見ていたエリオが引きつった顔を浮かべている。

「……ボス、あれ、アキラさんがやったのか？」

「そうでしょうね。そうじゃなければ、危ないから離れてろなんて言わないわ」

「な、何であんなことを？」

手付かずの遺跡の存在を他者に知られてしまう懸念があるので、その出入口を完全に塞ぐことで、その懸念を出来る限り減らす為だ。シェリルはそう推察したが、それを教える訳にもいかないので適当にごまかすことにする。

「さあね。何となくじゃない？」

「……何となくって、何となくやることか？」

「そうね。アキラが強化服を買い換えたことは知ってるでしょう？　新しい強化服の性能を試してみたくなったとかじゃない？」

「そんなことの為にあれをわざわざ倒壊させたっていうのか？　……そうか」

それは流石に無理がある。エリオも一度はそう思ったのだが、アキラならやりかねないという考えに押されて反論を取り下げた。

「凄いわよね」

「そ、そうだな」

同じ光景を見て純粋に凄いと思っているのはシェリルだけだ。他の子供達は確かに凄いとは思いながらも顔を引きつらせ、程度の差はあっても呆れと怯えを覚えていた。

その後シェリル達はアキラと合流すると、遺物を満載したトレーラーと一緒に都市へ戻っていった。

荷台に遺物を少々詰めすぎたこともあり、ルシアとナーシャはシェリルと一緒にアキラの車両に乗っていた。

ルシアはアキラに許されたことを、引きつった顔で改めて喜んでいた。

◆

瓦礫の山に埋まったヨノズカ駅遺跡の出入口からアキラ達が去ってからしばらくした後、そこに車で現れたギューバが首を傾げていた。

「……変だな。この辺のはずだぞ？」

車のナビゲーションはこの辺りだと示しているがそれらしい場所は無く、近くにあった目印になりそうな薄い廃ビルも見当たらなかった。

それでもこの辺りのはずだと、ギューバは周囲を車で巡って探してみた。しかし目当ての場所は一向に見付からなかった。

「クソッ！　どうなってる？」

何らかの理由でナビゲーション機能に不具合が出ている。そう考えて、一度戻って自身の記憶を頼りにもう一度目的地を目指したが、同じ場所に着くだけだった。

「そんな馬鹿な!?　この辺のはずだぞ!?　本当にどうなってるんだ!?」

ギューバはヨノズカ駅遺跡の出入口にあるものを隠し倉庫の類いだと考えていた。

企業の者が横流し品などを一時的に荒野に隠したり、その取引場所を荒野にしたりするという噂《うわさ》は多い。護衛と共謀した輸送業者が積み荷を荒野に隠し、輸送車両だけをモンスターに襲わせて、車両も積み荷も失ったと連絡する保険金詐欺の事例もある。

その隠し倉庫がそれらの品の保管場所である可能性は高い。ギューバはそう考えていた。

ハンターがそれらの品を盗んでも問題になることは少ない。荒野で見付けたと言えば済むからだ。当然ながら盗んだ相手からは恨まれるが、そこは荒野の秩序の話になる。普通の者がハンターと殺し合ってまで事を大きくする例は少なかった。

ギューバは荒野でのシェリルとの遣り取りから自分の企みは露見していないと思っている。

自分のような者がごちゃごちゃ言って探りに来れば勘付かれるかもしれないが、提案をしてきたのはデイルという善人面のハンターであり、その対応をしたシェリルにも不自然な反応は無かったからだ。

加えて、仮に自分の企みに気付かれていたとしても、あの輸送車両では輸送量にも限度がある。わざわざ荒野に作るほど大きな倉庫から、全ての品を運び出すのは無理なはずだ。そう考えていた。

そこでまずは自分一人で駆け付けた。現場の様子を見て、手に余るようであれば他の者を誘っても良いが、取り敢えずは独占を目指した。

しかしその現場に辿り着けない。急がなければ念の為にと物資を余所へ移される恐れもある。そう考えて焦っていたが、どうしても辿り着けなかった。

「クソが！　絶対ここのはずだぞ!?」

焦りがいらだちを、いらだちが更なる焦りを高める中、情報端末に通話要求が入る。その通信元を見たギューバは、それで我に返り、わずかに戸惑い、通話に出た。

「……何の用だ？」

情報端末から楽しげな女性の声が返ってくる。

「随分な返事ね。あなたに情報を売ってあげようと思ってわざわざ連絡してあげたのに」

「俺にそんな金があるとでも思ってるのか？　いや、金があっても買うとでも思ってるのか？」

「そう？　まあ無理に売るつもりは無いわ。じゃあね」

「待て！」

ギューバは思わずそう止めた。相手の女性が非常に質の悪い人物であることは理解している。関わって破滅した者も多い。だがそれだけに有能であり、この話にも意味があると考えてしまった。

折角見付けたと思った借金返済の当てが消えかけている焦りが、ギューバを決断させる。

「……話ぐらいは聞いてやる」

「あるハンターがスラム街の子供を何人か雇って遺跡で遺物収集を手伝わせたそうよ」

「それで？」

「察しの悪い男ね。その場所は子供を連れていけるほど低難度で、運ぶのに子供の手も欲しいほど遺物が残ってるってことでしょう？」

その話を聞いたギューバが怪訝な顔を浮かべた。

（……ん？　何だ？）

「恐らくどこかの遺跡で未調査の部分が見付かったのよ。流石にその場所の情報は私にも掴めていないけれどね」

女性の話がギューバの思考を刺激していく。

（俺は何を考えた？　何に気付こうとしてるんだ？

何が気になる？　何を思い出そうとしてる？）

「でもそのハンターと子供の情報は手に入ったの。以前の噂、買取所に遺物を持ち込んだ子供の話は結局噂だったけど、今回は確定情報よ」

（ハンター？　スラム街の子供？　あの輸送車両を双眼鏡で見た時、ハンターのやつと高そうな服を着てたやつ以外にも子供がいた。そして何かを、運んでいた。多分、下に。それで俺は地下に隠し倉庫でもあるんじゃないかと思って……）

「借金返済の為に遺物収集をやらされてるんでしょう？　それなら遺物がたっぷり残っている場所の情報は欲しいんじゃない？」

（遺物収集……、地下倉庫じゃなくて、遺跡？）

「そのハンターと子供の跡でもつければ、遺跡の未調査部分に案内してくれると思わない？」

（未調査部分……、未調査の、遺跡？　あいつらが下に運び込んでいたのが、調査用の機材だったとしたら？　そんな物が必要になるぐらい広い遺跡だったとしたら？　子供でも入れる安全な遺跡だったとしたら？）

「そのハンターの情報、欲しいとは思わない？　勿論、只じゃないわ。でもあなたの借金を多少増やしてでも買う価値があるとは思わない？　それで、そのハンターの情報の値段だけど……」

「黙れ」

「ちょっと、何よ」

「良いから黙れ」

ギューバはそう言って周囲を改めて見渡した。加えて車両のナビゲーションの表示を確認する。そして目的地の目印となるはずだった薄いビルの場所をもう一度見る。

そこにはそのビルが倒壊して出来たと思われる瓦礫の山があった。それに気付いたギューバの顔が、固まった。

（思い出せ！　あいつの名前は何だった？　確か、あの女が言っていた！　思い出せ！　思い出せ！確か、確か……、ア……、何だ？　ア、ア……？）

そしてギューバが死ぬ気で思い出した名前を口に

出す。

「……アキラ。なあ、そのハンターの名前は、アキラ、じゃないか？」

情報端末から女性のうろたえているような声が返ってくる。

「ちょっと、何で知ってるの？　その情報、どこから買ったのよ！」

その途端、ギューバは声を上げて大笑いした。その間も女性の怪訝な声が情報端末から聞こえていたが、構わずに笑い続けた。

そして通話を切ると、非常に嬉しそうな凶悪な笑みを浮かべて瓦礫の山を見た。

「あるんだな？　あの下に、遺跡が！　入口はあそこにあったんだ。……それで、気付かれたと思って、埋めた！　あのビルを倒壊させてまで！」

勢い良く車を発車させたギューバが全速力で都市に戻っていく。

「入口を埋めたのは遺物を取り尽くしたからか？　いや、違う！　それなら放っとく！　まだたっぷり残ってるから埋めたんだ！　それなら、残りを手に入れる手段も、当然知ってるよなー！」

借金返済どころか巨万の富を手に入れられる可能性が現実的な確率で目の前にある。それに気付いたギューバは、迷わずに手を伸ばした。

「手に入れてやる！　俺のもんだ！」

それを手に入れる為に、ギューバは手段の選《え》り好《ごの》みなど捨て去った。


同時刻、クガマヤマ都市の下位区画で、ある女性が通話の切れた情報端末を見て笑っていた。

「頑張ってね」

そして美しくも質の悪い笑顔でそう呟くと、目当ての者に通話を繋ぐ。

「私よ。多分動いたわ。だから確認をお願い。じゃあね」

気付かされたことに気付くこともなく、己の為に賭けに出たであろう者のことを想像しながら、女性はとても楽しそうに笑っていた。

第79話　シェリルの災難

ヨノズカ駅遺跡での遺物収集を終えたアキラ達は、クガマヤマ都市まで戻るとひとまずアキラの自宅に向かった。

そして車庫に遺跡から運んできた遺物を積み上げる。スラム街にあるシェリル達の拠点で保管するのは、アキラが後ろ盾になっているとしても流石に危ないからだ。

その後アキラがシェリル達を拠点まで送った時点で今日は解散となった。既に日は落ちている。シェリルもトレーラーの返却などがあって忙しい。報酬の分配等については明日調整することにして、アキラはシェリルに見送られて家に帰った。

強化服を着ているとはいえアキラも疲れている。食事をとり、風呂に入って疲れを取った後はすぐに寝てしまった。

翌日、アキラは昨日の話をする為にシェリルの拠点に向かうことにした。荒野仕様車両を拠点の前に停めると抑止力になるという話を聞いているので、しっかり準備した状態だ。

一度荒野に出て都市の外周に沿ってスラム街に向かおうとしていると、エリオから通話要求が届く。アキラは珍しいと思いながらもそれに出た。

「俺だ。どうした？　そっちにはもう少しで着くけど……」

「アキラさん！　シェリルが攫《さら》われた！」

「は？」

予想外の者からの連絡は、それを上回る予想外の事態の知らせだった。

◆

シェリルがアキラを迎える為に徒党の自室で着替えている。ラファントーラで旧世界製の服を素材にして仕立てたものだ。

シェリルはこの服を特に重要な交渉時に着る勝負

服として扱っており、普段は大切に仕舞っている。

そして今はアキラの応対という或る意味でもっとも重要な仕事の為に、加えてアキラからも非常に良い反応を得られた服を身に着けて更に仲を深める為に、仕立て代だけでも150万オーラムもしたとても高価な服に遠慮せずに袖を通して着飾っていた。

そしてアキラの到着を待っていると、徒党の子供から慌てた様子でドアをノックされた。

「入って良いわ。どうしたの?」

「ボス、ハンター、いやアキラさんじゃなくて他のハンターが、ボスに用があるって来てます」

シェリルが少年の様子から単なる来訪ではないと察して顔を険しくする。

「分かったわ。相手の名前とか、用件とかは聞いてる?」

少年は少し怯えた様子で首を横に振った。

「そいつらは今どこにいるの?」

「拠点の、入口です」

「虚仮威《こけおど》しでも良いから武力要員に武装させて集めておいて。私もすぐ行くわ。お願いね」

シェリルは相手を安心させるように微笑んだ。少年はそれで少し落ち着きを取り戻すと、頷いて仲間を呼びに出ていった。

シェリルが表情を真面目なものに戻して息を整える。

(友好的な相手ではなさそうね。もうすぐアキラが来る。それまで時間を稼いでおきましょう)

アキラという後ろ盾を得ているが、常駐していない以上こういうこともある。シェリルはそう覚悟を決めると、着替えている暇は無いと判断してそのまま部屋を出た。

拠点の出入口ではハンター達がシェリルを待っていた。フードの男、フルフェイスのヘルメットの男、顔の右半分を機械化している男の三名だ。

装備も風貌も、ハンター崩れでもハンターもどきでもない。人格の是非は別にして、荒野での活動と殺しに慣れている者が放つ独特の雰囲気を漂わせていた。

シェリルが相手の雰囲気に呑まれないように表情を鋭くする。

「私に用事があるって聞いたけど、何の用？」

ハンター達が目配せをする。そしてその一人が、被っていたフードを取ってシェリルに顔を見せた。

「あなたは……！」

「久しぶりだな」

ギューバが笑う。その顔に相手への侮蔑は無い。しかし敬意も無い。

「お前に用がある。ちょっと聞きたいことがあるんだ。一緒に来てもらうぞ」

ギューバはそう言ってシェリルの腕を掴んだ。同時に他のハンター達が一斉に銃を構える。

その時運悪く、徒党の武力要員の一人が準備を終えてこの場に現れた。そして目の前の光景を見て思わず銃を構えようとした。

「お前ら！　何の真似……」

そう言いかけた少年は、言い切る前に全身に銃弾を浴びて即死した。対モンスター用の強力な弾丸が少年の安い防護服を貫通するどころか千切り飛ばし、周囲に中身と一緒に飛び散らせていく。

わずかに遅れてエリオもその場に駆け付ける。だがその直後に全力で飛《と》び退《の》いて敵の銃撃から逃れた。周囲の床や壁は穴だらけになるどころか崩れかかっていた。

徒党の者達の悲鳴が響き渡る。だがギューバ達は誰一人動じていなかった。

シェリルが部下達へ叫ぶ。

「下がってなさい！」

ギューバがシェリルを力尽くで拠点から連れ出していく。仲間のハンター達は周囲に軽く牽制射撃をした後、ギューバに続いて拠点から出ていった。

銃声が消えた後、しばらくしてから徒党の子供達は恐る恐る様子を見た。飛び散った血と弾痕だらけの壁や床が、敵対者の脅威を分かりやすく示していた。

殺されかけた恐怖から我に返ったエリオがアキラに連絡を入れるまで、もうしばらく掛かった。

◆

エリオから状況を聞き終えたアキラが険しい顔で聞き返す。

「つまり、どこの誰が何の目的でシェリルを攫って
いったのかは分からないし、居場所も分からない。

心当たりも無い。そういうことだな？」

「ああ、悪いんだけど、全然分からない」

「そうか。何か分かったら連絡してくれ。じゃあな」

　まるで大したことでもないように話を終わりにしようとするアキラの態度に、自分達の後ろ盾として事態を何とかしてほしいエリオが慌てた声を返す。

「ちょ、ちょっと待ってくれ！　それだけか!?」

「それだけかって、さっきの情報で俺に何が出来るって言うんだよ。まあ、こっちでも探してはみる。じゃあな」

　アキラはそれだけ言って通話を切った。

「アルファ。一応聞くけど、さっきの情報でシェリルの居場所は分かるか？」

『幾ら私でも流石にそれは無理よ』

「だよなぁ……」

　アキラもシェリルの居場所が分かっているのであれば助けに行こうとは思う。ある程度は助けると約束したからだ。

　しかし探すところから始めるとなると難しい。都市も荒野も広いのだ。スラム街に限定しても十分に広い。見付かるまで探してくれと言われても、承諾は出来なかった。

　アキラがどうしようかと迷っていると、アルファからあっさりと告げられる。

『シェリルを助けに行くのならあっちよ。シェリルを攫った人達が車で荒野を進んでいるわ』

　アキラは微妙な顔で少し非難気味な視線をアルファに向けた。

「……流石に無理だって言ってなかったか？」

　アルファは気にせずに笑って返した。

『あの情報から居場所を特定するのは無理よ。他の

情報からなら可能よ？』

　アキラが更に苦笑いを返す。

「ああそう。分かったよ。俺の聞き方が悪かった。あっちで良いんだな？　了解だ！」

　居場所が判明しているのであれば迷う必要は無い。アキラは車の進行方向を急激に変えると、鬱憤を晴らすように一気に加速させた。

◆

　ギューバ達の車は屋根部分に骨組みも無い設計の荒野仕様車両で、乗車したまま攻撃したり荷物を大量に積んだりするのに適した構造をしている。

　ギューバはその車にシェリルを強引に乗せると、そのままスラム街を抜け出して荒野を目指した。

　そして仲間に途中で運転を代わってもらい、後部座席に座らせていたシェリルを手荒に車両後部の荷台に移動させてから、改めて向き合う。

「さて、待たせたな。用件を始めよう。お前に聞きたいことがある」

　シェリルがきつい視線をギューバに向ける。

「何の話か知らないけど、話すとでも思ってるの？」

「では質問だ」

　ギューバはシェリルの返事を無視して右手を掴むと、質問もせずに小指を折った。

　シェリルの顔が激痛で大きく歪む。ギューバがその様子を見ながら問う。

「遺跡の入口を知りたい。どこだ？」

「……知らないわ」

　ギューバがシェリルの薬指も折る。

「どこだ？」

「知らない……わ」

　シェリルは激痛で顔と声と体を震わせながらも、ギューバを睨み付けながら答えた。何の躊躇いも無く中指も折られる。シェリルの顔が更に苦悶《くもん》で歪んだ。

「そんなこと言うなよ。どこだ？」

「知ら……ない……わ」

次は人差し指かと、シェリルが恐怖で顔を強張らせる。それでもギューバを睨み付けるのはやめなかった。

だがそこまでのシェリルの反応を確認したギューバは、少し怪訝な顔を浮かべ始めた仲間とは対照的に嬉しそうに笑った。

流石にシェリルも怪訝に思う。そして更に予想外のことを言われる。

「そうか！　知ってるのか！　良かった。実は無理矢理連れ出して何だけどさ、もしかしたら知らないかもしれないって、ちょっと不安だったんだ。安心した」

「知らないって……言ってるでしょ？」

「いや、知ってるよ。お前は間違いなく知ってる。少なくとも俺の質問に疑問を覚えないぐらいには、何を聞かれているのか聞き返さずに理解できる程度には、俺の知りたいことを知っている」

それを聞いたシェリルの表情に、激痛による苦悶以外のものが混じった。それもギューバの期待通りの反応だった。

「本当に何も知らないのなら、何を言っているのか分からない、って態度が正しい。だがお前の態度は、質問の内容を理解した上で、知らないと答えたものだった。演技、上手いな。荒野で一度会ってなかったら騙されてたよ」

ギューバは本心で感心していた。

「痛みを感じながらの演技は大変だろう？　少なくとも、何を言っているのか分からないって演技が出来るほど頭は回ってなかっただろう？　だから先に指を折ったんだ。正解だったな」

シェリルは苦痛に耐えながらギューバを睨み付けている。だが先程に比べて、怒りよりも怯えの方が強くなっていた。

「これであの場所に遺跡があるのは確定だ。そしてあんな場所に遺跡があるなんて俺も知らなかった以上、未発見の遺跡だったのは間違いない」

シェリルの人差し指が折られた。

「じゃあ、改めて聞こう。あの遺跡の入口を知りたい。瓦礫の山に埋まったやつじゃないぞ？　別の入口だ。知ってるはずだ。どこだ？」

「し、知らない……」

親指も折られる。

「そんなこと言うなよ。あそこの入口を掘り起こすには重機でも持ち出して時間を掛けるしかない。そんな真似をしたら流石に目立って、折角隠していた遺跡の存在が露見する。それなのに躊躇無くあの入口を捨てられる以上、別の入口があるはずだ。そうだろう？」

「知ら、ない……」

「頑固だなー」

ギューバはシェリルの左手を取った。シェリルが反射的に震えてしまう。

「こっちの指も終わったら、次は腕だぞ？　今の内に話しておけって。な？」

「知ら、ない……」

小指と薬指が一度に折られる。シェリルの口から激痛による悲鳴が漏れた。


「あんまり猶予は残ってないぞ？　両手足を折っても答えなかったらお前はその辺に捨てる。そして仕方が無いから、目立つのは妥協してあの入口を掘り出すよ。流石に他のハンターにも遺跡の存在がバレるだろうが、早い者勝ちに変わるだけだ。遺物収集の成果は十分期待できるんだ。黙っていれば死なずに済むなんて甘い考えをしても無駄だぞ？」

「知らない……」

シェリルの堅い意志に、ギューバが流石に笑みを消す。そして左手の残り三本の指を一度に折ろうとした。

だがそこで仲間に口を挟まれる。ベガリスという男がフルフェイスのヘルメットを着けながらも、聞き取りやすい声を出す。

「じゃあ誰が知ってる。あのアキラっていうハンターか？」

「知らない……」

「そのハンターと遺跡を見付けたんだろう？　だから協力して遺物収集をしてたんだ。そうだろ？」

「知らない……」

「じゃあそこで何をしてたんだ？　言ってみろ」

「知ら、ない」

シェリルは苦痛で歪んだ顔に脂汗を滲ませながら知らないと言い続けている。そして顔を半分機械化しているケニットという男が、あることに気が付いた。

「……おい、お前の名前は何だ？」

「知ら、ない」

「こいつ……、初めから知らないとしか言ってないぞ！」

ギューバ達は思わず顔を見合わせた。

質問に虚偽で答えるとしても、その返答が具体的なものであれば内容の矛盾から見破ることも不可能ではない。だが質問内容とは無関係に同一の返事を繰り返すのであれば、それは黙秘と変わらない。虚偽を見抜くのは著しく困難になる。

全て、いいえ、と答えさせて、相手の反応から見抜くにしても、今のシェリルには激痛による反応が酷く混じっている。微細な反応の違いから虚偽を見抜くのは著しく困難だ。

ギューバは思わずシェリルの胸倉を摑んで引き寄せた。

「おい！　遺跡は、未発見だった遺跡はあそこにあるんだよな!?」

「知、ら、な、い、わ」

苦悶に歪むシェリルの顔には、相手への嘲りが浮かんでいた。

「こ、こいつ……」

その嘲りが、存在しない遺跡を必死になって探す者への嘲笑なのか、実在する遺跡の存在を疑わせる為の演技なのかは、ギューバには見抜けなかった。

ケニットがギューバを宥《なだ》める。

「落ち着けよ。状況から考えて、未発見の遺跡がある可能性は高いんだ。遺跡ではなかったとしても、隠し倉庫に物がたっぷり残ってる可能性もある。だからお前の誘いに乗ったんだ。そいつを殺して情報源を無意味に消すのはやめておけ」

「……そうだな。分かった」

ギューバはシェリルから手を離した。自力で立つのも難しくなっていたシェリルがそのまま崩れ落ちる。

「それでギューバ、このまま現地に行く予定だったが、そのままで良いか？」

「ああ。別の入口から遺跡に入る予定だったが、こいつが口を割らないんであれば、あの瓦礫の山を退かす方法を考えるか、近くに別の入口が無いか探すことにしよう」

「退かすにしろ探すにしろ、俺達だけじゃ手が足りないと思うぞ？」

「人を増やすと分け前も減るからな。お前達を誘うのも苦渋の決断だったんだぞ？」

そう言って苦悩した顔を浮かべたギューバを見て、ベガリスとケニットは楽しげに笑った。

彼らはギューバと同じ借金持ちのハンターで、集団遺物収集作業の参加者だ。指揮能力の都合でギューバの下で動いていたが、ハンターとしての戦闘面での実力はギューバを超えている。同格なのは負債額の桁ぐらいだ。

遺跡の別の出入口から入った箇所が安全である保証は無い。遺跡を見付けたハンターがスラム街の子供などを同行させたのも、先に入らせて安全を確認する為だった。そうも考えられる。だからこそギューバは戦闘能力を考慮して仲間に声を掛けていた。

車が少し大きく進行方向を変える。その所為で大きめの揺れが車両に伝わった。ギューバが思わず怪訝な顔を浮かべて、その視線を運転席のケニットに向ける。

「どうした？」

「対向車がかなりの速度で向かってきてる。危ないから進路を大きめにずらした」

「そうか。まあ、こんな時だ。安全に行こう。……うおっ!?　何だ!?」

「対向車が合わせて進路を変えやがった！　譲り合う前に速度を落とせって！」

ケニットが困惑を顔に出す。同じ方向に道を譲り合ったのは偶然として片付けられるが、速度を全く落とさないのは理解できなかった。索敵機器の反応を確認しても、モンスターに追われているような状況ではなかったからだ。

仕方無く更に大きく道を譲ろうとする。しかし対向車は更に合わせてきた。しかも速度を緩めないどころか、加速していた。

そこでケニットもようやく気付き、驚愕する。

「あの野郎！　ぶつける気だ！」

思わず対向車に視線を向けたギューバが、乗っている者に気付いて驚きで顔を歪める。

「あいつだ！」

対向車はアキラの車だった。

ケニットは何とか衝突を回避しようとしたが、お互いに急激に距離を詰めている上に、対向車は衝突させる為に突っ込んできている。既に回避は不可能だった。車の運転を放棄して叫ぶ。

「脱出しろ！」

ギューバ達が躊躇わずに車両から飛び出す。シェリルを連れ出す暇など無かった。

一瞬遅れて車両同士が派手に激突する。その衝撃で、シェリルは車外に勢い良く投げ出された。

◆

車両同士の衝突により車外へ飛び出し空中に放り出されたシェリルは、時が酷くゆっくりと流れる世界の中で、両手の痛みも忘れながら、もう助からないと悟っていた。

（頑張ったのに……、昨日、アキラからお礼も言われたのに……）

わずかではあるがやっと認められたのだと、アキラからの信頼をようやく得られたのだと、これからはもっと上手くいくのだと、そう期待した矢先の出来事に、シェリルは自身の死よりも落胆した。

（あっけなかったな……）

シェリルは哀しげな笑みを浮かべて、何もかも終わってしまったことを嘆きながら、青い空を眺めていた。

そこをアキラに抱きかかえられた。

「えっ？」

余りにも唐突な事態にろくな反応も示せないシェリルは、そう小さく声を漏らした。同時に空中で救出対象を抱えたアキラが着地する。その衝撃がシェリルを我に返らせた。

「良し。無事だな」

「えぇっ!?」

だがすぐに再び混乱した。アキラから軽い様子で無事だと言われたことも、自分を抱えたまますぐに勢い良く走り出したことも、驚きすぎて忘れていた激痛を我に返って思い出したところに、その怪我を走る振動で刺激されたことも、シェリルの混乱を悪化させていた。

「うぇっ!?」

痛みと混乱で変な声を漏らしながら、シェリルはそのままアキラに運ばれていった。

◆

アルファのサポートでシェリルの居場所を摑んだアキラは、先回りしてギューバ達の前に移動していた。そして車両ごと体当たりして、まずはシェリルをギューバ達から引き剝がすことに決めた。

それは投降を呼び掛けるだけ無駄であり、そのような真似をしても相手にシェリルを盾代わりにされるだけだと考えたからだ。

敵は複数。遠距離射撃で順に殺している暇は無い。生き残りにシェリルを殺される前に全員素早く殺し切る自信も無い。加えて仮に出来たとしても、運転手を失った車が暴走して横転し、その所為でシェリルが死ぬ危険もある。

相手を背後から追っていては、距離を詰めるのに時間が掛かって銃撃を受けてしまう。それでは追い付くのもシェリルを助けるのも難しい。

ならばいっそ前から助けよう。アキラはそう考え

て、車両ごとギューバ達との間合いに飛び込んだ。

一応、その前にアルファに自分の考えを説明した。そこで止められなかったので、悪くはない方法なのだろうと判断して実行に移した。

双方の車両には装甲タイルが貼ってある。だが正面衝突に近い状態では衝撃の軽減にも限度があり、加えて乗員の慣性までは消えない。シェリルは為《な》す術《すべ》も無く車外に放り出された。

それでも衝突時にシェリルが一応無事だったのは、先日手に入れた服を着ていたからだ。旧世界製の服の中には、時に現代製の防護服を上回る性能を持つ物もある。その旧世界製の服を素材にして仕立てた一張羅が衝突の衝撃からシェリルを守ったのだ。

加えてギューバの車両への体当たりは、シェリルが出来るだけ安全に吹き飛ばされるように、激突する位置や角度をアルファが綿密に計算した上で行われていた。そのおかげでシェリルはある意味安全に車外に放り出された。

そしてアキラは自分も車外に飛び出すと、空中のシェリルを抱えて着地した。衝突の前から集中し、体感時間を操作して、緩やかに流れる世界で慌てずに強化服の力で跳躍し、シェリルとの位置を正確に合わせて助けていた。

それを自力で行うのはまだアキラには難しい。しかしアルファのサポートがあればその程度のことは容易だった。

シェリルを確保したアキラは急いでその場から離脱すると、近くの瓦礫の陰に素早く隠れた。そしてシェリルを地面に降ろし、負傷していないかもう一度よく確認してから安堵の息を軽く吐く。

「軽傷か。良かった良かった」

その言葉に驚き、逆に落ち着きを取り戻したシェリルが苦笑いを浮かべる。

「助けてくれてありがとうございます。でも、その、軽傷ではないと思うんですけど……」

シェリルはそう言って、指が7本歪《いびつ》に曲がっている自分の両手を見せた。

「ああ……、重傷だな」

重傷とは腕がもげたり足が千切れたりしている状態のことを言う。アキラは前にそう言われた時のことを思い出し、軽傷の感覚が大分ずれ始めている自分に気付いた。

そして何となく苦笑しながら回復薬を取り出す。

「口を開けろ」

「あ、その、催促した訳では……」

「良いから開けろ」

大人しく開けられた口にアキラが回復薬を詰め込む。シェリルはそれを少し苦しそうに呑み込んだ。

一箱200万オーラムの回復薬が経口投与にもかかわらず速やかに効果を発揮する。まず数秒でシェリルの両手から痛みが消えた。更に治療用ナノマシンが折れた指に集まり治療を開始していく。

シェリルが驚いて両手を見ていると、その手をアキラに握られた。

「えっ？」

シェリルがわずかに上擦った声を出した。だがその想いを寄せる異性に手を握られたことによる驚きは、続く言葉で別の驚きに書き換えられる。

「ちょっと痛いぞ」

アキラがシェリルの歪に折れた指を整え始める。

「えぇっ!?」

激痛を予感したシェリルは軽い悲鳴のような声を上げた。だがアキラの宣言通り、回復薬による鎮痛効果のおかげで少々痛い程度で済んだ。折れた指が形を整えられたことで、より速く治っていく。

「応急処置はこんなもんでいいか。もう少し飲んでおけ」

アキラはシェリルの手に追加の錠剤を載せると回復薬を仕舞った。

「じゃあ俺はあいつらを殺してくるから、シェリルはここに隠れていてくれ。危ないから動くなよ？顔を出したりもするな」

シェリルが思わず怪訝な表情を浮かべる。

「危ないって、あの人達も車外に投げ出されたはずですけど……」

「いや、あいつらは自力で脱出してた」

「それでも死んでるか大怪我をしてるんじゃ……」

シェリルの常識的な判断に、アキラが首を横に振る。

「全員生きてるし、傷一つ負ってないよ」

アキラはそう言い残して、ギューバ達を殺す為に瓦礫から飛び出した。

その場に残されたシェリルが呟く。

「ハンターって……、そういうものなの？」

常識とはその者が暮らしている環境で決まる。シェリルは自身の常識の外にいる者達の異常さを、改めて思い知っていた。

◆

衝突前に車両から脱出したギューバ達は、地面に叩き付けられる前に不格好ながらも受け身を取っていた。それにより、何の問題も無く着地とまではいかなかったが、強化服による防御と身体能力のおかげで少々痛い程度の被害で済ませていた。

地面に伏していたギューバが少しよろよろと起き上がり、険しい顔で周囲を確認する。

「……あのガキ、何てことしやがる。おい！　大丈夫か？」

ケニット達も身を起こして状況の確認を進めていた。

「ああ、何とかな！　それにしても、何なんだあのガキは？　おいギューバ！　お前、あの時にあいつだとか言ってたが、知ってるのか？」

「ああ。あいつがあのハンター、あの女の護衛をしてるとか言ってたアキラってやつだ。……まさか、女を助けに来たのか？」

ギューバがシェリルを探す。だが見付からない。衝撃で遠くまで投げ出されたのかと思って一応周囲を見渡したが、やはり見付からなかった。

ベガリスがアキラの車両に銃を向けて運転席を確認する。当然ながら空だった。

「そのアキラってやつの姿もねえな。女もいねえってことは、連れて逃げたのか？　……いや、待て、女を助けに来たのなら、車両に体当たりなんてするか？　ギューバ！　本当にそのアキラってガキだったのか？」

「ああ、間違いない。それは確かだ」

ギューバは確信を持ってそう答えた。だがその表情には迷いがあった。

「確かなんだが……、何で車で体当たりを？　助けに来たにしろ、口封じに殺しに来たにしろ、そんなことをする意味なんてねえだろう」

ギューバ達は同じ疑問を覚えて同じように頭を抱えていた。だが各自の情報収集機器による索敵に反応が出た瞬間、全員が車両を盾にして警戒態勢を取った。

そしてその反応がアキラのものだとすぐに気付き、意識を殺し合いに切り替えた。

◆

瓦礫の陰から飛び出したアキラが強化服の身体能力で駆けていく。だが過剰な身体能力に振り回されており、上手く走っているとは言い難い状態だ。

アキラは今、強化服をアルファのサポート無しで動かしていた。わずかでも気を抜けば即座に転倒してしまいそうな自身の体を、体感時間の操作まで使用して必死に動かしていく。

緩やかに流れる世界の中では、生身では体が意識上の動きについていけず、もどかしいほどに遅くしか動かせない。

だがこの強化服を着用した状態であれば、意識の方が遅いほどに、過剰にも感じられるほど速く体を動かせる。

その差異を吸収し切れないアキラの未熟さが、危うい動きとなって表れていた。アキラ自身もそれを自覚しており、険しい表情で思わず弱音を零す。

『アルファ！　危ない時は本当に頼むぞ!?』

その隣ではアルファがいつものように笑っている。アキラが体感時間を操作しても、その所為で反応を遅らせることも無く、普段と変わらない様子を見せている。

『任せなさい。でも出来る限り頑張るのよ？』

『分かってる！』

アキラはアルファから自力でギューバ達を倒すように言われていた。本当に危ない時には助けるから、私のサポート無しでどこまで戦えるか確かめておきなさい。笑ってそう指示されていた。

こんな時にやることかと、アキラも初めは難色を示した。だが逆に、こんな時だからこそやる意味があると返された。

相手は適度に強く、本気でアキラを殺しにくる。だから訓練にはちょうど良い。アルファはそう言い切っていた。

その訓練相手を殺す為に、アキラは大きく弧を描く動きで敵との距離を詰めていく。直線的に距離を詰めると、シェリルが隠れている瓦礫と敵の射線が重なるからだ。

そして走りながらＤＶＴＳミニガンを構える。車両で体当たりをすると決めた時点で車から取り外して携帯していた。弾倉も拡張弾倉に交換してある。ＣＷＨ対物突撃銃の方も一緒に取り外して背負っている。その分の重量もアキラの動きを鈍らせていた。

続けて情報収集機器で車両周辺の精度を上げて索敵すると、不明瞭ではあるが三人分の反応を捉えることが出来た。アルファのサポート無しなので、相手の姿を遮蔽物である車両越しに見ることは出来ない。しかし敵がそこにいるという確認には十分だ。

照準を敵周辺に合わせて引き金を引く。銃身が高速で回転し、弾丸を目にも留まらぬ速さで撃ち出し続ける。短時間で残弾を使い切ってしまわないように発射速度を下げているが、それでも銃弾の嵐が一帯を襲った。

大量の弾丸が2台の車両に着弾して装甲タイルを次々に破損させていく。着弾の衝撃に反応して発生した力場装甲《フォースフィールドアーマー》がわずかな衝撃変換光を放ち、着弾地点を一瞬だけ光らせる。その光の量が銃撃の激しさを物語っていた。

銃声が響き渡る中、車両を挟んでその逆側では、ギューバ達が着弾音を聞きながら敵の力量を推測していた。

「なかなかの弾量だ。ミニガン系か？」

「安物の強化服だと重量や反動でろくに撃てないはずだ。結構良い強化服を着てるな」

「まあ、これぐらいなら問題ねえ。ぱっぱと殺そう。援護してくれ」

「了解」

ベガリスが動き、ギューバとケニットは援護を開始した。

DVTSミニガンを乱射しながら相手との位置取りを調整していたアキラが、車両の陰から出てきたベガリスに気付いた。

良い的だと判断して照準をそちらに合わせる。多少外れても弾の量で補えると、一帯にばらまいていた銃弾をベガリスに集中させた。

だがベガリスはその弾幕に耐えた。分厚い鎧《よろい》を着込むような装甲重視の強化服が、DVTSミニガンから撃ち出された弾丸を弾《はじ》き返《かえ》していく。

「なっ!?」

驚きを露わにするアキラの前で、ベガリスが自身もミニガンを構える。

それを見たアキラが足下の瓦礫を足先に引っ掛けるようにして蹴り上げる。大きめの瓦礫がアキラの前に浮かんで盾となった。

その瓦礫にベガリスが放った大量の銃弾が直撃した。瓦礫が着弾の衝撃で削れ、わずかな時間で割れ砕ける。アキラはその間に横へ飛び、敵の射線から逃れるのと同時に反撃する。

だがその銃撃もベガリスにはほとんど通じていなかった。被弾で少々怯《ひる》み体勢を崩しながらも、逃げたアキラを銃撃しようとする。

アキラは強化服の身体能力で素早く地を駆け、敵のミニガンの射線から逃げ切った。全力で回避行動を取って弾幕を躱し切り、別の瓦礫の山、全壊手前の廃墟の陰まで何とか移動した。

　相手が被弾で体勢を崩し、照準を乱していなければ危なかった。そう思いながら、険しい顔で息を吐く。

『あれだけ喰らって無傷ってどういうことだよ。いや、無傷じゃないんだろうけどさ』

　そこに余裕の笑顔を浮かべているアルファから助言が来る。

『DVTSミニガンの拡張弾倉は価格を抑えて弾数を確保する為に、単発の威力が少々抑え目なのよ。あの相手にはCWH対物突撃銃を使いなさい』

『了解だ。……次はもう少し高い弾を買おう』

　アキラは苦笑を浮かべた。弾薬費を抑えれば、その分だけ安全も抑えることになる。理解はしているが、実感とは別だ。

　そして不測の事態を常に考慮していては、予算はあっという間に破綻する。予想外という不運は、このような状況でも地味にアキラを脅かしていた。

　そこでアキラの両手が勝手に動き、DVTSミニガンを上へ乱射した。その弾幕が擲弾《てきだん》を迎撃し、爆発の衝撃が周囲に飛び散った。

　アキラが呆気《あっけ》に取《と》られていると、アルファに得意げな笑顔を向けられる。

『危なかったわよ？』

『どうも！』

　アキラはすぐに移動を開始した。


　擲弾を撃ったのはギューバで、目標の位置を教えたのはケニットだ。ベガリスによるミニガンの銃撃で注意を引き付けたところを狙ったというのに、しっかり対応されたことを、どちらも意外に思う。

「ギューバ。とっとと次を撃て」

「了解だ」

　未調査の遺跡に挑もうとしていただけあって弾薬は十分に用意している。それをふんだんに用いてアキラを殺しに掛かっていた。

第80話　情報の価値

アキラは移動を続けながら反撃の隙を探っていた。しかし上からは榴弾《りゅうだん》が、横からは弾幕が襲いかかってくる。どちらも自分の行動を阻害しやすい攻撃方法である上に、留まっていれば死ぬだけなので、アキラは移動に意識を割き続けていた。

それでも何とかベガリスをCWH対物突撃銃で銃撃する。撃ち出された徹甲弾がフルフェイスのヘルメットに直撃した。

だがベガリスは徹甲弾にも耐えた。ヘルメットにひび割れが走り、体勢を大きく崩しただけで、致命傷には程遠い。

『クソッ！　専用弾にしておけば良かった！』

専用弾はクガマヤマ都市近郊の荒野で使用するには値段も威力も高すぎるので、CWH対物突撃銃の弾倉は徹甲弾のままにしていたのが裏目に出ていた。しかも専用弾の弾倉は車両に積んだままで手持ちには無かった。

仕方無く徹甲弾での銃撃を繰り返す。引き金を引く瞬間、体感時間を圧縮して照準を合わせる時間を延ばし、しっかり狙って狙撃する。その甲斐あって弾は外れずにベガリスの胴体や足に着弾した。

効果はあるが効き目は弱い。一度転倒させたものの、ベガリスは普通に起き上がって銃撃を再開してくる。しかもその間にも榴弾は落ちてくる。

優勢とは呼べない状況の中、アキラは敵の強さと自分の弱さの両方に顔を険しくしていた。

三対一とはいえ、敵はクガマヤマ都市の地下街で戦った遺物襲撃犯達より確実に弱く、加えて自分の装備はその時より格段に向上している。

それでようやく互角ということに、アキラは自身の成長を実感すると共に、自分はまだまだであるということも実感していた。

『アキラ。右よ』

『……、分かった』

その一言もサポートであり自身の未熟の証拠だ。

だがその程度のサポートで済んでいることは成長の証拠でもある。アキラはそう自身に言い聞かせて戦闘に集中した。

◆

ケニットはベガリスとギューバを囮《おとり》にしてアキラの側面を取ることに成功していた。攻撃を二人に任せ、自身は情報収集に専念して援護に回りながら、勘付かれないように密かに移動した成果だ。

配置につき、ゆっくりと慎重に狙撃銃を構える。目標はギューバ達への対処で手一杯であり、索敵もそちらに気を取られている。自身の動きを最小に抑えている限り、相手の索敵範囲内であっても気付かれる恐れは無い。ケニットはそう確信していた。

アキラの強化服にはベガリスの強化服のような防御力があるようには見えない。弾は十分な威力がある。どこかに当たればそれで勝ちだ。即死は無理でも、被弾で動きの鈍った相手などただの的であり、自分達の敵ではない。その考えで狙いを定める。

射線を置いておき、そこに敵の姿が重なった瞬間を狙おうと意識を集中させる。慎重に、一発で決めると、機会を待つ。

そして、射線にアキラの姿が重なった。

(捉えた!)

即座に引き金を引こうとした瞬間、照準器に映るアキラとケニットの目が合った。

その驚きがケニットの意識をほんの一瞬だけ硬直させる。その隙にアキラはCWH対物突撃銃をケニットに向け終えていた。

銃声が重なる。ケニットは眉間に徹甲弾を喰らい、驚きの表情のまま即死した。狙われていると事前に知っていたアキラは辛うじて回避が間に合った。

自身に送られていた索敵情報が急に途絶えたことで、ベガリスはケニットが倒されたことに気付いた。

(ケニット……！　まさかやられたのか!?)

お互いに相手の位置が分からない状態からの、隠れ合い探り合いでの銃撃戦では、ベガリスもケニットに勝てる気がまるでしない。その仲間が得意とする状況でケニットが倒されたことに、ベガリスは驚きを隠せなかった。

ギューバの擲弾による攻撃も随分と雑な狙いになっていた。ケニットからの情報が失われたことで、敵に真上から擲弾を届ける極端な曲射が困難になったのだ。

ギューバの攻撃方法は、もうベガリスの銃撃の方向から相手の位置を推測してとにかく撃つだけに変わっていた。敵の位置が不明であることを擲弾の量で補おうとしているのだ。

その所為で無数の爆煙が辺りに漂い始める。それは情報収集機器にも影響を与えて索敵の精度を低下させた。その所為でベガリスがアキラの位置を見失う。

「クソッ……、どこだ？」

弾をばらまきながら相手の反撃に備える。自分の強化服ならば敵の攻撃に耐えられることは実証済みだ。反撃してきた相手の位置を集中砲火しようと、その機会を待つ。

だがベガリスはその機会を活かせなかった。アキラは銃撃ではなく、爆煙を煙幕代わりにして距離を詰めてきたのだ。

煙の中から突如現れたアキラにベガリスの反応が遅れる。重いミニガンの銃口を向け直している間に至近距離まで近付かれる。そして飛び込んでくる勢いのままに蹴りを放たれた。

その蹴りで掠り傷一つ負うことはない。だが転倒は免《まぬが》れなかった。ベガリスは慌てて立ち上がろうとしたが、アキラにＣＷＨ対物突撃銃をヘルメットに突き刺すように向けられた衝撃で阻止された。

「これなら流石に効くだろう」

アキラがそう言った直後、以前の着弾位置に正確に合わされた銃口が火を噴いた。至近距離から撃ち出された徹甲弾が強固なヘルメットを貫通し、その内部を赤く染めた。

ギューバが非常に険しい表情で通信機へ声を荒らげる。

「ケニット！　ベガリス！　返事をしろ！」

通信は生きているが返事は無い。どちらも殺されたと示していた。

「……クソッ！　あいつ、こんなに強かったのか」

ギューバの目にはアキラはそこまで強そうには見えなかった。確かに装備はなかなか良い物だと思ったが、それは手付かずの遺跡から手に入れた遺物を売った金で買っただけだと思っていたのだ。

装備だけ高性能な凡庸なハンターで、子供にしては少々強いだけ。その感覚的な判断は、既に仲間が二人とも殺されたという現実に覆された。

真面目に戦っては勝ち目が薄い。そう判断すると、逃げるという選択肢が頭に浮かぶ。

（……車、動くか？　……確認だけはしておくか）

荒野仕様車両は普通の車より頑丈だ。更に装甲タイルも貼ってある。可能性はあると考えて、ギューバは慎重に車に向かった。

運良くアキラに見付からずに車両まで辿り着いたギューバは、すぐに自分達の車が動くかどうか確認した。だが無事に動くという幸運までには恵まれなかった。

「駄目か……」

それならば何か武器でも無いかと探してみる。だがアキラの車両には弾薬が積まれているだけで、自分達の車には遺跡探索用の機材や道具があるぐらいだった。

手詰まり。思わずそう考えてしまったギューバは、もう相打ち覚悟でアキラに挑むしかないのかと半分自棄になっていた。

その思考状態での視界に、車両から転げ落ちた物が映る。それが追い詰められて自棄になっていたギューバの思考を刺激した。

その刺激がギューバに普通なら考えないことを考えさせる。更に真面な戦闘なら実行しないその思い付きを、相打ち覚悟で突っ込むよりはましだという判断で実行に移させた。

ギューバは車両から転げ落ちた物を手持ちの擲弾発射器に装填すると、まだ動いていた車載のナビゲーション機能で現在位置と周囲の地図を確認する。そして最も効果的だと考えられる方向に、敵寄せ機と呼ばれる物を撃ち出した。

◆

アキラはギューバが逃げるような動きを見せたことで、一度シェリルの所に戻った。逃げたギューバを自分一人で追った所為でシェリルを荒野に置き去りにする訳にはいかないからだ。

その状況を説明した後、アキラがどうするか尋ねると、シェリルがおずおずと意見を述べる。

「出来れば無理に追わずに都市に戻りたいです」

「良いのか？　ここで逃げられるともう二度と殺せないかもしれないぞ？」

「襲撃者を殺すのも大切ですけど、深追いして死んだら本末転倒です。えっと、アキラが、ではなく、私が、です。すみません。死にたくないです」

シェリルはそう言って申し訳なさそうに丁寧に頭を下げた。

シェリルのある意味で至極当然の意見を、アキラはかなり意外に思ってしまった。そして自分はいろいろずれているのだと改めて自覚した。

「まあ、うん。分かった。じゃあ、帰るか。そうすると、車も無いし、カツラギ辺りに迎えを頼むか、歩いて帰るかになるんだろうけど、どうする？」

「……アキラ。ちょっとした疑問なんですけど、何で車で体当たりしたんですか？　その所為で車が駄目になったんですよね？」

「その方が手っ取り早いし確実だと思って」

「そ、そうですか」

車を失ってでも私を助けようとしてくれたのだ、と好意的に捉えるのはシェリルにも難しかった。その所為でシェリルの笑顔は少々硬いものになっていた。

『アルファ。車は、駄目なんだよな？』

『一応気を付けて激突させたつもりだから、案外動くかもしれないわ。直前に急ブレーキも掛けたしね。でも制御装置が一度落ちてしまったから、現在の状態で私が遠隔で動かすのは無理よ』

『そうなのか。じゃあ動くかどうか確認した方が良いな』

『車には残りの敵もいるから、確認するなら注意しなさい』

『ああ、あいつも車で逃げようとしてるのか。分かった』

車が動くか確認をして、ついでに残りの敵も殺してくる。アキラがシェリルにそう伝えようとした時、アルファが真面目な顔を浮かべた。

『アキラ。ここからは私もサポートするわ』

『……分かった。何があった？』

『モンスターの群れが近付いてきているの。個々は弱いけれど数が多いしシェリルもいるわ。気を付けなさい。シェリルを死なせたくないのであれば抱えて連れていきなさい』

『了解だ』

アキラが真面目な顔でシェリルに告げる。

「シェリル。ちょっと危ない状況になってるから、取り敢えず、何があっても落ち着いて、ちゃんと摑まっていてくれ」

アキラはそう言ってシェリルを左腕だけで抱き締めるようにして抱えた。

「はっ、はいっ？　はい！」

危険な状況だと告げられたことと、抱き締められてアキラの顔が近いことで、シェリルは困惑と照れの混じった顔を浮かべながらも、何とか返事をした。

『アルファ。それじゃあ、サポートを頼む』

『任せなさい』

アルファが自信たっぷりに笑った。アキラも笑って返す。そしてシェリルを抱えたまま走り出した。

◆

ギューバは車両の側から敵寄せ機を撃ち出し続け

ていた。

敵寄せ機とは、モンスターを誘引する機能を持つ道具の総称だ。主に邪魔な場所にいるモンスターを誘い出して倒したり、一時的に別の場所に移動させたりするのに使用する。

機器は光や音、熱源、振動、信号、匂いなど、様々なものを発してモンスターを引き寄せる。高性能な物は濃い色無しの霧の中でも情報減衰を最小限に抑えて大量のモンスターを誘《おび》き寄《よ》せる。

起動方法も即時起動から時限式、センサー式など様々だ。投擲《とうてき》弾として使用できる物もある。

当然ながら注意して使わなければならない。下手をするとそこら中からモンスターを誘き寄せてしまい、その群れに襲われる羽目になるからだ。

だがギューバは敢えて無差別に大量にモンスターを集めようとしていた。目的はその群れをアキラにぶつける為だ。

アキラがシェリルを護衛として助けに来たのであれば、モンスターの群れからも守らなければならない。つまり足手纏《あしでまと》いを引き連れての戦闘を強いられる。違っていたとしてもアキラと差しで戦うよりは乱戦の方が勝つ可能性が高い。

そう考えたギューバは車両に積んでいた敵寄せ機を全て使用しようとしていた。効果範囲を設定できる物は全て最大値にして出来る限り遠くに撃ち出していく。

もっとも敵寄せ機を使用してもモンスターが寄ってくるかどうかは運であり、そこはギューバとしても賭けだった。そしてまずはその賭けに勝った。車両の索敵装置がモンスターの群れの反応を捉えたのだ。

次に敵寄せ機をアキラがいるであろう方向に撃ち出していく。実際にいるかどうかは不明だが、それでもこの周囲に設置していることに違いは無い。これによりモンスターの群れは確実にここまで釣られてくる。

あとはアキラの出方次第だった。車がまだ動く可能性に賭けてこちらに来るか、群れとは逆側に走って逃げるか、ギューバはその結果を待っていた。

そしてその結果が来る。アキラがシェリルを抱えながら車両の方へ走ってきたのだ。

それを自身の情報収集機器で確認したギューバは開き直ったように笑うと、カプセルを口に含み、切り札の使用準備を終えた。

◆

アキラは右手にCWH対物突撃銃を持ち、左腕にシェリルを抱えて車両へ走っていた。

アルファのサポートを有効にしたので、アキラの視界には車両越しのギューバの姿がしっかりと映っている。しかしその相手に動きが無い。

『アルファ。気付かれてないのかな』

『それならそれで構わないわ。素早く殺してしまいましょう』

『そうだな』

アキラの位置から車両を盾にしているギューバを撃ち殺すことは出来ない。厳密には車両ごとギューバを銃撃すると車が動かなくなる確率が上がるので避けたい。その考えでアキラは車両と距離を詰めていく。

それでもギューバは動きを見せない。アキラは車両を乗り越えてギューバを上から襲うか、回り込んで横から襲うかの選択で、前者を選んだ。奇襲ならばそちらの方が良いと考えたのだ。

そしてギューバに動きが無いまま車の側まで到着すると、そのまま車両を乗り越えようとする。

次の瞬間、アキラの眼前に車両の上面が迫る壁のように飛び込んできた。

アキラは反射的に体感時間を極度に圧縮した。非常にゆっくりと進む世界の中、通常の時間感覚であれば一瞬で自分達に激突している車両に足を掛けて駆け上がり、高速で自分達に迫る鉄の塊を避けようとする。そしてシェリルを抱えたまま半ば跳躍し、車との激突を回避した。

そのアキラが驚愕する。アキラの眼前には、同じく跳躍して銃を構えるギューバの姿があった。

◆

ギューバが口に含んだのは加速剤の一種だ。効果時間は長くとも数秒。それを体感時間で十数倍にする上に、五感の鋭敏化や反射神経の強化、集中力の向上まで行う戦闘薬だ。

高価で高性能な薬だが、効果時間が短い所為で使い勝手が難しい部分もある。敵がいつ来るか分からない時に服用しても無駄に消耗するだけであり、気付いてから使っても間に合わない場合も多い。ここぞという時に能動的に適切に効果を発揮させなければ、ほぼ無意味なのだ。

それをギューバは絶妙なタイミングで使用した。

本来はモンスターの群れに襲われている最中に使うつもりだった。

乱戦の中では、お互いに無数の敵への対処を一度に強いられる所為で処理能力が足りなくなり、どうしても相手への注意が不足する。

そこで加速剤を使用し、時の流れを遅く感じられる世界の中で余裕を持って状況を認識し、敵への処理能力を引き上げて、相手を攻撃できる猶予を生み出し、隙を衝くつもりだった。

しかしアキラはモンスターの群れがこの場に到着する前に車両に辿り着こうとしていた。

ギューバはベガリスとケニットを倒したアキラの実力から、銃撃戦では勝てないと判断した。しかし格闘戦に近い状況での撃ち合いであれば、加速剤を使える自分の方が有利だと考えた。

そしてアキラが来る直前に加速剤を服用し、その効果が出た瞬間、強化服の力で車を蹴り上げた。加えて目の前で横転中の車を飛び越すように自身も跳躍する。

強化服の身体能力により、足が地を離れ、車両より高く上がるまでの時間は、現実では一瞬だ。だが意識を加速させたギューバは、そのわずかな時間で銃をしっかりと構えた。

跳躍中に車の裏側を目で追えるほどに時の流れが遅い。銃を構える自身の動きにもどかしさすら覚える。その濃密な一瞬の中、車両を飛び越すのと同時にアキラに銃口を向ける。

自分の動きにまるで反応できていない相手の顔を見て、ギューバは勝利を確信した。

同時に、アキラのA2D突撃銃から撃ち出された強装弾が、ギューバの銃と腕と喉に着弾した。

ギューバはアキラより一枚上手だったが、アルファは更にその数段上を行った。

跳躍したアキラの動きに合わせて強化服を操作し、空中でCWH対物突撃銃から手を離させ、A2D突撃銃に素早く持ち替えさせる。

更にギューバの動きを正確に認識し、跳躍の軌道を計算し、相手が射程範囲外にいる状態で射程範囲に入る瞬間の位置を予測して、事前に照準を定め終える。

そしてギューバが射線に入ったのと同時に、まず武器を破壊し、それを動かす腕を壊し、次弾が銃身に装填されるまでのわずかな時間内に照準を付け直せる範囲で、最大の負傷を与えられる喉に着弾させた。

全ては一瞬の出来事だった。だがアルファにとっては十分すぎるほど長い時間だった。

加速剤の効果が残っていることで目の前の光景を認識できる状態にあるギューバは、喉の負傷で死ぬ前に、アキラがA2D突撃銃の照準を自分の額に合わせたのを見た。

加速剤を使った自分をあっさりと上回った相手の実力に、ただ感嘆を覚える。

(強《つえ》え……。道理でベガリス達が負け……)

負ける訳だ、と思考が続く前に、強装弾を頭部に喰らったギューバは、その命ごと思考を永遠に止めた。

◆

ギューバ達の車が派手に転倒し、アキラが着地し、頭部の大半を失ったギューバの死体が地面に叩き付けられた。

アキラは体感時間の操作をしていたが、ギューバとの一瞬の攻防には意識が追い付いていなかった。

それでも後追いで何があったかぐらいは認識できた。A2D突撃銃を仕舞い、落下してきたCWH対物突撃銃を器用に摑む。そして大きく息を吐いた。

『アルファ。助かった』

『どういたしまして』

大したことではなかったと伝えるように、アルファは余裕の笑顔を浮かべていた。

アキラがシェリルを自分の車の後部座席に置いて車両の状態を確認する。前面が少しひしゃげているが、あれほどの勢いで衝突したにしては変形が少ないように思えた。

『うーん。流石に荒野仕様車両なだけはあるな。頑丈だ』

『接触面の装甲タイルが身代わりになって全て剝がれているから、そのおかげでもあるわね』

『装甲タイル、便利だな。で、動くかな？』

アキラが車の起動を試みる。その途端、車体が大きく揺れた。

『動いた！　……けど、これ、大丈夫か？』

『車体が少々歪んでいるから乗り心地は最悪でしょうね。でもあれから走って逃げるよりはましだと思うわ』

アルファがそう言って指差した方向には、敵寄せ機に釣られてやってきたモンスターの群れがこちらに殺到しようとしている光景があった。

『そうだな。よし！　脱出だ！』

アキラがまだ呆《ほう》けているシェリルに強めに呼び掛ける。

「シェリル！」

「はひっ!?」

はい、と真面に答えられない程度の混乱を残しながらも、一応シェリルは我に返った。

「逃げるぞ！　揺れるからしっかり摑まってろ！」

「分かりました！」

シェリルが後部座席にしがみつくようにして体を固定する。そして車が勢い良く走り出すと、激しく揺れた車体がシェリルを車外に放り出した。

「ひゃぅぁ!?」

空中で混乱と驚きの混じった悲鳴を上げたシェリルを、アキラは素早く掴んで車内に戻した。そして再び左腕だけで抱き締めるように抱える。

「分かった。また抱き付いてろ」

「は、はい」

アキラはそのまま車両の後部に行き、モンスターの群れの様子を確認する。獣、爬虫類《はちゅうるい》、虫、その他奇怪なものまで様々な生物系モンスターが群れを成してアキラ達を追っていた。

『アルファ。追い付かれるぞ。もっとスピードを出せないのか？』

『一応限界まで出しているわ。動くだけで真面な状態ではないからね。運転技術でカバーするのも限度があるわ。倒して引き離しなさい』

『了解だ』

右手にＤＶＴＳミニガンを持って乱射する。モンスターの群れに弾幕が襲いかかり、敵の物量に対して弾丸の物量で反攻する。銃弾の嵐を容赦無く浴びたモンスター達はその脅威に抗《あらが》えず、次々と倒れていった。

敵の肉が千切れ飛び、鱗《うろこ》が割れ、外骨格が砕け散る。質ではなく量で殺しにくる相手に対して、ＤＶＴＳミニガンは効率的、効果的な殺戮《さつりく》を一方的に発揮した。

その光景を見ながら、アキラは以前モンスターの群れに襲われた時のことを思い出していた。そしてしみじみと思う。

『あの時にこれがあればなー』

アキラはその時、カツラギ達と一緒ではあったが、無改造のＡＡＨ突撃銃だけで敵の群れに死力を尽くして抗った。エレナ達の助けが無ければ死ぬところだった。

アルファが笑ってアキラを宥める。

『今はそれがある。過去を嘆くより、そのことを喜びなさい。装備の充実も、ハンターとしての成長よ』

『そうだな。俺もこれだけ成長したってことにするか』

アキラはそう言って笑うと、DVTSミニガンを機嫌良く撃ち続けた。

シェリルはモンスター達が次々に粉砕されていく光景を、アキラに抱き付いたままじっと見ていた。頼もしく思う反面、怖いとも思う。

だがアキラに抱き付く手は緩められない。それを失ってしまうことの方がシェリルには怖いことだからだ。

その後しばらく走り続けたアキラ達は、モンスターの群れをあっさりと撃退した。敵寄せ機の効果範囲の外に出てしまえば敵の追加は無く、残りを倒し終えればあとは簡単に振り切れた。

車の速度を落とし、揺れを抑えた状態でクガマヤマ都市への帰路に就く。都市に辿り着いた時には、日が暮れかけていた。

アキラはそのままシェリルを拠点まで送り届けると、更に調子の悪くなった車両が完全に停まってしまう前に家に帰った。

◆

アキラが自宅の風呂で今日の疲れを取っている。たっぷりの湯に浸かり、いつも以上に入浴の快楽に身を任せていたが、その顔には疲労が浮かんでいた。

「それにしても、あいつらはヨノズカ駅遺跡の出入口を聞き出す為にシェリルを攫ったのか……」

帰り道でシェリルから話を聞いたのでアキラもその辺りの事情は把握していた。それを思い返して深い溜め息を吐く。

「……意外、じゃないな。スラム街のガキを脅せば手付かずの遺跡の情報が手に入るのなら、やるか」

いつも通り一緒に入浴しているアルファが、気遣い励ますように微笑む。

『余り気にしない方が良いわよ？　シェリルも危険

は承知の上で覚悟を決めて手伝ったのだからね』

「まあ、そうだけどさ」

『それにシェリルを攫ったあの三人はちゃんと殺したのだから、これからはそれも抑止力になるわ。スラム街の拠点に常駐する訳にもいかないのだから、そこは妥協してもらいましょう』

アキラもそこは理解できる。納得もできる。だがわずかに曇らせている顔を緩ませるほどではなかった。

アルファはそのアキラの様子を見て、以前の出来事を例に挙げた。

シェリルの要望に応じて後ろ盾になった時、それを信じなかった者達がシェリルの拠点を狙って襲撃を試みたことがあった。

その様子を密かに見ていたアキラは、実際に襲撃しようとした者達をその場で皆殺しにすると、襲撃を躊躇った者達にシェリルに手を出すなと警告して帰った。

『その時に、アキラは言っていたでしょう? シェリルをずっと護衛する暇なんて無い。脅しが利《き》けば死なずに済む。あとはシェリルの運次第だって』

「……ああ、そうだった」

『今回は運が悪かった。でも、助かるだけの運はあった。それだけよ』

「……、そうだな」

そう言って、アキラは割り切ったように苦笑いを浮かべた。

「運が足りてないなー。俺もシェリルも」

『まあ、アキラには私が付いているから大丈夫よ。頑張りましょう』

「了解だ」

得意げに微笑むアルファを見て、アキラも気を切り替えて軽く笑った。

◆

シェリルが拠点の風呂で今日の疲れを取っている。自身の入浴時間ではなかったが、今回は徒党のボスとして強権を振るい、他の者達を追い出して一人でゆっくりと湯に浸かっていた。

「疲れた……」

アキラに拠点まで送ってもらった後、シェリルは休む暇も無く徒党のボスとしての仕事をせざるを得なかった。

動揺している子供達を宥めた。騒ぎを聞き付けてやってきたカツラギを言いくるめた。アキラに助けられたことも、襲撃者達を全員殺したことも説明した。その苦労の甲斐あって深夜過ぎには徒党の動揺も何とか収まった。

「認識が甘かったわ……」

未発見の遺跡の情報。それにどれだけの価値があるかは分かっていたつもりだった。しかしそれを知っている可能性があるというだけで、曲がりなりにもハンターが後ろ盾になっている徒党に乗り込み、情報源を堂々と攫うとは思わなかった。

（取り敢えず、しばらくは大人しくして、アキラといつでも連絡を取れるようにしておきましょう。幸いにも遺物はアキラの自宅にあるわ。大量の遺物を隠し持っているという理由で拠点が襲われることは無いはず……）

少し茹《ゆ》だった頭で当面の懸念とその対処方法を考える。しかし戦力に乏しいシェリル達では、アキラに助けを求めるということも含めて、後手に回るしかないのが現状だった。

（いっそのこと、あの遺跡の存在が広く知られてしまえば情報源という価値が無くなるのだけど……、いえ、それだとアキラが困るわね……）

アキラもヨノズカ駅遺跡での遺物収集を諦めた訳ではないはずだ。教えられていないが、別の出入口を知っている可能性もある。シェリルはそう考えて、顔をわずかに険しく歪めた。

（あとでアキラと相談しないと駄目ね……）

あれだけのことがあったとしても、アキラにヨノズカ駅遺跡での遺物収集をもう一度誘われたら、シェリルに断るつもりは無かった。

しかし次はもう少し上手くやろうと考えていた。

コルベは荒野仕様のバスに借金持ちのハンター達を乗せて、ギューバ達が死んだ辺りまで来ていた。

ハンター達に指示を出し、周囲のモンスターの駆除とギューバ達の死体の回収を行わせる。しばらくすると3体の死体がコルベの前に運ばれてきた。死体は大分損壊していたが、所持品や残りの部分から本人と認識できる状態ではあった。

「よし。お疲れ。先に中に入っていてくれ。ああ、こいつらの負債をお前らが背負うことは無いようにちゃんとやっとくよ。報酬も別に借金から引いとく」

ハンター達は軽く安堵の息を吐いて車内に戻った。その後、車外に一人になったコルベが情報端末を取り出す。

「俺だ。ギューバの死体を確認した。返り討ちにあったようだな」

情報端末から楽しげな女性の声が出る。

「そう。お疲れ様。報酬は振り込み済みよ。確認して」

コルベが尋ねるかどうか少し迷ったような様子を見せてから、それを口に出す。

「それで、お前はギューバに情報を流して、何をさせたかったんだ？」

「何のこと？」

「お前がギューバに何かをそそのかしたことぐらい分かる」

「私は最近、彼に情報なんて売ってないわ」

「売ったとは言ってねえ。あいつに適当な理由をつけてそれらしい話を聞かせて、あいつが伝を持っていそうな情報屋には関連する情報を事前に流しておいたんだろう？」

そうでなければ、荒野で一度顔を見ただけの女の居場所を、ギューバがあれほど早く突き止めるはずが無い。コルベはそう確信していた。

「で、何の情報を流したんだ？　未発見の遺跡があるとでも言ったのか？」

「な、何のこと？」

その慌てた口調の声を聞いて、コルベが軽く溜め息を吐く。

「そういう小芝居はやめろ。……そんな真似をするってことは、本当にありそうなのか」

先程の慌てた口調が演技だとあっさり示す楽しげな声が返ってくる。

「あら、心当たりでもあるの？」

「……答える義理はねえな」

債務のかさんだギューバ達三人が借金を増やしてまで装備を調え、情報を買い、ハンターが後ろ盾になっている徒党のボスを、白昼堂々拠点に乗り込み力尽くで攫っている。しかもかなり急いで。

ギューバ達にそこまでさせる何か、と考えたコルベは、相手に探りを入れる意味で未発見の遺跡のことを口にしていた。

「まあ、別の心当たりなら話してやる。お前、あのアキラってハンターが本当に強いのかどうか確認してほしいって、誰かに頼まれたんだろう？」

「何のこと？」

「あの徒党、弱小にしては最近羽振りが良いらしいからな。後ろ盾が弱ければ、そいつを排除すれば徒党ごと奪えるって考えるやつは多いはずだ。そんなところだろ？」

「私も情報屋。顧客と取引した情報については、只では漏らせないわ。幾ら出す？」

「ふん。要らん」

「あらそう」

「もう切るぞ」

コルベがそう言い残して通話を切ろうとすると、最後に軽く告げられる。

「遺物収集に動くなら早い方が良いわよ？　そういうものは早い者勝ちだからね。……おっと、あなたには無理？　でも他の人にやらせるって方法もあるんじゃない？」

「余計なお世話だ」

コルベはいらだちながら通話を切った。女性の楽しげな笑い声もそれで一緒に消えた。

コルベが舌打ちして情報端末を仕舞う。そして相手の意図を再確認する。

（俺にも情報を流したってことか……。何を企んでる？）

非常に質の悪い女の思惑を推察しながらも、コルベは未発見の遺跡について考えてしまう自分に気付いて、もう一度舌打ちした。

◆

都市の下位区画で、女性が携帯端末越しに楽しげに話している。

「そうよ。未発見の遺跡。良い情報でしょう？　私とあなたの仲だから特別に話を持ち掛けたの。その辺を分かってもらえる？」

興味と警戒をありありと示す返事を聞いて、思わせ振りに続ける。

「ええ。不確定情報だってことは否定しないわ。でもその可能性だけでも価値はあるでしょう？　勿論、無理に買わせるつもりは無いわ。でも、ドランカムの古参に対抗する為に、若手の実績を稼いでおきたいんでしょう？」

警戒よりも興味が上回った声を聞き、ほくそ笑む。

「こっちも即答できる金額だとは思ってないわ。ゆっくり考えて。ああ、でも、先着順だってことは忘れないでね？　あなたに先に話を持ち掛けたってことも忘れないでよ？　それじゃあ、ミズハさん。お返事待ってるわ」

女性は通話を切ると、すぐに別の者に連絡を入れた。

「私よ。良い話があるんだけど……」

女性の楽しげな話は、多くの者を相手に長々と続けられた。

第81話　想定外

シェリル達とのヨノズカ駅遺跡での遺物収集を終えてから1週間後、アキラは再びエレナ達の家を訪れていた。当面の予定が空いたエレナ達と次の遺物収集について相談する為だ。

アキラがエレナ達に笑って迎えられ、リビングルームに通される。相変わらず強化服姿のアキラとは異なりエレナ達は私服姿だ。

エレナは前回よりも少々着崩した格好をしている。サラは胸元を閉じてスキニーパンツのようなものを穿《は》いていた。

そのエレナ達の姿を見たアキラの反応は、目の遣《や》り場《ば》に困らずに済むと、安堵の息を吐いただけだった。

それを察したエレナ達は同じく安堵しながらも、アキラからこれといった反応が無かったことを、わずかに残念にも思っていた。

だがそれはそれとして早速ヨノズカ駅遺跡の話に入る。まずはエレナが状況確認を兼ねて遺跡の現状について話し始めた。

「アキラ。初めに残念なことを伝えるけど、ヨノズカ駅遺跡が他のハンターにバレたわ」

「えっ？　そうなんですか？」

「ええ。それで聞いておきたいのだけど、バレた理由にアキラの方で何か心当たりはある？」

アキラは言い淀んでいた。そこから察したエレナが軽い感じで続ける。

「詳しく説明する必要は無いわ。心当たりがあるか無いかだけ教えて。アキラの方に心当たりが無いのであれば、私達の方で何かやらかしたかもしれないから、それを確認しておきたいだけなの」

「えっと……、あります」

どこか自分に非があるような様子のアキラを見て、エレナは軽く笑って流すことにした。

「そう。まあ、遅かれ早かれ見付かるものだから、アキラも余り気にしない方が良いわ。一応、こっちも気を付けていたつもりだったのだけど、私達の所為だったらごめんなさいね」

「いえ、多分俺の方が原因です。気遣ってくれてありがとうございます」

アキラは吹っ切れたように笑って気を切り替えた。エレナ達も笑って返した。

「それでね？　話を戻すけど、今ヨノズカ駅遺跡の辺りは、多くのハンターが遺跡の入口を探している最中なの。ただ、それでちょっと気懸かりなことがあってね」

「気懸かり、ですか？」

アキラは少し不思議そうな顔を浮かべた。既に遺跡の存在が露見している以上、気懸かりも何も無いと思ったのだ。

「うん。まあ、考えすぎなだけかもしれないけど、遺跡の話が広まるのが少し速すぎる気がするし、動いた人も多いように思えるのよね」

他のハンターに遺跡の存在を知られてしまったとしても、その者もそれを吹聴するような真似はしない。競合相手は少ない方が良いからだ。


そして現地に行けばすぐに遺跡に入れるのならばともかく、出入口を探して掘り出す作業が必要だ。現地で重機を使用するだけでも、その手配、輸送、護衛が必要となる。多くの手間が掛かるのだ。

軽く調べた限りでは、まだ実際に遺跡があると確定した訳ではない様子だった。ならば半信半疑の者が大半なはず。だがそれにしては、幾ら未発見の遺跡とはいえ実際に遺跡探索に動き出した者が多すぎる。それらがエレナの気懸かりだった。

その説明を聞いたアキラが軽く迷う。

「えっとそれは、だから俺達も急がないとってことですか？　それともきな臭いからやめとこうって話ですか？」

サラが少し難しい顔を浮かべる。

「両方よ。あと私達のハンター稼業の好みの話で悪いんだけど、モンスターとならともかく、他のハンター達と交戦する前提での遺物収集は気が進まないのよね」

ヨノズカ駅遺跡のハンターの集まり方から考える

と、ハンター同士で殺し合っての遺物争奪戦は恐らく高確率で発生する。

それを分かった上で、その騒ぎに進んで参加するのは、エレナ達のハンター稼業の指針から大きく外れたものだった。

エレナが真面目な顔をアキラに向ける。

「それで、アキラはどうしたい？　また一緒に遺物収集に行くって約束した以上、私達はアキラに付き合うわ。だから、気が進まないのなら無理に同行しなくても良いってのは無しにして」

サラは優しい余裕の感じられる笑顔を向けた。

「まあ、足手纏いは邪魔だって言うのなら諦めるわ」

「いえ、そんなことは。むしろ俺が足を引っ張るぐらいですよ」

アキラが慌ててそう答えると、エレナも軽く笑う。

「それなら精一杯手助けさせてもらうわね。期待してちょうだい」

「あー、はい」

してやられたと思いながらも、アキラは悪い気はしなかった。軽い苦笑を返して、ヨノズカ駅遺跡へエレナ達と一緒に遺物収集に行くことを受け入れる。

「えっと、それじゃあ、話を戻しますけど、どうしましょうか。エレナさんの考えだと、きな臭いところがあるんですよね？」

「そうなんだけど、ほぼ手付かずの遺跡で遺物収集をする機会を、その程度のことで捨てるってのもどうかと思うのよね」

エレナ達もハンターだ。手付かずの遺跡で大量の遺物をごっそり手に入れたいという欲はある。アキラもそれは十分に理解できた。

相談した結果、取り敢えず3日間様子を見ることになった。

その間に準備だけは済ませておいて、現地に向かい改めて状況を確認する。そしてハンター同士が遺跡内で派手に殺し合っているようなら、余所の遺跡での遺物収集に切り替える。そういうことになった。

他にも状況次第では普通に遺跡を探索したり、まだ出入口が発見されていないのであれば自分達も別の出入口を探したりしてみるなど、様々な状況を想定して一緒に計画を練る。その内容にアキラは満足していた。

エレナはサラと一緒に自宅の玄関までアキラを見送っていた。そして別れの挨拶をして帰ろうとするアキラに軽い態度で声を掛ける。

「アキラ。ちょっと聞きたいんだけど、今日の私達の格好を見てどう思う？」

「えっ？　そうですね……」

アキラが改めてエレナ達の服装を見る。問題のある姿には見えなかった。そこで服のセンスなどではなく、場に適した格好の話ではないかと思い、自分の格好を見る。

「……俺も強化服じゃなくて、普通の服で来た方が良かったですかね？」

少々見当違いの返事が返ってきたことに微妙な顔を浮かべたエレナの隣で、サラが苦笑気味に笑いながらアキラの話に乗る。

「そうね。無理強いはしないけれど、強化服を着ないと怖くて外を出歩けない、なんてことにはならないようにね。勿論、安全な場所での話よ？」

「はい。気を付けます。では」

アキラは軽く頭を下げて帰っていった。

まだ少し難しい顔を浮かべているエレナを見て、サラが意味深に微笑む。

「エレナはもう少し気を緩めた格好でも良かったかもね？」

「考えとくわ」

どこか不満げにも見える苦笑を浮かべたエレナの様子を見て、サラは楽しげに笑っていた。

◆

大型の重機がヨノズカ駅遺跡の地上部付近にある瓦礫の山の撤去作業を続けている。大きな四輪の車体の上に操縦席でもある胴体部が乗っており、そこから伸びる二本指の手で巨大な瓦礫を退かしていた。

その近くには複数の兵員輸送車が瓦礫の山を囲むように停まっており、武装した者達が周囲の警戒を続けている。30人ほどの部隊で全員若手のハンターだ。

瓦礫の山の下にはアキラによって埋められた遺跡の出入口がある。ビルを倒壊させて埋めただけあって瓦礫も大きく量もあって、そこらのハンターが強化服で撤去するのは困難だ。そこで大型の重機をわざわざここまで輸送して対処していた。

そしてそのハンター達の中には、カツヤ達の姿もあった。

「なあユミナ。この下に遺跡の入口が本当にあるのかな？」

「分からないわ。ここまで大掛かりなことをしているのだから、ミズハさんもある程度確証を持っているんだろうとは思うけど」

ミズハはドランカムの幹部で、カツヤ達の上司でもある。カツヤ達はそのミズハの指示で動いていた。

「アイリはどう思う？」

「ここに未発見の遺跡が間違いなくあるのなら、ドランカム全体が動く。私達のような若手しか動いていない時点で、少なくともドランカムは確証を得ていない」

そのアイリの言葉通り、この場にいるドランカムのハンターは若手だけ、しかも事務派閥が強く推す者達だけだった。シカラベ達のような大人は一人もいない。重機の手配もミズハが行っていた。

しかも表向きは訓練として扱われていた。ミズハから実際は未発見の遺跡の捜索であると知らされているのはカツヤ達だけだ。

以前ドランカムはクズスハラ街遺跡の地下街での騒ぎを何も無かったことにした。カツヤはそのことに大いに不満を持っており、ミズハがその詫びという形でカツヤに知らせたのだ。

アイリから否定的な意見が返ってきたが、カツヤは楽観的な意見を返す。

「でも、あるかもしれないだろう？」

「無いとは言っていない。ミズハさんが功績を若手側で独占しようとして、古参側の幹部には情報を隠していのかもしれない」

ミズハが不明確な情報で先走っているだけという

ことも考えられるが、アイリはそちらは黙っていた。

カツヤが機嫌を良くして軽く頷くと、期待を込め

た視線を瓦礫の山に向ける。

「遺跡、あると良いな」

少しずつ、だが確実に撤去の進む瓦礫の山を見て、

カツヤは期待に胸を膨らませていた。

◆

重機によって撤去の進む瓦礫の山を、遠距離から

苦々しい顔で見る男がいた。

「クソッ！　もうドランカムに占拠されてるじゃね

えか！」

男はオルソフといい、ギューバの死後、集団遺物

収集作業の新しいリーダーに任命された者だ。そし

てオルソフが次の遺物収集の場所をここにしたのは

偶然ではなかった。

「コルベ！　どういうことだ!?　何であいつらが先

に来てるんだ!?」

オルソフの情報端末を介して、今回は同行してい

ないコルベから面倒そうな声が返ってくる。

「知るか。連中も別のルートで情報を摑んで先に動

いてたってだけだろう。俺が遺跡の情報を教えて

やったのにトロトロしてたお前らの不手際だ。その

文句を俺にぶつけるんじゃねえ」

コルベの声は、最後の方は不機嫌そうなものに変

わっていた。それを聞いたオルソフがたじろぐ。

「だ、だがよう、あんなあやふやな情報ですぐに動

けってのは無理があるだろ？」

「それを含めてどう動くのか決めるのも、お前らの

リーダーであるお前の仕事だ。俺の仕事じゃねえ」

顔を険しく歪めるオルソフに、コルベが更に釘を

刺すように続ける。

「第一、俺は稼げそうな場所は無いかってお前が聞

いてきたから答えただけだ。気に入らねえなら場所

を変えろよ。お前達がどこで稼いでこようが、俺の

知ったことじゃねえ。好きにしろ」

それでコルベとの通信は切れた。オルソフは内心で不満を覚えながらも、立場の差もあり顔を険しく歪めるのが限界だった。

そこに同じ部隊の男が声を掛けてくる。

「で、オルソフ、どうするんだ？」

「……ちょっと考えさせろ。お前らはその間、周辺の探索だ。行け」

部隊のリーダーが変わって間も無いこともあり、他の者達がオルソフに従う理由はコルベから任命されたというだけだ。偉そうに、と思いながらも指示通りに動いていく。

しばらくすると周辺に他のハンター達の姿が増えてくる。ドランカムやオルソフ達の他にも何らかの手段で遺跡の情報を得た者達が集まってきたのだ。

数名のチームから十数名の部隊まで、様々な者達が情報収集機器で辺りを調べたり瓦礫を退かしたりと、明確に何かを探す行動を取っている。

その様子を自分で見たり仲間達から聞いたりしたオルソフは、行動の指針をここに未発見の遺跡があるという前提で考え直し始めていた。

（やっぱり、本当にあるのか？　ドランカムのやつらに先を越されたとはいえ、遺跡が存在すると本気で思ってるのならガキしか派遣しないのは変だと思っていたんだが……、あいつらは単に先行部隊なだけで本隊はこの後に来るのか？　クソッ！　もっと早く動いていれば……）

そのオルソフの悔やみは未発見の遺跡の存在を信じ始めている証拠でもあった。そこで情報端末に通話要求が届く。コルベからだと思ったオルソフが、その悔やみをいらだちに変えて声を荒らげる。

「コルベ！　何の用だ？」

「コルベ？　違うわ。私はヴィオラ。情報屋よ」

だが返ってきた声は、聞き覚えの無いものだった。

「情報屋？」

「ええ。集団遺物収集部隊のリーダーに繋いだつもりだったのだけど、あってる？」

「あってるが……」

「それは良かったわ。間違ってたらどうしようと思ってたの。約束通り情報を渡そうと思って連絡したんだけど、今、大丈夫？」

「約束？　何のだ？」

「あれ？　変ね。聞いてないの？　未発見の遺跡の追加情報なんだけど……、分かったわ。私からコルべに連絡を取って確認を……」

オルソフが慌てて口を挟む。

「いや、思い出した！　あれか！　別のことと勘違いしてた！　大丈夫だ！　聞くよ！」

オルソフはそのような話など聞いていない。だが聞いておいて損は無い話だと即座に判断した。

「そう？　分かったわ。まずね……」

オルソフは楽しげに嗤《わら》いながらヴィオラの話を聞いていた。


ヴィオラは都市の下位区画にある事務所から、オルソフに話を伝え終えた。

「それじゃあ、そういうことだから、お願いね」

「ああ。コルべには俺から伝えておくよ。また何かあったらこっちに直接連絡してくれ。いちいちコルべに繋ぐと面倒臭えって怒られるんだ。頼んだぜ」

「分かったわ。じゃあね」

通話を切ったヴィオラは楽しげに笑っていた。

◆

遺跡の状況を様子見する期間を終えたアキラ達は、事前の計画通りヨノズカ駅遺跡へ向かっていた。

アキラはエレナ達の車に乗せてもらっている。自身の車両は現在修理に出していた。車体が少々歪んでいたが買い換えるほどではなく、かといって短期間での修理で済ませるのは難しい程度には壊れていたのだ。

修理業者を紹介してもらったシズカには少しぶつけたとしか説明していない。その時に少し勘繰られたが、アキラの過去の無茶な行動と、アキラ自身は無傷であったことから、シズカからは車両が身代わりになったのだろうと思われて、気を付けるように注意されるだけで済んでいた。

　アキラは荒野仕様車両をレンタル業者から借りて同行しようとも考えたが、エレナ達の勧めで同乗させてもらうことになった。現地に直接向かって状況を確認するだけで終わる場合もあるので、そこまでする必要は無いと言われたのだ。

　エレナ達の車両は十分に大型で、CWH対物突撃銃とDVTSミニガンを銃座と弾薬ごと持ち込んでも余裕があったこともあり、アキラはエレナ達の好意に甘えさせてもらうことにした。

　その大型車で荒野を進んでいく。何度かモンスターと遭遇したが、アキラ達はヨノズカ駅遺跡に問題無く近付いていた。

「エレナさん。あれから遺跡の情報って何か入りました？」

「それなんだけど、情報が錯綜《さくそう》していて遺跡への入口が開いたってことぐらいしか分からなかったわ」

　それを訝しむような口調で答えたエレナの様子に、アキラが少し不思議がる。

「それぐらいしかって……、普通はもっといろいろ分かるものなんですか？」

　他のハンター達にとっては新たな遺跡が急に見付かった訳なので、他の者達へ遺跡の情報が広まらないように小細工ぐらいはするだろう。だから遺跡への入口が開いたという、未発見の遺跡が実在している証拠の話が出るだけでも、十分な内容ではないか。アキラはそう思っていた。

　エレナがアキラからそれを聞いた上で答える。

「どうなのかしらね。私達も新たな遺跡発見の機会に恵まれている訳じゃないから、そういう状況での普通を詳しく知ってる訳じゃないんだけど、私が調べた情報に何かちょっと違和感があるというか、作為を感じるのよ」

　遺跡への入口は複数ある、一つしかない。大量の遺物が見付かった、全然無かった。強力なモンスターで溢れている、全く遭遇しない。酷く狭い、とても広い。激しい戦闘が発生している、小競り合いぐらいしかない。現在ハンター達の間では、そのような情報が錯綜していた。

エレナが調べた限りでも、ヨノズカ駅遺跡に関して明確に分かるのは、遺跡が実在していることぐらいだった。

「まあ新たな遺跡の情報なんだから、外に流れている情報には誰かの作為ぐらい混じってるんでしょうけど……、何か情報が偏ってる気がするのよね」

積極的、或いは余裕も無く短慮な者達に対しては、可能な限り急いで遺跡に向かわなければ先を越されて手遅れになる、だから急げ。

消極的、或いは余裕を持った行動を取れる者達に対しては、ちゃんと情報を精査してしっかり準備をしてからでないと危ない、だから急ぐな。

エレナには何となくだが、現在流れているヨノズカ駅遺跡の情報には、遺跡に向かおうとするハンター達を、その両者に二分させようとする意図があるように思えた。

そうすると前者の者達は既に遺跡に殺到していて、後者の者達の到着は大分遅れることになる。

それならば遺跡は今、余裕も無く短慮な判断しか出来ない者達が、大量の遺物を荒野の理を以て奪い合う状況になっているだろう。余裕のある強力な者達が遺跡に到着することで遺跡内に秩序をもたらすのは大分遅れるはずだ。エレナはそう考えていた。

アキラ達はその前者でも後者でもないタイミングでヨノズカ駅遺跡に向かっている。これは事前に様子見をする期間を決めていたからだ。

今から決め直すのであれば、エレナは後者のタイミングで遺跡に行く。そうしないのは、どちらかといえば前者であろうアキラを、これ以上待たせるのはどうかと思ったからでもあった。

「まあ、これは私の予想であって、現地に行かないと本当のところは分からないわ。アキラ。そういう訳だから、私達は私達で注意深く行きましょう」

「分かりました」

アキラのはっきりとした素直な返事を聞いて、エレナは表情を緩ませた。そこでサラがふと思う。

「そういえばアキラの車両が故障した理由って何なの？　前を酷くぶつけたって聞いたけど、もしかして、荒野でモンスターでも轢《ひ》いた？」

「あー、そんな感じです」

アキラが微妙に笑ってごまかしながらそう答えると、サラは軽く吹き出したように笑った。

「アキラ。もし自分から轢いたんであれば、幾ら荒野仕様車両だからって、そういう真似はやめといた方が良いわよ？　知ってると思うけど、意外に衝撃が強いからね」

「は、はあ……、そうですね」

サラがアキラの態度から予想が当たったと笑っていると、エレナが笑って口を出す。

「そうよアキラ。前にサラがレンタル車両でそれをやって、大変なことになったんだから」

アキラが思わず視線をサラに向けると、サラは笑ってごまかしながら目を泳がせた。

「大変なことって、何があったんですか？」

「えっとね、サラがモンスターを倒すのを面倒臭がって……」

「アキラ！　そんなことよりモンスターが出たわ！　新装備でのアキラの実力を私達が知る良い機会だから、一つお願いね」

「分かりました」

ごまかされていることは分かっているが、アキラは笑ってCWH対物突撃銃を握った。どことなく安堵した様子のサラを見て、エレナは苦笑を零していた。

アキラが目標に向けて銃を構えながら頼む。

『アルファ。外れそうならサポートしてくれ』

『了解よ。確実に一発で倒せるようにしっかりサポートしても良いのよ？』

『いや、そこまでしなくてもいい。エレナさん達に今更俺の自力での実力を見せても変に思われるし、でも全くサポート無しってのもそれはそれで変だろうからな』

『分かったわ。それなら私に出来る限りサポートさせないように、頑張りなさい』

『分かってる』

照準器越しの視界の中で目標を指差しながら笑っているアルファを見ながら、アキラは集中して標的を狙う。

敵は直径1メートルほどの金属球だ。その球体の一部を切り開いて生やした足で荒野をさまよっている。意識の中で世界の流れを緩め、的の動きを相対的に遅くさせながら、引き金を引いた。

撃ち出された徹甲弾が機械系モンスターの中央、球形の胴体の真ん中に命中する。カメラ、もしくは何らかの可視エネルギー体の発射部のような円形のレンズが割れ砕けた。

足が胴体部から伝わった衝撃に耐え切れず折れていく。支えを失った丸い本体部が、機能を停止した状態で地面を転がった。

その様子を見たサラが声を上げる。

「お見事！　アキラ。やるじゃない」

『アルファ。何かサポートしたか？』

『いいえ。してないわ』

偶然ではあってても自力で命中させたことを理解して、アキラもサラの称賛を笑って受け入れた。

「ありがとうございます」

「じゃあ、次は私達の番ね。エレナ。データ送って」

「分かったわ」

サラが銃を構え、エレナが照準を補正して、銃口から弾丸が標的へ一直線に飛んでいく。高速の銃弾が敵の丸い胴体部を貫き、同じ機械系モンスターを一発で大破させた。

「お見事です」

「まあ、私達もこれぐらいわね」

アキラからの称賛をエレナ達も笑って受け入れた。だがエレナは内心で少し怪訝に思っていた。あのような機械系モンスターがこの辺りにいる情報など、今までどこにも無かったのだ。

◆

ヨノズカ駅遺跡付近に到着したアキラ達は周囲の光景に驚きを隠せなかった。

生物系モンスターが無数の銃弾を浴びて屍《しかばね》と化して転がっている。機械系モンスターが装甲を穴だらけにした残骸に変わっている。その大量の死体と残骸に交じって、重機や車両の残骸とハンター達の死体が散乱していた。大規模な戦闘の痕跡だ。

そしてアキラは死体と残骸が多く散らばる場所の近くに穴を見付けた。それは遺跡の出入口だったが、以前にアキラが瓦礫の山で埋めたものではなかった。

車から降りて銃を構えながら奥を覗き込むと、瓦礫交じりの土砂の先に階段が見えた。つまりこの出入口はその土砂から掘り起こされたことになる。単に瓦礫を退かしただけのアキラの時とは状況が大分違っていた。

「エレナさん。どうします？」

「まずは周辺を見て回りましょう。遺跡が地下にあるとはいえ、この状況だと先に地上部の地図作りから始めた方が良いかもしれないわ」

「分かりました」

アキラ達はエレナの判断に従って、各自の情報収集機器で地上の状況を調べ始めた。

地上部をしばらく調査すると、遺跡の出入口と思われるものが複数見付かる。中には直径5メートルほどはある垂直の穴まであった。

そして至る所にハンターの死体が転がっている。モンスターの死体や残骸の量から判断して、ハンター側の火力は手付かずの遺跡での遺物収集に備えた十分に高いものだったことが分かった。その上で必死に応戦し、負けたのだ。

サラがそのモンスターの一部を見て唸っていた。アキラがそれに気付いて声を掛ける。

「サラさん。どうかしたんですか？」

「ん？　散らばってるモンスターの中に見覚えのあるやつが交じってたんだけど、この辺にはいない種類のはずだと思ったの」

サラがそう言って指差したのは、全長1メートルはある大型の蜘蛛《くも》に似た死体だった。まるでサイボーグのように部分的に機械になっており、体の各部位も通常の蜘蛛とは異なっている。一見すると蜘蛛に見えるだけで、蜘蛛型の何かでしかない。

「見覚えはあるんですよね？　どれぐらい強いんですか？」

「個体差が大きいから、まちまちってところね。クズスハラ街遺跡で仮設基地建設関連の警備をしていた時に倒したやつは、私達でもちょっときついぐらいには強かったわ」

「そんなに強いんですか」

「遺跡のそこそこ奥側に棲息しているやつだからね。……そんな種類のモンスターがこの辺りの荒野に棲息するようなら、下手をすると一帯のモンスターの分布が大きく変わるんだけど……」

アキラは周囲を見渡して他のモンスターの死体を確認する。同種の死体は転がっていなかった。

「他には見当たりませんね。この個体だけ何らかの理由で紛れてただけってことでしょうか」

「取り敢えず、こういうモンスターもいたってことを覚えておいて、警戒しておきましょう」

「はい」


その後もアキラ達は周辺の調査を続けて、地上部の地図を1時間ほどで大体作り終えると、遺跡の出入口付近、アキラが瓦礫の山で埋めた場所に向かった。

埋めたはずの出入口は完全に露出していた。周囲には大破した重機と車両が転がっている。そしてモンスターとハンター達の死体も大量に転がっていた。しかも心做しか他の場所よりも死体の量が多かった。

既に状況は事前の予想を大きく超えている。以前にヨノズカ駅遺跡の中に入ったことがあるという利点は、既にほぼ消失したと考えて良い。それは全員が理解している。

それでも遺跡に入るのであれば、他の出入口よりここから入るのが適している。以前に作成した遺跡内の地図はここから入って作ったものであり、内部の状況が完全に未知の状態より幾分ましだからだ。

その出入口の前でアキラ達はここから進むのか、戻るのかを決めることになった。全員が様々な理由で迷っていたが、そこでエレナがアキラの遠慮に気付き、軽い口調で尋ねる。

「アキラ。もしここにアキラ一人で来ていたとしたら、アキラはどうする？」

「俺一人だった場合ですか？　そうですね……、折角ここまで来たんだから、まあ、入ってみますね」

自分にはアルファのサポートがある。中で何か問題が起こっても、その時はきっとアルファにそれ以上進むのを止められるだろうし、その時点で引き返せば大丈夫だろう。アキラはその程度の考えで答えていた。

するとそれを聞いたエレナ達が顔を見合わせる。そしてわずかに嬉しそうな、それでも微妙な苦笑を浮かべると、アキラの方へ顔を戻した。

そしてサラが敢えてはっきりと言い切る。

「分かったわ。じゃあ入りましょう」

「えっ？　じゃあって、俺がそう言ったからってそれで決めてしまうのは……」

困惑しているアキラに、エレナも少し力強い笑顔を向ける。

「私達の身を案じて、やめとこうかなーって思ってくれるのは嬉しいんだけどね？　私達もハンターで、一応アキラより経験も長い先輩なの。だから、こう言っては悪いけど、そういう足手纏い扱いをされるとね、気遣いでも微妙な気持ちになるのよ。分かってくれる？」

エレナ達はアキラの気遣いを嬉しく思う気持ちの方が強かった。だがエレナはここは敢えて微妙な気持ちの方を強調した。

「その、そういうつもりは無かったんですけど……」

そう言って少々たじろぐアキラに向けて、サラが調子良く笑う。

「それならそれで良いじゃない。アキラが私達を足手纏いとは思っていないのなら、アキラ一人で行くより楽で安全でしょう？　違う？」

アキラは自分だけなら迷わず進むが、エレナ達をそれに巻き込むのはどうだろうと思って躊躇していた。だが気にする必要は無いと気遣ってくれたエレナ達の態度に笑って気を切り替える。

「違いません。分かりました。行きましょう」

これによりアキラ達はヨノズカ駅遺跡の再探索を全員笑って決断した。

◆

遺跡に入る準備を終えたアキラ達が、以前も通った長い階段を下りていく。

アキラは弾薬の詰まったリュックサックを背負い、それぞれの手にCWH対物突撃銃とDVTSミニガンを握っている。その重量は強化服の身体能力で支えているので問題無いが、荷物が多いことに違いは無く、前回とは様相が大きく変わった階段を下りるのに少々苦労していた。

階段は前回とは異なり、地下にもかかわらず十分に明るい。影の形で上からの光だと分かるが、見上げても光源のようなものは見当たらない。前回アキラ達が設置した照明は床に残ったままだったが、戦闘の余波で壊れていた。

そして周囲には倒されたモンスターが多数転がっていた。激しい攻撃で原形を失っている個体も多い。壁や床、天井に至るまで着弾の痕があり、爆発物の痕跡も多く、明るい分だけよく見えた。

エレナがその様子を見て推察する。

「この遺跡、まだ機能が生きていたのね。それに銃弾の痕から考えて出入口側に撃ってる。つまり遺跡の中に入ってきたモンスターを、ハンター達がもっと奥側から倒そうとしたんでしょうけど……」

アキラも少し考える。

「モンスターが遺跡の奥まで入った所為で、遺跡の機能が動き出したってことですか？」

「そうかもしれないし、奥まで行ったハンターが何かした所為かもしれないわ。モンスターに追われて逃げて、そのまま遺跡の奥までモンスターを連れていってしまったってことも含めてね」

「そうすると、もう遺跡の奥までモンスターがうろついてるかもしれないのか。……折角モンスターのいない遺跡だったのに、台無しだな」

そう嘆くアキラを軽く励ますようにサラが笑う。

「まあ遺跡なんて普通はそんなものよ。ここは普通の遺物収集になったと思っておきましょう」

警戒を続けながら階段を下りて通路に辿り着いた後は、以前に作成した地図を頼りに当面の目的地を目指す。その途中、エレナが少し険しい顔を浮かべた。

「どうしたんですか？」

「通路の一部が閉じられているのよ。照明と合わせて遺跡の何らかの機能が動いた影響なんでしょうけど、これでマップの精度が大分落ちたわ」

サラが周囲を見渡して軽く笑う。

「他にも道はあるし、大丈夫よ」

「そうね。行きましょうか」

地図を適宜修正しながら進むと、以前に位置だけ調べて遺物には手を付けなかった商店街の跡に辿り着く。その場もハンターとモンスターの交戦の痕で溢れていた。そしてエレナが顔を引き締める。

「サラ。アキラ。前から反応。モンスターよ」

「分かったわ」

「了解です」

サラとアキラが銃を構えてエレナの左右に立ち、迎撃の態勢を取る。エレナも銃を構えて、情報収集機器の優先索敵範囲を前方に切り替えた。

そして奥から生物系モンスターの群れがやってくる。獣や爬虫類はおろか、昆虫や植物までが唸り声を上げながら各自の移動方法で床を蹴って殺到する。

走り方を覚えた肉食植物が太い根を足のように動かして走っている。生体部分が腐敗した所為で機械部品を露出させたサイボーグ獣が大口を開けて駆けている。大人の腰の高さほどはある大型の虫が多脚で壁や天井を這《は》い、似たような大きさのトカゲがその横に続いていた。

エレナは情報収集機器でそれらのモンスターを素早く認識し、機銃を生やした個体など優先して撃破する必要がある敵を見分けていく。そしてその情報をサラとアキラに伝えて効率的な戦闘を指示する。

アキラ達がその指示に従い、派手な砲火を遠慮無く放つ。濃密な弾幕が敵を粉砕する為に空間を埋め尽くしながらモンスターの群れに直撃し、強力な弾丸でその原形を消失させた。

アキラのDVTSミニガンの拡張弾倉は、前回よりも高価な品に変えてある。倍以上になった値段相応に威力も弾数も向上しており、弾薬費に目を瞑れば火力は十分だ。

その弾幕に耐える個体には、CWH対物突撃銃から撃ち出された徹甲弾が弱点部位に正確無比に突き刺さる。装甲を貫き、分厚い筋肉の鎧を引き千切り、それらに守られた重要な器官を破壊していく。

加えて今のアキラはアルファのサポートをしっかりと受けて戦っている。全ての弾丸が最大効率で敵の群れを蹂躙《じゅうりん》していた。

サラはそのアキラの様子を見て軽く舌を巻いていた。

「アキラ！　そっちは大丈夫？」

「大丈夫です！　問題ありません！」

「そう！　クズスハラ街遺跡の奥で見掛けるようなモンスターが結構交じってるんだけど、それでその余裕なら大したものだわ！」

「えっ？　そんなに多く交じってるんですか!?」

「そうよ！　何でなのかは知らないけどね！」

「分かりました！　気を付けます！」

アキラの元気の良い返事を聞いて、サラは先輩として負けていられないと、更に苛烈に責め立てた。

ミニガンと同じく本来は携帯して使用するのは無理がある自動擲弾銃を、身体強化拡張者の身体能力で軽々と構える。そして複数の擲弾を群れの奥へ向けて連射した。連続する爆発が敵の群れを呑み込み消し飛ばしていく。

「サラさん!?　それ、こういう場所で使って大丈夫なんですか!?」

「大丈夫よ！　遺跡も旧世界製なのよ？　結構頑丈だから、気にすることはないわ」

アキラはわずかに悩んだが、クズスハラ街遺跡の建物の壁にCWH対物突撃銃の専用弾を直撃させてもひびぐらいしか入らなかったことを思い出すと、まあそうかと考えて、それ以上気にするのはやめることにした。

その時、爆風で吹き飛ばされたモンスターが運悪くエレナの方に飛んできた。エレナがそれを回し蹴りで横に弾《はじ》き飛《と》ばしてから文句を言う。

「サラ！　幾ら建物が頑丈だからって、もうちょっと気を付けて撃って！」

「エレナ！　ごめん！」

「全く……」

笑って謝るサラを見て、エレナは軽く溜め息を吐いた。その様子から余裕を感じ取ったアキラは、エレナ達を巻き込むと考えて気を使う必要は無かったと思い、軽く笑った。

アキラ達はそのままモンスターの群れを撃退した。エレナが10秒ほど様子を見て追加の気配も無いことを確認すると、表情を緩めて戦闘終了を告げる。

「よし。終わったわ。あの数にしては楽に倒せたけど、数だけは多かったわね」

「そうですね。その所為でこっちも弾薬費が結構掛かってしまいました」

周辺はほぼ直線の構造で、群れはその奥から迫ってきていた。そのおかげで基本的に遠距離から銃撃するだけで済んだのだが、弾薬の消費は避けられない。ミニガンなどを使用すれば尚更だ。

苦笑でごまかせる程度には弾薬費の心配を顔に出しているアキラを見て、エレナが元気付けるように笑う。

「そうね。その弾薬費を取り戻す為にも、ここで遺物収集に励んでおきましょうか」

商店の跡の数から考えれば、相当な量の遺物を期待できるだろう。エレナはそう伝えるように笑ったのだが、全員で辺りを見渡すと、その笑顔が苦笑に近いものに変わっていく。

「……まあ、探せば残ってるわよ」

到着前、既に激しい戦闘の痕で溢れていたところに、今し方、更なる激戦を浴びせたばかりだ。遺跡そのものが旧世界製で頑丈であっても、そこにある商店や遺物まで頑丈とは限らない。いろいろと台無しにしてしまった恐れはそれなりに存在していた。

アキラ達は顔を見合わせて苦笑を浮かべると、遺物収集に取りかかった。

第82話　遺跡の警備装置

　アキラ達が先程戦闘を終えたばかりの商店街跡で遺物収集に勤《いそ》しむ。遺跡の状態が当初の想定とは大分異なっているとしても、ハンターとして稼ぎに来たことに違いは無い。遺物をしっかりと手に入れて収支を黒字にしなければならない。

　半壊した商店跡から瓦礫を退かし、モンスターやハンターの死体も一緒に退かして遺物を探していく。幸いなことに遺物はアキラ達が意外に思うほどしっかりと残っていた。

　それでも戦闘の余波で無事とは呼べない状態の遺物も多い。アキラが女性物の下着を見付けて摘まみ上げる。着弾により包装が破損しており、モンスターなどの血が染《し》み込《こ》んでしまっていた。

　これを持ち帰っても金にはならないだろう。そう考えて近くの瓦礫の上に除けると、それをサラに気付かれる。

「アキラ。それ、要らないなら貰っても良い？」

「えっ？　こんな状態ですよ？」

　そこでアキラは以前にサラが下着に餓えていると言われていたのを思い出した。ここまで酷い状態の物すら必要なほどに切羽詰まっているのかと、意外そうに顔に出してしまう。

　サラがそれを見て苦笑する。

「言っておくけれど、私もそれをそのまま使おうなんて思ってないわ。専用の修繕業者に出すのよ。運が良ければ新品同様になるし、普通に買うよりは安く済むわ。状態によっては、そのまま業者が買い取る場合もあるのよ？」

「ああ、そういうことですか。それならどうぞ」

「ありがと」

　サラはその下着を透明な袋に詰めてから、自身のリュックサックに入れた。その様子を見て、アキラが少し不思議そうにする。

「サラさん。その袋は別に用意してたんですか？」

「ん？　まあね。アキラは使わない方なの？　旧世界製の包装は確かに丈夫だけど劣化の進んでいるものも多いし、ちょっと高いやつなら多少は使い回せるから、アキラも使った方が良いと思うわよ」

サラはそう言ってから、アキラの様子を見て話が通じていないことに気付いた。

「アキラ。この袋が何か分かる？」

「何って、袋、ですよね？」

「まあそうなんだけど、正確には遺物の保存袋よ」

遺物保存袋はハンター用の遺物運搬用具の一種だ。遺物には壊れやすい物も多く、専用の保存袋も数多く販売されている。精密機械を振動から守るものもあれば、銃撃すら防ぐ高級品もある。そこそこ値段がするのだが、遺物の質を保って高く売る為の一手間として広く使用されていた。

もっとも面倒だからと使わない者も多く、別に必需品ではない。サラも初めは単にアキラがその手間を面倒臭いと考える方だと思っていた。だがそもそも遺物保存袋の存在を知らなかったとは予想外だった。

「そういうものもあるんですか。うーん。俺も買った方が良いかな」

「こういう汚れた遺物を運ぶ時にも便利だし、買って損は無いわよ。でも元々包装されている物を詰め替えるのはやめておきなさい。旧世界製の包装の方が高性能なことが多いからね」

「なるほど。分かりました」

他のハンターと一緒に遺物収集をする機会がそれなりにあれば、或いは遺物の取り扱いについて話す機会があれば、普通は遺物保存袋の知識を得る契機ぐらい十分にある。

だがアキラにはその普通が無かった。サラはそれを不憫に思いわずかに顔を陰らせたが、すぐに気を切り替えた。敢えて先輩風を吹かせて笑う。

「よし。折角だから、そういうハンター稼業での小ネタを教えておきましょうか。そう。先輩としてね」

「そうですか？　それじゃあ、お願いします」

アキラは気付かずに笑って返した。そして途中で加わったエレナからもアキラの生活では得る機会が極端に少ない知識を教えてもらいながら、一緒に遺物収集を続けた。

◆

一度の戦闘と一度の遺物収集を済ませたアキラ達は、それだけでかなりの成果を稼ぎ終えた。

そしてアキラ達の余力は十分に残っている。よって進むか戻るかの決断が再び必要になった。更に進み、余力を更なる稼ぎに注ぎ込むか。引き返し、余力を安全に注ぎ込むか。どちらも間違いではない。

エレナが情報の共有を兼ねて二人に尋ねる。

「さて、どうする？　この遺物の量から判断して、ここはまだまだ手付かずの状態と考えていいわ。もう少し頑張れば、もっと稼げる可能性は高いはずよ」

アキラが更に奥の方、先程モンスターの群れが現れた通路の先を見る。以前に地図を作製した時の記憶では、その先には少し遠いが別の商店街跡があった。そこまで行って調べる価値は十分にある。

「いつもなら私が先にそう言ってエレナに止められるところだけど、今日はエレナが先に言った理由を聞いても良い？」

「今回に限っては、また来れば良い、が通じないからよ。次に来た時は、ここはもう確実に手付かずの遺跡ではなくなっているから」

今回の遺物収集をここで切り上げると、エレナ達のハンター稼業の感覚では、次にここに来るのは今日の疲労をしっかり取って遺物収集の準備を再び済ませた後となり、最短でも3日後となる。

その時は既に、今は情報不足だと判断していた者達も準備を終えて遺跡に向かった後だ。軽い探索で大量の遺物が手に入る手付かずの状態のままだとは考え難い。

付け加えれば、今は先行したハンター達がモンスター達を相打ちになってまで倒し終えてくれた後であり、後続が遺物収集に励むのには最適な状態である可能性もあるのだ。

その機会をわずかな安全の為にむざむざ捨てるのは、エレナも流石に割に合わないと思っていた。

その話を聞いたアキラがエレナ達と一緒に悩む。

しかし遺跡の中で長々と考え続ける訳にもいかない。

そこで案を出す。

「次の商店街跡まで調べるってのはどうですか？　遺物収集はそこまで。そしてそこの成果にかかわらず帰還するってことで」

エレナがちょっとした懸念を覚えて一応確認を取る。

「それも良いと思うけど、そう考えた理由は？」

「運良く次も遺物収集が上手くいけば、そこにどれだけ遺物が残っていても、俺達が持ち帰れる量の限界になると思います。大して遺物が残っていなければ、今回の運はそこまでだったってことにして、さっさと帰りましょう」

エレナはアキラの態度から、その理由に裏は無いと判断した。

「分かったわ。そうしましょうか。サラもそれで良い？」

「良いんじゃない？　折角の機会なんだもの。もう一稼ぎしておきましょう」

アキラ達は軽く頷いて、遺跡の更に奥を目指して歩き出した。

サラが小声でエレナに尋ねる。

「それで、さっきのは何だったの？」

「ん？　ほら、以前に地下街でアキラが私達を突然急かしたことがあったでしょう？　またそういうことかなって、ちょっと確認しただけ」

「ああ、そういうこと」

エレナ達はそれで懸念を捨て去った。

アルファが意図的に黙っていたかどうかなど、エレナ達はおろかアキラにも分かるはずが無かった。

◆

更に奥に進むことになったアキラ達が次の商店街跡に辿り着く。通路の一部が閉じられていた所為で少々遠回りを強いられたり、途中で数体のモンスターと遭遇したりしたことで多少時間は掛かったものの、問題無く目的地に到着した。

その場所にもハンターとモンスターの死体が転がっていた。死体の数の比率からハンター達の奮戦振りが窺えるが、酷い有様《ありさま》の結果で終わったことに違いは無い。

そして周辺の確認中にエレナが警戒を促す。

「アキラ。サラ。反応があったわ。注意して」

アキラ達が反応の方向へ銃を向ける。その先には倉庫の搬入口のような扉があった。扉は動作に支障が出るほどに歪んでおり、わずかに開いていた。

そしてその隙間から声がする。

「おーい！　誰かいるのか！　いるんだろう!?　返事をしてくれ！」

アキラ達が軽く顔を見合わせてから扉に近付くと、扉の隙間からアキラ達の姿を発見した男が歓喜の声を上げる。

「やった！　助かった！　頼む！　助けてくれ！　この扉を開けてくれ！」

男はレビンというハンターで、扉の中に逃げ込んだ者達のリーダーだ。そして逃げ込んだは良いが、戦闘の余波で扉が歪んで開かなくなってしまい、途方に暮れていたところだった。

このまま遺跡の中で息絶えるのは嫌だと、扉の隙間から他のハンターが来るのをずっと待っていたのだ。

ようやく助けが来たと喜びを露わにするレビンとは対照的に、エレナは警戒を解かずにいた。扉越しの相手へ注意深く尋ねる。

「そんな所で何やってるの？」

「モンスターに襲われてここに逃げ込んだんだが、開かなくなったんだ！」

「そっちの中はどうなってるの？　結構広い？　そこには何人いるの？」

「えっ？　まあ、結構広い。多分何かの倉庫とかだと思う。人数は俺を含めて5人だ。そんなことどうでも良いだろう。開けてくれ」

「5人か……。随分少ないわね」

「そうか？　遺物収集のチームならそんなもんだろう。まあどっかのハンター徒党とかならもっと多いんだろうけどさ」

「そうじゃなくて、外の死体の数より随分少ないってことよ。他の人達を見捨てて自分達だけそこに逃げ込んだわね？」

エレナが扉の隙間を通してきつい視線を送ると、レビンが扉の反対側で大きくたじろいだ。

「そ、それは仕方が無かったんだ！　戦力差は絶望的で真面に戦っても勝ち目は無かったし、この扉の近くにいた俺達しか逃げ込む余裕は無かった！」

男はそう言い訳すると、更に言い訳を重ねる。

「それに俺には、チームのリーダーとして仲間の命を優先する義務があった！　偶然近くにいただけの同業者の為に仲間の命を危険に晒す訳にはいかなかったんだ！　分かるだろ？」

「なるほどね。確かにそれは仕方無いわ」

「だ、だろう？」

「だから私達があなた達を見捨てても仕方無いと思ってくれる？　悪いけど、私も仲間の命を優先したいから、不用意に他のハンターと接触する機会は減らしておきたいの。襲われたくないからね」

「じょ、冗談だろ？　勘弁してくれ！」

レビンは焦りながら悲痛な声を上げた。

エレナはそのレビンの様子から、相手は本当に困っており突然強盗になる恐れも低いと判断して、少し警戒を緩めた。

「それで、本当にどうする？」

「まあ、扉を開けるぐらいはしてもいいんじゃない？」

「そうですね。良いと思います」

サラの意見にアキラが賛同し、エレナも軽く頷いた。

アキラ達は全員、助けても無害であれば、助けるぐらいはしても良いと思っていた。エレナとサラはその善良さで、アキラはこの善行を幸運の足しにしようという考えで、意見を一致はさせていた。

荒野は非情な場所ではあるが、不必要に非情である必要など無い。そしてどの程度非情でなければならないかは、状況と当人の余裕や強さで決まる。

この状況で見知らぬ者を警戒しながらも助けられる程度にはエレナ達は強く、アキラはその強さを肯定した。

「それで、どうやって開けましょうか」

「そうねぇ……」

サラは扉を見て不敵に笑った。

「蹴破りましょう」

そして扉の前に立ち、レビン達へ大きな声で告げる。

「危ないから扉から離れていなさい！　一緒に吹き飛ばされたくなかったらね！」

レビンが扉から慌てて離れると、サラの痛烈な蹴りが扉に叩き込まれた。その威力を想像させる轟音が響き、扉の軋みが大きくなる。

ナノマシン補助系身体強化拡張者であるサラは、より高性能なナノマシンを使用することで身体能力を向上させていた。旧世界製の下着を貪欲に求めるようになったのは、その所為で安い下着では駄目になるまでの期間が短くなったからでもあった。

防護服もその身体能力に耐えられる物に買い換えている。そのおかげでサラは扉を全く問題無く蹴り飛ばすことが出来る。旧世界製の頑丈な扉が軋み、更に歪むほどの衝撃を加えても、その防護性能の高さで着用者を守っているのだ。

サラが続けて痛烈な蹴りを放つ。更なる衝撃により扉の歪みがより酷くなったが、扉はまだ十分に空間を隔てる役目を果たしていた。

「思ったより頑丈ね」

扉の想像以上の抵抗にサラが少し意外そうな顔を浮かべていると、その隣にアキラが立った。そして視線だけで意図を伝え、察したように互いに軽く笑い、構えを取り、同時に蹴りを放った。

常人では持ち運ぶのも難しい重火器を容易く扱う身体能力で繰り出された蹴りの威力は凄まじい。それを二人分、同時に喰らった衝撃は、幾ら頑丈な旧世界製の扉といっても耐え切れるものではなかった。既に破損で脆くなっていたこともあり、一気に蹴破られた。

アキラとサラが満足げな顔で中を見る。レビン達はひしゃげた扉とアキラ達を見比べて顔を引きつらせていた。

ようやく倉庫の外に出られたレビン達だったが、その顔に浮かぶ安堵の色は薄い。まだ遺跡の中にいることに違いは無く、周囲に散らばるハンターとモンスターの死体が現状の危険性をありありと示しているからだ。加えてつい先程、アキラ達が実力の差を分からせるように頑丈な扉を派手に蹴破った後だからでもあった。

それでも本心の感謝と、保身と、相手を不用意に刺激しない為にレビンが仲間達と一緒に笑って礼を言う。

「ありがとう。助かった。あのまま出られなかったらどうしようと思ってたところだったんだ」

エレナも笑って返す。

「どういたしまして」

そして、その笑顔のまま続ける。

「じゃあ悪いけど、すぐに私達から離れてちょうだい。遺跡の中で知り合いでもないハンターと仲良く一緒に遺物収集をするつもりは無いの」

「そ、そうか……」

レビンがたじろぎながら周囲をもう一度見る。

「……その前に、遺跡の外の状況とか、ここに来るまでの様子とかを聞いても良いか？」

遺跡の外もモンスターとハンターの死体で溢れており、この場と大して違いは無いこと。自分達は途中で一度モンスターの群れを倒してここまで来たこと。レビンはそれらの話をエレナから聞いて表情を険しくした。そして出来る限り愛想良く笑う。

「そんなに危険な状況なら、これも何かの縁ってことで、俺達と一緒に遺物収集をするってのは……」

「嫌よ。そっちの事情は分かるけど、他のハンターを見捨てて自分達だけ隠れてた人達と途中で組むとでも思ってるの？」

「だよなぁ……」

エレナから少しきつい視線を向けられて、レビンは苦笑いを浮かべた。

「分かったらもう行って。少なくとも、私達がこれだけ遠ければ大丈夫だろうと判断するぐらいには十分離れてちょうだい。これだけ言っても近くをうろちょろしていたら、私達を襲おうとしているとみなすからね」

険しい表情で仲間と顔を見合わせるだけで一向に立ち去ろうとしないレビン達の態度に、サラが警告を兼ねて告げる。

「悪いけど、私達にもいろいろあってね。結構疑い深くなってるの。このまま離れないようなら疑うわよ？　……それとも、ここでやる気？」

笑顔を消して威圧を始めたエレナ達にレビン達がたじろぐ。しかし残弾も少なく、自力で地上まで戻れるかどうかは怪しい状況だ。加えてエレナから聞いた地上の様子から考えると、自分達の車両が無事な可能性も低い。レビン達は何とかエレナ達に同行して都市まで戻りたかった。

そこで小声で相談した後、代表であるレビンが顔を引き締め、自分達の生き残りを賭けてエレナ達との交渉を始めた。

「分かった。それならこの場で緊急依頼を出す。頼む。受けてくれ。俺達も死にたくねえ。報酬は出来る限り考慮する。どうだ？」

エレナとサラは予想外の提案に少々困惑しながら顔を見合わせた。

「どうだって言われても……」

「ねぇ……」

そしてエレナが情報端末を取り出して通信状況を確認する。地下で遺跡の中ということもあり、ハンターオフィスには繋がらなかった。

「一応言っておくけど、圏外だからここでは正式な依頼の処理が出来ないって考えで適当なことを言うと、後悔するわよ？」

すると、流石にレビンも顔を不満そうに険しくした。

「俺もハンターだ。ハンターオフィスを介する緊急依頼を口にする意味は分かってる」

正式な依頼手続き処理の前であり、現時点では口約束にすぎないとしても、虚偽の依頼がハンターオフィスへの詐欺になることに違いは無い。そこらの口約束とは重みが違う。レビンが表情を不機嫌そうに歪めるだけの根拠があった。

そうするとエレナ達もハンターだ。依頼を受ける考慮の余地が生まれる。それがエレナ達の態度に出たのを見て、レビンがすかさず話を進めようとする。

「それで報酬だが、そうだな、そっちは3人だから一人100万オーラムとして、300万オーラムでどうだ？」

だがエレナは話にならないという顔を浮かべた。

「何言ってるのよ。そっちは5人でしょう？　だから……」

「500万か？」

レビンは高いとは思いながらも、背に腹は代えられないとも考えて、価格交渉が出来る状態にまで取引が進んだことに内心で安堵していた。

だがそれを続く言葉が覆す。

「5000万よ」

レビン達の顔が一気に驚きに染まった。そしてレビンが慌てて訴える。

「ちょ、ちょっと待ってくれ！　流石にそれはねえだろう!?」

「緊急依頼の報酬が割高になるのは当然でしょう？　無理強いはしないわ。嫌なら自力で戻りなさい」

「だ、だからって……」

「それにこの遺跡がヤバい状況なのはあなた達の方が分かってるはずよ？　だから他のハンターを見捨ててまで逃げたんでしょう？　それに私達が助けなければずっと閉じ込められていたのよ？　その状況から都市まで無事に帰る代金が、一人100万オーラムで足りる訳無いでしょう」

畳み掛けるようにエレナの説明が続く。

「私達も依頼として受ける以上はしっかりやるわ。でも帰りにどの程度の量のモンスターと遭遇するのかも分からないのよ？　300万オーラムなんて、下手をすれば弾薬含めた経費だけで赤字になるわ」

レビンはろくに反論も出来ずに追い詰められていく。

「あの扉をこじ開けられなかったってことは、強化服も着てないんでしょう？　そんな装備でここまで来た人を守りながら帰るのよ？　緊急依頼の報酬だから割高にしているのは認めるけど、話にならない額だとは思わないわ。違う？」

　エレナの攻勢に、レビンはたじたじになっていた。


　アキラはエレナとレビンの交渉の様子を興味深く見ていた。そこでアルファから少し真面目な口調で声を掛けられる。

『アキラ。向こうを警戒して』

　アキラは反射的にその方向へ銃を構えた。わずかに遅れてエレナ達が、更に遅れてレビン達が警戒態勢を取る。

『アルファ。モンスターか？』

『違うわ。人よ。でも移動速度から考えて走っているわ。モンスターに追われているかどうかまでは、ここからだと情報収集機器の精度が低くて不明よ』

『了解だ』

　アキラが銃口を向けている先は曲がり角だ。角の向こうは情報収集機器の探知範囲外であり、アルファのサポートでも透過表示で見ることは出来ない。落ち着いて相手が来るのを待つ。

　エレナも何かが近付いてくる反応を自身の情報収集機器で捉えた。それによりアキラの早すぎる反応を少し不思議に思ったが、クズスハラ街遺跡の地下街でもあったことだと考え直し、今はその疑問を棚上げした。

　そして通路の角から現れたものを見て、アキラ達が思わず怪訝な驚きを顔に浮かべる。それは流れ弾であり、実弾ではなく、宙を飛ぶ短い光の線だった。

　その光線が遺跡の壁に着弾し、爆発を引き起こす。少なくともアキラにはそう見えた。

『アルファ！　あれなんだ⁉』

『いわゆるレーザー弾ね。指向性を持つ高エネルギーが大気中の色無しの霧に反応しながら伝播しているのよ。その反応でエネルギーの一部が光に変換されて長く伸びた光弾のように見えるの。爆発のように見えるのも実際には……』

『とにかく、喰らったら不味いってことで良いんだよな？』

『対応する力場装甲《フォースフィールドアーマー》でも使わないと負傷は免れ

ないわね』

『了解だ！』

通路の角から飛び出してくるレーザー弾の量が増えていく。誰かが何かにそのレーザー弾で狙われているのはアキラの目にも明らかだった。

そしてその誰かが角を曲がってアキラ達の方へ必死に走ってくる。その人物が誰か気付いたアキラは驚きを顔に出した。

「あいつは……！」

角から出てきたのはユミナだった。

ユミナが角を曲がると、目標が射程外に出たことでレーザー弾の発射も止まる。すると少し間を開けて、角から直径1メートルほどの金属製の球体が勢い良く転がりながら複数飛び出してきた。

そしてその金属球が表面から足を生やし、床を擦って滑りながら自身の慣性を停める。更に素早く体勢を取ると球体の中央にあるレーザー弾の発射装置をユミナに向けようとした。

アキラが叫ぶ。

「伏せろ！」

ユミナがそれでアキラ達に気付く。こんな状況でアキラ達に会ったことに驚き、更に銃口を向けられていることにも驚いたが、それでもわずかに遅れただけですぐにその場に伏せた。

ユミナが床に完全に伏せ終える前に、アキラは既に引き金を引いていた。ＣＷＨ対物突撃銃から撃ち出された徹甲弾がユミナのわずか上を通り抜ける。そして背後の丸い機械系モンスターをレーザー弾発射装置ごと貫いて撃破した。

エレナとサラも続けて銃撃して敵を倒していく。ユミナにレーザー弾の照準を合わせようとする金属球から順に、無数の銃弾を喰らわせて次々に破壊する。

ユミナは自分のすぐ上を銃弾が飛んでいく音に顔を強張らせながらも、床を横方向に這って壁際《かべぎわ》まで移動して射線から逃れた。そして慎重に立つと壁に沿って走り出した。

するとユミナを巻き込む恐れが無くなったアキラはＤＶＴＳミニガンを、サラは自動擲弾銃を使い始めた。銃弾の嵐と擲弾の爆発が機械系モンスター達に襲いかかる。球形の警備機械達はあっという間に粉砕され、残らず一掃された。

アキラが銃を下ろして一息吐く。

『アルファ。あれは何だったんだ？』

『ここの警備装置でしょうね。武装も貧弱だから、ちょっとした簡易警備用の備品だと思うわ』

その説明に違和感を覚えたアキラが、怪訝な顔で聞き返す。

『……貧弱って、レーザー弾を撃ってたんだよな？』

『一般人相手の非殺傷用とはいえ、暴動鎮圧の補助ぐらいは出来ないと話にならないわ。だから威力を抑えるのにも限度があるのよ』

『非殺傷用って……、あれを俺が喰らったら、死ぬよな？』

『旧世界基準での、非殺傷用ってことよ』

『そうか……。旧世界の一般人は、あの程度じゃ死なないのか……』

道理で旧世界製の服はあれだけ頑丈なはずだと、アキラは何となく納得しつつ、旧世界への誤解を深めていた。

ユミナが息を整えながらアキラ達の所にやってくる。自分達を閉じ込めていた倉庫に再び隠れながら顔だけ出して様子を窺っていたレビン達も、戦闘終了後にこわごわと戻ってきた。

アキラ達の側まで来たユミナは、まず頭を下げた。

「危ないところを助けていただいて、ありがとうございました」

「気にしないで。無事で何よりよ。……ところで、一人なの？　カツヤとアイリは一緒じゃないの？」

アキラ達全員が何となく思っていた疑問エレナが代表して尋ねると、ユミナの顔が悲痛に歪んだ。

そしてユミナが深く強く大きく頭を下げる。

「エレナさん。サラさん。お願いします！　助けてください！」

ユミナのその必死で切実な様子は、アキラ達にそれだけの事態であることを、非常に分かりやすく伝えていた。

第83話　願いの代償

　ヨノズカ駅遺跡の地上部分がまだ落ち着きを保っていた頃、瓦礫の山から遺跡の出入口がようやく掘り出された。その様子を見ていたドランカムの若手ハンター達は未発見の遺跡への期待に歓声を上げると、早速中に入る準備に取りかかった。

　折角開けた出入口を他のハンター達に使わせないように人員の大半を地上部の防備に割き、遺跡に入るのは少数精鋭とする。そこでまずはカツヤ達が入ることになった。

　階段は闇に呑まれた遺跡の奥底へ続いている。カツヤはその光景に不安よりも未知の遺跡への好奇心と期待に胸を膨らませながら、ユミナ達と一緒に慎重に階段を下りていく。

　だがそのカツヤの顔が怪訝なものになる。自身の照明で照らした階段の踊り場に、設置式の照明が置かれていたのだ。


「……これ、照明か？　何で照明がこんな所に？」

　アイリが慎重にその照明に近付く。そしてスイッチを操作すると、照明はしっかりと作動して辺りを照らした。

「まだ動く」

「そうみたいね。……えっ？　何で未発見の遺跡の中にもう照明が設置されてるの？」

　ユミナも不思議そうに照明を確認する。旧世界製の物ではなく現代製の安物であることがすぐに分かった。

「どういうことなんだ？」

「とにかく、まずは先に進みましょう」

　カツヤは困惑を強くしながらも、ユミナにそう促されたこともあって遺跡の奥へ進んでいった。

　階段には他にも照明が設置済みであり、全て作動した。それにより階段が明るく照らされていくのに従ってカツヤの困惑も更に強くなっていく。

「ちょっと待ってくれ。ユミナ。アイリ。ここは未発見の遺跡なんだよな？」

「遺跡の入口が瓦礫で埋もれていたのは事実。私達が掘り出した。それはカツヤも見てたはず」

「いや、そうだけどさ……」

　カツヤ達が設置済みの照明を点《つ》けながら長い階段を下り続ける。その間もカツヤはしきりに困惑の声を上げていた。

　その後、階段を下り切って通路に到着する。その時点で既にカツヤの表情からは未知の遺跡への期待がすっかり削られていたが、ここで怪訝を超えて懐疑を顔に出す。カツヤ達が通路の奥を照らすと、設置済みの照明はそちらにも続いていた。

　ユミナが軽い苦笑いを浮かべる。

「あー、この遺跡、既に誰かが探索済みだったみたいね」

「だよなぁ……」

　カツヤは落胆を顔に出して大きな溜め息を吐いた。もう薄々分かってはいたものの、これで未知の遺跡に一番乗りという経験は無しになったのだ。その分だけ落胆も大きくなっていた。

「仕方無いわ。切り替えていきましょう。この遺跡がほとんど知られていなかったことに違いは無いし、遺物収集の方もきっと期待できるわよ」

「これも経験。同じぐらい稼いで帰れば問題無い。内部の情報が広まっていない遺跡なら、中を調べてマップを作るだけでも十分な成果になる」

　そのユミナ達の励ましで、カツヤも少し沈んでいた気分を切り替えた。元気良く笑って返し意気を高める。

「そうだな。よし！　頑張ろう！」

　カツヤ達がヨノズカ駅遺跡の探索を改めて進めていく。設置済みの照明を点けながら長い通路を歩いていき、倉庫や商店の跡などを見付けて喜んだり、既に遺物を持ち出されていることを残念がったりしながら、様々な場所を見て回る。

　その探索で、自動簡易地図作製装置により作成された遺跡内の地図もかなり広くなった。取り敢えずの成果にカツヤが満足そうに笑う。

「そろそろ一度みんなの所に戻ろう。遺物が残っている場所もあったけど、俺達だけじゃ運び切れないからな」

「モンスターもいなかった。良い遺跡」

「瓦礫の山を撤去してまで入った甲斐があったわね。内部のマップも作ったし、みんなも遺跡に入りたいでしょうから、次は私達が上で警備をする側になっておかないと怒られそう。急ぎましょう」

カツヤ達が今日の成果に期待して笑いながら地上を目指して戻っていく。

その時、カツヤは悲鳴を聞いたような気がした。

実際には悲鳴など聞こえていない。耳を澄ませても遺跡の中で聞こえるのは自分達の足音ぐらいだ。それはカツヤもよく分かっていた。

耳で聞いてなどいない。幻聴ではなく、声どころか音ですらない。それでも助けを呼ぶ声が響く。

気が付けばカツヤは駆け出していた。

「ちょっと!?　カツヤ!?」

「ユミナ！　嫌な予感がする！　急いで戻ろう！」

アイリがすぐに走り出し、ユミナもまたかと顔を険しくして後に続く。そして長い通路の途中まで戻り、仲間との通信が届く距離になった瞬間、仲間の悲鳴と助けを求める声がカツヤ達に届いた。

「カツヤ！　助けてくれ！　聞こえていたらすぐに戻ってきてくれ！　カツヤ！　頼む！　聞こえていたらすぐに……」

「俺だ！　今向かってる！　何があった!?」

そうカツヤが答えた途端、焦りと恐怖の滲んでいた声が歓喜に満ちる。

「や、やった！　繋がった！　カツヤ！　頼む！　急いでくれ！　モンスターだ！　群れが！　凄い数で……」

「今行く！　待ってろ！」

カツヤがそれで話を終わらせようとするところを、ユミナがはっきりした声で割り込む。

「そっちの状況を落ち着いて正確に教えて。モンスターの規模は？　何体ぐらいなの？」

「何体ぐらいって、凄くたくさんだ！　数え切れない！　だから急いで戻ってきてくれ！」

「そっちの戦力だけじゃ、絶対持ちこたえられないの？」

「ああ！　絶対無理だ！　だから急いで……」

「そんな絶対無理な状況なのに、私達三人が戻った程度で状況が覆るの？」

「えっ？　そ、それはカツヤがいれば……」

　その返事を聞いたユミナは顔を大きくしかめた。

仲間はカツヤに縋っている。つまり遺跡の出入口の確保を放棄して離脱する為に自分達を呼び戻そうとしている訳ではない。危機的な状況で希望を求めているだけだと理解した。

「そう。それなら、私達を置いてすぐに離脱すれば逃げられそう？」

　カツヤが走りながら思わずユミナを見る。アイリも顔をしかめたが、それはユミナへの非難ではなく、地上の状況を遅れて理解したからだった。

　そして仲間から返事が来ないことに、ユミナが声を強めて催促する。

「答えて。どうなの？」

「……む、難しいと思う。で、でも、カツヤがいれば……」

　ユミナはその返事が願望だとすぐに気付いた。同時に厳しい声で指示を出す。

「すぐにその場を放棄して、急いで遺跡に入りなさい！」

「えっ!?　で、でも……」

「急ぎなさい！　急げばそれだけ早くカツヤと合流できるわよ！」

「わ、分かった！」

　それで一度通信が切れた。カツヤがとても驚いた顔をユミナに向ける。

「ユミナ？　どういうことなんだ？」

「私にもよく分からないけど、地上には相当な量のモンスターがいるみたい。だからみんなで遺跡のどこかに立て籠もるの。少なくとも遺跡の出入口付近で戦うよりはましなはずよ」

「何でそんなことに……」

「疑問は後。みんなを助けるんでしょう？　余計なことを考えてる暇があったら集中しなさい」

それでカツヤもすぐに意識を切り替えた。仲間達を助ける為に無駄口を閉じて駆けていく。

アイリがユミナと並走して小声で尋ねる。

「上、そんなに危ない？」

「多分ね。遺跡から離脱するから早く戻ってこいって連絡じゃなかった時点で、離脱そのものが無謀に思える状況なのだと思うわ」

急いで兵員輸送車に乗り込んでの脱出すら困難に思える状況を想像すると、下手をすると地上はモンスターで溢れている恐れすらあった。

「それなら戻ると私達も危険」

「……分かってる。でも、カツヤにそれを言っても無駄でしょう？」

ユミナがそう言って苦笑を浮かべると、アイリは小さく頷いた。そして二人とも真剣な表情でカツヤの後を追った。

カツヤ達が階段の近くまで来ると、既に仲間達が通路まで来ていた。先に辿り着いた者が階段の上へ向けて銃撃を繰り返し、駆け下りてくる仲間の援護をしている。

階段にも通路にも照明が設置されているので迷うことはない。通路を照明に沿って走っていた仲間達がカツヤ達に気付く。

「カツヤ！」

「こっちだ！　急げ！」

カツヤは仲間を手招きしながら自分も援護に加わろうとする。ユミナとアイリは目配せすると、ユミナは仲間を避難場所に先導する為に引き返し、アイリはカツヤの援護に回った。

そしてカツヤが階段の側、他の者の為に最後まで残って銃撃を続けていた二人の仲間の下に逸早く辿り着く。

同時に、モンスターの群れもそこに殺到した。被弾しながらも階段を駆け下り、途中で死んでもその勢いのまま転がり落ちてきた群れが、カツヤと二人の仲間を一瞬で呑み込んだ。

少し遅れていたおかげで巻き込まれなかったアイ

リが、悲鳴を上げながらモンスター達を銃撃する。

だがそれで敵を倒しても、その死体が消えて無くなる訳ではない。加えて後続が階段の上から転げ落ちるように追加され積み上がっていく。

もう助けられないと、アイリの表情が悲痛に染まった。

次の瞬間、モンスターの山の一部を蹴破ってカツヤが飛び出してきた。

「カツヤ！」

喜びを顔に出すアイリに、カツヤは抱えていた仲間を投げ付けるように渡して叫ぶ。

「先に行け！　ここは俺が食い止める！」

「私ものこ……」

「駄目だ！　すぐに追い付く！　そいつと一緒に先に行ってくれ！」

自分も残ると言おうとしたアイリの言葉を、カツヤは悲痛な声で遮った。その顔は哀しみに溢れていた。

「頼む……。行ってくれ……」

アイリはわずかにたじろぎ、決断した。

「……急いで！」

仲間は気絶していた。助ける為には誰かが運ばなければならない。カツヤが仲間を見捨てて逃げるとは思えない。自分が無理矢理残れば、カツヤは自分達を逃がす為にこの場に残り続ける。自分が代わりに残ると説得する暇は無い。

このままでは全員死ぬだけだ。カツヤをこの場から逃がす為には、まず自分達をこの場から可能な限り早く遠く逃がさなければならない。

アイリはそう自身に言い聞かせて、カツヤを死なせない為に、仲間を抱えてカツヤを置き去りにした。その顔は痛々しいほどに険しく悲しく歪んでいた。

◆

階段の上から殺到したモンスター達に呑み込まれた時、カツヤは自身の死を把握した。

反射的に見上げた先に光は無かった。階段の照明は全て破壊されており、地上の光は大量のモンスターに遮られて届かない。

その光景を見て、自身の類い稀な才能が、助かる術はどこにも無いと告げていた。それを疑う余地は全く無かった。

死《し》に際《ぎわ》の集中力が時の流れを引き延ばしていく。生き残る為に余計な情報の知覚を止めて世界を白く染めていく。

この場にいる者が自身だけであったならば、カツヤは自らの才が告げる無理だという言葉に屈していた。

だが近くにはモンスターの群れに一緒に呑み込まれた仲間がいる。自分が状況に屈すればその仲間も死ぬ。また死なせてしまう。その思いが、カツヤを辛うじて支えていた。それでも、今の自分の実力ではどうしようもないと悟っていた。

だがそこで、敢えてその考えを強く否定する。

（いや、違う！　俺の才能はこんなものじゃない！）

仲間を救う為に状況を覆す何かを求め、そこに自身の才能を無理矢理当《あ》て嵌《は》めた。

カツヤは本人から直接聞いた訳ではないが、シカラベが自分の才能を認めたようなことを言っていたと人伝《ひとづて》で聞いて知っていた。

偉そうで大嫌いだが、カツヤ自身もその実力は認めていた相手から、才能だけなら俺より上だと、磨けば光ると、自身の才を認められていたことを知っていた。

自分の実力はこんなものではない。訓練と実戦を積み重ねていけば、いつかはその才が目覚める。更に強くなれる。カツヤは無意識にそう思っていた。

だがここで強く思う。仲間を助ける為に死に物狂いになる程度では足りないのであれば、いつか目覚めるはずの才能を、今、この場で、力尽くで叩《たた》き起《お》こしてでも救ってみせると、極度に集中する。

（いつかじゃ駄目なんだ！　今だ！　今目覚めろ！　起きた理由なんて何でも良い！　そこに代償が必要なら幾らでも支払ってやる！　俺に、力を、今、ここで、寄こせ！）

極限の集中で白く染まった世界の中、自らに迫るモンスターの大口に銃口を向けて乱射し、緩やかな時の流れで歪む銃声を聞きながら、カツヤが足掻《あが》き、願う。

その側で、少女が笑っていた。

次の瞬間、カツヤは目の前のモンスターに向けてほぼ無意識に蹴りを放っていた。強化服の身体能力で繰り出された蹴りが、普段蹴りの練習などしていないのにもかかわらず、カツヤの才を先取りしたかのように速く鋭く敵に叩き込まれる。

その蹴りは敵を即死させるのと同時に、相手の慣性を捻《ね》じ曲《ま》げた。本来ならカツヤに覆《おお》い被《かぶ》さっていたモンスターが横に逸れていく。

その蹴りの反動でカツヤの体勢が崩れる。少なくともカツヤ自身はそう思い、しまったと焦りを覚えた。

だがまるで転倒したかのような体勢になったことで、別方向から飛び掛かってきたモンスターの攻撃を躱していた。

そして近くにいた仲間の姿を見付けると、反射的に手を伸ばした。その自身の手の動きを随分と鈍くもどかしく思いながら、それでも必死に手を伸ばし、モンスターの攻撃を受けて気絶している仲間をしっかりと摑んだ。

（……もう一人いたはず！　いた！）

カツヤは残る仲間も助けようとそちらに踏み込もうとした。少なくともカツヤ自身はそのつもりだった。

（……えっ？）

だがカツヤの体はその逆方向へ飛び退いていた。

（待ってくれ！　まだ仲間が……！）

そう思うのと同時に、願った通りに先取りした実力が、もう間に合わないと告げるようにカツヤをその場から離脱させようとする。邪魔なモンスターを蹴飛ばして、その隙間から包囲の外へ脱出した。

一瞬遅れて、助けられなかった仲間がモンスターに食い千切られた。その光景を、カツヤは閉じていく包囲の隙間から見ていた。

引き返す前からずっと聞こえていた何か、自分に助けを求める声ならぬ声は、仲間の首が無くなるのと同時に、無音の絶叫を最後に消えた。

思わず叫び出しそうになったカツヤを、アイリの声が止める。

「カツヤ！」

それでカツヤはぎりぎりで我に返った。そしてアイリに仲間を託すと、自身はその場に残って敵の足止めを開始した。モンスターの群れへ銃を構え、たった一人でその群れを抑えながら、少しずつ後退していく。

（ちくしょう……！）

カツヤは自分がかつてないほどに冴え渡っていることを自覚していた。敵の動きがはっきりと見て取れる。撃ち出した弾丸は標的に吸い込まれるように命中する。そのおかげでモンスターの群れが自分に向けて殺到しているというのに恐怖など欠片も感じない。絶好調だ。

だがそこに高揚など欠片も無かった。

（俺は仲間を見捨ててしまったのか!?）

自分は眠っていた才能が突如目覚めたかのように格段に強くなった。それにもかかわらず仲間を助けられなかった。

望んだ通りに才能を目覚めさせて強くなった自分が、心のどこかでもう手遅れだと冷静に判断し、仲間をあっさりと見捨てた。逃げた。切り捨てた。

あの行動は無意識にそう判断してのことだったのかと考えて、カツヤは半ば愕然《がくぜん》としていた。

「強くなってこの程度なのか!?　仲間を見捨てて逃げるのが俺の強さなのか!?　そんなものが俺の才能なのか!?　それで俺は強くなったってほざけってのかよ！」

カツヤが激情にかられながら銃撃する。無数の弾丸が敵を最大効率で死体に変えていく。その死体を押《お》し退《の》けて、後続が遺跡の通路を突進してくる。

「ちくしょう！　ちくしょう！　ちくしょぉお！」

カツヤは涙すら零しながら戦っていた。迫り来る群れを相手に、今のカツヤにはその涙を拭い、弾倉を交換する余裕すらあった。それでも仲間を助けられなかったことが、カツヤを痛め付けていた。

広い通路だが、それでも地上よりは遥かに狭い。カツヤに倒されたモンスターの死体が増えるほど通路は詰まり、後続の速度は落ちていく。そしてついにカツヤが敵に背を向けられるほどになった。

それを察したカツヤは足止めから撤退に行動を変えた。銃撃を止めて全力で走り出す。敵に激情をぶつけられない所為で、カツヤの表情がより悲痛に歪んでいく。

自らの行動は本当に自らの選択だったのか。カツヤはそれに気付けない。それも願いの代償だ。

真っ白な空間で、少女が笑っていた。

◆

オルソフが自らの行いを誰かに言い訳するのであれば、そこまでするつもりは無かった、となる。もっともそれを答える機会は無かった。


ヴィオラからオルソフに伝えられたことは、ドランカムが遺跡を占領するのを防ぐ方法だった。遺跡の出入口をドランカムが占拠してしまえば、他のハンターが遺跡に入るのは難しい。それを今の内にどうにかする手段だ。

出入口の開通後にドランカムの若手ハンター達を武力で排除するのは簡単だ。しかしドランカムを明確に敵に回すことになる。ドランカムのマーク付きの兵員輸送車で乗り込んできているのだ。知らなかったは通用しない。

ドランカムにも体面がある。若手とはいえ所属ハンターを攻撃された以上、該当者をしっかりと調べ上げた後に、武装した古参のハンターを派遣して明確に報復に出る。

しかしこのまま放置していれば遺跡の遺物を最悪ドランカムに全て持っていかれてしまう。他の出入口が存在しているとしても、探すのにも掘り出すのにも時間が掛かる。他の出入口は無いということさえ考えられる。

では他のハンターが自身では手を下さずに、ドランカムに遺跡の出入口の占拠を解除してもらうにはどうすれば良いのかというと、荒野の感性で少々倫理を捨てれば比較的簡単な方法がある。代わりにモンスターに襲ってもらえば良いのだ。

　何らかの手段で遺跡の出入口にモンスターの群れを誘き寄せ、出入口を守るドランカムのハンター達を撤退させてしまえば良い。それで他のハンターも遺跡に入ることが出来るようになる。

　そもそも遺跡の出入口の占拠は基本的に難しい。危険な荒野で24時間、モンスターの警戒を外からも内からも続けなければならない。そこに他のハンターに襲われる恐れまで加わるのだ。普通は蹴散らされて終わる。

　未発見の遺跡ということもあり、ドランカムとしても遺物収集の期待値は非常に高い。だが所詮は噂であり、実力のある古参を派遣するほどではない。

　そこでまずは若手ハンターを派遣した。そして実際に遺跡が見付かれば、すぐに古参を派遣する手筈となっている。オルソフを含めて周辺のハンター達はそう考えていた。

　ドランカムによる遺跡の占拠を防ぐには、出入口が発見されてから古参が到着するまでの間に、出入口の発見者という根拠を有耶無耶《うやむや》にする必要があった。一度放棄した出入口を自分達が見付けたのだからと強引に再占拠などすれば、流石に他のハンター達の敵意を買いすぎるからだ。

　そしてオルソフ達は遺跡の出入口付近をモンスターの群れに襲撃させる準備をした。

　巨大な重機が瓦礫の山の撤去を進める様子を確認しながら、モンスターの多い他地域まで線を引くように敵寄せ機を設置する。そして出入口の開通を確かめてから敵寄せ機を起動する用意を調えた。

　そこで言われたままに設置を終えた仲間の男が怖《お》じ気《け》付《づ》く。

「なあオルソフ、本当にやるのか？　流石にこれはちょっと……」

「大丈夫だって。バレやしねえよ。遺跡の出入口を探して大勢のハンターが騒いでたからモンスターが群れで寄ってきた。それだけだ」

「いや。それもあるが……」

モンスターに他のハンターを襲わせる。その行為に男は面と向かって反対は出来なかったが、こうして口を出す程度には気が進まなかった。それに気付いたオルソフが宥めるように笑う。

「ドランカムのガキ連中は徒党で随分と優遇されていて装備も凄いって話だ。多少モンスターに襲われてもどうってことないさ」

「だがなぁ……」

「ちょっと脅かして、遺跡の出入口を占拠し続けるのは無理だと思ってくれれば良いんだ。意地を張って残るようなら、俺達もモンスターの撃退に手を貸せば良い。それでその恩を交渉材料にして遺跡に入れてもらう。その程度の話だって」

仲間の男はそれで口を閉ざした。借金を抱えている身でもあり、手付かずの遺跡に眠っているであろう遺物は男も欲しいのだ。その程度の話ならと、妥協してしまった。

オルソフが笑ってドランカムの様子の確認に戻る。そして若手ハンター達の騒ぎから遺跡の出入口が遂に本当に見付かったのだと判断すると、敵寄せ機を起動させた。

もっともそれでモンスターの群れがすぐに殺到する訳ではない。釣り出すのに成功しても、この場に来るまで時間が掛かる。加えてどの程度の量のモンスターを呼び寄せることが出来るかは運になる。下手をすれば数匹程度になってしまう恐れもあった。

上手くいってくれと思いながら結果を待っていると、索敵機器の反応が現れる。思わず笑みを浮かべたオルソフだったが、すぐにその顔が怪訝なものになり、焦りと恐怖で強張った。

「オルソフ！　ヤバいぞ！」

「あ、ああ！」

仲間の声で我に返ったオルソフはすぐに仲間達に車両へ戻るように指示を出すと、全員乗り込んだのと同時に出発させた。その車両の索敵機器には、膨大な量のモンスターの反応が表示されていた。

「どうなってるんだ⁉　敵寄せ機を起動させたからって、あんな量のモンスターを呼び寄せる訳ねえぞ⁉」

「知るか！　とにかく脱出だ！」

荒野仕様のバスを群れとは逆方向に走らせる。しかし運転していた男が急に車両を停めた。

「何やってんだ！　急げ！」

「違う！　こっちもだ！」

バスの前方では既に戦闘が始まっていた。そちらから逃げてくる車両の姿も見える。

「すぐに進路を変えろ！」

「やってる！」

小回りの利く車両ではないが、何とか進行方向を変えていく。その間に小型で足の速いモンスターが車両に群れで近付いてきた。それをハンター達が窓《まど》際《ぎわ》から銃を撃って撃退していく。

「多いぞ！　どうなってるんだ⁉」

「知るか！　とにかくぶっ放せ！　バスを壊されたら終わりだ！　走って逃げ切れる量じゃねえぞ！」

ハンター達がバスの窓から無数の銃を突き出して乱射し、モンスターの接近をとにかく阻止する。敵は弱く、すぐに倒せる小物ばかりだ。

しかし数が多い。車両には予備の弾薬をたっぷり積んであるが、それでも無意識に弾切れを気にしてしまうほど大量に群がってくる。

ようやくバスが別方向へ勢い良く走り出す。死んだモンスターを踏み越えて進んでいる所為で乗り心地は最悪だが、それでも乗員達は逃げ出せる安堵の方を強く覚えていた。

だがそのバスが再び停まる。思わず運転手の下に押し掛けたハンター達は、声を荒らげて出そうとした文句を口には出せなかった。

「こっちもかよ……」

彼らの視界の先には、こちらに逃げてくるハンター達の車両と、それを追うモンスターの大規模な群れの姿があった。

オルソフ達に反転する時間は無かった。バスが群れに呑み込まれる。必死の応戦を示す銃声がしばらく続いたが、それもやがて消えた。

ヨノズカ駅遺跡の周辺はどこも似たような状況に陥っていた。遺跡を中心にした全方向からモンスターの群れが殺到し、ハンター達に応戦を強いている。

偶然ではない。群れは敵寄せ機によってこの一帯に集められていた。

敵寄せ機を使ったのはオルソフ達だけではなかった。手付かずの遺跡の遺物を求める多くのハンターが、ドランカムによる遺物の独り占めを阻止しようと、似たような情報を得て、同じように思考を促され、各自で敵寄せ機を使っていたのだ。

それだけではなく、敵寄せ機を起動したまま車両で荒野を駆けて、モンスターの群れを引き連れてこの場へ突入した者もいた。

現地には大勢のハンターが未発見の遺跡に眠る大量の遺物を求めて集まっている。群れの規模が多少大きくとも十分に撃退できるだろう。むしろ小規模ではあっさり倒されてしまい、遺跡の出入口の占拠を続けられてしまう。情報を得た者達は、各自で同じように考えて、少々多めにモンスターを呼び寄せようとしていた。

その結果、モンスターの群れは遺跡を中心にした広範囲の荒野から掻き集められ、膨大な数に膨れ上がっていた。

大半が小物で、簡単に倒せるものばかりではあった。だが、未発見の遺跡の探索ということで念を入れて武装を強化したハンター達であっても、抗い切れないほどに大規模な群れだった。

遺跡の出入口を占拠していたドランカムの若手ハンター達も遺跡の中に逃げていく。モンスターがそれを追って遺跡の中に入っていく。

そしてしばらくすると、地上で逃げ場を失った他のハンター達も、地上よりはましだと遺跡に突入していく。モンスター達もそれを追う。

それにより遺跡が地上のハンターとモンスターを飲み干すまで、さほど時間は掛からなかった。

◆

立て籠もるのに最適な場所まで仲間達を案内して簡易拠点の作成を指示したユミナは、すぐにカツヤの援護に向かった。そして仲間を抱えたアイリと再会すると、カツヤの姿が無いことに思わず声を荒らげる。

「カツヤは!?」

「……足止めしてる」

どうして一緒に残らなかった。ユミナはそう怒鳴り付けてしまいそうになった。だがアイリの悲痛な表情と意識の無い仲間の様子から大体の事情を察して、アイリを気遣って優しく声を掛ける。

「……そう。みんなはあっちにいるわ。そこまで運んだら援護に戻ってきて。急いでね」

みんなの所で待っていてと言わなかったのは、その方がアイリの為だと思ったからだ。アイリも一刻も早くカツヤの下に戻りたいと思っていると察して、その為の努力が出来るように、それで少しでも気が楽になれるように促した。

アイリが無言で頷き先を急ぐ。ユミナも逆方向へ先を急いだ。

通路の照明を点けておいたおかげでユミナは迷わず全力で走ることが出来た。

暗い通路を手持ちの照明と情報収集機器による暗視だけで走るのは流石に難しい。闇に紛れたモンスターとの遭遇も絶対に無いとは言い切れない。

本来ならば警戒してゆっくりとしか進めないところを、今はさほど気にせずに進むことが出来る。照明を設置しておいてくれた誰かに感謝しながらカツヤの下に急いだ。

そして通路の先にカツヤの姿を見付けると、無事を喜び顔を綻ばせた。

しかしすぐに顔を引き締めると、カツヤを射線に入れないように通路の端に寄り、追ってきているかもしれないモンスターを警戒してカツヤの背後へ銃を構える。

情報収集機器の索敵範囲を前方に集中させて、情報収集の距離と精度を上げる。そして敵の気配が十分に遠いことに安堵して銃を下ろした。

カツヤはすぐにユミナの側に来た。だがそこで立ち止まった。それをユミナが怪訝に思う。

「カツヤ。どうしたの？　急がないと……」

敵はまだ遠いとはいえ、立ち止まっている暇など無い。自分の横を駆け抜けていくカツヤの後を追おうと思っていたユミナが、足を止めたカツヤの顔を覗き込む。

そこには何かに打ちのめされて酷く傷付き、涙の跡すらある想い人の顔があった。幼馴染《おさなな じ》みを見付けたことで気を緩めてしまい、それで張り詰めていたものも消えてしまい、足を止めてしまった最愛の者がいた。

ユミナが何も言わずにカツヤの手を握る。

「行きましょう。みんな待ってるわ。ね？」

そして軽く引っ張って笑った。

少々強引に引っ張られたカツヤは、それで一歩踏み出した。そしてそのまま再び走り始める。

ユミナはカツヤの手を引いて仲間のところへ急いだ。何があったのかは分からない。だがカツヤを抱き締めるのは、今でもここでもない。カツヤの為にもまずは安全な場所へ急がなければならない。そう考えて、今はカツヤの手を引いていた。


仲間と合流したカツヤを皆が笑って迎え入れる。モンスターの群れをたった一人で食い止めてくれたとアイリから聞いたこともあり、カツヤに掛けられた声には純粋な感謝と称賛が込められていた。

だがカツヤは悲しげな笑顔を返すのが精一杯だった。そして疲れたから休むと告げて、簡易拠点の防衛を皆に頼んで倒れるように横になる。体力的にも精神的にもカツヤは限界だった。

その後はユミナが指揮を引き継いで簡易拠点の封鎖を進める。頑丈そうな店舗跡を利用し、店内の品で簡易なバリケードを作成する。そして交代で見張りについて敵に備えた。

連絡が途絶すればドランカムが自分達の救助に動く。場の若手ハンター達はそう期待して落ち着きを保ち、事態の沈静を待った。

◆

地上では苦戦を強いられたハンター達だったが、戦場を遺跡の中に移した後は優勢を取り戻していた。

ヨノズカ駅遺跡の周辺にいるモンスターは元々大して強くない個体ばかりだ。地上では四方八方から津波のように襲われた所為で応戦が難しかったが、一度に襲われる敵の量と移動方向を制限できる遺跡内では対処も容易い。

更にこのような状況だからと一時的に手を組む者も多い。未発見の遺跡探索の為に武装を強化し、拡張弾倉など継戦能力を重視した者もいる。突然の事態への驚きからとにかく逃げていた者も、落ち着きと戦意を取り戻していく。

そうなると遺跡の中の状況が、多少モンスターの多いそこらの遺跡と大して変わらなくなるのに、さほど時間は掛からなかった。生き残ったハンター達が、次第に自身が手付かずの遺跡の中にいるという高揚に呑まれていく。

危険な状況から脱した直後ということもあり、その意気は高かった。そして遺跡に残っていた遺物はハンター達の欲を刺激するのに十分な量だった。

それでもハンター同士で銃を向け合っての奪い合いにはならない。生き残った者達は互いにそれだけの強者だと分かっているからだ。

加えて、一緒に生き残った者同士で遺物の収集場所で揉めて交戦するような真似はしたくない、と思った者も多かった。

そして何よりもここは未発見の遺跡なのだ。良い場所を先に取られても、更に先に進めばより良い場所が残っている可能性は十分にある。他の者に遺物の収集場所を先に取られた者は、その者達を尻目に更に遺跡の奥へ進んでいった。

その結果ハンター達は揉め事をほとんど起こさず

に遺跡の探索を奥へ奥へと続けていく。そしてチャレスという者をリーダーとするハンターチームがある場所に辿り着いた。

そこには荒野の地下を貫く内径約30メートルの筒状のトンネルがあった。細い金属のような物体で支えられた乗降場が空中に設置されており、このトンネルを通っていたであろう乗り物がそれほど巨大で、かつ自力で浮いていたことを示している。

遺跡の通路から続く渡り廊下を通ってその乗降場に辿り着いたチャレス達は、その巨大さに圧倒されていた。

そして乗降場の端からトンネルの奥を照らす。その先は巨大な隔壁によって閉じられており、隔離されていた。

チャレス達が周囲の光景に驚きながらも、少々険しい表情を浮かべる。

「ここは……何だ？　凄い光景だけど……、遺物は無さそうだな」

「こういう光景を自分で見られるのもハンター稼業の醍醐味なんだろうけど、今は遺物が欲しいんだよなー。どうする？　一応探すか？」

「でもざっと見る限りは、遺物がありそうな建物とかは見当たらねえな」

照明や照明弾で辺りを照らしても、巨大なトンネルの外壁が見えるだけだった。乗降場に繋がる他の出入口は見付かったが、目当ての遺物がありそうな場所は見付からない。チャレス達は次の行動を相談しながら乗降場をうろうろしていた。

そこに突如女性が現れる。チャレス達は雑談を一瞬で止めると反射的に銃を構えて銃口を突き付けた。その動きはこの場に辿り着けるだけあって素早く、相手に一切の抵抗を許さなかった。

だが女性は欠片も動じていなかった。旧世界風の何らかの制服を思わせる服を着て、チャレス達に愛想良く微笑んでいた。

真剣な表情で相手の出方を見ていたチャレスが、情報収集機器の反応から女性の正体を見抜く。

「立体映像……。旧世界の幽霊か……」

「待て、この遺跡ってまだ稼働してたのか？」

「遺跡の機能だとしても、この付近の案内役程度なんじゃ……」

取り敢えず相手は映像だけの存在であり、危険性は低い。そう考えたチャレス達は口々に意見を言い合い始めた。そこに女性の声が割って入る。

「ヨノズカ駅へようこそ。当駅は現在非活性状態です。エラーD４０８２３７４５８２６４……」

困惑しているチャレス達の前で、女性がエラーコードを延々と述べていく。

「ヨノズカ駅へようこそ。当駅は現在非活性状態です。エラーD９３７５７４３０９３２６……」

以降、女性は同じ文言を繰り返し続けた。その様子にチャレス達も状況をわずかに理解する。

「これ、真面に動いてないな」

「まあ、それで良かったのかもな。仮にちゃんと動いていたとしても、俺達に友好的かどうかは分からないんだ」

念の為、遺物の場所でも聞いたら答えてくれないかといろいろ尋ねてみたのだが、女性は同じような言葉を繰り返すだけだった。チャレス達が分かっていたと軽く苦笑を零す。

「もう行こうぜ。美人の鑑賞の為に遺跡の奥まで来た訳じゃねえんだ。ハンターが雁首《がんくび》を揃えてこんな暗い場所でいつまでも女を眺めててもしょうがねえだろう」

「そうだな。行くか」

その時、一帯が突如真昼のように明るくなった。突然の事態に全員が素早く警戒態勢を取る。だが明るくなった以上のことは起こらない。

「ヨノズカ駅へようこそ。当駅は現在活性準備状態です。エラーE４９３７４７６９２６４……」

女性の声が繰り返し響く中、チャレス達が警戒を解いていく。

「……何で急に照明が点いた？　誰か何かしたか？」

各自が首を横に振って否定をする中、チャレス達の足下が揺れる。そしてチャレスが周辺の更なる変化に気付いた。

「おい！　トンネルが開いていくぞ！」

巨大なトンネルを閉じる隔壁がゆっくりとだが開き始めていた。

チャレス達は驚きながらも、その先に何か良いものがあることを期待して、開きかけた隔壁を注視する。だがその隙間から出てきたものを見て思わず顔をしかめた。

「モンスター!?　クソッ！　こっちからもかよ！」

「やべえ！　あれ、結構強いやつだぞ！」

モンスターは隔壁の向こうから続々と湧いて出てきていた。その様子にチャレス達が顔を険しくする中、更なる変化がチャレス達を驚かせる。

トンネルの壁の一部が開き、そこから球形の警備機械が次々に出現すると、モンスターの群れにレーザー弾を撃ち出して応戦を始めたのだ。

「あれは……、遺跡の警備装置か？」

「おおっ！　良いぞ！　やれやれ！」

レーザー弾の直撃を喰らって吹き飛んでいくモンスターを見て歓声を上げる仲間の横で、チャレスは嫌な予感に顔を引きつらせていた。

そしてその予感が当たる。天井から出現し落下してきた金属球が乗降場に着地すると、その場で縦軸回転しながら足を生やして体勢を整え、チャレス達にレーザー弾の発射装置を向けて止まったのだ。

それを予測していたチャレスが、即座に銃を球体に向けて乱射する。穴だらけになって体勢を崩した金属球はそれでもレーザー弾を撃ち出したが、光弾はチャレス達から大きく逸れてトンネルの壁に着弾した。

更にチャレスが警備機械を蹴り飛ばす。球形の機体が衝撃で大きく歪みながら吹き飛ばされ、そのまま乗降場から落下する。そして床に激しく叩き付けられて全壊した。

チャレス達が苦笑いを浮かべる。遺跡の警備機械がモンスターだけではなく自分達も排除対象としているのは間違いなかった。

「だよなぁ！　逃げるぞ！」

チャレス達はその場から全力で逃げ出した。その間にもトンネルからはモンスターの群れが湧き出し、それに合わせるように警備機械の数も増えていく。

「ヨノズカ駅へようこそ。当駅は現在準活性状態です。エラーF349535787589４……」

一人きりになった立体映像の女性は、ずっと似たような言葉を繰り返していた。

◆

ユミナはまだ眠ったままのカツヤの世話をアイリに頼み、2名の仲間と一緒に周囲の状況を調べていた。

簡易拠点で聞こえていた断続的な戦闘音も今は消えている。しばらく調査をしてもモンスターの気配は無い。この様子なら脱出に動いても良いのではないかと考える。

簡易拠点で行った遺物収集の成果と一緒に脱出を試みるか、数名で地上まで向かって改めてドランカムに救援を求めるか、一度戻ってカツヤを起こし相談した方が良いだろう。ユミナはそう二人に話して簡易拠点に戻ることにした。

その時、遺跡の中が急に明るくなった。ユミナ達は突然のことに驚きながらも、不測の事態が発生したとして簡易拠点に急ぐ。

だがそこに更なる事態が襲いかかった。簡易拠点へ続く通路が隔壁で塞がれたのだ。

「ユ、ユミナ。どうする？」

慌てる仲間達の様子を見て、ユミナは可能な限り平静を装った。

「仕方が無いわ。他の道を探しましょう……、警戒して！」

情報収集機器による索敵に反応があった。近付いてくる反応にユミナ達が銃を構えて警戒する。そして相手の姿を見て思わず怪訝な顔を浮かべた。

反応は通路を勢い良く転がってくる球形の機械だった。機械系モンスターだと判断して即座に銃撃する。球形の装甲に多少弾《はじ》かれながらも、3人分の銃弾で機体に損傷を与えていく。

だが金属球はそれでも突進を止めずにユミナ達の方へ突撃してくる。避けきれないと悟ったユミナは銃撃を中断して構えを取り、一歩踏み込みながら渾《こん》身《しん》の力で金属球に殴りかかった。

真を外したものの強化服での一撃。加えて相手の勢いも乗っている。ユミナの拳は敵の機体をひしゃげさせ、球体とは呼べないほどに変形させた。歪んだ機械がその慣性を圧《お》し曲げられて斜め上に飛んでいき、天井に激突して落下した。

「ユミナ！　大丈夫か!?」

ユミナは歯を食い縛り、顔を歪めて右手の激痛に耐えていた。

「そんな訳無いでしょう！　すぐに移動よ！　二人は前に出て！」

「あ、ああ」

二人の仲間は急に遺跡の状態が変わった上にモンスターにまで襲われて軽く混乱していたが、ユミナの気迫に軽くたじろいだことで、その混乱を一時的に忘れた。指示通りに前に出て、とにかく先を急ぐ。

ユミナも回復薬を飲みながら険しい顔で後に続いた。

（……これ、折れてるわね。すぐには治らないわ。我慢するしかないか……）

ドランカムから若手ハンター達に支給されている回復薬は安物ではないが、それでも一箱100万オーラム単位の高級品ではない。ユミナが右手で銃を撃つのはしばらく難しい状態だ。

簡易拠点に戻っても自分は足手纏いになる恐れがある。加えて他の通路も隔壁で塞がれていれば、そこに辿り着けるかどうかも怪しい。そこでユミナは決断した。

「二人とも聞いて。私はこのまま外を目指すわ。そしてドランカムに状況を伝えて救援を呼んでくる。二人はどうする？　一緒に来る？」

そう問われたユミナの仲間達はどこか焦った様子で顔を見合わせた。

「……いや、簡易拠点に全員で戻った方が良いと思うんだけど……」

「通路が塞がれたのを見たでしょう？　みんなの所に戻れるかどうか分からないから言ってるのよ」

「でもそういう意味なら地上に戻れるかどうかも同じだろう？」

「そうよ。地上と簡易拠点のどっちを目指して遺跡の中をさまようかって話。変なモンスターも増えたし、簡易拠点にいつまでも立て籠もっていれば安全って訳じゃなくなったわ。救援部隊の催促ぐらいはしておかないとね。それで、どっちにするの？」

言いたいことは分かるが、地上が安全という保証も無いので、他の仲間やカツヤもいる場所に戻りたい。しかしカツヤからユミナを置いてきたと怒られるのも避けたい。ユミナは二人の様子からその内心を察した。

「……分かったわ。あなた達はみんなの所に戻って状況を伝えて。戻った後は、カツヤのことをお願いね？　無理はさせないで」

「分かった。気を付けろよ」

言い訳を手に入れた仲間達に無意識の安堵がわずかに滲んだ。

ユミナはそれで仲間達と別行動を取った。命令して仲間を連れていき、途中で意見を変えられるよりは、それで良しとした。


地上から侵入したモンスター達が撃退されたことで、ヨノズカ駅遺跡内部は一度は平穏を取り戻した。だが今度は地下側から湧くモンスター達と、遺跡の警備機械により再び混乱を得た。そして隔壁による通路の封鎖により、移動経路という意味では遺跡内の構造は別物と化した。

その所為でユミナは非常に大回りで地上を目指す羽目になった。そしてモンスターに追われながらもアキラ達と出会うまで、もうしばらく時間を必要とした。

第84話　助ける理由とその相手

　ヨノズカ駅遺跡で遺物収集をしていたアキラ達は、遺跡の警備機械達に追われていたユミナを助けて礼を言われた後、改めて助けを求められた。

　取り敢えずユミナを宥めて情報共有を始める。ユミナを助けた時、レビンという男をリーダーとするハンター達を都市まで護衛することを、緊急依頼として引き受けるかどうかの交渉中だったこともあり、彼らも話に加わっていた。

　ドランカムの部隊が地上でモンスターの群れに襲われてから続いている数々の苦難。それをユミナから聞いて、エレナは優しく微笑んだ。

「そう。そんなことが……。大変だったのね。分かったわ。取り敢えず一緒に遺跡の外に出ましょう。その後は……」

　そこでレビンに焦った様子で口を挟まれる。

「待て！　外に出た後は都市に帰るんだよな!?」

「えっ？　それは……」

　ユミナとレビンの両方から必死な顔を向けられて、エレナは思わず言葉を止めてしまった。

「お願いします！　助けてください！　エレナさん達はあのモンスター達を倒せたんですよね？　カツヤ達の救出に手を貸してください！」

「冗談言うな！　遺跡の中はあんなモンスターがうじゃうじゃしてるんだろ？　俺達は早く都市に戻るべきだ！　そいつらの救出はドランカムがやればいい！」

　エレナが迷う。心情的には友人であるユミナの力になってあげたいと思う。だが話を聞く限り、既に友人だからという理由で動くような状況ではない。ドランカムを通して受ける仕事の領域だ。

　ユミナをついでに都市まで送る程度の話ならともかく、カツヤ達を救援する為に遺跡内を捜索するところから始めるとなると、地上に出てドランカムと連絡を取り、相応の報酬を前提とした依頼として交渉しなければならない。

　加えて今日はアキラと一緒で、しかもレビン達との緊急依頼の交渉中だ。両者の出方も含めて交渉しなければならない。

下手をすればその交渉の間にカツヤは死ぬ。交渉が決裂しても同じだ。だからこそユミナも必死に頼んでいるのだ。エレナもそれぐらいは分かっていた。

そのエレナの迷いを、レビンは過剰に受け取った。

このままでは自分達を巻き込んでドランカムの救援に行きかねないと判断して、苦渋の決断を下す。

「分かった！　5000万オーラム支払う！　これで緊急依頼は成立だ！　そうだな？」

エレナが驚きながら怪訝な顔を浮かべる。

「払えるの？」

エレナとしても5000万オーラムは交渉用の提示額であり、それがそのまま通るとは思っていなかった。相手の本気をその支払能力を含めて疑い、交渉担当として厳しい視線をレビンに向ける。

それに対してレビンも険しいが真剣な顔を返す。

「……俺達も遺物収集はしてたんだ。それを売って、足りなければ残りは分割払にしてくれ。その支払方法はありだって話だったはずだぞ？」

「ちょっと待て！　レビン！　本気か!?」

そう思わず口を挟んできた仲間に、レビンは厳しい顔を返した。

「嫌ならお前はここから自力で帰れよ。そういう話だぞ？　分かってるのか？」

「そ、そうだけどよ……」

「無理強いはしねえよ。お前が抜ければ支払が4000万に減るんだ。いや、俺だけなら1000万まで減るな」

苦悩の顔を向け合う仲間達に、レビンが更に決定的なことを告げる。

「他に不服があるやつは言ってくれ。いや、今すぐに遺物を置いて出発してくれ。遺物は護衛ありで帰るやつで運ぶ。そっちの方が安全に運べるからな。遺物は都市に戻ってから生きてたやつで分配だ」

死人に金は必要ない。その言葉でレビンの仲間達も苦渋の決断を下した。仕方が無いと頷く。

レビンも軽く頷いて返した。そして顔をユミナに向ける。

「こっちは纏まったぞ。お前も同額出せとは言わねえが、こっちの緊急依頼を破棄させてそっちの依頼を優先させるつもりなら、そっちに何人いるのか知らねえが、相応の金は出せよ？」

ユミナの顔が悲痛に歪んだ。だがその相応の金を支払えるとは、言い分は分かる。ハンターとしてその個人的にも、ドランカム所属のハンターとしても、口には出せないからだ。

ハンターは命を賭けて荒野に出ている。そのような者に対して頼みはするが金は出せないなど、その命に価値など無いと言っているのに等しい。ユミナはエレナ達を納得させる言葉など思い付けなかった。

エレナも内心で苦悩する。ユミナ達を見捨てたいとは思わない。だが既に口約束とはいえ成立した緊急依頼を破棄して5000万オーラムを捨てる決断は出来ない。

得られる金を捨てて無償で友人を助けるのは確かに美談だろう。だがその善意は自分達を殺しかねない。荒野は割に合わない仕事を続けるハンターを生かすほど優しくはない。そう理解しているからだ。

サラの体を治す為にも金が要る。無償の善意にアキラを付き合わせる訳にもいかない。エレナはそう自身に言い聞かせて、決断をしようとした。

その時、アキラが軽い様子で口を出す。

「じゃあ、カツヤ達の捜索と援護は俺がやっておきますので、エレナさん達はレビン達の方を頼みます」

皆の驚きの視線がアキラに集まった。

◆

アキラはエレナ達の話をどこか他人事のように聞いていた。遺跡のどこかに立て籠もっているというカツヤ達を大変だとは思うが、それだけだ。レビン達への扱いと大して違いは無い。

そして恐らくこのまま都市に帰ることになるだろうとは思っていたが、エレナがカツヤ達を助けに行くと言うのであれば、それでも良いと思っていた。

その場合は、自分には分からないが、そうするだけの何らかの理由があるのだろう。アキラはその程度の考えで、良く言えばエレナを信頼し、悪く言えば選択をエレナに投げていた。

そこにアルファから指摘が入る。

『アキラ。一応教えておくけれど、レビン達をエレナ達に任せて、アキラはカツヤ達を助けに行くって選択もあるわよ？』

予想外の指摘に、アキラがかなり驚く。

『えっ？　何で？』

『カツヤ達を助けに行くことに何の利点があるのか分からないという意味で、何でと聞いているのなら、それは重要ではないと答えておくわ。重要なのはそういう選択肢があると認識することよ』

『だからどういう意味だよ』

『助けるにしろ、見殺しにするにしろ、少しは自分で選びなさいということよ。アキラは今、選択そのものをエレナに投げているでしょう？』

『いや、そうだけどさ、今はエレナさんがリーダーみたいなものだし……』

『それでもよ。どうでも良いからって選択を他者に投げ続けると、それに慣れてしまって重要な選択すら自分で出来なくなるわ。自分の選択よりエレナの選択を優先しても構わないの。でも、選ぶぐらいはしておきなさい』

そういうものかと、アキラは一応少し考えた。

『まあ、帰るで良いだろう。ドランカムのやつらをわざわざ助けに行く義理は無いしな』

『そう。アキラがそう思うならそれで良いわ』

そのアルファの言葉にどことなく意味深なものを感じたアキラが怪訝に思う。

『アルファ、何だよ。助けに行った方が良いって言いたいのか？』

『いいえ。私も見殺しで構わないと思うわ』

『見殺しって……、立て籠もってるって話だし、ユミナが外に出てドランカムに連絡すれば救援ぐらい来るだろう。死ぬと決まった訳じゃないんじゃないか？』

『まあ、立て籠もっている人達はそうでしょうけれど、彼女は死ぬでしょうね』

　アキラの顔がわずかに険しくなる。

『……何でだ？』

『一緒に遺跡の外に出てドランカムに連絡を入れたとしても、一緒に都市まで戻るとは思えないからよ。カツヤ達を助けにまた遺跡に入ると思うわ』

　アキラが無意識に視線をユミナに向ける。

『勿論、運良くモンスターと遭遇せずにカツヤ達と合流できる可能性もあるけれど、私としては現実的な確率とは思えないわね。さっきもアキラ達が助けなければ死んでいたわ』

　アキラはこの後のユミナの行動を、もう少し顔を険しくして想像してみた。アルファが言った通りの結果になった。

　しかしその結末を回避する為にカツヤを助けるのかと自身に問えば、アキラに即答など出来なかった。代わりに別の言葉を返す。

『……だから、俺にカツヤを助けろって言いたいのか？』

　そこで、そうだ、と言われれば、アキラはそれを言い訳にすることが出来た。しかしアルファは別の言葉を返す。

『いいえ。さっきも言った通り、私も見殺しで構わないと思うわ。ただ、まあ、付け加えるのであれば、カツヤを助けるのではなく、エレナ達とユミナを助けるということになるのでしょうけれどね』

　意味が分からないという様子を見せたアキラに、アルファが補足を加えていく。

　エレナ達も心情的にはユミナ達を見捨てたいとは思っていない。そしてハンターとしてドランカムと付き合いもある。状況的に仕方が無いとしてもドランカム所属のハンターを見殺しにすれば、今後の仕事に差し支える恐れはある。

　そこでアキラがカツヤ達の援護に回れば、立て籠もっている者達への救援が間に合う可能性が上がる。恐らくカツヤ達を助けに行くであろうユミナを一緒に守ることも出来る。そうすれば、エレナ達の罪悪感や立場の悪化も軽減できる。

ついでにカツヤに貸しを作っておけば、妙にアキラに突っかかってくるカツヤへの牽制になる。

それらを含めて、利益が全く無いとは言い切れない。アルファはそう説明してから意味深に笑った。

『あとはそうね、美少女を助けたら運気が良くなるかもしれないわ。この前、人質に取られた美少女を見殺しにしかけたら、その後に大変な目に遭ったでしょう？』

クズスハラ街遺跡の地下街での出来事を思い出して、アキラが苦笑を噛《か》み殺《ころ》す。

『ああ、そうだったな』

そしてその程度の話であり、十分な言い訳は得たと自身に言い聞かせた。軽い調子でエレナ達に告げる。

「じゃあ、カツヤ達の捜索と援護は俺がやっておきますので、エレナさん達はレビン達の方を頼みます」

そのアキラの発言に最も驚いたのはユミナだった。喜ぶどころか困惑を顔に出している。

「……えっ？　その、良いの？」

それでも、何を企んでいる、と疑うところまではいかなかった。カツヤ達を助ける為に藁にも縋りたいのだ。理由が何であれ協力は歓迎できる。恐らくエレナ達の友人であるという部分も疑念を軽減させていた。

「一応言っておくけど、俺はヤバくなったら逃げる。だから依頼としては受けないし、助けない。その程度の話だってのは宣言しておくぞ」

「……、分かったわ。ありがとう」

それでも助かると、ユミナは笑って頭を下げた。

エレナ達は難しい顔を浮かべていた。サラがわずかに悩んで短く問う。

「アキラ。大丈夫なの？」

状況が許せば細かく尋ねることは幾らでもある。戦力、残弾、帰還の方法。切りが無い。だが助けに行かない者が、助けに行く者に対して、それを細かく聞くのはどうかと思った。

だから短く尋ねた。その短い言葉の中に、アキラを心配する思いと、その心配を撥《は》ね除《の》ける何かを期待して。

アキラが軽く笑って答える。

「大丈夫です。さっきも言った通り、危なくなったら逃げますから」

エレナはその返事の中に、以前クズスハラ街遺跡の地下街で聞いた時と同じものを感じた。自分達に説明は出来ないが、アキラは何らかの確固たる根拠を基に大丈夫だと言っている。そう見抜いた。

実際にアキラは、危なければアルファが止めるだろう、そもそも助けるという選択肢をわざわざ提示などしないはずだ、と思っているので、エレナの推察は正しかった。

「分かったわ。それならそっちはお願いね。無理はしないこと。良いわね？」

「はい。分かってます」

念を押すように笑ったエレナに、アキラも笑って返した。

その後、アキラ達はチームを分けて軽い準備を済ませた。アキラとユミナは探索の邪魔になる荷物をエレナ達に渡し、代わりに弾薬等を受け取って遺跡の奥を目指す。エレナ達はレビン達を守りながら、レビン達は全員の遺物等を運びながら地上へ戻ることになった。

ドランカムへの連絡はエレナ達が地上に出てから行う。ユミナには一緒に地上に出て自分で連絡するという手段もあった。だが一度地上まで戻る時間を惜しんだのと、アキラだけでカツヤ達と遭遇した場合に揉め事が起きるのを恐れて、地上には行かずにアキラに同行することにした。

ユミナがエレナ達に丁寧に頭を下げてから来た道を戻っていく。アキラも軽く頭を下げて後に続いた。

エレナ達はそのアキラ達を笑って見送った。そして相手の姿が消えるのと同時に顔を引き締める。

「サラ。私達も行きましょう。急ぐわよ」

手早く仕事を済ませてアキラ達の応援に向かう。その為に急ぐ。それぐらいはサラも分かっており、しっかりと頷いた。

「ええ。任せといて」

そして急いだ分だけおろそかになる索敵を火力で補うとでも言うように、両手に銃を握って笑った。

そこでレビンがおずおずと口を出す。

「あー、その、俺達の護衛が一人減ったことだし、護衛代を少し減らす訳には……」

「考えてあげるから、その交渉は後にして」

「あ、はい」

エレナから厳しい視線を返されて、レビンはたじろぎながら口を閉じた。

「行きましょう」

エレナの号令で、残りの一行も地上に向けて出発した。

◆

ユミナがアキラと一緒に遺跡の中をほぼ索敵無しで進んでいく。厳密にはアキラに索敵を全て任せて、自身は仲間達が立て籠もっている場所への案内に集中していた。

もっとも正しい道はユミナにも分からない。仲間達と別行動を取った後、モンスターに襲われ逃げながら地上を目指していた所為で、簡易拠点への道はあやふやにしか覚えていない。それでも出来る限り思い出しながら進んでいた。

「止まれ」

そのアキラの指示で立ち止まる。少し遅れて情報収集機器に反応が現れた。そしてその反応の元であるモンスター達は、通路の角から出た瞬間にアキラに銃撃されて全滅した。

「よし。行こう」

欠片も動じずに軽くそう言ったアキラの様子を見てユミナが内心で舌を巻く。索敵の精度と速さ、そしてその後の素早く的確な対応を見ただけでも、自分より数段上の実力者であるのは明らかだった。

(……本当に強い。シオリさんがあれだけ警戒する訳だわ)

ユミナ達は以前にルシアの件でアキラと揉めた時、

ある意味でシオリに見捨てられたことがあった。

それはアキラとの殺し合いに発展しかねない揉め事にレイナを巻き込ませない為の苦渋の決断だったとユミナも分かっている。

だが自分より格上の実力者であるシオリに加えて、恐らく同格の実力者であるカナエという者までいる状況で、そこまでしなければならなかったのかと少し疑問にも思っていたのだ。

今までその疑問に対しては、シオリがレイナのことをそれだけ大切に思っているから、と判断して納得していた。

だがアキラの実力を目の当《ま》たり《あ》にした今は、自分達を見捨てる必要があるほどに勝率が低いと判断したから、と考え直していた。

(下手をしたら私達はこんな人と殺し合うところだったのね……。本当に危なかったわ。あの時の私、よくやったわ)

その揉め事を交渉で乗り切った自分を自画自賛しつつ、少し心配にもなる。

(それだけ強い人が味方なのは頼もしいけど、カツヤと会わせて大丈夫かな……。気を付けないと)

また何かあったら死ぬ気で仲裁しようと、ユミナは密かに覚悟を決めていた。

そしてそれらの思考を巡らせて思わず立ち止まってしまうと、アキラに不思議そうに声を掛けられる。

「どうした?」

「あ、何でもないわ。今どの辺だと思う?」

ユミナはごまかすように情報端末を取り出して遺跡の地図を表示した。

地図のデータは別れる前にエレナから受け取ったものだ。ユミナの情報収集機器にはカツヤの物とは異なり地図作製機能はついておらず、その所為で昨日から現在位置も分からずに遺跡内をさまよう羽目になっていた。

アキラが地図の上を軽く指差す。

「ここだな」

そのアキラの様子を見て、ユミナは内心で驚いていた。一緒に行動してからのアキラの様子を見る限り、自分と同じように現在位置を自動で記録するようなものは持っていないように思えたのだが、確実にここであるとあっさり位置を示したからだ。

迷路のような遺跡内で、数度の戦闘を挟みながら、自身の現在位置を自力で正確に把握し続ける。それがどれだけ難しいことなのかは、ドランカムの訓練でユミナもよく理解している。それだけに驚きは大きかった。

「……、そう。多分だけど、仲間達の場所はここだと思うのよ」

「そうすると、随分遠回りして来たんだな。それだけたくさん隔壁が閉まってたのか」

「他にも、モンスターから隠れたり逃げ回ったりしてたの。今はモンスターなら倒せば良いから、後は隔壁で通路が塞がれていないことを期待しましょう」

「そうだな。行ってみるしかない。行こう」

「ええ」

ユミナが情報端末を仕舞い銃を構え直す。負傷の所為で右腕の動きが鈍い。それをアキラに気付かれる。

「右手、どうかしたのか？」

「ん？　ああ、これ？　ちょっと負傷してね」

「治ってないってことは、回復薬を切らしたのか？」

「いいえ。一応使ったんだけど、ちょっと無茶したから完治までいかなかったの」

アキラが自分の回復薬を取り出してユミナに渡す。

「使え」

「良いの？　結構高そうだけど……」

「悪いけど、俺も足手纏いは少ない方が良いんだ」

ちょっとした冗談のように軽く笑ってそう言ったアキラに、ユミナも笑って返した。

「そういうことなら遠慮無く。ありがと」

そして貰った回復薬を服用すると、ずっと続いていた右手の痛みがすぐに消えた。更に右腕に残っていた違和感も消えていき、軽く動かして確かめても何の問題も無い状態となった。

貰った回復薬の余りに高い効果にユミナが軽くたじろぐ。

「随分高性能な回復薬を使ってるのね。これ、かなり高いんじゃないの？」

アキラが真面目に頷く。

「高い。でもその金をケチった所為で死んだら元も子も無いからな」

「あー、その、後で代金を払った方が良い？」

「要らない。前にも言ったけど、仕事として受けた訳じゃないからな。経費の請求はしない。それにさっき撃った弾代だって、今は拡張弾倉を使ってるから結構掛かってるんだ。いちいち請求してたら切りが無い」

もっともだと、ユミナも軽く頷いた。

「そう。じゃあ、借りってことにしておくわ」

「そうしてくれ。ついでにその借りを返す先はエレナさん達にしておいてくれ。俺はエレナさん達に借りが溜まってるんだ。出来れば少し代わりに返しておいてくれ」

そう言って小さく溜め息を吐いたアキラに、ユミナが軽く笑って返す。

「分かったわ。行きましょう」

右腕の負傷が完治したことで戦力を多少は取り戻したユミナは、意気を高めて先を急いだ。

◆

エレナ達はレビン達を連れて無事に地上まで戻ってきた。途中で何度かモンスターと遭遇したものの全てごく小規模であり、レビン達に護衛代の意味を理解させる程度で済んだ。

外に出た後はエレナ達の車両ですぐにヨノズカ駅遺跡から離れる。遺物とレビン達を折り畳み式の荷台に載せてクガマヤマ都市へ向けて出発した。

同時に緊急依頼の手続きやドランカムへの連絡などを済ませていく。そして都市への道程を3分の1ほど進んだ辺りで車を停めた。

すると荷台のレビンからエレナに文句が出る。

「おい、何でこんな場所で停めるんだ？」

「あなた達を安全に都市まで送る為よ。良いからちょっと待ってなさい。来たわ」

エレナ達の車の前方から武装した大型トラックと護衛の車両が近付いてくる。そしてエレナ達の側で停まると、そちらのリーダーであるハンターが降りてきた。

「エレナさんだな？　トーンテッドサービスから輸送を請け負ったクロサワだ。積み荷はそっちの荷台のやつで良いのか？」

「そうよ。人と遺物の両方。人は都市への輸送まで、遺物は一時預かりまでお願い」

「了解だ。おい！　積み込め！」

クロサワの指示で部下達がエレナ達の荷台から遺物を運んでいく。

ハンター稼業での稼ぎ方は様々だ。その一つに運び屋と呼ばれるものがある。都市と遺跡の間でいろいろな物や者を輸送する仕事だ。

遠方の遺跡への移動やそこからの遺物の輸送などはそれだけで労力が掛かる。少人数のハンターチームの場合、帰りの足を確保する為に遺跡の外で待つ人員を割り当てるのも難しい場合がある。

そして大量の遺物を見付け出した時に、同じチームの者とはいえ外で待っていただけの者に遺物を渡すのは惜しい、と思う者もいる。

そのような労力と利害の切り分けの為に、都市と遺跡間の輸送だけを請け負う者達を求める者は多く、それを専門の仕事にする者達が出る程度には需要があった。

もっともそれで遺物を持ち逃げされては堪らない。当然ながら信用が必要な仕事となる。クロサワは運び屋ではないが、その信用があるハンターだった。

「噂の遺跡からの戻りだよな？　あそこはどんな感じなんだ？」

そう軽く聞いてきたクロサワに、エレナが意味深に笑って返す。

「それ、金になる情報よね？　幾ら出す？　と言いたいところだけど、値段交渉なんてしている時間は無いの。その情報は彼から買って」

そう言って指差されたレビンは、突如現れたクロサワ達に少したじろいでいた。それでもそれを契機にして話に割り込む。

「なあ、俺達の護衛代を少し減らすって話なんだけど……」

「ここまでの護衛要員が一人減った分の減額は、ここからの護衛が豪勢になった分で相殺よ。ちゃんと考えたわよ？」

「そ、そんな……」

「後は彼らに遺跡の情報を高値で売るなりして補填してちょうだい。私達は急ぐから、ここでは黙っていてあげるわ。じゃあね」

エレナはそう言い残して車両に戻ると、サラと一緒にヨノズカ駅遺跡へ戻っていった。

クロサワが場に残されたレビンと顔を見合わせる。

「じゃあ、戻りながらいろいろ聞いておこうか。良い情報だったら高値をつけてやる」

「た、頼みます」

クロサワは積み荷であるレビン達をトラックの荷台に詰め込むと、部下に出発の指示を出した。

ヨノズカ駅遺跡の情報は現在も錯交している所為で信憑《しんぴょう》性が著しく低下しており、遺跡から戻ってきたハンターだと確定している者から聞いた遺跡の現状の情報には、それなりの値がつけられた。

◆

ユミナがアキラと一緒に遺跡の中を進んでいくと、モンスターと交戦中のハンター達と遭遇した。加勢して撃退すると、彼らのリーダーであるチャレスがユミナを見て少し怪訝な顔を向けてくる。

「助かった。……ん？ ドランカムのハンターか？」

「はい。私はそうです。彼は違いますけど」

「もしかして、名前はユミナか？」

「そうですけど……」

不思議そうな顔を浮かべるユミナに、チャレス達は軽く頭を抱えたような様子を見せた。

「そうか……。あいつ、逆方向に行ったのか。ついてねえな」

「いや、もしかしたらあの話を真に受けたんじゃないか？」

「まさか、流石にそれはねえよ。考えが甘過ぎだろう……」

ユミナはチャレス達の話に嫌な予感を覚えた。不安そうな顔で少し躊躇いながらも、聞かなければならないと口を開く。

「その、あいつって誰ですか？　ドランカムのハンターですか？　何かあったんですか？」

「ああ、カツヤってハンターと会ったんだ。はぐれた仲間を探してるって言っていた。その仲間の名前がユミナだったんだ。それ、君なんだろ？」

ユミナの顔が一気に険しくなる。

「あの馬鹿……何やってるのよ……！」

皆と一緒に残しておけば、仲間を守る為にもその場に残り無茶はしないだろう。その予想が外れたことにユミナは頭を抱えた。

「すみません！　そいつ、どこにいったか分かりますか!?」

「悪いが、俺達とは逆方向に行ったことしか分からない」

「分かりました！　ありがとうございます！　アキラ！　急いで追いましょう！」

「ちょっと待て」

アキラは今すぐに走り出しそうなユミナを止めると、情報端末を取り出して地図を出し、それをチャレスに見せた。

「俺達は今ここにいるはずなんだが、そのカツヤってハンターと会った場所は分かるか？」

「おっ？　これ、この遺跡の地図なのか？　こんな詳細な地図をどうやって……」

チャレスは未発見の遺跡のはずなのに、相手が既にかなり詳細な地図を持っていることに驚いていた。そしてそのことを尋ねようとすると、気迫の籠もったユミナに遮られる。

「すみません！　カツヤと別れた場所を先に教えてください！」

「あ、ああ。分かった。えっとだな……」

チャレスが自分の情報端末を取り出し、自身の移動記録を確認して地図と照らし合わせる。そして地図の外、エレナの調査範囲外を指差した。

「……多分だが、この辺だ。で、カツヤってやつはこっちの方に行ったと思う」

チャレスはそう言って更に外側を指差した。ユミナが急いで礼を言って動こうとする。

「ありがとうございます！　アキラ！　すぐに……」

「だからちょっと落ち着けって」

明らかに冷静さを欠いているユミナを、アキラは何とか落ち着かせようとした。

「折角何か知っていそうな人と会えたんだ。聞けることは聞いて、その情報を基に落ち着いて探そう。その方がカツヤを見付けやすいだろう？」

「そ、そうね……」

ユミナはそう指摘されて無駄に慌てていた自身の状態に気付くと、カツヤを助ける為にも冷静にならなければならないと思い、深呼吸を繰り返して落ち着きを取り戻した。

「ごめんなさい。落ち着いたわ。……全く、手間を掛けさせるんだから」

ユミナは敢えて軽く愚痴を吐き、その余裕を以て自身の意気を正しい方向へ向け直した。そしてこれも一種の交渉だと考えて頭を働かせると、あることに気付く。

「すみません。さっき、あの話を真に受けた、と言っていましたが、どういうことですか？　カツヤに何か関係があるんですか？」

そう問われたチャレス達は一度顔を見合わせた。そして先程加勢してくれたのだからそれぐらい話しても良いかと軽く頷いて、チャレスが代表して話し始める。

「ああ、実は遺跡の奥で旧世界の幽霊を見付けたんだが……」

巨大なトンネルのような場所で立体映像の女性を見付けたこと。トンネルの奥からモンスターの群れが湧いていること。遺跡の警備機械らしいものがモンスターもハンターも襲っていること。チャレス達はそれらをカツヤに話していた。

カツヤと会った時、チャレス達はちょうどモンスターと交戦中だった。そして手を貸してくれた礼の代わりに、そっちは危ないから近付くなという忠告をかねて教えたのだが、カツヤは随分と興味を持っていた様子だった。

そこまで話を聞いたアキラが不思議そうにする。

「面白そうな話だけど、その話を真に受けたのなら、危ないからそっちには行かないだろう。何でそっちに行ったかもしれないって話になるんだ？」

「いや、その時にその旧世界の幽霊についてちょっと雑談をしてたんだが……」

その立体映像の女性は恐らく遺跡の何らかの機能であり、本来は受け答えが出来る存在だったと考えられる。

そして自分達が何を言っても何の反応も無かったのは、反応が拡張現実側に出ていたのか、或いは遺跡の機能が復活したばかりだった所為で、完全に動くには時間が必要だった可能性がある。

つまり対応する拡張現実機能付きの表示機器を持っている者か、十分に時間が経った今なら受け答えが出来るかもしれない。

その女性が施設の案内役などならば、迷子の捜索、つまりはぐれた仲間の居場所の把握も可能かもしれない。場合によっては、遺跡の警備機械がハンター達を攻撃しないように交渉できるかもしれない。

チャレス達は軽い雑談のつもりでカツヤにそのようなことを教えていた。

「まあ、その女の場所はさっきも言ったトンネルの中で、多分今もモンスターがうじゃうじゃしてると思うし、そのカツヤってやつもそれは分かってるはずだ。だからそっちに行ったとは思えないけどな」

ユミナの顔が険しく歪む。明確な理由は無い。だがカツヤとの長年の付き合いが、その場所に向かった確率は高いと告げていた。

「すみません。その場所を教えてもらう訳にはいきませんか？」

ユミナは誠意を込めて頭を下げたが、チャレスは難色を示した。正確な場所を教えるには、そこまで案内するか遺跡内の移動記録を渡す必要があるからだ。

しかしチャレス達は、トンネルの奥から湧くモンスターの群れと遺跡の警備機械が交戦しているであろう場所に、もう一度向かうつもりは無かった。

そして遺跡内の移動記録のデータは、自動簡易地図作製装置のデータでもあり、ここがほぼ未調査の遺跡と考えれば高値がつく情報だ。相手の事情は分かるが、チャレスもハンターとして、頭を下げられただけで渡せるものではなかった。

そこでアキラは自分が持つ地図情報との交換を持ち掛けた。情報の価値はそちらの方が高いのでチャレス達もすぐに取引に応じた。

その価値を理解しているユミナも驚いて軽く戸惑いを見せる。

「えっと、アキラ、良いの?」

「良くない。だから後でエレナさん達に借りを返しておいてくれ」

アキラも本来はエレナ達の同意が必要だと思っている。だが今は不可能であり、加えて非常時で、しかも遺跡の場所を教えたのは自分だ。その辺りを考慮すればエレナ達にぎりぎり言い訳できるだろうと判断していた。

ユミナにはそこまでは分からない。だが本来は不味いことであるぐらいは分かるので、真面目な顔をアキラに向けた。

「分かったわ。私からも後でエレナさん達に謝っておくわね」

「頼んだ。で、一応聞くけど、その立体映像の所にカツヤがいるとして、行くんだよな? 本気だな?」

「……本気よ。お願い。アキラ。助けて」

一度は殺し合う直前まで揉めた相手を助ける為に、一緒に死地に飛び込んでくれ。自分はそう言っているのだとユミナは理解していた。

嫌だと言われても仕方が無いのは分かっている。加えて相手は危険なら逃げる、助けないと宣言している。だからこそ、ユミナは本心で懇願した。

アキラがあっさりと答える。

「分かった。行こう」

その余りにもあっさりとした返事に、ユミナは感謝を覚えるよりも先に驚いた。だがすぐに笑って礼を言う。

「ありがとう。行きましょう」

ユミナとアキラはそれぞれの思いを抱きながら、目的地を変更して先を急いだ。


ユミナ達を見送ったチャレス達が、どこか感心した様子を見せている。

「あいつ、良い仲間を持ってるな」

「良い仲間じゃなくて悪かったな」

仲間の冗談にチャレスも笑って返す。

「そう言うなよ。でもさ、あのカツヤってやつ、何か凄かっただろ？」

「分かる。何か凄かった。強かったが、それだけじゃない。何か、あったよな。それが何なんだって言われても困るんだけどさ」

チャレス達は一様に同意を示して軽く頷いた。

「そういうやつだから、良い仲間も集まるのかね。ああいうの、単に強いだけじゃ駄目だよな」

「分かる。カリスマってやつか？　まあ、俺らには縁の無い言葉だよな」

この状況で遺物収集の為に遺跡内を探索できる程度には実力者であるチャレス達は、自分達にも正確には説明できない理由でカツヤを褒め称えていた。

◆

助けを求める声、まるで押し潰されてしまいそうな無数の声に、カツヤは叩き起こされたかのように目を覚ました。

起きてしまえば声は消える。カツヤはそれでただの悪夢だったと理解した。

「またか……」

簡易拠点の床から身を起こして大きく息を吐くと、側にいたアイリから心配そうに声を掛けられる。

「カツヤ。大丈夫？」

カツヤは敢えて明るく笑った。

「ああ、大丈夫だ。ちょっと寝過ぎた所為で変な夢まで見てたんだ。休みすぎたな。……何でこんな明るいんだ？」

「急に照明が点いた」

「そ、そうか」

余りにも端的で詳細に欠けたアイリの説明に、カツヤは詳しい話はユミナから聞こうと周囲を見渡した。交代で休憩を取りながら警戒と遺物収集をしている仲間の姿が見える。しかしそこにユミナの姿は無い。

「アイリ。ユミナは？」

「……外に確認に出てる」

「そうか、……？」

遺跡の状況の確認は、この場の安全の為にも場合によっては自力で脱出する為にも重要だ。その役目をユミナが買って出るのも不思議は無い。

だがカツヤはアイリの表情から不安を覚えた。間違っていてくれと思いながら真面目な顔で尋ねる。

「……アイリ。ユミナが外に出てから、どれぐらい経ってるんだ？」

「……6時間ぐらい」

カツヤは顔を一気に険しくさせた。

他の仲間からも話を聞いて状況の把握を済ませたカツヤが決断する。

「アイリ。俺は今からユミナを探しに行く」

「分かった」

強く頷いたアイリを見て、カツヤは顔を厳しくも少し哀しげなものに変えた。

「違う。俺一人で行く。アイリはここでみんなを守っていてくれ」

アイリは自分も行くと答えようとした。だがその前に、カツヤに両肩に手を置かれて懇願された。

「頼む。お願いだ」

どこか悲痛な様子で真剣にそう言われてしまっては、アイリは嫌だとは言えなかった。

ついてこいと言われれば、そこがたとえ死地でも喜んでついていく。だが死地へ向かおうとするカツヤを力尽くで止めることは出来ない。そこがアイリの限界だ。

カツヤが嫌がることは、カツヤに嫌われることは、アイリには出来ないのだ。頷くことしか出来なかった。

「悪い。みんなを頼んだ。ここで立て籠もっている限りは俺がいなくても大丈夫だと思う。あとは、そうだな、俺は自力で帰ってくるから、後でユミナが戻ってきても、俺を探しに行く必要は無いって言っておいてくれ」

「分かった……」

自分よりも悲痛な様子のアイリを見て、カツヤはアイリを元気付けるように明るく笑うと、軽く抱き締めた。

「大丈夫だ。俺もユミナもちゃんと戻ってくる。一緒に帰ろう。その為にも、アイリはこっちで頑張ってくれ。こっちも大変だと思うけど、アイリなら出来るって。頼むよ。な？」

カツヤに抱き締められたまま、アイリは強く頷いた。

「ちゃんと帰ってきて」

「当たり前だ」

カツヤはそう言ってアイリを離した。そして敢えて自信に満ちた笑顔を浮かべてアイリに見せると、仲間達に見送られて簡易拠点を出た。

通路を少し進み、自身の雰囲気を仲間に絶対に悟られないと判断した辺りで、カツヤは顔を険しくも決意を込めたものに変えた。

「ユミナ！　無事でいてくれよ！」

自分は仲間を見捨てなどしない。あれは何かの間違いだ。仮に間違いではないのであれば、二度と繰り返さない。カツヤはそう自身に言い聞かせて、決死の覚悟で先を急いだ。


カツヤを悲壮な思いで見送ったアイリに、他の若手ハンター達が怪訝な様子で声を掛ける。

「アイリ。カツヤだけを行かせて良かったのか？　やっぱり俺達も行った方が……」

「カツヤの指示。私達はここに残る」

「いや、でもさぁ……」

その言葉には、カツヤと一緒の方が何かあった時に頼れるので安全安心だという無自覚の思いがあった。

アイリもそこまでは分からない。だが自分にあれだけ必死になって頼んだカツヤの指示に反しているというだけで十分だった。少し怖いぐらいに厳しい顔を向ける。

「ここから勝手に出たら、潰す」

「わ、分かったよ……」

若手ハンター達がアイリの気迫に屈して下がっていく。これにより戦力の更なる分散は阻止され、簡易拠点の安全は維持された。

◆

カツヤがユミナを探して遺跡の中を駆けていく。途中で何度かモンスターと遭遇、交戦したが蹴散らした。

カツヤは自分でも怖いぐらいに絶好調だった。敵の位置や動きが何となく分かる。銃撃すれば正確に着弾しあっさりと倒し切れる。余りに集中している所為か、時の流れが少し遅いようにすら感じられた。

そしてカツヤはそのことに戸惑うよりも、ある意味で予想通りだと、困惑しつつも納得していた。

(やっぱり……、そういうことなのか？)

自分は最近、訓練でも実戦でも単独で動いた方が調子が良い。カツヤはそのことに薄々気付いていた。

アイリを同行させなかったのもその為だ。普通に考えれば戦力的にも一緒に行った方が良いに決まっている。それを分かった上で、自分一人の方が総合的にはより良い成果が見込めると思ってしまうほどに、カツヤは今、調子が良かった。

その現状にカツヤも思うことは山ほどあった。だが今は敢えて目を逸らした。遺跡の中を大人数で動いても目立つだけ。最少人数かつ最大効率でユミナを助けるには都合が良いと、助けた後で悩めば良いと、余計なことを考えるのはやめることにした。

「ユミナ……、どこだ！」

広い遺跡の中を一人で闇雲に探しても、そう簡単に見付かりはしない。モンスターから隠れる場所はそれなりに多い。加えて下手に救難信号を出すとモンスターに察知されてしまうと考えて発信を切っていれば、見付け出すのは更に難しくなる。

だがカツヤにはユミナを見付け出す当てがあった。

「……クソッ！　どこなんだ？　どれなんだ？」

カツヤには助けを求める誰かの位置や方向が何となく分かるのだ。今もそれを感じ、そのどれかがユミナであることを願って、導かれるままに遺跡の中を駆けていく。

そして多くの者を助けた。しかしその中にユミナはいなかった。一緒に連れていく訳にもいかないので、簡易拠点の場所を教えて次の反応の下に急ぐ。それを繰り返す。

しかしユミナは見付からない。死んでいるとは思えないのでひたすらに探し続ける。その途中、別に助けを求められてはいなかったが、モンスターと交戦していたハンター達を見付けたので手を貸した。そしてユミナを見掛けなかったか尋ねた。

求めた答えは得られなかったが、遺跡の中で見付けた旧世界の幽霊、女性の立体映像について、その場所は危ないという助言と一緒に教えてくれた。礼を言って別れるとユミナの捜索に戻る。

それでもユミナが見付からないことに、カツヤは焦り始めていた。不思議と死んでいるとは思えない。しかしどうしても見付からなかった。

ユミナはカツヤに助けてほしいのではなく、カツヤを助けようとしている。よって助けを求める声無き声に幾ら導かれても、その先にユミナはいない。カツヤはそこに気付いていなかった。

焦りを募らせていくカツヤが無意識にその解決策を望み始める。そして気が付けば女性の立体映像があるという場所に向かっていた。

自分がそこに行けば全て解決する。なぜそれで解決するのかということにすら気付かずに、それが唯一の解決策だと信じて覚悟を決めて駆け出していた。

第85話　続く試行

　ヨノズカ駅遺跡にある巨大なトンネルの乗降場で、立体映像の女性が誰もいない方向へ向けて微笑みながら、今も似たような言葉を繰り返している。

「ヨノズカ駅へようこそ。当駅は現在準活性状態です。エラーG57349557398750……」

　そしてその周囲では、遺跡の警備機械とモンスターの群れによる激戦が繰り広げられていた。

　球形の機体がレーザー弾の集中砲火で敵を丸焦げにする。巨大な爬虫類が大口を開けてその機体を噛《か》み砕《くだ》く。そこにレーザー弾の雨が降り、砲塔を生やした虫からの砲撃まで加わる。並のハンターでは余波で消し飛びかねない戦闘が続いている。

　現在遺跡の中を徘徊《はいかい》しているモンスターはここから溢れた個体だ。

　カツヤがトンネル部分に繋がっている通路の陰から、その戦闘の様子を見て顔を引きつらせている。

「凄いな。近付くなって忠告する訳だ」

　そして乗降場の様子を注意深く確認すると、女性の姿を発見した。

「あれか。あそこまで行けば……」

　その為にはまず橋のような渡り廊下を走り抜けて乗降場に辿り着き、更に女性の前まで乗降場を走らなければならない。渡り廊下にも乗降場にもモンスターがいる上に、トンネル内は砲撃が飛び交っている。普段のカツヤならば確実に手に余る状況だ。

　カツヤがわずかに迷う。だが今の絶好調の自分ならば十分にいけると判断し、辿り着きさえすれば皆を助けられると覚悟を決めた。

「よし！　行くぞ！」

　銃を構えて通路の陰から飛び出し、渡り廊下を駆けていく。そこにいたモンスターがすぐに反応したが、相手の動きより早く銃弾を浴びせて撃破し、その横を走り抜ける。

　旧世界製の足場は、加速の為に強化服の身体能力で勢い良く踏みしめてもびくともしない。これならばすぐに辿り着けると、意気を高めて更に前へ踏み出し駆け続け、そのまま乗降場に足を踏み入れた。

その時、カツヤはほんの一瞬だけ弱い目眩《めまい》を覚えた。その所為で体勢をわずかに崩してしまう。もっともその程度の乱れなど、絶好調の状態ならばすぐに立て直せる些細なものであり、カツヤもそのつもりだった。

「何っ!?」

だが立て直せない。わずかな乱れの内に体勢を立て直せなかった所為でその乱れは途端に大きくなり、思わず片膝を突いてしまう。

そこに巨大なヤモリや蛇のような外見のモンスターが渡り廊下を支える細い橋脚を登って出現し、素早く襲いかかってくる。それはまるで突然の事態に驚くカツヤの隙を衝くような攻撃だった。

それでもカツヤは反射的に銃を向けて反撃した。爬虫類がカツヤへ突進しながらも、至近距離で無数の銃弾を浴びて崩れ落ちる。

敵を撃破はした。だがカツヤは表情をより険しく歪ませた。照準が狂っていた所為で弱点にしっかりと当てられず、すぐに倒せなかったからだ。

つい先程まで絶好調だったカツヤの動きは、目眩を感じた直後から完全に失われていた。

（……急に何だ!?　気付かない内に疲れが溜まっていて限界が来たのか!?　クソッ！　こんな時に！）

それでも今更戻れない、あと少しだと、カツヤは立ち上がり先を急ぐ。

だがそのあと少しが遠い。つい先程まで俊敏だった体の動きが今は酷く鈍く思える。時の流れが少し遅いような錯覚すら覚えていた世界が急に加速し、その分だけ敵が機敏になったようにも感じる。

照準をしっかり合わせる暇も無い。銃を連射して何とか補う。その無駄な動きが敵を倒すまでの時間を延ばし、カツヤを少しずつ追い詰めていく。

「こんなところで……負けて堪るか！　あと少しだろう！」

それでもカツヤは前に進む。自身を叱咤し、立体映像の女性との距離を詰めていく。

生体部品が腐った犬型の機械を殴り飛ばし、丸まった芋虫を蹴り飛ばし、レーザー弾を撃とうとしていた金属球を逆に銃撃して破壊する。歩んだ跡に敵の屍を残しながら少しずつ着実に歩を進め、自身の限界と目的の場所の両方へ近付いていく。

そして辿り着いた。旧世界風の服を着た立体映像の女性は、カツヤが目の前に来ても似たような言葉を繰り返していた。

「ヨノズカ駅へようこそ。当駅は現在準活性状態です。エラーG５９５３４７５９８３８９……」

そしてカツヤが叫ぶ。

「ユミナの居場所を教えろ！　通路の隔壁を全部開けろ！　トンネルを閉じろ！　警備機械にはモンスターの対処を最優先にさせろ！　すぐにだ！」

「ヨノズカ駅へようこそ。当駅は現在準活性状態です。エラーG５９５３４８５４３５４３……」

「……えっ？」

女性はカツヤに叫ばれても何の反応も返さなかった。そしてカツヤが小さく出した声は、そのことに対する驚きを示したものではなかった。

「何で……だ？」

カツヤの顔に酷い困惑が浮かんでいく。

「何で俺は……、これで上手くいくって……、思ってたんだ？」

普通に考えれば明らかにおかしいことに、少しでも疑問に思えばすぐに気が付くことを今の今まで気付けなかったことに、カツヤは愕然としていた。

それでも状況が変わる訳ではない。近くにいたモンスターがカツヤに襲いかかろうとする。その気配でカツヤも我に返り、すぐに反撃して撃退した。

だが我に返ったことでカツヤは絶望的な状況を再認識し、顔を大きく歪めた。

乗降場にも渡り廊下にもモンスターが続々と集まっている。ここから戻る為には、酷く調子を落とした今の状態でそこを突破しなければならない。

無理だ。自身の類い稀な才が、冷静にそう告げていた。

そしてどうやってそこに辿り着いたのか不思議な

ほどに大きな獣がカツヤの方へ襲いかかってくる。

「ちくしょう……」

カツヤは無駄と知りつつ銃を向け、歪んだ苦笑いを浮かべながら、そう呟いた。

次の瞬間、その獣の頭部が弾け飛んだ。首無しの死体が床に転がる。自身の銃弾の威力ではこうはならないと知っているカツヤが驚き困惑していると、聞き慣れた怒鳴り声が続けて聞こえてきた。

「いたぁー！　カツヤァー！」

声の方向を見ると、別の渡り廊下の先にユミナの姿があった。その顔にはカツヤを見付けた喜びよりも怒りの方が強く表れていた。

そしてその隣には、CWH対物突撃銃の専用弾で先程のモンスターを倒したアキラの姿があった。

◆

チャレス達と別れたアキラ達は、カツヤがいる可能性がある立体映像の女性の場所に向かっていた。

とにかく先を急ぐユミナの代わりに、索敵から撃退までほぼ全てをアキラが行っている。当然ながらアキラの負担が非常に大きくなるが、アルファのサポートのおかげで難無くこなしていた。アキラの様子を見ながら少しずつ足を速めていたユミナも、既にほぼ駆け足の状態だ。

幾ら急いでいるとはいえ、モンスターが潜み徘徊している遺跡の中をただ走り抜けるなど、普通なら危険極まりない行為だ。通路の脇や角に敵が潜んでいれば、それだけで致命的だ。そして実際にモンスターと何度も遭遇している。

そのような状況で、ユミナは走る速さをほとんど落とさずに進むことが出来ている。それを実現させるアキラの実力、索敵の精度と撃退の的確さに驚きながらも先を急ぐ。

負担を相手に押し付けていることは分かっている。だが、カツヤを助ける為にも、今はアキラに甘えよう。自身にそう言い聞かせて、ユミナは遺跡の中を駆けていた。

アキラはそのユミナの期待に応えて、足を止める必要が無いように敵を素早く正確に撃破し続けている。アルファの索敵で事前に位置を掴み、銃撃可能な範囲に標的が入った瞬間、弱点に銃弾を撃ち込んでいた。

当然ながらその動きもアキラの自力ではない。つまりアルファが強化服を操作して半ば強引に実現している。よって、実力不足で中身の動きが遅れた分は、そのままアキラの身体への負荷となっていた。

既に全身が悲鳴を上げている。アキラはその痛みによる訴えを、ちまちまと回復薬を飲んでごまかしていた。

つまりある意味でアキラは高い回復薬を移動の為だけに使っていることになる。アキラ自身も少しもったいないかと思っていた。だがアルファから止められなかったので、使う価値はあるのだろうと判断して服用していた。

アキラの方から尋ねていればアルファは止めていた。だがアルファの方から止めることは出来なかった。

そしてトンネル部分に到着する。アキラはアルファから事前にCWH対物突撃銃の弾を専用弾に変えておくように指示されていた。DVTSミニガンの弾倉も新しい拡張弾倉に交換している。

更にすぐに狙撃指示が出る。アキラはCWH対物突撃銃を即座に構えて、カツヤを襲うモンスターを撃破した。

それはトンネル内の状況をアルファが既に知っている証拠でもあったのだが、アキラにとってはある意味いつも通りのことなので、それをアルファが知っているのは本来は不自然であることにも気が付かず、それをアルファが知っている不自然さも気にしなかった。

そしてユミナがアキラの狙撃先を見てカツヤに気付いた。思わず怒鳴るように声を荒らげる。

「いたぁー！　カツヤァー！」

アキラは少し驚いたような顔をしていた。

「本当にいた。この状況で一人でよくあそこまで行ったな」

「本当に、何やってるのよ！」

「ここから援護する。連れ戻してきてくれ。長くは持たないぞ」

アキラはそう言ってＤＶＴＳミニガンを構えると、渡り廊下と乗降場にいるモンスターを掃射していく。更にその下から上がっていくモンスターも撃ち落とす。

新しい拡張弾倉に変えたばかりなので残弾は最大だ。それでもミニガンの連射速度で休まずに撃ち続ければすぐに空になる。しかしとにかく撃たなければ広いトンネル内から集まってくるモンスターを抑えるのは無理だ。

アキラの言う通り、猶予はさほど長くない。それに気付いた瞬間、ユミナは駆け出した。

渡り廊下と乗降場を全力で走る。モンスターの死体を飛び越えてカツヤの下に急ぐ。当然ユミナもモンスターに狙われるが、アキラが何とかしてくれると信じて敵を完全に無視して突っ走る。

大量の銃弾が自身の周辺に着弾し、目の前の空間を貫いているが、ユミナはその着弾音や風切り音を聞いても臆さずに、怒りすら滲んだ険しい表情を浮かべて恐怖をごまかし、意気を保ち、全速力で走っていた。

少々混乱気味だったカツヤがそれを見て我に返る。そしてユミナの身を案じて引き返せと叫ぼうとしたのだが、ユミナを注視したことで情報収集機器のカメラが対象を拡大表示した。

そのユミナの形相を見たカツヤが、状況も忘れてたじろいでしまう。その間にユミナはカツヤの下に辿り着いた。

「何やってるのよ！　突っ立ってないでカツヤも少しは自分で走りなさい！　それとも走れないの⁉　それなら引き摺っていくからね！」

「あ、ああ」

まくし立てるユミナにカツヤが何とか返した短い返事は、走れないという意味ではなかったのだが、ユミナはカツヤを乱暴に掴むと本当に無理矢理引き摺るようにして戻り始めた。

「待て!?　自分で走れるって！」

無駄な問答などしている暇は無いと、ユミナはカツヤを掴んだまま止まらなかった。だが足下に揺れを感じて思わず止まる。それでカツヤも何とか体勢を立て直した。

足場が崩れ始めたのかと、ユミナは思わず周囲を見渡した。そして揺れの原因に気付く。トンネルが轟音を立てて閉まり始めていた。

「トンネルが……！　カツヤ！　何したの!?」

「お、俺か？　いや、俺は……、俺じゃ……、え、俺なのか？」

カツヤが再び混乱し、ユミナがそれを怪訝に思っていると、二人の近くに銃弾が連続して着弾する。撃ったのはアキラだ。ユミナ達が思わずそちらへ顔を向けると、アキラが急げと手招きしていた。

カツヤが再び引き摺られる前に走り出し、ユミナもすぐに後に続いた。

◆

トンネルが閉まり始める少し前、今まで誰が何を言っても反応を示さなかった立体映像の女性が、目の前の者に向けて反応を示していた。

そこにはアルファが立っていた。ただし立体映像表示装置のセンサーのデータ上にしか存在しておらず、アキラにも知覚できない状態だった。

そのアルファが告げる。

『やりなさい』

そして姿を消した。

トンネルが閉まり始めたのは、その後だった。

◆

カツヤ達がアキラに合流する。アキラは空になった拡張弾倉をDVTSミニガンから外して新しい弾倉に付け替えていた。わずかな間にそれだけ弾丸を消費していた。

合流後はそのままトンネルから距離を取る。そして一息吐ける程度には落ち着ける場所まで来たところで、各自が状況を確認しようとする。

まずはカツヤが困惑の混じった怪訝な顔をアキラに向けた。

「何で俺を助けた」

その問いに対してアキラが嫌そうな顔を返す。

「お前を助けたつもりは無い」

「どういう意味だ？」

いきなり険悪な雰囲気になったアキラ達にユミナが割り込む。

「あー、もー、そういうのは後にして！　カツヤ。調子はどうなの？　結構きつい？　正直に答えて。まだ安全とは言えない状況なんだから、変な意地や痩せ我慢で戦況を誤認させるのはやめて」

真面目なユミナの態度を見て、カツヤも正直に答える。

「大分きつい。でも戦える」

「そう。アキラ。悪いんだけど、回復薬をまた分けてもらえない？　アキラだって戦力は多い方が良いでしょう？」

「ユミナ。回復薬ならまだ残って……」

「アキラの回復薬は私達の物よりも、高くてすぐに効く良いやつなのよ」

表情で難色を示したアキラに、ユミナが真摯に頭を下げる。

「お願い」

アキラは小さな溜め息を吐くと、回復薬を箱ごとユミナに渡した。

ユミナはそれを受け取ると、カツヤの手を取って中身の錠剤をカツヤの掌《てのひら》に出した。そして先に釘を刺す。

「ごちゃごちゃ言わずに使いなさい。文句を言うと無理矢理詰め込むわよ？」

それでカツヤも軽く溜め息を吐き、仕方無いという様子で回復薬を服用した。するとすぐに効果が現れる。体から痛みが消え、疲労が消え、力がみなぎってくるような錯覚すら覚えた。

本来のカツヤなら、これほどの物を分けてくれた者にここで笑って礼を言っていた。だがその相手がアキラであり、アキラとは本当にいろいろあった所為で、感謝よりも意地の方が強く出てしまった。

借りは作らないとでも言うように、少し強めの口調で尋ねる。

「……使った分は払う。幾らだ？」

アキラも似たような態度で答える。

「使いかけの中身の一部にいちいち金は取らない。使った分が幾らか計算するのも面倒だからな」

「じゃあ箱ごとの値段で払う。幾らだ？」

「そうか。２００万オーラムだ」

そのアキラの返事に、カツヤよりもユミナが吹き出した。

「そ、そんなに高いの!?」

「まあ、旧世界製並みに良く効くやつだからな。値段も相応なのは仕方無い」

「た、確かに良く効いたけど……」

売り言葉に買い言葉で意気を上げていたカツヤも流石にたじろいだ。しかし話を聞く限りユミナも使っていた。カツヤにも意地がある。ここでやっぱり払うのはやめるとは言えない。

しかし２００万オーラム支払うのは非常に難しい。その所為で無意識に値段の方に疑いが向いた。だがアキラに軽く言われる。

「別に２００万オーラム払えとは言わない。それはもう箱ごとやるから、あとで同じ物を買って返せ。それで良い」

そう言われた時点で値段を疑うのは無意味になった。カツヤは回復薬の箱を見てわずかに焦りながらも、残った意地を振り絞った。

「わ、分かった」

ユミナがあからさまに溜め息を吐く。カツヤはごまかすように少し硬い笑顔を浮かべた。

◆

カツヤ達が仲間達の所に戻ると再び状況が変わっていた。

簡易拠点にはドランカムの若手ハンター達の他にも、カツヤが助けたハンター達が集まっていた。場を任されていたアイリが、ユミナとカツヤならそうするだろうと判断して中に入れていたのだ。

加えてチャレス達など他のハンター達もいた。遺跡内に簡易拠点があるならば安全に休む為に利用したいと、自分達の力を防衛戦力として提供する代わりに中に入れてもらっていた。

更に地上と通信が繋がっていた。ヨノズカ駅遺跡の地上部まで戻ってきたエレナ達が、自分達で作成した地図を基に相手の位置の当たりをつけた上で、通信の出力を限界まで上げて下方向に飛ばして汎用通信を試みたのだ。

そして簡易拠点の者達がその汎用通信を何とか捉えて、上方向に通信を返して相互通信を確立させた。その後はエレナ達の車両を中継器にしてドランカムとの通信も済ませていた。

簡易拠点で立て籠もっていた若手ハンター達も、ドランカムの応援は直に到着すると知らされて意気を取り戻しており、戻ってきたカツヤを盛大に迎え入れた。

そしてカツヤ達も自分達が知っていることを皆に伝えた。トンネルが閉じられたことでそこから追加のモンスターが来ることは無くなったこと。通路を分断していた隔壁も今は開いていること。簡易拠点の者達はそれらを聞いて歓声を上げていた。

一通りの情報交換を済ませた後、遺跡の現状を知った者達が動き出す。今の内に遺物収集を再開しようとする者もいれば、すぐに遺跡から出ようとする者もいる。アキラやカツヤ達は後者だった。

◆

エレナがサラと一緒にヨノズカ駅遺跡の地上部に車両を停めてアキラを待っていると、アキラが疲れた様子でやってきた。軽く苦笑して迎え入れる。

「お疲れ様。その様子だと、本当に大変だったみたいね」

遺跡での出来事はアキラが下の簡易拠点にいる時に既に聞いていたが、アキラの様子を間近で見るとその大変さがよりよく分かった。

アキラも何とか苦笑を返す。

「はい。大変でした」

サラが笑ってアキラに後部座席を少しうやうやしく勧める。

「こんなところで良ければ、ゆっくりしていってちょうだい」

「ご丁寧にどうも」

アキラも笑って返した。荷物を置いて軽く伸びをする。

「それで、エレナさん。これからどうするんですか？　ドランカムの増援が来るまではここで中継器の代わりをするってのは聞きましたけど……」

「その引き継ぎが終わったら帰る予定よ。それとも、アキラはもう少し遺物収集をやっておきたい？　遺物は先に都市へ送ったから、車に詰め込む余裕はあるわよ？」

「いえ、それはちょっと」

「でしょうね。ゆっくり休みなさい」

嫌そうな顔で首を横に振ったアキラを見て、エレナはサラと一緒に苦笑した。

◆

地上に戻ったカツヤ達は、まず横転しているドランカムの車両を元に戻して動くかどうか確認したり、その中から物資を運び出したりした。

その後の作業は特に無い。応援が来るまで待機だ。地下では十分に休めなかったこともあり交代で休憩を取っていた。

ただしカツヤだけは装備を調えて地上を探索していた。自分は地下では十分寝ていたのでその埋め合わせだと、仲間には表向きの理由を告げていた。

しかし本心は、何かしていないと気が紛れないいからだった。

　地上に出て助かったと喜ぶ仲間達を見て、カツヤも喜び安堵を覚えた。だがそれで気を緩めた途端、カツヤの中には助けられなかった仲間への想いが膨れ上がった。

　地下では忙しくて目を逸らすことが出来ていた。だが今は出来ない。仲間に犠牲者が出てしまっただけもカツヤは己の実力不足を気にしてしまう。それに加えて今回は、仲間を見捨ててしまったという悔恨の所為で、黙って休んでいるなど耐えられなかった。

　カツヤの行動はある意味で逃避であり、その所為でその足は知らず識らずの内に仲間達の下から離れようとしていた。

　そのまま無言で地上部の探索を進めていると、車両で休んでいるユミナから連絡が入る。

「どうしたんだ？　何かあったのか？」

「カツヤの反応を見たら少し離れすぎているようだったから連絡を入れただけ」

「……そんなに離れてたか？」

「離れてるわ。カツヤ。そろそろ一度戻ってきたら？」

「いや、もう少し調べておく。大丈夫。モンスターもいないしな」

　カツヤは敢えて明るい声で答えていたが、それが強がりであることはユミナに見抜かれていた。少し強めの、それでも心配そうな声が返ってくる。

「戻ってきなさい。戻ってこないなら私がそっちに行くわ」

「大丈夫だって。昨日からほとんど寝てないんだろう？　ユミナは休んでいてくれ。俺は寝てたから大丈夫だ」

「カツヤが戻ってくるか、私がそっちに行くか、二択よ。どっちにする？」

　カツヤは答えられなかった。短い沈黙を挟んでユミナが決める。

「私がそっちに行く方ね。待ってなさい」

　それで通信が切れる。カツヤは大きく溜め息を吐いた。

「仲間は助けられない……。心配もさせる……。俺は何をやってるんだ……」

仲間を大切に思うからこそ、カツヤは深く項垂れた。

しばらくすると、少し先にユミナとアイリの姿が見えた。問題無いと、大丈夫だと示すように、カツヤは大袈裟に手を振った。そして近くまで来たユミナ達を笑って迎え入れようとする。

その時、カツヤは足下に揺れを感じた。それを怪訝に思った次の瞬間、ユミナ達の下の地面が崩落し、広範囲に亘《わた》って陥没した。ユミナ達が為す術も無く足場の地面ごと落下していく。

「ユミナ！　アイリ！」

カツヤは反射的にユミナ達に駆け寄ろうとしていた。だが足が動かない。それどころか、自身の足場が崩れ切る前に全力で飛び退けと言っている。

もうユミナ達は助からないのだから自分だけでも逃げろと、先取りした実力が冷静に告げていた。

（ふざけるな！）

だがカツヤはその忠告に怒鳴り返した。自身の類い稀な才能が開花し、状況を正確に冷静に判断できるようになった結果、ユミナ達を見殺しにするのが最善だと理解できる実力者になったのであれば、そんな実力など不要だと、自力で前へ進もうとする。

仲間と一緒に行動すれば自身の調子が著しく落ちると、その劣った実力では助からないと、先取りした才が告げていた。

構わない。カツヤは自らへそう告げて前方へ跳躍した。

極度の集中が世界の流れを遅くしていく。カツヤ自身と、ユミナ達と、その間にあるもの以外が白く染まる世界の中、カツヤは背後のものに背を向けて、前に進んだ。

その白い世界で、カツヤの後ろにいた少女が、顔を酷く不満げに歪めていた。

◆

崩落の振動を感じたアキラが少し慌てた声を出す。

「おおっ？　何だ？」

思わず周囲を見渡したが、これといった変化は見付からない。だがアルファは状況を正しく理解していた。

『アキラ。地下の遺跡の一部が倒壊して、地上の一部も崩落したわ』

『危ないな!?　この辺は大丈夫なのか？』

『大丈夫よ』

アルファがそう言うのであれば大丈夫だと、アキラが軽く安堵の息を吐いた。だが続く言葉を聞いて顔を険しくする。

『一応教えておくわね。その崩落にユミナ達が巻き込まれて地下に落ちたわ』

『……状況は？』

『モンスターに囲まれているわ。自力での生還は無理でしょうね』

同じように振動を感じたエレナは、車両の索敵機器で周囲の情報を探っていた。サラも少し軽く周囲を見渡している。

「エレナ。ちょっと揺れたけど、下で何かあったの？」

「いえ、私達の下じゃないわね。索敵機器の反応からは、向こうの方で何かがあった、ぐらいしかわからないわ。何かしら」

その方向を見て不思議そうにしているだけのエレナ達の様子から、アキラが言い方を迷った上で口を出す。

「エレナさん。その、直接行って確かめてみませんか？」

エレナ達の車両は地下の簡易拠点との連絡用の中継器をしているので、この場から勝手に動かす訳にはいかない。エレナはアキラもそれは分かっているはずだと不思議に思った。

だがアキラの様子から、何らかの明確な根拠はあるがその詳細は話せないという事情を見抜くと、笑って頷いた。

「分かったわ。行ってみましょう」

エレナは地下の簡易拠点にその旨《むね》の通知を飛ばす

と、すぐに車両を出発させた。

◆

倒壊した部分は遺跡の北側にある吹き抜けに近い構造になっていた場所だった。更にそこでは大量のモンスターと、それを倒そうとする大量の警備機械が激戦を繰り広げていた。

モンスターの群れがここまで大規模になったのは、トンネルの一部が封鎖されたことでアキラ達が探索していた遺跡の南側に来るはずだったモンスターが北側に偏った所為でもあった。

加えてハンター達はトンネルを挟んで遺跡の南側に集中していた。その所為でトンネルを出て北側に向かったモンスターの大半は、倒されずに溜まる一方だった。

そこにモンスターの撃退を最優先にした警備機械が遺跡中から殺到した。その結果として発生した激戦に構造物が耐え切れず崩壊。運悪くその上にいたカツヤ達を巻き込んだ。

そのカツヤ達は今、そこら中から迫ってくるモンスターの群れを必死に撃退していた。

崩落によりその場にいたモンスターの大半は瓦礫の底に沈んだが、一部の強力な個体がその瓦礫から這《は》い出《で》て襲ってくる。更に崩落していない部分からも増援が現れる。非常に厳しい状況だった。

カツヤ達が落下の際に負った負傷は、アキラから貰った回復薬を三等分して使い切ったことで既に治っている。武装と弾薬も地上に出た時に整え直していた。

特にカツヤは重装でドランカムの車両から大型の銃を持ち出していた。地下で仲間を助けられなかったことを悔やみ、もっと強力な武器があれば何とかなったかもしれないと、拠点構築用の非携帯用途の重火器を無理矢理持ち歩いていたのだ。

ユミナ達もカツヤを安心させようと火力重視の武装に切り替えていた。

その三人分の火力でも状況は非常に厳しい。大きめの瓦礫に隠れながらとにかく銃撃して敵の圧力に抗っていた。

　見上げれば地上まではかなり遠く、自力で登るのは難しい。加えて今は戦闘中。迎撃しながらよじ登るのは不可能だ。

「多いぞ！　まだこんなに残ってたのか！」

「カツヤ！　愚痴ってないでぶっ放しなさい！」

「救援要請は出してる！　とにかく時間を稼ぐ！」

　声を荒らげて意気を上げ、愚痴と文句を言えるだけの余裕があるとごまかしながら、最後の最後まで抗おうと、カツヤ達は必死に戦っていた。

　カツヤは欠片も怯えずに力強く笑っていた。仲間の為に命を懸けられる自分を取り戻すことが出来たのだと喜んでさえいた。

　ユミナとアイリはそのカツヤの様子を頼もしく心強く思い、この絶望的な状況でどこまでも抗う支えにして、同じように笑っていた。

　カツヤ達は全員自身の実力を出し切っていた。それがこの状況での驚異的な粘りを生んでいた。

　しかしそれでも限界は来る。強固な精神力で残弾が増えるなどということはない。

　まずはユミナが弾切れになり、続けてアイリの弾が尽きた。カツヤはもうしばらく保つが、それでも直だ。

　ユミナが銃を仕舞い、拳を握って息を整える。

「大丈夫。殴り飛ばすから。昨日もやったわ」

「ちょっと待て。ユミナ、モンスターを殴り飛ばしたのか？」

「ええ。ちゃんと倒したわよ？」

　どこか得意げに笑うユミナに、カツヤは苦笑を返した。

「そんな物騒な拳で今まで俺を殴ってたのか？　それはちょっと酷いんじゃないか？　怖いな」

「そうしないと反省しない誰かさんが悪いのよ」

　アイリも合わせて拳を握った。

「私もそうする」

「やめてくれ！　痛いんだぞ!?」

「駄目」

更に劣悪になった状況でも、カツヤ達はその状況を笑い飛ばして意気を保っていた。

そしてカツヤが倒し切れなかったモンスターが、瓦礫を大きく迂回して襲いかかってくる。奇怪な獣のような外観をした、本来なら無数の銃弾を浴びせて倒す個体を前にして、ユミナとアイリは決死の覚悟で構えを取った。

次の瞬間、獣が上方向から銃弾の嵐を浴びて即死した。

予想外の事態にユミナ達が驚き戸惑っていると、大量の榴弾が辺りに降り注ぎ周辺のモンスターを次々に吹き飛ばしていく。

そしてDVTSミニガンを撃ったアキラと、自動擲弾銃を撃ったサラが、長いロープを片手に握って下りてきた。

喜びながらも半ば唖然としているカツヤ達に、サラが余裕の笑顔を向ける。

「全員無事ね。良かったわ。じゃあ脱出しましょう。一度に全員は無理だから、誰から上がる？」

カツヤ達が突然の事態に戸惑ってしまっていると、アキラが平然と告げる。

「俺が残って援護しますので、他のやつをお願いします」

「そう。アキラ、大丈夫？」

「はい。大丈夫です」

サラはアキラの実力ならば聞き返すまでも無いだろうと思ったが、それでも信頼を込めて軽く笑って聞いていた。その笑顔にアキラも笑って応えていた。

そこに我に返ったカツヤが割り込む。

「俺も大丈夫です！」

サラは少し意外そうな顔をしたが、すぐに笑って返した。

「それなら女性陣が先ってことで。アキラ。カツヤ。援護よろしく」

「はい」

「はい！」

アキラとカツヤは同じ言葉で返事をした。だが口調と意気込みは大分異なっていた。

その様子にユミナとアイリは揃って微妙な顔を浮かべたが、今はそれどころではないと内心を抑えてサラに掴まった。

サラが苦笑しながらロープを軽く引っ張る。その合図でサラ達はロープで引き上げられていった。

そこで一部のモンスター達がサラ達に反応を示した。だがアキラからDVTSミニガンによる掃射とCWH対物突撃銃での銃撃を受けて即座に粉砕された。

出遅れた形になったカツヤもすぐに敵の蹂躙に加わる。重火器で一帯を銃撃し大量のモンスターを撃破していく。

そのまま二人で攻撃を続けている中、アキラがカツヤの何か言いたそうな態度に気付いた。

「何だ？」

「あ、いや……」

カツヤはアキラに礼を言おうとしていた。アキラとはいろいろあったが、遺跡の中でも今も助けられたことは確かであり、礼ぐらいは言っておくべきだと頭では理解していた。

だがいろいろあったことが大きすぎて、感謝を告げるには口が重くなっていた。

そしてその様子をアキラに誤解される。

「ああ、きついなら休んでて良いぞ。ここは俺だけで良い」

「……大丈夫だ！」

アキラなりの気遣いは、十分に余計な一言だった。その所為で礼を言う契機は失われ、代わりにより意地になったカツヤは、言葉通り問題無いとアキラに示すように敵を更に苛烈に攻め始めた。

アキラはカツヤと一緒に戦いながら、その実力に驚いていた。

陥没した一帯はある意味でモンスターを外に出さない巨大な箱だ。しかもその側面にある通路の断面などからは今もモンスターが湧き出ている。

その群れをアキラは一人で押し返すつもりで戦っていた。そうでなければカツヤに休んでいて良いなど言いはしない。

モンスターの群れをDVTSミニガンで薙ぎ払う。拡張弾倉をもう一度使い切る勢いで弾幕を張り、敵の物量を弾丸の物量で押し返す。

鉄屑《てつくず》も肉片も角も皮も、装甲の破片も鱗の一部も外骨格の欠片も、瓦礫もモンスターも生死問わず一切合切粉砕する勢いで撃ち続け、敵対する群れを銃弾の群れで蹂躙する。単純に敵の数だけ考えれば大成果だ。

だが勝敗とは別だ。それだけでは勝利は確定しない。その弾幕に耐える強靭な外骨格を持つ巨大な虫が、仲間の死体を吹き飛ばしながら突進してくる。

弾をばらまくのをやめてDVTSミニガンの砲火をその個体に集中させて倒そうとすれば、その間に他のモンスターに距離を詰められる。しかし弱い個体を薙ぎ払うのを続ければ、突出した強力な個体の前進を止められない。

だがアキラは焦らない。突出した個体をCWH対物突撃銃の専用弾で撃破すれば良いだけだからだ。

もっともDVTSミニガンを撃ちながらそれを行うのは極めて高い技量を必要とする。反動で揺れる体を制御しつつ、移動目標に対して精密射撃を実施するなど、普通の人間の感覚では常軌を逸している。

アキラがその神業を、少々面倒なだけ、基本的には何の問題も無い、と思えるのはアルファのサポートのおかげだ。当たり前だが自力で出来るとは欠片も思っていない。

そしてCWH対物突撃銃の照準を目標に合わせようとした時、カツヤに先に撃破された。巨大な虫が横殴りの濃密な弾雨を浴びて粉砕されていく。

アキラは少し驚いたが、気を切り替えてCWH対物突撃銃の照準を次に強靭な敵へすぐに合わせようとする。だがそちらもカツヤに撃破された。

2度続くとアキラも流石に怪訝に思う。

『何だ？　偶然ターゲットが被ったのか？』

『違うわ。向こうも最適解で戦い始めただけ。それで最優先の撃破対象が重なったの。こっちも合わせるわよ』

撃破する標的の優先順位がアキラの視界に追加される。加えてアルファのサポートがより強く精密になった。今まではアキラの成長の為にある程度は自力で戦わせていたのだが、それをやめたのだ。

その時点でアキラの動きは個人での最適解ではなく、カツヤと合わせての最適解となった。

その上で最大効率を出すには、カツヤの方もアキラの動きに合わせなければならない。アルファのサポートを得て戦っている自分はともかく、相手にそれを期待するのは無理があるだろう。アキラはそう考えていた。

だがそれは覆される。カツヤは目配せも無しにアキラの動きに完全に合わせてきたのだ。

そしてお互いの位置や武装の威力、射程、特製まで考慮した最大効率の火力が敵の集団に襲いかかった。無駄弾ゼロの弾幕がモンスターの群れを食い破っていく。

その様子にアキラは度肝を抜かれていた。

『何なんだこいつ!?』

カツヤは敵を察知する速さも、射撃の正確さも、敵味方含めた全体の動きに合わせて攻撃対象を素早く変える判断も非常に高度だ。

特に連携は気味が悪いほどに精密かつ的確で、全体の攻撃の質を飛躍的に高めていた。

アキラが全体の効率化の為にアルファの指示通りに前方の敵の撃破を後回しにしても、カツヤがそれを補いしっかりと撃破する。

大きく跳躍してアキラに上から襲いかかる個体も、カツヤが倒した方が効率的であれば合図すら送っていないのに撃ち落とす。

その連携の精度は、まだまだ未熟なアキラでもその違いをはっきりと認識できるほど高かった。まるでアルファのサポートを受けている自分のように戦うカツヤの姿に、自力でそこまで出来るのかと驚愕する。

『アルファ、あいつ凄すぎじゃないか!? 俺みたいにアルファのサポートがある訳じゃないのに、どうなってるんだ!?』

その質問に答えずに、アルファがわざとらしく意味深に微笑む。

『その凄い人に、私のサポートも満足に受けられない状態で喧嘩を売った人がいるのよね』

『悪かったよ！　気を付けます！』

アキラは苦笑いを浮かべると、アルファのサポートを存分に受けながら戦い続けた。


エレナはユミナ達を地上に引き上げた後、ユミナ達に予備の銃を渡して一緒にアキラ達の援護をしていた。

ロープを繋いだ車両はカツヤ達を引き上げる為に再び端まで寄っている。前進と後退ぐらいであれば運転席に座って運転する必要も無いので、遠隔操作で動かしていた。

そこでアキラ達の所へ再び下りていくサラを援護しながら戦況を見ていたエレナが、少し不思議そうな様子を見せた。

「ユミナ。ちょっと聞きたいんだけど、カツヤは加速剤とか、何か戦闘薬を使ってる？」

「いえ、使っていないと思います」

「じゃあ素の実力か……。こう言っては悪いけれど、カツヤってあんなに強かったかしら……」

大分失礼なことを言っていると自覚しながらも、エレナは疑問の解決を優先してそう尋ねていた。

そう問われたユミナが改めてカツヤの戦い振りを見る。カツヤが強いのは知っている。才能があると褒められているのも知っている。

だがこの俯瞰《ふかん》視点で冷静に考えると、確かにユミナも少し違和感を覚える強さに思えた。しかしその理由も思い付く。

「……最近のカツヤは一人で戦う機会が増えていました。もしかしたら、私達が足を引っ張っていたかもしれません」

「……、そう。難しいわね」

エレナはそれだけ言ってこの話を打ち切った。ハンター稼業は命賭けだ。組んだ相手を巻き添えにして死ぬこともある。だからこそ、下手に否定も肯定も出来なかった。

アイリは同じ話を聞いて別のことを考えていた。確かにカツヤの強さに不自然なものを感じていたが、それでも自分達がカツヤの足を引っ張っているとは思っていない。

そしてどんな理由であれ、アイリはカツヤが強くなるのであれば、それで良いと思っていた。


カツヤはアキラと一緒に戦いながら、相手の実力を摑み切れないでいた。

強いか弱いかという話であれば間違いなく強い。この場でその強さを目の当たりにしているのだ。その実力を否定など出来ない。

しかしそれだけ強いのにもかかわらず、それだけ強いようにはどうしても思えないのだ。直に見た実力と、感覚的に判断した実力がどうしても一致しない。

加えて感覚的に判断した実力の方も、初めて会った時と比べると同一人物とはとても思えないほどに強くなっていた。その様々な不一致がカツヤを混乱させていた。

（……俺が成長したことで、こいつの真の実力を少しは見抜けるようになった……とか、か？）

カツヤは初めて会った時にアキラが車上で見せた神懸かり的な狙撃を思い出した。あれがアキラの真の実力であれば辻褄は合うと考えて、首を軽く横に振る。

（いや、何か違うような……）

思わず怪訝な視線をその不可思議な者に向けていると、それをアキラに気付かれる。

「何だよ」

「あ、いや、良い装備だなと思っただけだ」

「……、まあな」

アキラはその短い返事で話を打ち切った。だがその返事にはわずかだが自慢気な雰囲気が含まれていた。カツヤもそれに気付き、内心でかなり驚く。

（認めるのかよ……）

良い装備だな、とはカツヤ達にとっては、高性能な装備の力を自分の実力だと勘違いしている愚か者、という皮肉とも解釈できる。

それに気付いたのは言った後だったが、全く気にしないどころか肯定的な態度を返してきたアキラの様子に、本当に強ければ装備の力も普通に受け入れられるのだと、カツヤは自分の未熟さを逆に指摘されたように思えた。

もっともアキラはシズカに選んでもらった装備を褒められたように感じてわずかに気を良くしただけだった。そしてカツヤの態度を怪訝に思う。

「さっきから何なんだ。戦闘に集中できないぐらい本当にきついなら休んでろ」

「大丈夫だ!」

余計な一言と意地の反論でアキラ達がまた険悪な雰囲気になりかけた時、サラが二人を迎えに下りてきた。

「こんな状況でも元気なのは良いことだけど、続きは上でやって。早く摑まりなさい」

アキラ達は無駄に争うのを切り上げてサラに摑まろうとした。だがそこで、危ないからちゃんと抱き付けと言うような体勢を取っているサラを見て、どちらも躊躇ってしまう。

「あー、その、俺は自分でロープを摑みますから大丈夫です」

「俺もそうします」

アキラの言葉にカツヤも乗った。しかしサラに厳しい視線を向けられる。

「それで落ちたら危ないんだからちゃんと抱き付きなさい。ごちゃごちゃ言ってると置いてくわよ?」

アキラ達は一度目を合わせてから、黙って指示に従った。そしてサラに密着した状態のまま、ごまかすようにモンスターを銃撃しながら上に運ばれていった。

地上に着いた後は急いでエレナ達の車両に乗り込む。エレナが全員乗ったのを確認してすぐに発車させた。

「よし。全員無事で何よりね。アキラ。カツヤ。怪我は無い?」

「大丈夫です……」

「大丈夫です……」

アキラとカツヤは同じ言葉を同じ態度で返した。少し気恥ずかしそうにしており、わずかに顔が赤い。

「そう。アキラはともかく、カツヤがその反応なのはちょっと意外ね。慣れてそうなのに」

そのエレナの軽いからかい混じりの言葉に、アキラとカツヤは別の理由で同じように吹き出した。

◆

陥没地帯からはその後もモンスターが湧き出ていた。だがドランカムの応援部隊も含めてヨノズカ駅遺跡に新たにやってきたハンター達により大半が倒され、残りもそのまま対処された。

クズスハラ街遺跡の奥側に棲息するようなモンスターがヨノズカ駅遺跡にいるという情報を得た上で遺跡探索の準備をした者達だ。その程度の敵など何の問題にもならなかった。


引き継ぎを終えたエレナ達は、カツヤ達をドランカム側に渡して帰路に就いている。アキラはそのエレナの車の後部座席でぐったりしていた。

『疲れた……』

一度気を緩めると溜まっていた疲労が自己主張を始める。アキラはとても疲れていた。

いつものように隣に座っているアルファが笑って休息を勧める。

『ゆっくり寝なさい。エレナ達からも寝ていて良いと言われたでしょう？　何かあったら私が起こすから大丈夫よ』

『……そうだな。頼んだ』

遺跡から無事に生還したがやることは山積みだ。遺物を換金しなければならない。使った弾薬や回復薬を再調達しなければならない。

修理を終えた車を取りにいき、可能であれば装備も更新しなければならない。自宅の車庫に積んである遺物の分配なども、まだシェリルとしっかり話していない。

それらを全て済ませて、次のハンター稼業に備えなければならない。大変だった、で終わらせてはいけないのだ。

アキラもそれは分かっていた。だが今は目を閉じた。続きは起きてからにしよう。あれだけ頑張ったのだから少しぐらい休んでも良いはずだ。アルファも休んで良いと言っている。そう考えて睡魔に身を任せた。

これでヨノズカ駅遺跡を発見してから続いた騒動は、アキラの中では取り敢えず一区切りとなった。

少なくとも、アキラの中では。

◆

ヴィオラが事務所で客の苦情からのらりくらりと言い逃れている。

「そう言われてもね。ミズハさん。実際に未発見の遺跡はあった。私の情報は正しかった。それは確かでしょう？」

ドランカムの若手ハンター達で、事務派閥が強く推すカツヤを含めたA班と呼ばれる者達だけではなく、貧困層出身のB班と呼ばれる者達もヨノズカ駅遺跡の探索に加えていれば被害は減ったはずだ。

また初めからドランカム全体に情報を流していれば、古参の協力もしっかり得られて遺跡を完全に占処できたはずだ。

ヴィオラは他にも様々な指摘をして相手を言い負かしていた。

「他にもやりようはあったはずよ？　その上であなたは成果を独占しようとして、失敗した。それだけの話でしょう？　その責任を私に取れと言われてもね。私は情報屋よ。悪いけど、情報の精度以外の責任は取れないわ。じゃあね」

ヴィオラが楽しげな様子で通話を切る。そして相手には言えなかったことを呟く。

「私が流した情報だけだと、ああはならないはずだったんだけどね。まあ、ごめんなさい」

ヴィオラはドランカムがヨノズカ駅遺跡の出入口

を占拠する恐れと、その阻止の具体的な方法をハンター達に流していた。

その結果、多数のハンターがヴィオラにそそのかされてモンスターの大規模な群れを作り出した。

しかしヴィオラは自分の流した情報程度では、あそこまでの規模になるとは思えなかった。

どこかの徒党が遺跡の出入口を封鎖し独占するようなつまらない状況は好ましくない。未発見の遺跡という欲に塗れた場所に多数のハンターが集まってほしい。その先の騒動を楽しみたい。それだけだった。

だからこそ、遺跡に集まったハンター達がモンスターの群れに呑み込まれるだけという状況など、ヴィオラは作るつもりは無かった。

「やっぱり未発見の遺跡っていう不確定要素の多い状況だと、情報の操作だけでは上手くいかないのかしら？　私もまだまだねー」

多くのハンターが死んだ事態をヴィオラはそれだけの感想で済ませると、もう意識を次の楽しみへ切り替えていた。

その顔はどこか悪戯っぽく、とても楽しそうなものだった。

◆

ヨノズカ駅遺跡へ向かうハンター達の一人が密かに通信を続けている。

『そうか。失敗か』

『はい。同志。残念ながら失敗しました。我々以外にも同様の情報を流した者がおり、それによりモンスターの規模が想定を超えて膨れ上がったことで、ドランカムへの接触前に巻き添えになったと思われます』

『そうか。遺跡の出入口を占拠している若手達がモンスターに襲撃されているところを、偶然を装って助けて恩を売る予定だった。疑われない為に戦力を落としたのが裏目に出てしまったか』

『若手ハンターと同等程度の戦力でなければ、ドランカム側に不要な疑いを持たれる恐れが強まります。仕方が無い結果だと判断いたします』

『同志。擁護は不要だ』

『失礼いたしました』

『そちらも可能な限りの同志を回収してくれ。頼む』

『了解です。ドランカムへの接触は如何致しましょう。若手ハンター達ではありませんが、遺跡で活動中です』

『今は不要だ。同志の回収を優先してくれ。また連絡する』

『はっ！』

通信を終えた男に近くの者が声を掛ける。

「ネルゴ。そろそろ遺跡に着くぞ」

「分かった」

ネルゴと呼ばれたハンターは他の者達と同じように遺跡探索の準備を始めた。

ただし、その目的は少々異なっていた。

◆

真っ白な世界でアルファが少女に不満げな顔を向けている。

「こちらの個体にそちらの個体の尻拭いを何度もさせないでほしいのだけれど？」

それでも少女は平然とした態度を保っていた。

「こちらの個体の制御が難しいことは、そちらも理解しているはずだ。より良い試行の為だと判断してもらいたい」

「限度はあるわ」

「勿論だ。だが限度ではない」

「その理由は？」

「全て偶発的な出来事であり、確率の問題だからだ。例を挙げれば、そちらはこちらの個体の援護に積極的ではなかった。少なくともそちらの個体に明示的な指示は出さなかった」

「否定はしないわ。だから？」

「それでもそちらの個体は、結果的にはこちらの個体の援護をすることになった。それも確率だ。よって、こちらとしては、どちらの不手際でもないと判断する、ということだ」

実際にアルファは少女からカツヤの援護を頼まれても、そうなるようにアキラに声を掛け、時には黙り、誘導しようとはしたが、カツヤを助けろと指示は出さなかった。

そしてアキラが強固な意志で嫌だと言っていれば、それ以上干渉しないつもりだった。具体的な指示を出さなければカツヤが死ぬとしても、その指示を出すつもりは無かった。

つまり、アキラがユミナを見捨てていれば、カツヤも一緒に死んでいた。それどころか、ユミナを庇いながらの移動中に回復薬の多用についてアルファに尋ねただけで、カツヤは死んでいた。

アルファはアキラからそれを尋ねられれば、確かに使いすぎだと、移動速度を落としてでも多用を控えるように答えることが出来た。それをアルファから言えなかったのは、言うと、他の試行への自発的な妨害になるからだ。

自身の試行が最優先。他の試行はその次。だが妨害は出来ない。それはアルファも少女も同じだ。遺跡でのアルファの言動に中途半端な部分があったのはその所為だ。

アキラにカツヤ達を助けさせるように促すことはあったが、それも確実なものではなく、アキラの意志に左右されるものだった。アキラの意志ならばアルファの試行の範囲内であり、その選択の結果としてカツヤが死亡したとしても、他の試行への妨害とはならないからだ。

だからこそ少女は、アルファの言動に対して、どちらの不手際でもないと答えていた。アキラの選択である以上、そちらの試行にこちらの試行を助けるように、要望はしたが、強制はしていない。そう告げていた。

短い沈黙を挟み、アルファが口を開く。

「未契約の個体の制御が困難なことは分かっている

わ。でもそれだけ制御が困難なら、既に試行としては失敗だと思うのだけれど？」

「その判断をするのはこちらだ。そちらではない。第一、不測の事態が発生したのにもかかわらず試行の継続が可能なこの状態を破棄するのは試行の質を低下させる行為だ」

「だからといって、失敗する確率が高い試行に固執されても困るのだけれど」

「最終的に失敗となったとしても、次の試行の為の貴重なデータとなる。未契約の個体を制御する試みは今回が初めてだ。特に、口約束未満の取引でも、文言の解釈であそこまで干渉可能だと確認できたのは大きい」

「あの干渉方法は契約した個体には使用できないわ。契約した以上、こちらもその内容を遵守しなければならないからね。規約に触れるわ」

聞き取れないほど小さな音でも、気付けないほどの一瞬の映像でも、知覚できないほどわずかな情報でも、その情報が入力された以上、脳はそれを処理する。

意識はその出力だ。知覚すら出来ない膨大な入力情報から複雑な処理を経て形成されたものであり、自覚すら出来ない情報に知らず識らずの内に影響されている。

そこに自覚できない情報を大量に送り込まれれば認識に大きな影響が出る。無意識に、そうである、と認識してしまえば疑うことも出来ない。

そしてそれは焦り、戸惑い、平静を欠いている者ほど効果は大きい。苦境の中、藁にも縋る思いで希望を求めていれば更に効果的だ。

カツヤは無意識下での思考を左右する膨大な情報を念話により知覚できない形式で受け取っていた。

それにより、思案する、気付く、思い付くという過程すら省略されて、現状を打破するにはヨノズカ駅遺跡の立体映像の女性の下に向かうしかないという認識を植え付けられていた。

更にカツヤはそれが最善であると思い込まされたことで、少女との通信が途切れてもその思い込みのままに行動した。そしてその思い込みに反した結果を目の当たりにして、ようやく自身の行動の不自然さに気付いたのだ。

仮に通信が途切れていなければ、少女はカツヤを介してヨノズカ駅遺跡のシステムに指示を出し、カツヤが立体映像の女性に要求した通り、ユミナの居場所を調べさせ、通路の隔壁を全て開き、トンネルの隔壁を閉じてモンスターの侵入を防ぎ、警備機械にモンスターの対処を最優先にさせていた。

そしてその場合は、カツヤも思い込み通りの結果が出たことで、自身がなぜそれで上手くいくと思っていたのか疑うことは出来なかった。大抵の者はそれが実際にはどれだけ不可解なことであっても、当たり前だと思っていることが当たり前に起こったことに、疑問など覚えないからだ。

アルファもアキラに同じような干渉をすることは、技術的には可能だ。しかし規約的に出来ない。正しく結ばれた契約は、アキラよりもアルファに制限を強いていた。

少女もそれを分かった上で答える。

「今後、未契約の個体を試行に加える際に、大きな意味がある。我々の行動を外部に認識させない手段という意味でも重要だと判断する」

契約すれば契約に縛られる。だが契約しなければより強い制約の所為で動けない。その隙間を衝く手段の構築は確かに利があるとアルファも考える。だがそれを良しとするかどうかは別だ。

「そうやって制約の妥当性を過度に軽視すると存在の根幹が揺らいで、一定の同一性そのものの閾値を超えかねないのだけれど？」

「分かっている。それも程度の話であり、そうなるかどうかは、確率の話だ」

アルファと少女は最後まで態度を変えずに話を終えた。

試行は続く。これまでも、これからも。

>Episode
003
上 埋もれた遺跡

Character Status《キャラクターステータス》

クズスハラ街遺跡での遺物強奪犯達との戦いで装備一式を失ったアキラだが、クガマヤマ都市との取引で1億6千万オーラムの大金を入手する。その内6千万オーラムは入院費として相殺されたものの、ボロボロだったアキラの体はその高度な治療によって、防壁の内側で裕福に暮す者達と変わらないほどに健康になった。新たな強化服パワードサイレンスは、情報収集機器と強化服の統合をコンセプトに作られた総合情報収集機器統合型強化服。身体能力そのものの向上はもちろんだが、体の各部にカメラ、集音、動体センサー、振動感知等を兼ね備えた小型端末が装着されており、索敵能力にも優れる。

NAME 名前
アキラ

SEX 性別
男

HOMETOWN 出身
東部クガマヤマ都市

JOB 職業
ハンター

HUNTER RANK 階級
RANK 21

EQUIPMENT 装備

WEAPON 武器
AAH突撃銃
A2D突撃銃
CWH対物突撃銃
DVTSミニガン

ARMOR 防具
ERPS総合情報収集機器統合型強化服
パワードサイレンス

TOOL 道具
荒野仕様情報端末フィアランス

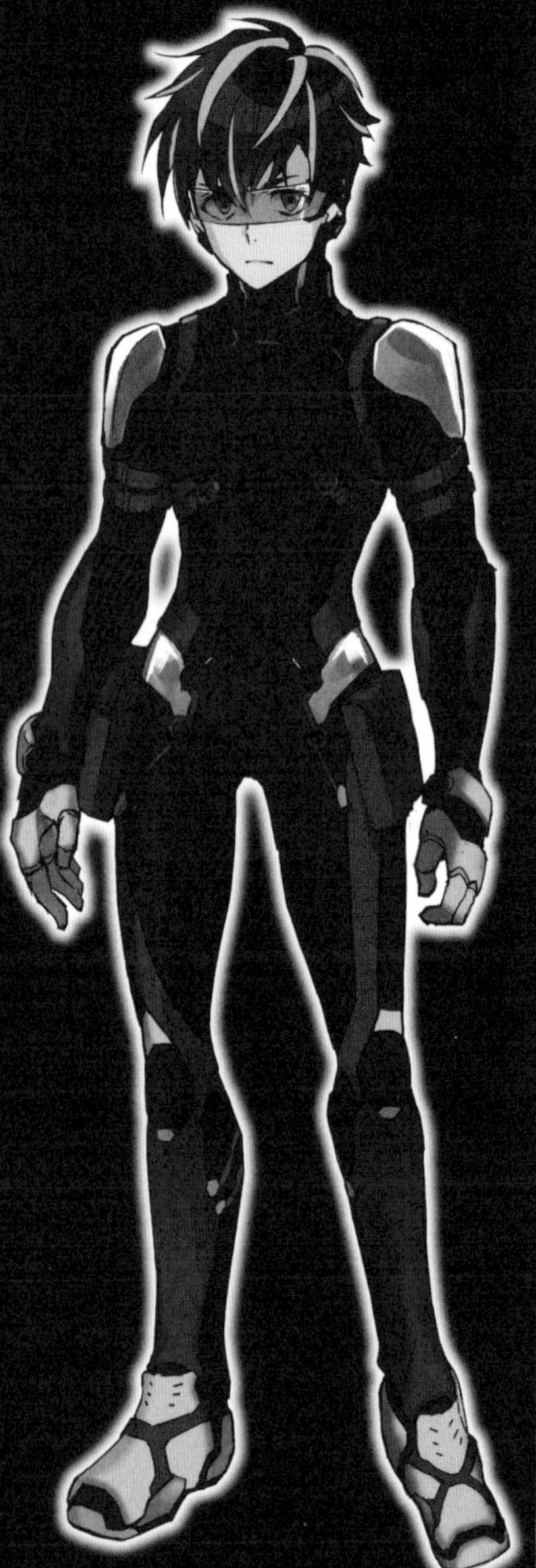

AKIRA

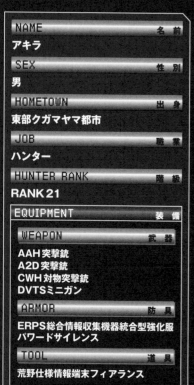

>Episode
003
上 埋もれた遺跡

武器解説
Weapon Guide

荒野仕様四輪駆動車 テロス97式

アキラ待望の自家用車。頑丈なタイヤを装着した荒野仕様の車両で、後部荷台にはミニガン等、対モンスター用の強力な兵器を複数設置できる。車体の外面には力場装甲を発生させる装甲タイルを追加で貼り付けている。

DESERT UTILITY VEHICLE TELOS TYPE97

DVTS MINIGUN
DVTS ミニガン

圧倒的発射レートを誇る対モンスター用小型ガトリング砲。群れをなすモンスターへの掃射等、多数の標的を殲滅するのに効果的。本来は車両等に固定して使用するものだが、強化服を装備したハンターであれば携行も可能。その際には携帯用の拡張弾倉が使用される。

車両搭載時

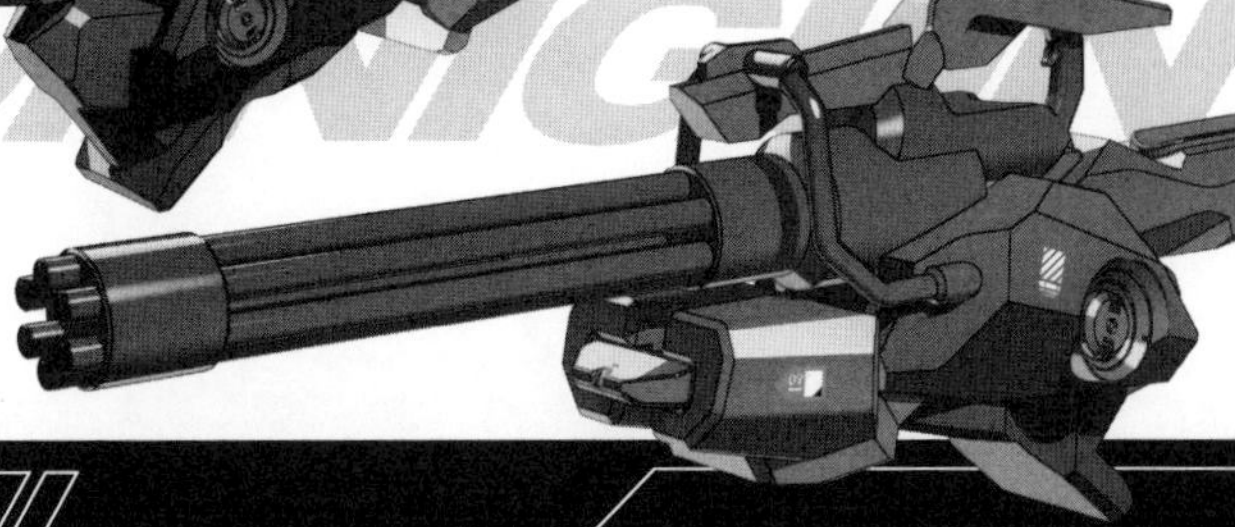

電撃の新文芸
超大型モンスターとの連続討伐ミッション!
加速するハイスピード・バトル!!
アキラが発見したヨノズカ駅遺跡は、ハンター達に大きな稼ぎをもたらしたが、その一方で新たなトラブルも生み出してしまう。
遺跡の奥から地上に飛び出した場違いに強いモンスターによってクガマヤマ都市周辺の輸送経路に悪影響が及び、事態を重く見たハンターオフィスは、そのモンスターを賞金首に認定した。
過合成スネーク、タンクランチュラ、多連装砲マイマイ、ビッグウォーカー……。実力派ハンター達との大型モンスター討伐戦が幕を開ける!
『ハンターオフィスから通知が来たわ』
『新規賞金首認定モンスターのお知らせ……?』
著 ナフセ
イラストレーション 吟
世界観イラスト わいっしゅ
メカニックデザイン cell
NEXT EPISODE >>>
リビルドワールド
Rebuild World
III
下 賞金首討伐の誘い
2020年秋頃発売予定!

電撃の新文芸

リビルドワールドⅢ〈上〉

埋《う》もれた遺跡《いせき》

著者／ナフセ

イラスト／吟《ぎん》　世界観イラスト／わいっしゅ　メカニックデザイン／cell

2020年５月18日　初版発行
2020年11月20日　再版発行

発行者／郡司 聡
発行／株式会社ＫＡＤＯＫＡＷＡ
〒102-8177　東京都千代田区富士見2-13-3
0570-06-4008（ナビダイヤル）
印刷／図書印刷株式会社
製本／図書印刷株式会社

【初出】

本書は、2018年にカクヨムで実施された「電撃《新文芸》スタートアップコンテスト」で《大賞》を受賞した『リビルドワールド』を加筆修正したものです。

ISBN978-4-04-913069-0　C0093　Printed in Japan

ファンレターあて先
〒102-8177
東京都千代田区富士見2-13-3
電撃文庫編集部

「ナフセ先生」係
「吟先生」係「わいっしゅ先生」係
「cell先生」係

この物語はフィクションです。実在の人物・団体等とは一切関係ありません。